LES TOMBES D'ATTILA

Clive Cussler est né aux États-Unis en 1931. Après avoir servi dans l'armée en tant qu'ingénieur mécanicien, il entame une carrière dans la publicité et se lance également dans l'écriture. Dès ses premiers romans, *Mayday !* et *Iceberg*, il donne naissance à son héros récurrent Dirk Pitt. Clive Cussler a également acquis une solide réputation de chasseur d'épaves, il est d'ailleurs président de l'Agence nationale maritime et sous-marine (NUMA). Cette activité inspire nombre de ses romans dont *Renflouez le Titanic !*, qui lui a valu un succès mondial.

Scénariste, producteur et écrivain américain, Thomas Perry est l'auteur de romans policiers et de thrillers. En 2012, il succède à Grant Blackwood et coécrit la série consacrée aux aventures de Sam et Remi Fargo.

Paru au Livre de Poche :

ATLANTIDE
CYCLOPE
DRAGON
ICEBERG
L'INCROYABLE SECRET
MAYDAY !
ODYSSÉE
ONDE DE CHOC
L'OR DES INCAS
PANIQUE À LA MAISON-BLANCHE
LA POURSUITE
RAZ DE MARÉE
RENFLOUEZ LE TITANIC !
SAHARA
TRÉSOR
VIXEN 03
VORTEX
WALHALLA

Avec Grant Blackwood

L'EMPIRE PERDU
L'OR DE SPARTE
LE ROYAUME DU MUSTANG

Avec Graham Brown

LA FOSSE DU DIABLE
LA HORDE

Avec Dirk Cussler

LE COMPLOT DU CROISSANT
DÉRIVE ARCTIQUE
LE TRÉSOR DU KHAN
VENT MORTEL

Avec Craig Dirgo

BOUDDHA
CHASSEURS D'ÉPAVES II
PIERRE SACRÉE

Avec Jack Du Brul

CORSAIRE
CROISIÈRE FATALE
JUNGLE
LA MER SILENCIEUSE
QUART MORTEL
RIVAGE MORTEL

Avec Paul Kemprecos

À LA RECHERCHE DE LA CITÉ PERDUE
GLACE DE FEU
MÉDUSE BLEUE
MORT BLANCHE
LE NAVIGATEUR
L'OR BLEU
SERPENT
TEMPÊTE POLAIRE

Avec Justin Scott

L'ACROBATE
LA COURSE
L'ESPION
LE SABOTEUR

CLIVE CUSSLER & THOMAS PERRY

Les Tombes d'Attila

ROMAN TRADUIT DE L'ANGLAIS (ÉTATS-UNIS)
PAR FLORIANNE VIDAL

GRASSET

Titre original :

THE TOMBS
Publié par Putman en 2012.

ISBN : 978-2-253-23738-9 – 1re publication LGF

1

Pannonie, an 453 de notre ère

Le campement des barbares était vaste comme une ville ; sauf que cette ville se déplaçait de lieu en lieu, au gré de son chef incontesté, le Grand Roi. Ce matin-là, dans le crépuscule de l'aube, tout n'était que chaos. Les nomades couraient en tous sens, par centaines de milliers. Dans ce nombre, on comptait les guerriers eux-mêmes mais aussi leurs épouses épouvantées, leurs enfants indociles ; et, pour ajouter à la confusion, une multitude de chevaux, vaches, moutons et chèvres faisaient entendre leurs cris de panique, chacun dans son registre. Une formidable cacophonie qui venait s'ajouter à la puanteur indescriptible qui émanait à la fois du bétail et des fumées toxiques dégagées par dix mille feux allumés tous en même temps.

Le serviteur de Priscus, persuadé qu'ils ne survivraient pas à cette soudaine autant qu'incompréhensible hystérie, avait réveillé son maître en toute hâte. Ellak attendait devant la tente ; Priscus sortit précipitamment et lui emboîta le pas en essayant d'éviter les trous remplis de boue et les ornières creusées par les roues des chariots. Ses sandales légères, idéales pour arpenter les pavés de

Constantinople, n'étaient pas faites pour la course surtout sur ce genre de terrain. Il avait bien du mal à suivre la foulée du jeune Ellak. Héritier d'une longue lignée de fameux conquérants, ce dernier ne devait d'être parvenu à l'âge adulte qu'à la puissance et à la rapidité de ses membres.

Priscus finit par apercevoir la tente du Grand Roi, un chapiteau tendu de peaux de bêtes, assez vaste pour abriter des centaines de personnes et dont le pilier central culminait à la même hauteur que le toit d'une villa romaine. Les cris, les lamentations qui en sortaient laissaient présager qu'un malheur était arrivé durant la nuit. Quelques mètres avant d'entrer, Priscus ralentit l'allure afin de recouvrer un peu de la dignité associée à son rang. Il était citoyen romain, diplomate et, par la force des choses, futur chroniqueur des événements dramatiques qui étaient en train de se dérouler. Si Ellak, fils du Grand Roi, était venu le quérir de toute urgence, c'était en raison de son savoir. Priscus était l'homme le plus instruit à mille lieues à la ronde ; il connaissait forcément un remède capable de sauver le Grand Roi. Mais sans doute arrivait-il trop tard. D'où ces lamentations.

Priscus essayait de donner le change mais en parvenant aux abords de la tente, il n'en menait pas large. Les barbares ivres de douleur et de colère couraient au hasard en s'appliquant mutuellement de vigoureux coups de fouet. Priscus savait que ces hommes reniflaient la peur comme des chiens de chasse le gibier. Depuis leur naissance, ils n'avaient connu que les combats, les massacres ; si leurs armées avaient conquis tous les territoires qui s'étendaient de la lointaine Asie jusqu'à l'Europe, c'était bien grâce à l'incroyable férocité qui faisait d'eux des machines à tuer. En entendant les cris, ils étaient accourus pour porter secours à leur souverain en trimballant les épées et les poignards dont ils ne se défaisaient jamais et qui semblaient faire partie de leur chair. Pour ces gens, Priscus n'était qu'un étranger. Si par malheur, l'un d'entre eux remarquait son effroi, la meute tout entière se jetterait sur lui et le déchiquetterait.

Ellak l'introduisit dans la tente du Grand Roi. Priscus mesurait presque une tête de plus que la plupart des barbares dont la morphologie révélait les origines extrême-orientales. Petits, trapus, ils avaient les épaules larges, les jambes épaisses et la peau du visage tannée comme du vieux cuir. Priscus voyait donc ce qui se passait dans le dos des sentinelles qui bloquaient l'accès à la pièce centrale, celle où le roi se trouvait certainement. Les plus proches de la chambre royale avaient déjà tiré leur dague et s'entaillaient les pommettes. Le sang qui s'en écoulait leur dessinait des larmes écarlates.

Priscus se plaça de biais pour mieux traverser la cohue et, au bout de quelques pas, aperçut dans le fond la jeune épouse du Grand Roi, Ildico. Elle sanglotait, accroupie sur un tas de tapis précieux, le plus loin possible de son mari. Personne ne la réconfortait, ni ne lui prêtait la moindre attention.

L'une des sentinelles se tourna vers ses compagnons et d'un geste preste, s'ouvrit la joue du tranchant de son glaive. Priscus profita de cette courte diversion pour franchir le seuil. Quand son regard tomba sur le Grand Roi, il comprit pourquoi Ildico pleurait si fort. Le puissant Attila, *Flagellum Dei*, gisait sur leur couche tendue de soie, la mâchoire flasque comme celle d'un ivrogne assommé par l'alcool, la tête trempant dans le sang qui avait coulé de son nez et de sa bouche.

Priscus se précipita vers Ildico, la releva de force, écarta les longs cheveux blonds qui couvraient son oreille et murmura : « Tout va bien. Il est parti. Tu n'as plus rien à faire ici. Viens. » Il disait cela uniquement pour la rassurer, pour qu'elle entende une voix amie. Malgré sa beauté, Ildico, septième épouse du Grand Roi, n'était qu'une enfant. Le chef de sa tribu germanique l'avait offerte à Attila en guise de butin. Elle comprenait le latin de Priscus autant que sa propre langue gotique mais n'osait guère s'exprimer, car elle ignorait si les gardes d'Attila le parlaient également. Soutenue par Priscus, elle sortit de la tente pour respirer l'air frais du petit matin. L'aube pointait. Ildico vacillait, aussi pâle qu'un fantôme. L'émissaire romain espérait pouvoir l'éloigner de la foule en furie avant qu'un guerrier n'ait l'idée de la rendre responsable du décès d'Attila. Ces êtres frustes étaient de nature soupçonneuse : s'ils voyaient un homme mourir frappé par la foudre, ils croyaient qu'on lui avait jeté un sort.

Il repéra les femmes de sa suite, les parentes, les servantes qui l'avaient escortée depuis la maison de son père jusqu'au lieu des noces. Elles se tenaient à bonne distance du tumulte et observaient les événements avec angoisse. Priscus leur confia la jeune femme qu'elles conduisirent en toute hâte loin de l'attroupement.

Voulant s'assurer que personne ne leur barrait le chemin, Priscus les suivit longuement du regard. Soudain, il sentit qu'on l'empoignait par les bras. Quand il tourna la tête vers ses agresseurs, il eut du mal à reconnaître les guerriers de la garde rapprochée du Grand Roi, tant ils étaient défigurés par le sang qui baignait leurs joues. Leur comportement envers lui avait radicalement changé. La veille au soir, pendant la noce, ils avaient ri et bu ensemble en l'honneur de leur souverain. Les deux hommes qui venaient de l'intercepter l'entraînèrent jusqu'à la tente royale ; la foule s'entrouvrit pour les laisser passer.

Le cadavre royal n'avait pas été déplacé. Deux hommes se dressaient de part et d'autre de la couche basse : Ardaric, roi des Gépides, et Onegesius, le plus fidèle compagnon d'Attila. Ardaric s'agenouilla, releva la cruche de vin dont le Grand Roi avait bu et dit : « Le breuvage qu'Ildico lui a servi hier soir. » Onegesius ramassa le gobelet qui avait roulé sur le sol.

Priscus prit la parole : « Le roi a souffert de saignements de nez durant plusieurs semaines. Peut-être son mal s'est-il aggravé pendant son sommeil. Peut-être s'est-il noyé dans son propre sang. Tel est du moins ce qui nous apparaît. »

Ardaric renifla de mépris. « Personne ne meurt d'un saignement de nez. Attila a combattu toute sa vie, reçu mille blessures mais jamais il n'a perdu assez de sang pour mourir. On l'a empoisonné.

— C'est ce que tu penses ? demanda Priscus, les yeux écarquillés de surprise.

— Oui, dit Ardaric. Et je pense aussi que c'est toi qui l'as assassiné. L'empereur Théodose t'a dépêché auprès de nous voilà quatre ans, avec l'ambassadeur Maximinus. Vigilas qui te servait d'interprète a été arrêté pour avoir comploté contre Attila. Au lieu d'ordonner votre exécution, Attila vous a renvoyés à Constantinople. C'était une erreur, sans doute. Vigilas n'était peut-être pas le seul à vouloir tuer notre roi. »

Onegesius versa du vin dans le gobelet d'Attila et le tendit à Priscus. « Prouve que tu ne l'as pas empoisonné. Bois. »

Priscus dit : « J'ignore s'il est empoisonné ou pas. Mais à supposer qu'il le soit, rien ne prouve que c'est moi qui ai versé le poison. Je n'étais pas présent aux côtés du Grand Roi et de son épouse pendant leur nuit de noces. Si je bois de ce vin, je mourrai peut-être mais cela n'expliquera rien.

— Ta peur t'accuse. » Onegesius posa son autre main sur la garde de son épée.

Priscus s'empara du gobelet. « Si je meurs, sache que je suis innocent. » Il le porta à ses lèvres et le vida d'un trait.

Les autres l'observaient attentivement. Ellak s'approcha de lui. « Eh bien, Priscus ?

— Je ne sens rien. Sauf le goût du vin.

— Est-il amer ? Acide ?

— Il est comme tous les vins – doux, fruité, un peu aigrelet. »

Ardaric renifla le breuvage, y trempa son doigt, déposa une goutte sur sa langue puis se tourna vers Onegesius, lui adressa un signe de tête et, jetant le gobelet sur le tapis près du Grand Roi, sortit pour proclamer devant ses guerriers assemblés : « Il n'y a pas de poison. Attila est mort de maladie. »

Priscus lui emboîta le pas et s'éloigna en fendant la foule mouvante des soldats. Leurs visages tordus d'angoisse, maculés de sang, formaient un effroyable tableau. Ces hommes avaient passé toute leur vie sur les champs de bataille. Ils ne savaient rien faire d'autre que tuer, descendaient rarement de leur cheval, combattaient, mangeaient, parfois dormaient sans mettre pied à terre. Durant trois générations, ils avaient poursuivi leur inexorable avancée, écrasant tous les peuples d'Europe, depuis les prairies qui s'étendaient au-delà de la Volga jusqu'en Gaule. Ce matin même, leur avait été ravi le plus grand souverain qu'ils aient jamais eu. On pouvait donc redouter que, poussés par le désespoir et la rage, ils ne se défoulent sur le premier venu, lequel avait pour seul tort d'être un étranger venu d'un pays lointain.

Priscus marchait vite, tête baissée, pour éviter le regard des guerriers qui affluaient vers la tente du Grand Roi. Quand il eut regagné ses quartiers, il dressa un autel et le garnit de bougies. Il voulait prier pour l'âme du défunt. Après tout, chaque fois que Priscus ou d'autres Romains avaient évoqué devant lui le dieu des chrétiens, Attila leur avait prêté une oreille attentive. Il avait même rencontré le pape Léon à Mantoue et conclu avec lui une alliance. De toute manière, dans sa position actuelle, mieux valait afficher son affliction le plus clairement possible. Priscus se fit vomir, avala une grande quantité d'eau, vomit encore. Ce traitement eut pour effet de lui calmer les nerfs.

Dans la soirée, il marcha jusqu'au centre du camp. On avait démonté la tente du Grand Roi et dégagé une large surface, un peu plus loin, où s'élevait à présent une immense tache claire. Intrigué, Priscus s'en approcha et y posa la main.

C'était un chapiteau revêtu de soie blanche qui ondoyait dans la brise. Il trouva l'entrée en écartant deux pans de tissu et passa la tête à l'intérieur. Au beau milieu, le cadavre du Grand Roi était exposé en tenue d'apparat : étoffes précieuses, dans les teintes rouge et pourpre comme il sied à un monarque combattant, et armes de la plus belle facture, serties d'or et de pierres précieuses.

Ses fidèles et valeureux compagnons tournaient à cheval autour de sa dépouille. La plupart d'entre eux étaient eux-mêmes chefs de tribu ou de nation. Défigurés par les larmes écarlates, ils caracolaient devant leur souverain, chantaient ses exploits, ses victoires, célébraient sa grandeur et sa gloire. Pour exprimer sa peine, un seigneur de guerre ne pouvait se contenter de pleurer comme une femme. D'où ces cascades sanglantes que Priscus voyait dégouliner des barbes, se répandre sur les vêtements, tacher la crinière des chevaux.

Priscus s'agenouilla devant le défunt, puis se prosterna pour bien montrer qu'il lui rendait hommage, à sa manière. À peine eut-il touché la terre de son front qu'il se releva et regagna ses pénates. Il y demeura trois jours, un temps qu'il mit à profit pour rédiger une chronique de la vie d'Attila le Grand, mort durant sa nuit de noces. Des visiteurs se présentèrent qui lui rendirent compte des événements dont ils avaient été témoins. Certains évoquèrent le faste des cérémonies de deuil, la rivalité opposant les trois héritiers : Ellak le fils aîné, Dengizich le cadet et le plus jeune, Emakh, que les deux autres méprisaient ouvertement, ce qui ne faisait qu'accroître son ressentiment. D'autres lui rapportèrent l'amertume d'Ardaric face au comportement indigne des trois fils qui auraient pu attendre l'inhumation de leur père avant de s'entre-déchirer.

Le lendemain, Priscus refit une apparition sous la tente de soie blanche où l'on procédait aux préparatifs des funérailles. Sous la clarté aveuglante d'une centaine de flambeaux, les serviteurs déposèrent leur maître dans trois cercueils gigognes. Le plus grand était en fer, le moyen en argent massif, le dernier en or pur. Les espaces vides entre les trois furent ensuite comblés par des armes précieuses, serties de joyaux, et des objets du même acabit, prélevés dans les butins arrachés aux nations vaincues. Attila avait remporté d'innombrables victoires. À la tête de ses troupes, il avait conquis et assimilé une centaine de tribus asiatiques, défait les Alains, les Ostrogoths, les Arméniens, les Burgondes, ravagé des terres innombrables dont les Balkans, la Thrace, la Scythie et la Gaule. Il avait pillé les villes de Mantoue, Milan, Vérone et soumis la quasi-totalité de l'Italie du Nord. Mais surtout, il avait fait reculer les armées des deux grandes capitales de la chrétienté, Rome et Constantinople.

Autant dire que, dans ces trois cercueils – déjà inestimables en eux-mêmes –, se trouvaient entassées des quantités incroyables d'or et de pierreries. En contemplant leur éclat rehaussé par le rougeoiement des flambeaux, Priscus ne pouvait éviter de songer que le métal du plus petit provenait sans doute du lourd tribut – 2 100 livres d'or – que l'Empire romain versait chaque année à Attila. Mais plus que tout, c'étaient les pierres précieuses – le vert glacial des émeraudes, le sang des rubis, le velours bleu des saphirs – qui attiraient son regard, scintillant au milieu des grenats, des lapis indigo, de l'ambre jaune et du jade vert amande.

À la tombée du jour, une troupe de mille cavaliers sélectionnés parmi la garde personnelle d'Attila se rassembla devant la tente. Les couvercles des trois cercueils emboîtés furent scellés, on hissa le tout sur un énorme chariot à huit roues, assez solide pour supporter une telle charge, et le cortège s'éloigna dans les ténèbres sans le secours d'aucune torche.

Quelques semaines plus tard, Priscus s'apprêtait à regagner la cour de l'empereur Marcian. Il avait, pour ce faire, constitué une caravane de mulets. Le périple promettait d'être long et pénible. Entre cette contrée sauvage et les riches palais de Constantinople, il y avait environ un mois de marche. Mais Priscus aurait fait le voyage à quatre pattes, s'il l'avait fallu. Dans l'après-midi, un nouvel événement secoua le campement. Les nomades désignèrent un point sur l'horizon en hurlant dans leurs diverses langues et dialectes. Priscus décida d'aller voir ce qui causait pareil émoi.

Les cavaliers d'élite qui avaient escorté le convoi funéraire étaient de retour. Ils approchaient au grand galop. Formant un nuage au-dessus de la plaine, la poussière soulevée par les sabots annonça leur arrivée avant même que leurs silhouettes ne se dessinent au loin.

Ardaric, Onegesius, les trois fils d'Attila – Ellak, Dengizich, Emakh – et un grand nombre de guerriers se rassemblèrent à l'orée du camp, prêts à les accueillir. Les mille cavaliers mirent pied à terre dans un ensemble parfait, s'inclinèrent devant leurs commandants qui, bizarrement, les saluèrent aussi. Ellak, le premier né d'Attila, s'avança vers le chef de la troupe, un nommé Mozhu, posa la main sur son épaule et dit : « Raconte. »

L'autre s'exécuta : « Nous avons conduit le Grand Roi dans un lieu situé à la courbe d'un fleuve lointain où peu de voyageurs s'aventurent. Nous avons bâti un caveau profond comme deux hommes, relié au sol par un plan incliné, et nous y avons descendu les cercueils.

Après quoi, nous avons recouvert de terre le caveau et la rampe puis, regroupant nos chevaux, nous avons piétiné cent fois le sol au-dessus de la tombe, de telle manière que nul ne pourra jamais savoir où le Grand Roi repose. Pour plus de sûreté, nous avons détourné le cours du fleuve. Plusieurs mètres d'eau recouvrent la tombe d'Attila, et la protégeront à jamais des regards. »

Ellak serra Mozhu contre lui, grimpa sur un char à bœufs et prononça un discours dans lequel il remercia les mille braves d'avoir combattu aux côtés de son père et pris soin de sa dépouille après sa mort. Avant de sauter à terre, il hurla à pleins poumons : « Tuez-les tous. »

Sur-le-champ, la multitude se referma sur les cavaliers. Priscus les vit disparaître dans la masse comme des nageurs engloutis par une lame de fond – une tête émergeait, une autre s'enfonçait. Tous tombèrent sous les coups de cette armée gigantesque, sans opposer aucune résistance, sans même tenter de s'enfuir à cheval. Priscus se demanda si leur étrange passivité était à mettre au compte de la surprise ou si ces hommes avaient su par avance que nul d'entre eux ne survivrait à leur mission, l'emplacement de la tombe d'Attila devant rester secret jusqu'à la fin des temps.

Quand les mille guerriers de l'escorte funèbre furent tous occis, on les ensevelit à l'endroit même où ils étaient tombés. En écoutant leurs chefs faire éloge de leur loyauté, de leur honneur, de leur bravoure, Priscus supposa qu'il s'agissait là d'une tradition propre aux Huns : le trépas du chef suprême devait s'accompagner d'un bain de sang, ce dernier assurant la communion du peuple tout entier dans une même douleur.

Priscus prit la route dès le lendemain, à l'aube, avec ses cent cinquante mulets chargés de vivres et, dissimulés entre les provisions, quelques objets auxquels il tenait particulièrement – le compte rendu de sa mission auprès d'Attila, ses ouvrages personnels, divers souvenirs de ses amis barbares. Il emportait également dans ses bagages la jeune Ildico, veuve du Grand Roi, qu'il avait juré de ramener en terre germanique, auprès de sa famille, dès qu'un tel périple serait envisageable.

Ils cheminèrent une journée durant. Au soir, Priscus s'approcha du mulet d'Ildico et lui murmura : « Tu vois, mon enfant ? Je t'avais dit que tout irait pour le mieux. Il suffisait de leur démontrer que le vin n'était pas empoisonné. Pas de poison, pas d'empoisonneurs.

— On dit qu'ils t'ont forcé à en boire. Comment se fait-il que tu sois encore vivant ?

— Ce poison n'agit pas aussitôt. Il faut en absorber chaque jour pendant longtemps pour qu'il provoque une hémorragie fatale. Cela faisait plusieurs semaines que je lui en administrais à petites doses. Son organisme en était tellement imprégné que, pour l'achever, il a suffi d'une dernière prise, dans ce vin que tu lui as servi. Mais oublie cela et pense à des choses plus réjouissantes. Tu seras bientôt très riche.

— Tu peux garder l'or qui me revient. J'ai tué Attila pour venger la mort des miens. Ramène-moi dans mon pays, le reste m'est indifférent.

— L'empereur voudra te récompenser. C'est grâce à nous deux que l'Empire a échappé à la destruction.

— Je me moque de l'Empire. »

Priscus réfléchissait tout en chevauchant son mulet, quelques mètres devant la jeune princesse. Il avait scrupuleusement suivi la recette – allant jusqu'à cueillir lui-même le trèfle doux, lequel en moisissant fournissait l'ingrédient principal de ce poison indétectable dont les victimes semblaient mourir de mort naturelle. Et pour tromper l'ennui, il rédigeait dans sa tête le récit de son séjour parmi les Huns. Il n'omettrait aucun détail – ni sa première mission entreprise quatre ans plus tôt aux côtés de Maximinus, ni le projet d'assassinat dont l'interprète Vigilas avait endossé la responsabilité, ni les faits et gestes des barbares, ni la personnalité de leur chef suprême.

En revanche, il laisserait dans l'ombre les véritables circonstances du décès d'Attila, car la méthode employée pourrait toujours resservir lors d'une autre occasion. L'Empire romain d'Occident ne tarderait pas à tomber aux mains de ses ennemis. Ses légions ne pourraient repousser indéfiniment les attaques répétées des hordes venues de l'est, chacune plus virulente et plus massive que la précédente. C'était une question de chiffres : le rapport de force jouait en la défaveur de Rome. L'empire d'Orient suivait des lois plus subtiles, des lois qui défiaient les mathématiques – la preuve, il lui avait suffi d'un seul homme pour repousser la menace barbare. Constantinople vivrait encore mille ans.

Ildico était une magnifique créature, pensa-t-il. Silhouette fine et gracieuse, teint de lait, cheveux d'or. Rien que de fort séduisant. Dans un sens, s'il la faisait sienne, il pourrait se targuer d'avoir tout ravi au grand Attila. Mais non, se ravisa-t-il. Ce serait faire montre d'une vulgarité dont seul un émissaire de Rome était capable.

2

Au large de Grand Isle, Louisiane
An 2012 de notre ère

Remi Fargo flottait dans l'eau tiède du golfe du Mexique. Ses palmes bougeaient à peine tandis qu'elle travaillait. Elle déposa au fond de son filet les derniers tessons du récipient vieux de mille ans qu'elle venait de découvrir à moitié enfoui dans le sable. À l'origine, ce bol en céramique avait dû mesurer dans les vingt centimètres de diamètre pour huit de profondeur, songea-t-elle. Elle avait normalement collecté l'ensemble de ses fragments. Mieux valait s'en tenir là et ne rien poser dessus. Il aurait été dommage de rayer le vernis qui subsistait par endroits sur les flancs de la poterie. Elle leva les yeux vers la forme oblongue du bateau, posé comme une tache sombre quelque 18 mètres au-dessus d'elle, à la surface d'une eau qui luisait comme du vif-argent, du moins quand on la voyait d'en bas. Elle souffla. Les bulles d'air jaillirent de son détendeur et montèrent vers la lumière, tels de minuscules globes de verre.

Remi accrocha le regard de son mari, désigna le filet puis leva les pouces. Sam lui répondit en brandissant un objet ressemblant à un bois de cerf, s'inclina et acquiesça d'un geste du menton. En deux nonchalants coups de palmes, la délicate silhouette de Remi s'élança, traversa un banc d'anchois, lesquels tournoyèrent en miroitant autour d'elle comme une bourrasque de grêle. Elle attendit qu'ils se dispersent pour reprendre sa montée.

Quand elle perça la surface, Remi aperçut une autre embarcation ancrée un peu plus loin. Aussitôt, elle replongea et passa sous la coque de leur bateau pour attendre de l'autre côté l'arrivée de Sam dont la présence se manifesta un instant plus tard par un jet de bulles.

Quand elle vit apparaître sa tête, elle retira son propre détendeur et aspira une goulée d'air frais. « Ils sont revenus. »

Sam repassa sous l'eau pour ressortir près des moteurs, à l'abri des regards. « Oui, c'est bien eux – le même bateau, coque noire, pont gris. » Il jeta un deuxième coup d'œil. « Et les mêmes individus, cinq… non six.

— Pour le troisième jour consécutif.

— Ils doivent croire que nous avons découvert l'Atlantide.

— Tu rigoles, mais ça pourrait bien être le cas. Enfin, pas forcément l'Atlantide, mais ces gens ignorent sur quoi nous travaillons et comme nous sommes au large de la Louisiane, ils peuvent très bien imaginer que nous explorons un vieux galion espagnol bourré d'or, ayant sombré jadis à la suite d'un ouragan. Ou un navire de la guerre de Sécession coulé lors du blocus.

— Ou une Chevrolet 2003 qui aurait basculé d'un pont sur le fleuve. Allons, Remi, nous avons 18 mètres de profondeur sous la coque. Sois logique. Il s'agit probablement de banals plaisanciers qui ont jeté l'ancre le temps de siroter une petite bière et de se passer de la crème solaire dans le dos. »

Remi se laissa dériver vers Sam et, pour mieux voir l'autre bateau, s'accrocha à ses épaules. « Je te trouve bien léger, M. Rigolo. Ces gens-là nous suivent et surveillent nos moindres faits et gestes. Tu as vu ça? Un reflet de soleil sur une lentille.

— Sans doute des paparazzi. Ils veulent juste une photo de moi.

— Continue comme ça. Mais dis-toi bien une chose : des inconnus qui nous croient à tort en possession d'un trésor peuvent être aussi dangereux que si nous en avions réellement trouvé un. Avant de passer à l'attaque, les voleurs ne cherchent pas à savoir s'il y a de l'argent à se faire.

— Bon, d'accord, dit Sam. Pourtant, tu remarqueras qu'ils ont gardé leurs distances jusqu'à présent. S'ils tentent une approche, nous aurons une petite discussion mais, pour l'heure, je préfère continuer à cartographier ce village englouti. Les dernières semaines ont été riches en découvertes mais je ne vais pas passer ma vie à faire des fouilles de sauvetage. »

On avait souvent tendance à prendre le couple Fargo pour de vulgaires chasseurs de trésor, ce dont ils se défendaient résolument. Cette réputation n'était pas de leur fait. Elle avait été fabriquée de toutes pièces par des journalistes en mal de sujets croustillants. En réalité, Sam et Remi étaient des passionnés d'histoire qui consacraient leur vie à rechercher sur le terrain les vestiges des civilisations perdues. Ce printemps-là, ils avaient entrepris des fouilles sous-marines pour le compte de l'État de Louisiane. Alors qu'il inspectait la côte ravagée par une marée noire, suite à l'incendie d'une plate-forme de forage, un archéologue nommé Ray Holbert avait trouvé un grand nombre de tessons de poterie rejetés sur la rive par les eaux du golfe. Comme il s'agissait d'objets anciens et de fabrication locale, il avait demandé à la compagnie pétrolière de financer une campagne de fouilles qui, selon lui, devait aboutir à la mise au jour d'un village englouti. Ayant eu vent de ce projet, Sam et Remi avaient proposé leur aide sans demander de contrepartie financière.

« Redescends avec moi, dit Remi. Je pense avoir trouvé un autre foyer. Prends l'appareil photo. »

Sam se hissa sur le plat-bord, saisit l'appareil et replongea avec Remi qui, totalement absorbée par son travail, le guida vers le foyer en pierre puis s'éloigna pour photographier le site sous tous les angles afin de fixer la position des différents artefacts. Sam observait les mouvements gracieux de son corps – dans sa combinaison de plongée, il semblait se découper en ombre chinoise. Une fine mèche de cheveux auburn échappée de son capuchon flottait devant son front. Quand il croisa son regard vert derrière la vitre du masque, il recouvra vite ses esprits et se pencha vers le cercle de pierres noircies que Remi avait découvert sous le sable. Après quoi, ils poursuivirent leur récolte, déposant chaque tesson dans leur filet avec une extrême délicatesse. Au retour, il leur resterait à répertorier, cataloguer et replacer les moindres vestiges sur un plan quadrillé représentant le terrain de fouilles.

Soudain, ils entendirent le vrombissement d'une hélice. Le bruit gagna en volume. Quand ils levèrent la tête, ils virent le ventre d'une coque noire filer vers leur bateau en projetant des traînées d'écume de part et d'autre. De là où ils étaient, ils distinguaient nettement le moteur, les pales et la longue spirale de bulles à l'arrière.

Leur embarcation se mit à osciller, la chaîne d'amarrage à se tendre, lestée par l'ancre fichée dans le sable.

La tension diminua dès que l'autre bateau eut ralenti pour s'arrêter à un mètre du leur. Au bout d'une minute ou deux, la coque noire s'éloigna pleins gaz en rebondissant sur la crête des vagues.

Sam pointa le doigt vers le haut. Ils remontèrent de concert. Remi grimpa l'échelle de coupée, suivie de Sam. Comme ils ôtaient leur équipement, Remi lança : « Alors ? Tu es satisfait ? Ils se sont approchés. Heureusement que nous n'avons pas fait surface au moment où ils arrivaient à toute allure. »

Elle vit les mâchoires de Sam se crisper. « Je crois qu'ils ont juste jeté un coup d'œil sur nos trouvailles. Ils étaient pressés.

— Et j'espère qu'ils ont vu tout ce qu'ils voulaient voir, ajouta-t-elle. Je n'ai pas envie de me faire déchiqueter par une hélice pour quelques tessons de poterie et une poignée de coquillages millénaires.

— J'aimerais bien savoir à qui nous avons affaire. » Sam démarra le moteur et s'avança vers la proue, tandis que Remi prenait les commandes et amenait le bateau vers son point d'amarrage pour que l'ancre à deux crochets s'extirpe du sable. Sam la remonta puis la rangea sous le pont avant. Remi décrivit un cercle à la surface afin que Sam récupère la petite bouée en forme d'anneau qui servait de support au drapeau de plongée, un fanion rouge rayé d'une ligne blanche en diagonale. Il hissa l'ensemble, comprenant une ancre légère, et le glissa dans un casier à la poupe.

Quand tout fut en ordre, Remi mit les gaz et fonça vers Grand Isle Harbor.

Posté près de Remi, Sam appuya ses coudes sur le capot de la cabine en braquant ses jumelles sur l'horizon tandis qu'ils longeaient la côte. Les longs cheveux auburn de Remi volaient dans le vent. « Je ne vois pas leur bateau, cria Sam. Ils ont dû l'amarrer dans le port. On ferait mieux d'y aller nous aussi. »

Remi vira de bord à toute allure puis rétrograda aux abords de la passe. Ils s'apprêtaient à contourner le brise-lames quand ils virent un navire des gardes-côtes passer devant leur proue, à quelque distance.

« Excellent timing, fit remarquer Sam. Encore un peu et tu aurais dû battre des cils pour échapper au PV pour excès de vitesse.

— Je n'ai jamais de PV pour excès de vitesse parce que je n'enfreins jamais la loi, répondit-elle en papillonnant à son intention. Tiens, prends le volant. »

Elle s'écarta pour lui laisser la place. Sam réduisit encore la vitesse et entra tout doucement dans le bassin. Remi se pencha, passa les doigts dans ses cheveux, histoire de leur redonner une forme, et quand elle se redressa elle se tourna vers Sam d'un air inquisiteur. « Tu les cherches, n'est-ce pas ?

— Disons plutôt qu'ils ont piqué ma curiosité. Je me demande combien de temps nous allons devoir supporter que des chasseurs de trésor amateurs et des pilleurs de tombes nous collent aux basques.

— J'imagine que tu as donné une interview de trop. Il doit y avoir un rapport avec cette conversation que tu as eue avec la fille de Boston, tu sais, cette présentatrice de télé aux longs cheveux bruns. » Elle lui sourit. « Tu étais littéralement suspendu à ses lèvres. Mais cela n'a rien d'étonnant, elle parlait avec un accent si distingué que ses questions pouvaient passer pour intelligentes. »

Sam lui renvoya son sourire sans mordre à l'hameçon.

En s'enfonçant dans le port, ils continuèrent à inspecter les mouillages mais sans apercevoir la moindre coque noire et grise. Sam accosta le long du ponton où étaient amarrés les autres bateaux de plongée proposés à la location. Puis ils enroulèrent un filin sur une bitte d'amarrage, suspendirent les pare-chocs et, toujours aussi attentifs à ce qui se passait aux alentours, rincèrent leurs combinaisons et déposèrent leurs bouteilles dans le casier prévu à cet effet par le loueur, Dave Carmody.

Au même instant, Ray Holbert fit son apparition. Il sauta sur le ponton qui tangua légèrement sous son poids. « Salut, les Fargo ! » C'était un homme de haute taille, doté d'un teint fleuri et d'une énergie qui transparaissait dans tous ses gestes. Il marchait vers eux à grandes enjambées en agitant les bras.

« Salut Ray, dit Remi.

— Vous avez trouvé quelque chose ? »

Sam souleva le couvercle d'un coffre près de la poupe, contenant plusieurs filets remplis d'artefacts. « Des tessons de poterie ensablés près d'un foyer en pierre, des outils en pierre polie, un bois de cerf privé de ses andouillets – ils ont dû servir à fabriquer des projectiles. Le travail de cartographie est presque achevé. »

Remi souleva l'appareil photo. « Tout est dans la boîte. Tu pourras les télécharger sur ton ordi et les reporter sur le plan du site en te basant sur l'emplacement du dépotoir.

— Super, dit Ray. Ça avance bien. Je pense que nous aurons exploré, identifié et cartographié les trois villages engloutis avant que l'argent de la subvention soit épuisé.

— Quand tu seras à sec, on remettra quelques sous dans la cagnotte, répondit Sam. Si besoin est, on peut même élargir le périmètre des recherches.

— Qui vivra verra, répliqua Ray.

— On rentre à la maison, dit Remi. Tu n'as qu'à nous suivre avec le camion et on te remettra les dernières trouvailles. Les cartes et les photos sont prêtes, les objets et les os étiquetés et reportés sur le plan. Je me sentirai mieux quand tu auras tout récupéré.

— Entendu, dit Holbert. Nous en savons déjà pas mal sur ces foyers de population. Quand je pense qu'il y a peu, on en ignorait presque tout. Ces villages se dressaient sur un rivage. D'après la datation au carbone 14, la montée des eaux se serait produite aux environs de l'an 700. Ils avaient plus ou moins la taille de nos villages actuels. Cinq ou six familles occupant des petites maisons, chacune bâtie autour d'un foyer en pierre. Ils mangeaient les produits de la mer mais faisaient parfois des incursions dans l'intérieur des terres pour chasser le cerf. Ce premier groupement humain est d'une richesse extraordinaire.

— Si je comprends bien, tu veux qu'on passe au suivant ? demanda Remi.

— Après-demain, je déplace l'équipe de fouilles vers l'ouest, à quelques kilomètres d'ici. Il existe une vingtaine de sites potentiels et chaque groupe de plongeurs n'en a exploré qu'un seul. Je souhaite qu'ils effectuent un maximum de repérages le long de la côte, autour de Caminada Headland. De cette manière, nous aurons une idée plus précise de la tâche à abattre avant le départ de nos volontaires estivaux. Il est probable qu'un certain nombre de sites ne méritent pas qu'on s'y attarde mais, pour en être sûr, il faut d'abord aller voir sur place. »

En dix minutes, ils gagnèrent le petit bungalow que Sam et Remi avaient loué sur la pointe sud de Grand Isle, à 200 mètres de la plage. C'était une maison d'un étage sur pilotis, avec des bardeaux peints en blanc et une grande véranda sur le devant où, le soir, ils s'installaient pour regarder le soleil se coucher et profiter de la brise marine qui venait du golfe du Mexique. Sam et Remi aimaient voyager incognito et, de fait, rien dans cette cabane ne trahissait la richesse de ses occupants. La véranda était protégée par un auvent, deux grandes fenêtres offraient une vue presque entièrement dégagée sur la mer. Ils se contentaient d'une petite salle de bains et de deux chambres dont l'une, reconvertie en atelier, servait à entreposer les objets prélevés au fond de l'eau dans l'ancien village indien.

C'est dans cette pièce que Sam conduisit Ray Holbert dès leur arrivée. Pendant que Remi passait sous la douche, il lui présenta leurs trouvailles et lui remit le plan quadrillé du site archéologique, sur lesquels les vestiges figuraient à l'emplacement précis où on les avait découverts. Les photos de Remi étaient toutes stockées sur des cartes mémoire ; elles serviraient à replacer chaque fragment dans son contexte. Quant aux objets eux-mêmes, ils étaient rangés dans des boîtes en plastique.

Holbert examina le plan du site de fouilles puis inspecta les artefacts. « Avec une telle quantité de ramures et d'ossements de cervidés, on peut affirmer sans risque d'erreur que la montée des eaux a modifié le paysage de manière radicale. Là où nous trouvons aujourd'hui des bayous et des étendues planes placées au niveau de la mer, s'élevaient jadis des collines recouvertes de forêts.

— C'est presque dommage de partir », dit Remi en revenant de la salle de bains. Elle avait enfilé une tenue adaptée aux soirées tièdes de Grand Isle – un short, un polo large à manches courtes et une paire de tongs. « Pourtant, j'avoue que nos pots de colle ne me manqueront pas.

— Que veux-tu dire ? demanda Holbert.

— C'est de notre faute, probablement, répondit Sam. Un bateau de plongée nous suit comme notre ombre depuis quelques jours. Dès que nous sortons en mer, ils se placent dans les parages et nous épient à la jumelle. Aujourd'hui, ils se sont rapprochés à moins d'un mètre de notre bateau. On aurait dit qu'ils cherchaient à savoir ce que nous avions remonté.

— C'est étrange, dit Holbert.

— Après cet article de journal sur nous, il fallait s'y attendre, dit Sam avant de tourner les yeux vers sa femme. Ou alors, c'est parce qu'ils ont publié une photo de Remi. Bref. Je vais t'aider à charger le matos avant d'aller me doucher. »

Vingt minutes plus tard, ayant hissé les caisses dans le pick-up blanc de Holbert, ils partirent déguster des huîtres, des crevettes grillées à la sauce rémoulade, des rougets tout frais pêchés, le tout arrosé d'un chardonnay bien frappé provenant des vignes Kistler en Californie. À la fin du repas, Sam proposa : « Que diriez-vous d'ouvrir une autre bouteille ?

— Non merci, répondit Ray.

— Pareil pour moi, renchérit Remi. Demain c'est notre dernier jour de plongée sur ce site, alors j'aimerais me lever tôt. Qui nous dit qu'ailleurs nous aurons autant de chance qu'ici ?

— Oui, tu as raison », reconnut Sam. Ils souhaitèrent bonne nuit à Ray, regagnèrent leur bungalow à pied, verrouillèrent la porte et éteignirent les lumières. Puis laissant le ventilateur tourner paresseusement au-dessus de leur lit, ils s'endormirent en écoutant les vagues mourir sur le rivage.

Sam se réveilla dès que le premier rayon du soleil filtra entre les rideaux. Il prévoyait de sortir sur la pointe des pieds pour ne pas réveiller Remi mais celle-ci était déjà sur la véranda, devant une tasse de café. Lavée, habillée, elle attendait qu'il émerge tout en contemplant la mer.

Sam et Remi s'arrêtèrent dans une cafétéria acheter des croissants et du café, puis une fois parvenus à la marina, longèrent le ponton jusqu'à leur bateau de location. « Tu vois ce que je vois ? » murmura-t-elle.

Sam hocha la tête, les yeux plissés. Il s'était déjà déchaussé pour sauter sur le pont avant. La porte de la cabine était fermée mais le cadenas avait été forcé. Il fit coulisser le battant et passa la tête à l'intérieur. « Notre équipement est bousillé.

— Saboté ?

— Pas vraiment. Je préfère dire "bousillé". » Sam sortit son téléphone portable et composa un numéro. « Allô Dave ? Ici Sam Fargo. On dirait qu'on a eu de la visite. Nous sommes au port. Le bateau de plongée que tu nous as loué a été saccagé. Ils ont brisé les détendeurs, cisaillé le caoutchouc des masques et des palmes. Je ne sais pas s'ils ont touché aux bouteilles mais il faudra faire très attention quand tu les rempliras. Je n'ai pas encore vérifié le moteur et le réservoir. Si tu remplaces le matériel détérioré tout de suite, nous pourrons prendre la mer quand même. En attendant, j'appelle la police.

— C'est bon, Sam, répondit Dave Carmody, je serai là dans une demi-heure, avec ce dont vous avez besoin. Mais je me charge des flics. Grand Isle est une petite localité, ils me connaissent et ils savent qu'ils vont encore devoir me supporter pendant vingt ans.

— Merci, Dave. À tout à l'heure. » Sam rangea son téléphone et alla s'asseoir sur le pont avant.

Remi le regarda gravement. « Sam ?

— Quoi ?

— Jure-moi que tu n'as pas l'intention de faire une bêtise.

— Bêtise n'est pas le terme.

— Et que je ne serai pas obligée de te faire libérer sous caution.

— Non, ce ne sera pas nécessaire.

— Mmmm », fit-elle, dubitative. Elle sortit son téléphone et composa un numéro. « Delia ? C'est Remi Fargo. Comment vas-tu ? Ah oui, super. Dis-moi, Henry est-il au tribunal ? Non ? Tu crois que je peux lui parler ? Génial. Merci. »

Elle se dirigea vers la poupe. « Henry ? Je voudrais juste te demander un petit service. » Elle tourna la tête et baissa le ton pour que Sam ne comprenne pas ce qu'elle disait. Puis elle pivota sur elle-même et revint vers lui. « Merci, Henry. Si tu pouvais lui donner quelques conseils, je t'en serais reconnaissante. Au revoir.

— De quel Henry s'agit-il ? demanda Sam.

— Henry Clay Barlow, notre avocat.

— Ah, celui-là !

— Il recommande d'éviter la caution. Mais il va prévenir l'un de ses amis, à La Nouvelle-Orléans. En cas de besoin, il nous rejoindra ici en hélico avec une mallette de billets et un acte d'habeas corpus.

— Ça va nous coûter combien ?

— Tout dépend de ce qu'on aura à se reprocher.

— Très juste. » Entendant un bruit, Sam leva les yeux. « Voilà l'ami Dave, notre loueur. »

Dave gara sa camionnette au bout de la jetée et s'engagea sur le ponton flottant au côté d'un policier en uniforme muni d'une mallette, un type blond, costaud, avec de larges épaules et un ventre à bière. « Salut Sam, lança Dave avant de s'incliner légèrement. Remi.

— Quelle rapidité, Dave !

— Je vous présente le sergent Ron Le Favre. Il veut jeter un œil sur les dégâts avant qu'on ne remplace le matériel abîmé. » Dès que Dave vit son bateau, il prit un air désolé. « Regardez la porte de la cabine. C'est du bois d'importation. De la qualité. Un vrai miroir, on pourrait se raser dedans. »

Le sergent Le Favre monta sur le pont. « Madame, monsieur, enchanté de vous rencontrer. » Il sortit un appareil photo de sa mallette et entreprit de mitrailler les objets endommagés. « Monsieur Fargo, dites-moi ce que vous en pensez, fit-il sans cesser de photographier. Vous a-t-on pris quelque chose ?

— Pas à première vue. Il n'y a que de la casse.

— Avez-vous des ennemis dans le coin ?

— Pas que je sache. Tout le monde s'est montré très sympa avec nous jusqu'à présent.

— Vous avez des soupçons ? »

Sam se contenta de hausser les épaules. Remi le foudroya du regard, à la fois déconcertée et agacée.

« Je vais tout mettre par écrit, dit le sergent Le Favre. Comme ça, Dave pourra envoyer le rapport à sa compagnie d'assurances. Mais d'abord, je vais faire un tour dans la marina. Quelqu'un a peut-être passé la nuit sur son bateau et aperçu des individus suspects.

— Merci beaucoup, sergent », dit Sam en sautant sur le ponton pour aider Dave Carmody à monter le matériel inutilisable dans la camionnette et porter le neuf jusqu'au bateau. Ensuite, ils démarrèrent le moteur, écoutèrent un instant puis ouvrirent le capot afin d'examiner les courroies et les tuyaux. Dave allait s'en retourner quand Sam l'arrêta : « Dave, je crois que ceux qui ont fait le coup s'intéressent de près à nos activités. Ils veulent savoir pourquoi nous plongeons. La presse a beaucoup parlé de nous, ces derniers temps. Et voilà le résultat. Mets les dégâts sur ma note. Je préfère que tu ne préviennes pas ton assurance, sinon ils vont en profiter pour augmenter les primes. »

Dave secoua la tête. « Merci, Sam. C'est très généreux de ta part. »

Dès que Sam et Remi furent seuls, elle explosa : « Alors comme ça, tu ne soupçonnes personne ? Que fais-tu de ces gens qui nous filent le train depuis des jours dans leur bateau noir et gris ?

— Note que je n'ai pas dit non. J'ai juste haussé les épaules.

— Et s'il devait à nouveau se produire quelque chose ? Tu ne veux pas que le rapport du sergent le mentionne ?

— Eh bien, si ces personnes ont des raisons de nous en vouloir, je trouverais mal venu que le rapport de police indique que je les ai soupçonnées de nous avoir causé du tort.

— Je vois. La journée devrait être intéressante. »

Sam fit le tour du bateau pour inventorier les pièces d'équipement avant de larguer les amarres. Remi alluma le moteur et sortit de la marina en direction du golfe. Le monde devant eux n'était qu'azur, mer et ciel se rejoignant sur l'horizon infini.

Quand elle contourna le brise-lames et accéléra, Sam se plaça près d'elle. « J'espère que nous récolterons tout ce qu'il reste sur le site avant la fin de la journée. Ce serait bien de pouvoir partir l'esprit tranquille.

— Oui, dit-elle. Ça m'a l'air faisable. »

Ils longèrent un moment la côte plate de la Louisiane, cap à l'ouest. Arrivés en vue de leur spot de plongée, Remi s'écria : « Vise un peu ce qu'il y a devant nous. »

Sam regarda par-dessus le toit de la cabine le bateau noir et gris ancré à quelque distance. Le fanion rouge et blanc flottait sur l'eau, signalant la présence de plongeurs. « Intéressante coïncidence, dit-il. Notre équipement de plongée a été saboté et maintenant, voilà que ces individus explorent les fonds marins à l'endroit même où nous étions hier. » Sam sortit les jumelles et les braqua sur le bateau. « On dirait qu'ils émergent. À présent, ils ramènent les bouées et le fanion.

— Évidemment, dit Remi. Ils ont vu les Fargo, les fameux chasseurs de trésor, récolter de vulgaires tessons de céramique et des bois de cervidé, et du coup, ils se sont monté le bourrichon. » Elle ralentit le moteur. « Laissons-les s'en aller. Je n'ai pas envie de descendre à 18 mètres en les sachant dans les parages.

— Peut-être qu'ils partent pour une autre raison. Si nous les voyons, ils peuvent nous voir eux aussi. Ne les quitte pas des yeux. » Il pénétra dans la cabine et revint avec une carte marine qu'il déplia devant Remi. « Continue jusqu'au lac Vermilion. Quand on y sera, j'aimerais que tu remontes le bayou en zigzag.

— C'est un peu vague.

— Je ne veux pas brider ton ingéniosité. Je sais que tu es parfaitement capable de les semer. »

Remi remit les gaz, se plaça sur le bon cap et accéléra en faisant rugir le moteur Chevrolet 427. Elle dépassa bientôt le bateau noir et gris sans pour autant s'en approcher et poursuivit sa route à la même vitesse. Au bout de quelques minutes, Sam lui tapota l'épaule. Elle se retourna et, voyant que les autres suivaient, partit d'un grand éclat de rire. « Pas très malins, ces gugusses. Ils comptent peut-être me battre à la course ? » Elle poussa le moteur puis donna des coups sur l'accélérateur avec le talon de la main pour obtenir la vitesse maximum. Un sourire ravi plaqué sur le visage, Remi continua plein ouest, le long de Caminada Headland.

De temps en temps, leur bateau heurtait une grosse vague et bondissait par-dessus ; accrochée au volant, genoux fléchis, Remi amortissait le choc à la manière d'une skieuse en descente puis elle baissait la tête pour échapper à la gerbe de gouttelettes renvoyées par le vent. Toujours à côté d'elle, Sam lui conseilla : « Ralentis un petit peu, maintenant. S'ils nous perdent de vue, ils risquent d'abandonner. Or, nous voulons savoir ce qu'ils ont dans le ventre.

— D'accord. »

Elle maintint son cap en gardant leurs poursuivants à la limite de son champ de vision. « Très bien, dit Sam. On entre dans le lac Vermilion. »

Elle tourna sur la droite, traversa le lac puis s'enfonça dans les bayous. À peine eut-elle pénétré dans le premier canal étroit et sinueux qu'elle réduisit tout doucement les gaz. « Eh, rends-toi utile, lança-t-elle. Va donc à la proue et assure-toi que je ne percute pas une bête ou un truc susceptible d'endommager la coque.

— Avec plaisir », répondit Sam en se levant. Il sauta sur le pont avant, lui désigna le chemin le plus dégagé puis se mit à rechercher les éventuels écueils et les zones peu profondes où ils auraient pu s'échouer. L'eau était sombre, presque opaque, le canal bordé de roseaux et d'arbres penchés, chargés de mousse et de lianes. Plus ils avançaient dans les terres, plus la végétation s'épaississait. Les arbres toujours plus touffus formaient des arches d'une berge à l'autre. Au bout d'un moment, Sam cria : « Mets au point mort. »

Remi s'exécuta, le bateau glissa sur quelques mètres dans un silence relatif puis s'arrêta et dériva jusqu'à un bosquet ombragé. Quelque part derrière eux, on entendait gronder le moteur du bateau noir et gris. Sam et Remi se regardèrent en hochant la tête. Remi redémarra. Ils voguèrent une vingtaine de minutes encore puis Sam lui fit signe de ralentir et passa à l'arrière consulter la carte.

« Apprête-toi à jeter l'ancre.

— Tu es sûr ?

— Cet endroit ne te plaît pas ?

— C'est juste un marais étouffant, infesté de moustiques, abritant un tel nombre de serpents mocassins que même les alligators et les crocodiles américains, espèce rare autant que célèbre, ont du mal à s'en dépêtrer. Et en plus, je viens de voir une aigrette épuisée de chaleur tomber de son perchoir.

— Parfait, dit Sam. Enfilons nos combinaisons. Elles nous protégeront des moustiques. Et n'oublie pas tes chaussons parce que nous allons devoir marcher. Nous pourrions aussi emporter des palmes pour aller plus vite, en cas de besoin. » Sam étudia la carte puis traça un grand X rouge à 800 mètres de leur position.

« Ce n'est pas un peu énorme ?

— Ils se sont donné tant de mal qu'ils voudront y croire. »

Quand ils furent habillés, Sam prit une gaffe dont il utilisa le bout arrondi pour amener le bateau vers la rive et le crochet à l'autre extrémité pour le stabiliser le temps qu'ils en descendent et fassent quelques pas dans la boue. Après quoi, il le repoussa vers le milieu du canal.

« Et maintenant ? demanda Remi.

— Maintenant, c'est parti pour une grande balade.

— Charmant. À toi l'honneur. » L'un derrière l'autre, ils s'enfoncèrent dans les roseaux et la vase.

De temps à autre, Sam se retournait pour s'assurer qu'elle suivait. Remi marchait d'un bon pas, un sourire tranquille plaqué sur le visage. Au bout d'une petite demi-heure, Sam s'arrêta. « Tu penses ce que je pense ?

— Peut-être.

— Pourquoi "peut-être" et pas oui ou non ?

— Tu penses qu'ils ont posé un traceur GPS sur notre bateau ? »

Il grimaça un sourire. « J'en ai trouvé un. Je me demandais pourquoi ils n'avaient pas saboté le moteur et, tout à coup, j'ai compris qu'ils ne voulaient pas qu'on y regarde de trop près.

— Alors, ma réponse est oui, je pense comme toi. Finissons cette balade et voyons s'ils ont le courage de nous suivre jusqu'au trésor.

— Parfois tu m'épates.

— Vraiment ? s'étonna-t-elle. C'est *encore* possible ? »

Ils s'enfoncèrent dans le marécage puis décrivirent un large cercle sur la droite et retrouvèrent leur embarcation. Remi fit encore quelques pas jusqu'au méandre suivant et désigna quelque chose devant elle. Le bateau noir et gris était ancré en retrait, caché au milieu des herbes.

Assis sur un vieux tronc d'arbre, Sam enfila ses palmes avant d'ajuster son masque.

« Les alligators n'étaient pas qu'une figure de rhétorique, tu sais, dit Remi en posant la main sur son bras.

— Ne leur dis pas que je suis ici. » Il avança dans l'eau boueuse, disparut sous la surface et, quand il émergea à la poupe du bateau noir et gris, décrocha son ancre pour le laisser dériver au fil du courant.

Remi regagna vite leur propre bateau coincé près d'une berge jonchée d'arbres morts. Dès qu'elle l'eut dégagé au moyen de la gaffe, elle amena l'ancre et chercha Sam du regard. Il avait grimpé à bord de l'autre bateau, lequel dérivait vers elle, et finissait de sectionner des câbles électriques avec son couteau de plongée.

Remi le vit approcher deux câbles dénudés l'un de l'autre. Le moteur démarra. Le bateau partit au ralenti. Ne voulant pas se laisser rattraper, Remi mit les gaz. Elle ouvrit la marche le long du canal en se fiant à ses souvenirs pour éviter de heurter les branches d'arbre invisibles sous la surface. Il lui fallut quelques petites minutes pour retrouver le lac Mud puis le lac Vermilion et enfin les eaux vives du golfe. Un moment plus tard, Sam apparut derrière elle aux commandes du bateau noir et gris.

Quand ils furent au large de Caminada Headland, ils rapprochèrent les deux embarcations et les attachèrent ensemble. Remi sauta à bord du bateau noir et gris. « Vite fait bien fait. Bravo.

— Merci. » La fouille commença. Dans la cabine, Remi tomba presque immédiatement sur un classeur bleu contenant une centaine de feuillets. « Ils travaillent pour une société commerciale. Tu as déjà entendu parler de Consolidated Enterprises ?

— Non, répondit Sam. Plutôt vague comme appellation. Ça n'indique aucune activité précise.

— Je suppose que c'est voulu. Ça leur permet de ratisser large.

— Pour l'instant, leur activité c'est la chasse au trésor. » Il désigna le détecteur de métaux aquatique posé sur le pont, prêt à être déployé.

« Pourquoi se donner la peine d'utiliser un engin pareil quand il suffit de traquer les vrais chercheurs, saboter leur équipement et voler leur spot de plongée ? »

Sam jeta encore un coup d'œil autour de lui, dans la cabine. « Ils sont six.

— Dont deux femmes, acquiesça Remi en rouvrant le classeur. Tout est inscrit là-dedans. Il s'agit d'une "équipe de terrain". Et voici leurs photos et leurs noms.

— On emporte ce truc, dit Sam.

— Ce serait du vol, non ?

— Nous avons fait bien pire en abandonnant six personnes au milieu d'un marécage à 60 kilomètres de leur port d'attache.

— Tu as sans doute raison. » Elle ferma le classeur et remonta sur le pont. « Qu'est-ce que nous allons faire de leur bateau ?

— Où est leur siège social ?

— À New York.

— Alors, il vaut mieux le ramener à la marina, dit Sam. Je suppose qu'ils l'ont loué à une personne qui n'a pas les moyens de le perdre. »

Remi passa les jambes par-dessus le plat-bord et regagna leur propre bateau. Sam lui tendit son masque, ses palmes, ôta sa combinaison et la jeta sur le pont. Remi largua les amarres reliant les deux coques. « On fait la course jusqu'à Grand Isle, dit-elle en allumant le moteur. Le gagnant passera le premier sous la douche. »

Sam releva le défi. Les deux bateaux filaient à une telle vitesse que parfois, ils décollaient à la crête des vagues avant de retomber brutalement dans les creux. Ils entrèrent dans la marina moins d'une heure plus tard et quasiment ex aequo. Sam s'amarra, enfila un sweat-shirt trouvé dans la cabine, rabattit la capuche sur sa tête déjà coiffée d'une casquette de base-ball, et trottina jusqu'au ponton suivant où Remi était en train d'attacher leur bateau. « Tu m'as l'air bien arrogant pour un voleur de vêtements, dit-elle en l'apercevant.

— Tu dis cela parce que je souris beaucoup. En fait, je ne suis pas arrogant, je suis un type gentil et innocent. »

Quand elle eut serré les derniers nœuds, elle revint à la porte de la cabine et tira sur le nouveau cadenas pour vérifier sa solidité. « Innocent ? Être innocent et être transparent sont deux choses différentes. Allez, ramène-moi à la maison. J'ai envie d'une bonne douche, d'un bon repas et ensuite peut-être que nous discuterons de ta gentillesse. »

3

La Jolla, Californie

Selma Wondrash était assise à son bureau, dans la salle de travail située au rez-de-chaussée de la maison des Fargo à Gold Fish Point. En Californie, la soirée ne faisait que commencer. Levant les yeux de son livre, Selma regarda le soleil descendre sur la surface lisse de l'océan Pacifique. Elle adorait ce moment de la journée, quand l'astre rougeoyant reposait sur l'horizon comme un jaune d'œuf. Les longues vagues de houle se brisaient au pied des falaises où la villa était perchée. Elles venaient mourir ici, après avoir parcouru toute la surface du globe, songea Selma. En temps normal, elle n'avait guère le temps de bouquiner. Mais les Fargo étaient en Louisiane depuis bientôt un mois et comme ils n'avaient pas besoin d'elle pour les épauler dans leurs recherches, elle bénéficiait de longues plages de loisirs.

Elle passa les doigts dans ses cheveux coupés court, ferma un instant les yeux et réfléchit à l'ouvrage qu'elle lisait – *The Greater Journey* de David McCullough, consacré aux intellectuels américains qui avaient séjourné à Paris au cours du XIXe siècle. Selma se sentait des affinités avec eux. Comme elle, ils avaient dédié leur vie à la culture.

Elle avait enfin trouvé l'environnement qui lui convenait le mieux, se dit-elle.

Étant enfant, Selma ne savait pas trop quelle image elle offrait aux autres ; si on avait dû la peindre, on l'aurait sans doute représentée sous les traits d'une créature effacée, sans grand intérêt – l'écolière assise au premier rang et qui lève sans arrêt la main. Tel était le lot des surdoués. À l'âge de deux ans, elle savait déjà lire et depuis lors, elle n'avait cessé d'engranger les connaissances, de faire fonctionner son esprit. Puis un beau jour, les Fargo l'avaient embauchée comme directrice de recherches.

En apercevant son reflet dans la baie vitrée donnant sur l'océan, Selma prit la mesure de ce qu'elle était : une femme entre deux âges, inutile de le nier, pas bien grande, un peu trapue même, vêtue d'un tee-shirt tie-dye et d'un pantalon kaki, comme en portent les jardiniers japonais. Très classe.

Cela faisait pas mal de temps qu'elle travaillait pour Sam et Remi Fargo. Ils l'avaient recrutée juste après avoir vendu leur société. À l'époque, cette maison n'était pas encore sortie de terre. Remi lui avait dit : « Nous avons besoin de quelqu'un qui nous aide dans nos recherches.

— Quel genre de recherches ?

— Un peu de tout. Histoire, archéologie, linguistique, océanographie, météorologie, informatique, biologie, médecine, physique… Nous voulons une personne capable d'entendre nos questions et de nous fournir un éventail de réponses.

— C'est dans mes cordes. J'ai étudié toutes ces disciplines et enseigné quelques-unes d'entre elles. Quand j'étais bibliothécaire-documentaliste, j'ai encore approfondi mes compétences, et dans les domaines qui me sont moins familiers, je connais personnellement de nombreux experts. J'accepte votre offre.

— Mais vous ignorez à combien s'élèvera votre salaire, dit Sam.

— Vous aussi, avait-elle rétorqué. Prenez-moi à l'essai et, dans trois mois, vous fixerez le montant de mes émoluments. Je peux déjà vous garantir que ce chiffre dépassera largement celui que vous imaginez aujourd'hui, car entre-temps vous aurez compris que je suis indispensable. »

Elle n'avait jamais regretté sa décision. Travailler pour les Fargo était pour elle un immense plaisir. Était-ce un travail, d'ailleurs ? C'était plutôt comme si on la payait pour être Selma. Elle avait même participé à la construction de la maison, recherché des architectes, étudié les matériaux, les sources d'énergie durable. Comme elle avait vite cerné les personnalités de Sam et de Remi, elle avait pu guider leurs choix en leur rappelant ce qu'ils aimaient, en les conseillant sur la conception d'un espace à leur mesure. Elle avait également supervisé la création de leur unité de recherches ultraperformante.

En entendant sonner le téléphone, elle fut tentée de ne pas bouger. Ses assistants Wendy ou Pete n'avaient qu'à répondre. Mais presque aussitôt, gagnée par son insatiable curiosité, elle se précipita pour décrocher. « Allô. Ici la résidence Fargo. Selma à l'appareil.

— Selma ! s'écria une voix masculine. *Meine liebe, wo sind Ihr Chef und seine schöne Frau ?*

— Herr Doktor Fischer. *Sie sind tauchen im Golf von Mexiko.*

— Votre allemand s'améliore de jour en jour. J'ai fait une découverte fascinante que j'aimerais beaucoup partager avec Remi et Sam. Comment puis-je les joindre rapidement ?

— Donnez-moi le numéro auquel vous souhaitez qu'ils vous rappellent. Je leur transmettrai le message dès qu'ils auront fait surface.

— Je suis à Berlin. »

Tout en notant les chiffres, Selma se dit que l'ouvrage de McCullough n'allait sans doute pas tarder à regagner son étagère. Albrecht Fisher enseignait l'archéologie classique à l'université d'Heidelberg. Elle avait donc tout intérêt à se plonger dans ses dernières publications, pour se familiariser avec la discipline qui risquait de l'occuper dans les prochains jours. « Merci, Albrecht. J'informe Sam et Remi au plus vite. »

Tard dans la soirée, après un dîner romantique au restaurant la Grande Jatte – crevettes à l'étouffée, crabes à carapace molle, pudding – et une promenade au clair de lune, Sam et Remi venaient de se coucher quand le portable de Sam sonna sur la commode.

Il se releva. Au moment où il posait les pieds par terre, Remi se dressa sur un coude et dit : « Le mien possède un bouton pour l'éteindre.

— Désolé. J'ai oublié qu'il était allumé. » Il fit glisser son pouce sur l'écran. « Allô ?

— Sam ?

— Oui, Selma. » Il regarda Remi qui tourna la tête et remonta la couverture.

« J'espère que je ne vous dérange pas.

— Bien sûr que non. Que se passe-t-il ?

— Albrecht Fischer vient d'appeler. Il a fait une découverte dont il voudrait discuter avec vous.

— Il est dans son bureau à l'université de Heidelberg ?

— Non, à Berlin. Mais il m'a laissé son numéro.

— Vas-y. »

Il prit le stylo qui traînait sur la commode pour noter le numéro sur un bout de papier. « Merci, Selma. Comment ça va à la maison ?

— Le calme règne sur le manoir, que le seigneur et sa gente dame y soient ou non en résidence.

— Tu n'es pas du genre à appeler les gens en pleine nuit juste pour leur faire une farce.

— Jamais de la vie, répondit Selma. Dormez bien. » Et elle raccrocha.

Sam traversa la chambre pour se rendre dans la cuisine. Remi sauta du lit et courut vers la porte avant qu'il ne la referme. « Je suis réveillée, de toute manière. Autant qu'on soit deux à dormir debout demain.

— Quelle heure est-il à Berlin ?

— Sept heures de plus qu'en Louisiane.

— Donc il est 8 heures du matin. »

Sam composa le numéro, attendit que la connexion s'établisse et passa sur haut-parleur. Plusieurs sonneries retentirent dans la chambre.

« Allô, Sam ? *Wie geht es Ihnen ?*

— Très bien, Albrecht. Selma dit que vous avez une nouvelle à nous communiquer.

— En effet. Il s'agit d'une découverte que j'ai faite voilà une semaine, lors d'une fouille archéologique. J'ai rapporté quelques objets à Berlin dans le but de les analyser. Les résultats viennent de tomber.

— Et alors ?

— Mes amis, je pense avoir trouvé une chose incroyable. Cela doit rester entre nous, c'est impératif. Il s'agit d'un site tellement gigantesque que j'aurai besoin d'aide, ne serait-ce que pour effectuer des sondages. Dans un mois, ce sera l'été et, j'insiste, l'affaire ne doit absolument pas s'ébruiter.

— Nous comprenons parfaitement. Mais pourriez-vous quand même nous dire de quoi il retourne ? intervint Remi.

— Je crois… Je suis quasiment sûr d'être tombé sur un champ de bataille datant de l'Antiquité tardive. Un site apparemment intact, n'ayant subi aucune perturbation au cours des âges. »

Sam griffonna : « Qu'en penses-tu ? » Remi lui prit le stylo des mains et traça : « Oui. »

« Nous vous rejoignons, dit Sam au professeur Fischer.

— Merci, Sam. Je reste à Berlin le temps d'acheter du matériel ou d'en emprunter. Vous me donnerez votre heure d'arrivée et je viendrai vous chercher à l'aéroport.

— Remi et moi prendrons l'avion demain dans la matinée. Mais il nous faudra sans doute une journée entière pour arriver jusqu'à vous. À plus tard. » Il raccrocha et se tourna vers Remi.

« On aurait pu lui demander de quel genre de champ de bataille il est question, dit-elle.

— Il a parlé de vestiges antiques, j'en conclus que nous ne risquons pas de tomber sur un obus non explosé.

— En Europe, on ne sait jamais.

— Il est à Berlin pour effectuer des tests de datation, mais j'ai l'impression que le site archéologique dont il parlait se trouve ailleurs.

— Je propose que nous fassions nos bagages. »

Dans la matinée, alors qu'ils roulaient vers La Nouvelle-Orléans, Sam appela Holbert. « Je suis désolé mais, hier soir, nous avons reçu l'appel d'un ami archéologue. Il a besoin de nous de toute urgence. Nous sommes déjà en route pour l'aéroport. J'espère que tu ne nous en voudras pas d'être partis si rapidement.

— Vous êtes tout excusés, répondit Holbert. Vous nous avez énormément aidés pendant un mois, vous nous manquerez. Il est très rare que des gens acceptent de fouiller bénévolement tout en assumant leurs propres dépenses et celles du reste de l'équipe, par-dessus le marché. Restons en contact. Je vous tiendrai au courant de nos futures découvertes.

— Merci, Ray.

— Au fait, Sam ! Si quelqu'un me demande où se trouvent les occupants du bateau noir et gris, que dois-je dire ?

— Je ne sais pas trop. Ils sont quelque part dans les bayous, du côté des lacs Vermilion et Mud, peut-être. »

À l'aéroport Louis Armstrong de La Nouvelle-Orléans, Sam et Remi prirent connaissance de leur itinéraire. Selma leur avait réservé un vol pour Amsterdam sur la compagnie Royal Deutsche Airlines, avec escale à Atlanta. Ils dormirent le temps de traverser l'Atlantique et ne se réveillèrent qu'à l'arrivée aux Pays-Bas. Le vol pour Berlin leur prit deux heures à peine et quand ils débarquèrent à l'aéroport Tegel, à 11 h 20 le lendemain matin, Albrecht Fischer les attendait comme promis.

Fischer était grand et mince. Quelques fils d'argent se mêlaient à sa chevelure blonde et sa peau claire était tannée par le soleil, ce qui faisait ressortir le bleu de ses yeux. Il portait un manteau gris usé par les intempéries et une écharpe en soie bleu foncé, négligemment nouée autour de son cou. Il serra la main de Sam, embrassa Remi sur les deux joues et ne se décida à leur parler de ses découvertes qu'en sortant du terminal.

« Pardonnez-moi d'avoir été si laconique au téléphone. Je pense que vous comprendrez quand vous verrez ce que j'ai rapporté.

— J'en conclus que les objets en question proviennent d'un autre pays que l'Allemagne, dit Remi.

— En effet. Quand j'étais sur place, j'ai eu l'impression qu'on me surveillait. Du coup, j'ai préféré rentrer au pays pour effectuer les tests nécessaires. Mes collègues de l'université Humboldt et de l'université libre de Berlin ont mis leurs laboratoires à ma disposition. L'un d'entre eux est en vacances ; je dors dans son bureau et je me douche dans son labo de chimie.

— Pourquoi n'avoir pas réintégré votre propre centre de recherches, à Heidelberg ?

— Une petite ruse, histoire de brouiller les pistes. Au cas où des petits curieux essaieraient de me suivre. Pendant que je fouillais le site, j'ai eu un étrange pressentiment, et je sais qu'en général, quand on se sent espionné, c'est qu'on l'est. »

Fischer héla un taxi qui les conduisit à l'hôtel Adlon Kempinski. Pendant que Sam s'enregistrait, Remi prit le temps d'admirer les lieux – de riches tapis, de jolis meubles, des plafonds ornés. Mais elle remarqua surtout le comportement inhabituel d'Albrecht Fischer. Il ne cessait d'observer les allées et venues des clients dans le hall. Il semblait agité, impatient, mais ce n'était pas tout. Il avait peur. Sam demanda au groom de monter les bagages puis rejoignit Remi et Fischer. « Si nous discutions dans la chambre ? »

Remi secoua la tête. « Non, je pense qu'il vaut mieux aller directement au labo. »

Albrecht s'illumina. « Oui, s'il vous plaît. Je sais que vous devez être fatigués après ce long voyage mais je n'en peux plus de garder tout cela pour moi. Et ce n'est pas très loin. »

Les Fargo échangèrent un regard. « Alors dans ce cas, on y va », dit Sam. Ils sortirent sur le trottoir, le portier arrêta un taxi et leur ouvrit la portière. Albrecht attendit qu'elle se referme pour annoncer : « Université Humboldt, je vous prie. » Quelques pâtés de maisons plus loin, ils arrivaient devant la statue de Frédéric le Grand qui trônait à l'entrée du vénérable établissement, sur Unter den Linden.

Ils pénétrèrent d'un bon pas dans un bâtiment qui semblait entièrement composé de laboratoires – à en juger d'après les portes en verre fumé, chacune marquée d'un numéro. Le long du couloir qu'ils parcouraient on voyait, par certaines portes ouvertes, des jeunes gens vêtus de blouses blanches circuler entre des boîtes noires pourvues d'écrans, des paillasses couvertes d'ustensiles de chimie, des comptoirs où reposaient des centrifugeuses et autres spectromètres. Sam paraissait fasciné par ce spectacle. Remi lui prit le bras. « Ne serais-tu pas en train de revivre les grands moments de tes propres études universitaires ?

Comment cela ? s'étonna Albrecht. Je croyais que les étudiants américains passaient leur temps à boire de la bière et à faire la fête.

— Sam était à Caltech. Le jour, il travaillait dans son labo et le soir, il sortait boire de la bière et faire la fête.

— J'étais plutôt en train de me dire que cette université avait vu passer des étudiants qui ont fait parler d'eux par la suite, corrigea Sam. Je pense en particulier à ce jeune homme fort prometteur nommé Albert Einstein.

— Et avant lui, il y a eu Hegel, Schopenhauer, les frères Grimm…, poursuivit Remi.

— L'affaire qui nous occupe se rapproche davantage du domaine de Remi, dit Albrecht. Un peu d'histoire, un peu d'anthropobiologie. »

Il s'arrêta devant une porte close, sortit une clé, ouvrit et alluma les néons. « Nous y voilà. » Des comptoirs de couleur noire faisaient le tour de la pièce, un tableau blanc se dressait par-devant, ainsi qu'une demi-douzaine de grandes tables en inox. Sur l'une d'entre elles était posé un cercueil en bois ciré.

« Qui est mort ? demanda Remi.

— Je l'appelle Friedrich, dit Albrecht en se dirigeant vers le cercueil. Pour être franc avec vous, j'ai déclaré sur l'honneur qu'il s'agissait de mon arrière-arrière-grand-oncle, Friedrich von Schlechter. Quand je l'ai trouvé en fouilles, comme je ne voulais pas éveiller l'attention, j'ai acheté ce cercueil et j'ai demandé à un entrepreneur de pompes funèbres de l'installer dedans et d'obtenir les documents nécessaires à sa sortie du territoire. Je suis censé l'emmener à Berlin pour ses funérailles. » Il souleva le couvercle et leur montra un squelette bruni par le temps, quelques fragments éparpillés d'une matière ressemblant à du cuir et une tige de métal rouillé, sans doute la lame d'une épée.

« On dirait qu'il a perdu la tête durant le voyage », dit Sam.

Remi regarda plus attentivement. « La détérioration ne s'est pas produite pendant le transfert. Tu vois cette marque sur la vertèbre, juste là ? Il en manque un bout. Je penche davantage pour un coup de hache ou d'épée.

— Excellent, dit Fischer. Avec un peu de patience et d'observation, on arrive assez vite à cerner son profil. L'état des molaires et la robustesse de l'ossature nous permettent de fixer un âge entre trente et quarante ans. Si vous regardez son radius et son cubitus gauches, vous trouverez d'autres indices. Apparemment, il a reçu des blessures à cet endroit-là plusieurs années avant sa mort. Elles ont guéri, contrairement à la dernière qui lui a été fatale : sa décapitation. Ces marques en disent long sur lui. Il était soldat. Et probablement utilisait-il un genre d'arme qui se tient à deux mains, le jour où son adversaire l'a frappé à l'avant-bras. Ou bien alors, il portait un bouclier mais n'a pas réussi à parer le coup d'épée.

— Des épées, des boucliers…, dit Remi en réfléchissant tout haut. Avez-vous effectué les analyses au carbone 14 ?

— Oui. Sur un fragment de fémur et une lanière de cuir trouvée auprès de la dépouille, qui provenait sans doute d'une chaussure ou peut-être d'un fourreau. Il reste 80,813 % de carbone 14. J'ai prélevé des échantillons sur un autre individu enterré à côté de lui. Je les ai testés de la même manière et j'ai obtenu le même résultat. Ces hommes sont morts vers 450 après Jésus-Christ.

— 450 ! s'écria Sam. Et où se trouve ce site ?

— En Hongrie. À 3 kilomètres à l'est de Szeged.

— Wouah, fit Remi. Et vous pensez que notre ami Friedrich ici présent était entouré d'un grand nombre de soldats comme lui ?

— Oui. Mais j'ignore combien. Un champ de bataille est une immense tombe collective. Les corps que j'ai retrouvés étaient enfouis assez profondément dans la terre. Peut-être ont-ils été ensevelis de la manière habituelle, peut-être ont-ils été recouverts au fil du temps. J'ai relevé d'autres restes humains une centaine de mètres plus loin. Venez voir. » Fischer fit trois pas vers une autre table où il déroula un grand plan quadrillé tracé à la main. « Là, vous avez la rivière Tisza et là, le point de confluence avec le Mureş. J'ai déterré Friedrich à l'intersection de ces deux lignes, et là, un peu plus loin, se trouvait l'autre individu, enfoui à la même profondeur.

— Qui étaient ces gens ?

— Tout me porte à croire que c'étaient des Huns. Ce peuple avait établi une base militaire dans la région de Szeged, à peu près à cette époque. Quand ils partaient en guerre, ils transportaient leurs pénates avec eux. Ils se sont battus contre les Ostrogoths, les Wisigoths, les Romains – ceux de Rome et ceux de Constantinople –, les Avares, les Gaulois, les Alains, les Scythes, les Thraces, les Arméniens et d'autres peuplades qu'ils ont assimilées durant leurs conquêtes. Il leur arrivait également de forger des alliances pour s'assurer la victoire. Il faudra du temps et un travail considérable pour déterminer l'origine exacte de tous les guerriers qui ont participé à cette bataille.

— Bien sûr, dit Sam. On peut difficilement tirer des conclusions à partir de deux squelettes.

— Tout à fait, répondit Albrecht. J'ai hâte de retourner sur place pour démarrer la campagne de fouilles. Mais il y a un problème.

— Quel genre de problème ? demanda Remi.

— Le site est très vaste. C'est une grande prairie laissée en friche depuis plus de dix ans, qui autrefois a servi de pâturage avant d'être intégrée à une ferme collective sous le régime communiste. Il se trouve en bord de route, au milieu de la campagne mais non loin de Szeged, une ville moderne et très animée. Si la rumeur se répand, les gens vont venir fouiner dans le coin et on ne pourra pas les empêcher de creuser pour récupérer des vestiges. Et j'imagine qu'ils afflueront en masse, avec toutes les histoires de trésors enfouis qui ont défrayé la chronique depuis quelques années. Nous perdrions tout en une seule journée.

— Mais jusqu'à présent, personne n'est au courant, nous sommes bien d'accord ? fit remarquer Sam.

— J'espère que je me fais des idées mais j'ai eu plusieurs fois l'impression que quelqu'un m'espionnait pendant que j'explorais la région autour de Szeged.

— On dirait que c'est la mode, en ce moment, lança Remi.

— Que voulez-vous dire ?

— Pendant que nous plongions au large de la Louisiane, l'informa Sam, nous avons été suivis par un groupe d'individus qui, après vérification, semblaient appartenir à une boîte nommée Consolidated Enterprises.

— Drôle de nom pour des archéologues. Ça évoque davantage une société commerciale.

Précisément, dit Sam. Et leur plan d'action était assez simpliste : attendre que quelqu'un découvre un site pour s'en emparer après s'être débarrassé de l'inventeur.

— Sam les a attirés dans un marécage. Pour nous suivre, ils ont dû descendre à terre, ce qui nous a permis de leur emprunter leur bateau. »

Albrecht gloussa. « Vous, tout le monde vous connaît. On sait que vous avez découvert de l'or, des bijoux au cours de vos explorations. Mais moi, je ne suis qu'un humble professeur. J'étudie des populations anciennes qui vivaient des produits de la terre. Pour ces gens-là, une bonne récolte d'orge était déjà un immense trésor. C'est la première fois que je tombe sur des vestiges aussi étonnants. J'étais venu effectuer des relevés topographiques. J'espérais localiser un site occupé par les Romains. Comme vous le savez peut-être, la région était placée sous administration romaine. Si j'ai choisi cette prairie, c'est uniquement parce qu'elle était libre de toute construction.

— Ces gens qui vous espionnaient, qui sont-ils, d'après vous ? demanda Sam.

— Un jour, quelqu'un a pénétré par effraction dans ma chambre d'hôtel. J'étais sorti en emportant mes notes et mon ordinateur portable. Ils ont fouillé mes bagages mais n'ont rien pris. Plusieurs jours après, j'ai aperçu quatre types balèzes en costume sombre dans une grosse voiture noire. Des Européens de l'Est, à première vue. Je les ai croisés trois ou quatre fois dans la même journée. Ils me surveillaient. Ils avaient même des jumelles et un appareil photo.

— Les hommes que vous décrivez ressemblent fortement à des policiers, dit Sam. Peut-être qu'ils vous soupçonnaient d'enfreindre la loi – après tout, c'est ce que vous avez fait en transférant Friedrich à Berlin. Ils avaient sans doute appris que vous étiez archéologue, et voulaient savoir en quoi consistaient vos recherches. Rien que de très normal. »

Albrecht regarda ses pieds. « Je sais, j'ai commis un délit en sortant Friedrich de Hongrie. Mais si j'avais fait mes analyses sur place, tout le monde aurait été au courant en l'espace de vingt-quatre heures. N'importe quel archéologue aurait agi de même. Dans ce genre d'affaire, le secret est une donnée essentielle. Ceux qui ont commis l'erreur de parler trop tôt ont vu leur site de fouilles pillé. Ils ont perdu tout leur matériel scientifique et historique. De plus, ce site-là est particulièrement fragile. Les corps sont enfouis avec leurs épées, leurs armures, sans parler des fragments de tissu, de cuir, de fourrure. Des vestiges inestimables qui risquaient de disparaître à tout jamais.

— Rassurez-vous, nous ne dirons rien, répondit Sam. Si nous sommes là, c'est pour vous aider du mieux possible.

— Les secrets, ça nous connaît, ajouta Remi. Mais nous aurions tout intérêt à mettre Selma dans la confidence. Ses lumières nous seront précieuses. Et elle a le don d'anticiper tous nos besoins.

— Êtes-vous d'accord ? renchérit Sam. Prévenir Selma suppose également d'informer le reste de l'équipe, mais ça s'arrête là.

— Bien sûr, dit Fischer. Plus nous serons entourés d'esprits aiguisés, mieux ce sera. Pour l'instant, je vais mettre Friedrich en lieu sûr.

— Quand nous aurons pris un peu de repos, nous aimerions vous inviter à dîner à notre hôtel, dit Remi.

— Vraiment, vous ne préférez pas rester seuls ?

— J'ai hâte d'en savoir un peu plus sur vos découvertes, répondit-elle.

— Tout le plaisir sera pour moi. Vers quelle heure ?

— Disons 20 heures.

— Bien. Je vais rester ici, le temps de tout remettre sous clé et après j'irai me préparer. Je vous retrouve un peu avant 20 heures. »

Ils échangèrent des poignées de main puis Sam et Remi sortirent du bâtiment, passèrent devant l'immense statue équestre de Frédéric le Grand et tournèrent à droite pour s'engager sur Unter den Linden. À l'extrémité ouest de cette avenue, se profilait la porte de Brandebourg. L'hôtel Adlon était juste à côté. En longeant la grande artère plantée de tilleuls, ils croisèrent des rues marquées de noms fameux – Friedrichstrasse, Charlottenstrasse. Après l'ambassade russe, ils aperçurent leur hôtel, près de l'ambassade de Hongrie.

En cette fin d'après-midi, le panorama était splendide. Remi marchait le nez en l'air, à l'affût de la moindre curiosité.

« À quoi penses-tu ? dit Sam.

— Je me demandais juste pourquoi on nous suivait. »

4

Berlin

« Où sont-ils ? demanda Sam.

— Attends deux secondes avant de te retourner. Ils sont derrière nous, à 7 heures. Une jeune femme blonde avec un grand type au crâne rasé. »

Tout en marchant, Remi porta la main à ses cheveux auburn. « Une jeune femme blonde à Berlin. Qu'y a-t-il de surprenant à cela ? » Elle modifia son attitude pour faire croire qu'elle n'était pas satisfaite de sa coiffure et, dans le même temps, sortit de son sac à main un petit miroir où elle feignit de se contempler tout en repoussant une mèche rebelle. « La femme fait partie de la fine équipe qui nous espionnait, en Louisiane. Et l'homme… aussi. Les photos du classeur que nous leur avons subtilisé sont très ressemblantes. Mais comment ont-ils fait pour arriver si vite à Berlin ? Nous sommes là depuis quelques heures à peine. »

Sam haussa les épaules. « J'imagine qu'ils disposent d'un jet fourni par leur société.

— Nous devrions peut-être postuler chez Consolidated Enterprises. Ils semblent jouir de nombreux avantages.

— Ils n'ont pas trop intérêt à se montrer, en ce moment.

— Que devons-nous faire, à ton avis ?

— Nous pourrions consulter un avocat berlinois et lui demander s'il est légal de suivre les gens, dans ce pays.

— Bonne idée, dit Remi. Albrecht s'est donné tant de mal pour cacher sa découverte. Je m'en voudrais si ces idiots venaient tout gâcher, d'autant plus que c'est nous qui les avons attirés à Berlin. Nous pourrions les faire expulser.

— À dire vrai, je préfère les savoir en Allemagne qu'en Hongrie.

— Très juste, dit Remi. Nous en discuterons avec Albrecht ce soir, au dîner.

— J'aimerais essayer un truc avant.

— Quoi ?

— Je n'en vois que deux. Nous pourrions les séparer.

— Après toutes ces plongées en eau profonde et ce voyage interminable, je rêve de passer une heure à me faire dorloter dans le salon de beauté de l'hôtel. »

Ils poursuivirent leur chemin sur la zone piétonnière et, quand ils arrivèrent devant l'Adlon Kempinski, Remi embrassa Sam sur la joue et s'engagea seule dans le hall. Sam fit encore quelques pas sur le trottoir puis se retourna juste au moment où la blonde s'introduisait dans l'hôtel. Quant à l'homme au crâne rasé, il s'arrêta subitement en feignant de chercher quelqu'un derrière lui. Sam se remit à marcher.

Il dépassa rapidement la porte de Brandebourg, entra dans le Tiergarten, le grand parc de la ville, continua sur un sentier ombragé en direction de la gare Hauptbanhof, un énorme bâtiment métallique s'étageant sur deux niveaux. Quand il y pénétra, l'homme au crâne rasé le suivait toujours à bonne distance. Sam se glissa parmi la foule des voyageurs qui fourmillaient autour de lui et acheta un ticket de S-Bahn, le train qui traverse Berlin. Il se dépêcha de trouver la voie et arriva à l'instant même où les portes s'ouvraient. Une fois dans la rame, voyant l'homme entrer dans le wagon voisin, il attendit le signal de fermeture des portes et sauta sur le quai qu'il remonta en courant avant de bondir sur l'escalator donnant accès aux trains à longue distance, à l'étage inférieur. Il attendit quelques minutes au pied de l'escalier pour voir si l'homme apparaissait.

Comme il ne se montrait pas, Sam regagna le rez-de-chaussée, sortit de la gare et s'installa sur un banc à l'ombre pour surveiller les accès.

Vingt minutes plus tard, l'homme surgit sur le parvis. Il semblait tout déconfit et marchait tête baissée, les mains dans les poches de son imperméable léger. Sam lui laissa prendre une longueur d'avance et lui emboîta le pas.

L'homme s'engagea sur Alt-Moabit et entra dans l'hôtel Tiergarten. Sam se réfugia dans un petit bar, de l'autre côté de la rue, choisit une table près de la vitre et attendit. L'hôtel comportait trois étages et seulement soixante chambres. Quand une serveuse se présenta devant lui, Sam sourit en montrant la chope de bière que son voisin dégustait.

Au bout d'une dizaine de minutes, ce fut au tour de la jeune femme blonde de pénétrer dans l'hôtel. Sam vit sa silhouette se dessiner derrière les vitres d'une fenêtre au dernier étage. Elle l'ouvrit, tira les rideaux. Sam terminait sa bière quand la porte de l'hôtel s'ouvrit de nouveau. L'un après l'autre, les quatre autres membres de l'équipe apparurent sur le trottoir. Trois hommes et une femme brune aux cheveux courts. Ils s'éloignèrent deux par deux.

Sam les prit en filature à travers le Tiergarten. Ils cachaient bien leur jeu. On aurait pu les prendre pour des employés de bureau allant boire un coup après le boulot. Il fut surpris de les voir se diriger vers l'Adlon. Quand ils y arrivèrent, deux hommes continuèrent leur chemin et poussèrent la porte d'un restaurant voisin. Les deux autres entrèrent dans l'hôtel, comme un couple de clients normaux.

Plantés au beau milieu du hall, ils semblaient hésiter, les yeux braqués vers le plafond voûté et ses poutres entre-croisées. Sam passa discrètement derrière eux, pénétra dans l'ascenseur sans se retourner, monta jusqu'à l'étage au-dessus de sa chambre et redescendit par l'escalier.

Remi lui ouvrit. Elle portait une robe vert émeraude de chez Donna Karan. Dans la boutique, il l'avait trouvée superbe mais sur Remi, elle était tout bonnement sublime tant elle mettait en valeur son teint lumineux et ses yeux verts.

« Je viens de faire un rêve : j'étais marié avec une femme qui te ressemblait trait pour trait. J'espère que je ne vais pas me réveiller.

— La flatterie ne te mènera nulle part. Et rappelle-toi que je viens de passer deux heures à me pomponner. Alors, tes méthodes dignes d'un espion de la guerre froide ont-elles porté leurs fruits ?

— Mission accomplie. Malheureusement, les nouvelles sont loin d'être bonnes. La bande des six s'est reconstituée à Berlin. En ce moment, il y en a deux postés dans le hall et deux autres en train de dîner, à deux pas d'ici. Ils vont certainement inverser les rôles dans la soirée. Je subodore que Blondie et Boule à Zéro ne referont surface que demain matin.

— D'accord. Inversons les rôles, nous aussi. Je vais me ronger les sangs pendant que tu te douches et que tu t'habilles. Ton costume et ta chemise blanche sont suspendus dans le placard. Albrecht nous rejoint dans une demi-heure.

— Parfait. Pendant que tu te ronges les sangs, pense à rappeler Henry. Il connaît peut-être un bon avocat en Allemagne ou en Hongrie.

— C'est déjà fait et la réponse est non. Il va m'envoyer une lettre d'introduction auprès d'un ami à lui. Son mail arrivera sans doute quand nous serons au restaurant. Ça me rappelle que je meurs de faim, pas toi ? Dans le salon de beauté, j'ai entendu quelqu'un parler d'oie fumée, de champagne et de gâteaux à la pâte d'amandes. Depuis, je n'arrête pas de saliver.

— Tais-toi, tu vas finir par me donner des crampes d'estomac. » Quand Sam eut fini de se préparer, il était 20 heures passées. Quinze minutes plus tard, Albrecht n'étant toujours pas arrivé, il l'appela sur son portable et tomba aussitôt sur sa messagerie. Il fit le numéro de la réception, demanda si leur ami était en bas et, obtenant une réponse négative, se fit passer le restaurant. Albrecht avait peut-être décidé de les attendre dans la salle.

« Espérons juste que son ami Friedrich lui a fait oublier l'heure. Si ses collègues étaient en train d'effectuer des analyses au carbone 14, il a peut-être voulu continuer à travailler sur la datation de ses objets. Et notre rendez-vous lui est sorti de la tête, dit Sam, non sans inquiétude.

— Si on essayait d'appeler à la maison ? suggéra Remi en sortant son téléphone.

— Salut, Remi.

— Salut, Selma. Je crains que nous n'ayons perdu la trace d'Albrecht.

— Mais comment ?

— Il devait nous rejoindre à l'hôtel il y a une demi-heure mais il n'est pas venu, n'a pas appelé et ne répond pas au téléphone. Je pensais qu'il t'avait peut-être laissé un message mais je constate que non. Y a-t-il d'autres numéros dans le fichier ? En ce moment, il loge dans le bureau d'un collègue, à l'université Humboldt.

— J'ai seulement le numéro de son domicile et celui de son labo à Heidelberg.

— Rien d'utile, alors.

— Puis-je faire autre chose ?

— Oui. Vois si tu peux trouver des renseignements sur la société Consolidated Enterprises.

— Une entreprise américaine ?

— J'ai lu quelque part qu'ils étaient basés à New York mais nous venons de croiser six de ses collaborateurs ici, à Berlin.

— Je m'y mets.

— Merci, Selma. Ces gens nous suivent, on dirait. Si jamais ils ont localisé Albrecht, il se peut que nous ayons un problème. Il est tellement parano qu'il est capable d'aller à pied jusqu'en France rien que pour se débarrasser d'eux.

— Je vous dirai bientôt qui sont ces individus et pour qui ils travaillent vraiment.

— Bonne nuit, Selma. » Remi glissa le portable dans son sac et se tourna vers Sam. « Rien. D'autres suggestions ?

— Eh bien, oui. Soit tu restes ici pour ne pas abîmer ta jolie robe, soit tu enfiles une tenue plus pratique et tu pars à sa recherche avec moi. »

Remi haussa les épaules. « De toute façon, je me suis déjà montrée au seul type que j'ai envie d'impressionner. Profite du spectacle une minute encore, avant que je passe un jean et des tennis.

— Désolé. »

Elle envoya valser ses escarpins à travers la chambre, ouvrit le petit réfrigérateur, choisit une barre chocolatée et en croqua un bout. « Tiens. Tu n'as qu'à dîner pendant que je me change », dit-elle en lui tendant le reste. Puis elle se retourna pour qu'il l'aide à descendre sa fermeture Éclair.

Peu de temps après, Sam et Remi marchaient d'un bon pas sur Unter den Linden en direction de l'université Humboldt, entourés d'une foule de promeneurs – Berlinois et touristes – qui profitaient de cette belle soirée d'été pour flâner sous la double rangée de tilleuls. Pour la quatrième fois, Sam jeta un coup d'œil par-dessus son épaule et dit : « Je ne les vois pas.

— Ils doivent savoir que nous avons réservé dans un restaurant du guide Michelin et ils se sont dit que nous n'en bougerions pas pendant trois bonnes heures.

— Tu t'inquiètes ?

— De plus en plus, répondit-elle. Albrecht Fischer n'a rien d'un savant fou. Il dirige un centre d'études, il enseigne, il écrit, il manie des modèles virtuels qui lui permettent de reconstituer des architectures très complexes avec très peu d'éléments de base. Je l'imagine mal demander à des amis de parcourir la moitié de la planète pour les laisser choir dès leur arrivée.

— Ne nous emballons pas, répondit Sam. Nous sommes presque arrivés. »

Ayant atteint le bâtiment où Albrecht les avait introduits quelques heures plus tôt, ils furent soulagés de trouver ouverte la porte principale. Certains labos des étages supérieurs étaient encore éclairés mais, quand ils trouvèrent celui d'Albrecht, ils ne virent aucune lumière derrière la vitre en verre dépoli.

« Nous nous sommes peut-être croisés sur le trottoir sans nous voir, dit Remi.

— Je ne crois pas. J'ai bien regardé les gens dans la rue, au cas où j'apercevrais nos amis de Louisiane. Mais il a très bien pu emprunter un autre chemin. »

Sam tendit une main hésitante vers la poignée. Elle tournait. Il ouvrit, entra, alluma la lumière. Le cercueil contenant les restes de Friedrich avait disparu. Les tables métalliques qu'ils avaient vues nettement alignées étaient à présent dispersées en dépit du bon sens. Deux d'entre elles étaient même renversées et deux chaises couchées à l'autre bout de la pièce, comme si quelqu'un les avait jetées là. Un peu plus loin, ils remarquèrent sur le sol des gouttes de sang qui menaient vers la porte. L'écharpe bleue d'Albrecht traînait par terre. Sam la ramassa et la fourra dans la poche de son manteau.

Remi composa un numéro en toute hâte.

« La police ? demanda Sam.

— Mouais, en Allemagne, c'est le 110. » Elle entendit quelques mots en allemand et répondit : « Allô. Puis-je vous parler en anglais ? Bien. Je pense qu'un ami à nous a été enlevé. Kidnappé. Mon mari et moi devions le retrouver à notre hôtel à 20 heures. Ne le voyant pas venir, nous nous sommes rendus dans son laboratoire à l'université Humboldt. Il y a du sang sur le sol, les meubles sont renversés et des objets ont disparu. » Elle se tut et écouta. « Je m'appelle Remi Fargo. Merci. Nous serons à l'entrée du bâtiment. » Remi et Sam éteignirent les lumières, sortirent du laboratoire et remontèrent le couloir en entendant déjà les sirènes hurler au loin. Quand ils ouvrirent la porte du bas, une voiture de police émergeait de Friedrichstrasse. Elle s'arrêta devant eux. Deux officiers en descendirent.

« Bonjour messieurs, dit Sam. Parlez-vous anglais ?

— Je me débrouille, dit l'un des policiers. Vous êtes Herr Fargo ?

— Oui. Voici ma femme, Remi. Venez voir ce que nous avons trouvé, s'il vous plaît. »

Ils guidèrent les deux hommes jusqu'au laboratoire et allumèrent les néons. Dès qu'ils virent l'état de la pièce, les policiers parurent se détendre. Ils étaient dans leur élément : un crime avait été commis, il fallait enquêter. Tout en inventoriant les traces de violence, ils interrogèrent les Fargo et consignèrent leurs réponses par écrit. « Comment s'appelle votre ami ? Enseigne-t-il dans cette université ? S'il travaille à Heidelberg, comment se fait-il qu'il dispose d'un laboratoire ici ? Quelle est la nature de ses recherches ? A-t-il un concurrent susceptible de commettre ce genre d'exaction ? »

Sam soupira. « Durant son séjour en Hongrie, le professeur Fischer avait l'impression qu'on l'espionnait. Il a vu quatre inconnus le suivre dans une grosse berline.

— Quoi d'autre ?

— Voilà quelques jours, nous étions dans le golfe du Mexique sur un site archéologique sous-marin. En Louisiane plus précisément. Là-bas, nous avons eu maille à partir avec un groupe de six personnes employées par la société Consolidated Enterprises. Ces gens nous ont suivis plusieurs jours durant sur notre spot de plongée et ensuite, ils ont saboté notre matériel. Et voilà que cet après-midi, sur le trajet entre ici et notre hôtel, nous avons reconnu deux d'entre eux. Ils sont ici, à Berlin, et ils ont en toujours après nous.

— Où pouvons-nous les trouver ?

— Ils sont descendus à l'hôtel Tiergarten, répondit Sam. Au troisième étage. »

Les deux policiers s'entretinrent en aparté, après quoi celui qui parlait anglais prononça quelques mots dans une radio portative et, se tournant vers Sam et Remi, leur dit : « Veuillez nous accompagner.

— Où cela ?

— À l'hôtel Tiergarten. »

Quand ils arrivèrent, six véhicules de police étaient déjà garés au bord du trottoir. Les deux officiers les menèrent jusqu'à leur supérieur, auquel ils donnaient du Hauptmann. L'homme se présenta : « Monsieur et madame Fargo, je suis le capitaine Klein. J'ai envoyé mes hommes au troisième étage discuter avec les Américains soupçonnés d'avoir enlevé votre ami.

— C'est un peu gênant. Je ne suis pas certain que ce soient eux les ravisseurs. Ces gens se comportent bizarrement mais rien ne m'autorise à affirmer qu'ils sont violents. »

Le capitaine Klein haussa les épaules. « Vous disiez qu'ils avaient saboté votre matériel de plongée. Vous avez donc couru un danger à cause de leurs agissements. Ensuite, ils n'ont pas hésité à vous suivre d'un continent à l'autre. Il arrive que les criminels n'aient pas la tête de l'emploi, ce qui les rend d'autant plus redoutables. Mais nous en aurons bientôt le cœur net. »

La radio de Klein produisit une série de parasites. « *Ja ?* », dit-il avant d'écouter son interlocuteur débiter une phrase interminable. Klein répondit brièvement puis s'adressant à Sam et Remi : « Votre ami n'est pas avec eux. Mes hommes sont en train de fouiller le sous-sol, la lingerie, les cagibis, les bureaux, etc.

— Et les spécimens ? demanda Remi. Ils n'ont aucun droit de détenir des vestiges archéologiques. Et ils sont en Europe depuis quelques heures seulement.

— Pourriez-vous identifier ces objets si vous les voyiez ?

— Oui, certains d'entre eux, répondit-elle. Le professeur Fischer nous a montré le squelette d'un guerrier, un fragment d'épée ou de dague rouillée, les restes d'un étui ou d'un fourreau en cuir. Notre ami possédait également un plan détaillé du site d'où proviennent ces vestiges.

— Où est-ce ?

— Quelque part en Hongrie, répondit Sam. Capitaine, j'apprécierais que la description des objets et leur lieu d'origine soient tenus secrets. Le professeur Fischer souhaite rester discret. Si la nouvelle se répand, la fouille du site sera compromise. Je vous promets que le gouvernement hongrois sera informé des éventuelles découvertes et que nous solliciterons tous les permis requis en pareil cas.

— Merci à vous deux pour la franchise dont vous faites preuve. Je m'efforcerai d'éviter la publicité autour de cette affaire. » Le capitaine laissa passer d'autres grésillements et porta la radio à son oreille. « *Danke* », répondit-il, puis à l'intention de Remi et Sam : « Ils nous attendent là-haut. »

Sam, Remi et le Hauptmann Klein gagnèrent le troisième étage par un minuscule ascenseur. L'officier de police qui les guettait sur le seuil d'une chambre s'effaça pour leur permettre d'entrer. Les six Américains que Sam et Rémy avaient aperçus pour la première fois sur un bateau au large de la Louisiane étaient assis à l'intérieur, trois sur le canapé, trois autres à la petite table près de la fenêtre. En les voyant de près et en pleine lumière, Sam remarqua que leur petit séjour dans les bayous avait laissé des traces. Leurs visages brûlés par le soleil étaient constellés de piqûres de moustiques et d'égratignures.

« Reconnaissez-vous ces personnes ? demanda Klein.

— Oui, dit Remi.

— Moi aussi, confirma Sam.

— Comme vous l'aviez annoncé, reprit le capitaine Klein, ils avaient sur eux des documents prouvant leur appartenance à une société new-yorkaise nommée Consolidated Enterprises. Malheureusement, ils sont présents tous les six. J'espérais que l'un d'entre eux serait ailleurs, avec votre ami. »

La jeune femme blonde assise à la table se leva, l'air furibond. « Qu'est-ce qu'ils font ici, ces deux-là ?

— Monsieur et Madame Fargo nous ont signalé la disparition d'un professeur d'université. Vous les connaissez ?

— Oui. Ils ont volé notre bateau et nous ont abandonnés dans un marécage en Louisiane. Nous aurions pu mourir.

— Et maintenant, à cause d'eux, la police d'un pays étranger vous soupçonne d'avoir commis un crime très grave. Si j'étais vous, je me tiendrais à bonne distance de ces deux personnes.

— Cette accusation est absurde ! s'écria le grand type au crâne rasé. Je demande l'assistance de notre avocat.

— C'est à nous qu'il revient de juger de la situation, répliqua Klein. Pour l'instant, nous essayons simplement de vous rayer de la liste des suspects. Croyez-moi, si nous pouvons le faire rapidement, vous n'aurez qu'à vous en féliciter. Les tribunaux berlinois ne sont pas tendres avec les ravisseurs, surtout avec ceux qui s'attaquent à un universitaire allemand de réputation internationale. »

Klein s'éloigna de quelques pas et fit signe aux Fargo de le suivre dans le couloir. Ils refermèrent la porte derrière eux. « Mes hommes ont fouillé leurs chambres dans les moindres recoins. Ils n'ont pas trouvé de vestiges archéologiques. Ni de restes humains, ni d'objets rouillés. Pas de notes, pas de plans.

— Je doute qu'ils aient enlevé Albrecht Fischer, répondit Sam. Deux d'entre eux nous ont suivis sur Unter den Linden jusqu'à notre hôtel. Ensuite, nous avons vu les quatre autres se séparer devant l'Adlon. Ils ne semblaient pas s'intéresser à Albrecht, à ce moment-là, mais ils ont très bien pu agir juste après que nous avons quitté le laboratoire, cet après-midi.

— Ou alors il s'agit seulement d'une équipe de surveillance. Dans ce cas, nous aurions affaire à une véritable organisation criminelle, dit Klein. Ils ne nous ont toujours pas dit pourquoi ils vous espionnaient. Pour moi c'est clair, ils travaillent pour la concurrence. Ils cherchaient à voler des vestiges archéologiques et ceux d'Albrecht Fischer sont tombés à point nommé. Je vais les conduire au poste pour les cuisiner un peu, histoire de savoir ce qu'ils ont dans le ventre.

— Ce n'est pas pour nous déplaire, répondit Remi.

— Nous avons également averti la police des frontières. Mais s'il a été enlevé il y a deux heures, il se peut qu'il soit déjà sorti du territoire. » Klein les regarda avec malice. « Mais je ne vous apprends rien, n'est-ce pas ? Je suppose que vous avez l'intention de nous quitter, vous aussi ?

— On a enlevé Albrecht Fischer, on a volé ses notes, ses spécimens, ses photos, dit Sam. J'ignore qui a fait le coup : les complices de ces six individus, ou bien quelqu'un d'autre. En revanche, je sais où ils l'ont emmené.

— Alors, je vous souhaite bonne chance. S'il s'agissait de mon ami, j'agirais comme vous. Bonne nuit. »

5

Szeged, Hongrie

Sam et Remi quittèrent l'hôtel Adlon Kempinski en pleine nuit et sautèrent dans un taxi pour rejoindre la gare. Ils montèrent à bord du Stadtbahn et descendirent à Schönefeld, d'où ils s'envolèrent pour Budapest. L'aéroport Ferihegy n'était qu'à une heure trente de Berlin. À l'arrivée, ils prirent un train jusqu'à la gare Nyugati à Budapest, puis un autre en partance pour Szeged, près de la frontière sud. Un trajet de quelque 170 kilomètres. Il faisait jour quand, au sortir de la gare, ils virent une file de taxis qui attendaient les voyageurs. Sam laissa les valises à Remi et passa d'une voiture à l'autre en demandant aux chauffeurs : « Parlez-vous anglais ? » Les trois premiers secouèrent négativement la tête ou prirent un air éberlué. Le quatrième était un homme brun, mince, entre deux âges, avec une moustache en broussaille et des yeux noisette au regard triste. Appuyé contre son taxi, il racontait une histoire visiblement désopilante à ses collègues. Quand il entendit la question de Sam, il leva la main. « Vous demandez cela par simple curiosité ou parce que c'est votre langue maternelle ?

— Je suis américain, répondit Sam.

— Très bien. Dans ce cas, vous corrigerez mes fautes. »

Il parlait un anglais parfait. « Pour l'instant, j'ai plutôt l'impression que c'est vous qui me corrigerez, rétorqua Sam.

— Où puis-je vous conduire ?

— Commençons par notre hôtel. Après cela, nous aimerions visiter un peu la ville.

— Très bien. Le City Hotel Szeged, je suppose.

— Comment le savez-vous ?

— C'est un établissement très correct, bien tenu, et vous m'avez l'air de gens avisés. » Il prit leurs valises, les fourra dans le coffre de sa voiture et s'installa au volant. « Vous apprécierez votre séjour à Szeged. C'est là qu'on fabrique la meilleure saucisse et le meilleur paprika.

— Je suis amatrice d'architecture, dit Remi. Les bâtiments ici portent des couleurs tout à fait intéressantes, surtout les pastel. Et ce style baroque, fourmillant de petits détails, les rend vraiment uniques.

— Un bien pour un mal, comme souvent. Tout a commencé par une catastrophe. En mars 1879, la rivière – la Tisza qui passe là-bas – a débordé. La ville a été entièrement détruite. Alors, quand il s'est agi de reconstruire, les gens ont pris le temps de réfléchir. Ça, c'est l'aspect positif de la chose.

— Et ils ont bien fait. Pour une ville de 175 000 habitants, elle est franchement magnifique.

— Vous avez lu les guides touristiques. »

Elle haussa les épaules. « C'est un bon moyen de s'occuper quand on voyage en train. »

Il les arrêta devant le City Hotel, sortit les valises du coffre, les déposa sur le seuil et tendit sa carte de visite à Sam. « Je m'appelle Tibor Lazar. Interrogez les gens à l'accueil, ils vous diront que je suis quelqu'un de fiable et d'honnête. C'est normal, deux d'entre eux sont mes cousins.

— Merci, répondit Remi. Comment fait-on ? On vous appelle dès qu'on est prêts ou vous préférez nous attendre ?

— Je vous attends. »

Déjà, un groom portait leurs valises au comptoir. Ils s'enregistrèrent et montèrent dans leur chambre.

Sam s'assit sur le lit pour consulter des cartes sur son iPad. Remi lui chuchota : « Qu'est-ce que tu cherches ?

— La prairie en question. Nous savons que, tôt ou tard, les ravisseurs d'Albrecht l'emmèneront sur place pour qu'il leur indique l'emplacement de ses premiers sondages.

— Tu crois qu'elle figure sur une carte ?

— On va bien voir. Ce terrain devrait se trouver sur la rive est de la Tisza, au nord du Mureş. Je m'en souviens parce qu'Albrecht a précisé qu'il était à la confluence des deux rivières. Il a orienté son plan à partir de ce point de jonction.

— J'ai quelque chose qui va t'intéresser, dit Remi. Quand nous étions dans le labo et que nous lui avons demandé s'il nous autorisait à informer Selma, j'ai photographié le plan avec mon téléphone pour qu'elle se repère. » Elle sortit son portable et lui montra le cliché.

Sam l'embrassa. « Parfait. » Tout de suite après, il appela Selma et mit le haut-parleur.

« Selma à l'appareil. J'écoute.

— Salut, Selma. Est-ce que tu as le plan que Remi t'a envoyé hier soir?

— Oui. C'est celui du site sur lequel Albrecht travaille, j'imagine?

— Exact, répondit Sam. Le problème c'est qu'Albrecht a été enlevé dans son labo, à Berlin. Voilà pourquoi nous ne l'avons pas vu apparaître hier soir, au dîner. La police surveille les aéroports, les gares, mais je crains que ses ravisseurs ne l'aient conduit hors d'Allemagne avant même que nous ayons signalé sa disparition.

— Il s'agit des fameux collaborateurs de Consolidated Enterprises?

— J'en doute, mais la police berlinoise va les garder au frais pendant quelque temps, histoire de vérifier. Ce qui sert parfaitement nos projets.

— Vous êtes à Szeged?

— Oui.

— J'ai entré le plan dans l'ordinateur pour comparer le tracé des rivières aux différents cours d'eau du monde entier. Je voulais savoir où fouillait Albrecht au cas, fort probable, où vous iriez voir sur place.

— Maintenant, nous n'avons plus le choix, dit Remi. On n'a pas pu l'enlever pour toucher une rançon. Albrecht n'a que son intelligence pour seule richesse. Non, ils vont exiger de lui qu'il leur révèle sa découverte.

— Que puis-je faire pour vous aider?

— D'abord, envoie-moi par mail une carte routière classique en mentionnant l'emplacement du site, répondit Sam.

— Ce sera fait dans la minute.

— On n'enlève pas des profs de fac tous les jours. Il faut qu'on sache qui, dans ce pays, s'intéresse aux fouilles archéologiques, de manière honnête ou pas.

— Je vais interroger Interpol. Ils nous diront peut-être si des voleurs d'antiquités ont été pris la main dans le sac dans les environs. Je vérifierai aussi auprès des conservateurs de musées et des marchands d'objets anciens. Il s'agit de vestiges datant de 450 après Jésus-Christ, c'est bien cela ?

— Tout à fait, répondit Sam. Encore une chose. » Il sortit la carte de visite que le chauffeur de taxi lui avait remise. « J'aimerais que tu te renseignes sur un certain Tibor Lazar. On est tombé sur lui en descendant du train. Son taxi était stationné devant la gare de Szeged et il parle anglais comme un vrai Londonien. Ça me paraît trop beau pour être vrai, mais sait-on jamais.

— Je m'y mets. Encore une question pour Interpol.

— Merci, dit Remi. En attendant, nous allons tenter d'attirer l'attention.

— Est-ce une bonne idée ?

— Pour l'instant, je n'en vois pas d'autre. Si nous nous comportons comme Albrecht, nous obtiendrons peut-être des réactions.

— Espérons juste que vous ne subirez pas le même sort que lui, répondit Selma. Je vous transmets l'info dès que je l'ai. La carte est déjà arrivée sur votre iPad. J'ai indiqué le site. Au revoir. »

Sam éteignit sa tablette. « Prêt pour la balade ? dit Remi.

— J'ai hâte. »

Ils sortirent de l'hôtel pour retrouver Tibor qui les attendait au volant de son taxi. Il descendit de voiture, leur ouvrit la portière et, quand ils furent installés, demanda : « Vous voulez voir la ville ?

— Oui, dit Sam. Si nous commencions par la rivière ?

— Pas de problème. La Tisza a été sage cette année. Pas de crues, pas d'inondations, pas de déchets chimiques en amont, rien. L'année dernière, en revanche, on a eu la totale. »

Sam regarda sur son téléphone la carte envoyée par Selma. « Un cours d'eau impressionnant, on dirait.

— Elle prend sa source en Ukraine, au nord de la Hongrie, parcourt un millier de kilomètres et se jette dans le Danube, à la frontière serbe. Elle joue un rôle majeur depuis l'Antiquité. Il ne pleut pas beaucoup par ici, dans la partie méridionale de la grande plaine. L'eau nous arrive des hauts plateaux d'Ukraine. Quant à la rivière Mureş qui prend sa source en Roumanie, à l'est, elle charrie l'eau de pluie et celle provenant de la fonte des neiges dans les montagnes de Transylvanie.

— J'imagine que le cours de la Tisza a changé au fil des temps.

— Plusieurs fois. Jadis elle était lente, sinueuse, avec de larges méandres qui serpentaient à travers la plaine. Mais les humains veulent toujours bouleverser l'ordre naturel. Le comte István Széchenyi fut le premier à intervenir, en 1846. Il la redressa, réduisit le nombre de ses méandres, si bien qu'aujourd'hui elle ne fait plus que 1 000 kilomètres et compte environ 600 kilomètres de canaux asséchés. Les travaux ont continué dans les années 1880-1890 puis au XXe siècle. Il y a peut-être eu encore autre chose mais je n'en ai pas connaissance ou alors j'ai oublié. Toujours est-il qu'en 1937, tout à coup, ils ont compris qu'il valait mieux arrêter le massacre.

À présent, la rivière est plus ou moins droite mais elle continue à déborder, peut-être plus qu'avant. Les alluvions bouchent les canaux. Je suppose que les réparations dureront tant qu'il y aura des politiciens en Hongrie. »

Sam répondit : « Pourriez-vous franchir ce pont, là devant, et nous montrer l'autre rive ?

— Certainement. Cette rive, nous l'appelons Ùj-Szeged, "nouvelle Szeged". L'ancienne ville était établie uniquement sur la rive ouest.

— Elle est vraiment nouvelle ?

— Elle ne date pas d'hier, bien entendu, mais elle s'est développée sur des zones en friche. » Il traversa le pont en fer, une structure basse, repeinte récemment. Sam et Remi se penchèrent vers la rivière en contrebas.

« Pouvons-nous la longer sur quelques kilomètres ?

— Bien sûr, répondit Tibor. Il fait un temps magnifique. Nous sommes dans la ville la plus ensoleillée de Hongrie. »

Ils roulèrent jusqu'à ce que Sam repère le secteur cartographié par Albrecht. Une vaste jachère où poussait de la luzerne.

« C'est quoi cette prairie sur la droite ? demanda Remi.

— Là ? Une vieille exploitation agricole, je crois. Autrefois, on y voyait brouter des vaches. À l'époque soviétique, quand j'étais enfant, ce terrain faisait partie d'une grande ferme collective. Depuis, le gouvernement hongrois et ceux des autres pays riverains du Danube ont décidé de s'unir pour nettoyer les cours d'eau. Du coup, les activités polluantes comme l'élevage ont été interdites près des rivières et des fleuves.

— Pouvons-nous faire halte, histoire de jeter un œil ?

— Pas de souci », répondit Tibor en se rangeant sur le bas côté. Sam et Remi firent quelques pas dans l'herbe.

« Eh bien voilà, nous y sommes, dit Remi. Personne à l'horizon.

— Et aucune trace d'excavation non plus. Je pense qu'Albrecht a répandu de l'herbe sur la terre retournée, avant de s'en aller. Visiblement rien n'a bougé depuis.

— Crois-tu qu'Albrecht ait pu convaincre ses ravisseurs que le site se trouvait ailleurs ?

— J'en doute. Selma n'a eu besoin que du tracé de la rivière pour le trouver. Et n'oublie pas qu'Albrecht a dit qu'on le surveillait pendant qu'il creusait. J'ai la nette impression qu'ils le détiennent non loin d'ici. Pour leur être utile, il doit leur montrer où et quoi chercher. À moins qu'ils ne lui apportent directement leurs découvertes sur son lieu de détention.

— Mais alors, dans ce cas, comment ferons-nous pour le trouver ? »

Sam regarda au loin, derrière l'épaule de Remi. « Je crois que c'est eux qui nous ont trouvés. »

Remi tourna la tête. Une voiture de couleur sombre était arrêtée sur la route à deux voies longeant la rivière. À condition d'avoir de bons yeux, on pouvait apercevoir des têtes dépasser des dossiers. Remi sortit son téléphone, prit quelques images du champ, de la rivière puis elle pivota sur elle-même pour photographier la route et le véhicule.

« Albrecht a parlé d'une grosse berline noire avec quatre hommes à l'intérieur, dit Sam. Tu crois que tu peux avoir leur plaque d'immatriculation avec ton téléphone à cette distance ?

— C'est possible, mais j'ai le sentiment que nous allons bientôt les voir de plus près », répondit Remi.

Quand ils regagnèrent le taxi, Tibor demanda : « Vous connaissez ces types dans la bagnole ?

— Non, répondit Sam. Et vous ?

— Je ne pense pas. J'ai vu un éclair lumineux voilà une minute environ. On dirait qu'ils nous surveillent à la jumelle. C'est la bonne expression, n'est-ce pas ? ajouta-t-il en mimant le geste.

— Oui, oui, dit Remi. Ils doivent se demander pourquoi on se promène en plein champ.

— Eh bien alors… », dit-il en mettant le contact. Il fit demi-tour, repassa le pont dans l'autre sens et s'engagea sur la rive occidentale sans quitter des yeux son rétroviseur. « Vous êtes sûrs de ne pas les connaître ?

— Absolument, dit Remi. C'est la première fois que nous venons en Hongrie. »

Ils roulèrent jusqu'à la place des Martyrs d'Arad où se dressait le monument dédié aux généraux tués durant la révolte de 1848, passèrent devant l'horloge musicale et ses figurines sculptées ayant orné autrefois l'université médiévale, traversèrent la place Klauzál, la place Széchenyi. Entre les massifs de fleurs, les arbres plantés un peu partout et les maisons couleur pastel, on se sentait un peu comme dans un gigantesque décor de théâtre.

Ils passaient d'un lieu à l'autre, toujours suivis de la grosse voiture noire. À un moment, Tibor dut freiner brusquement. La berline faillit les emboutir par l'arrière. Remi en profita pour la photographier à travers le pare-brise.

Tibor la vit faire. « Ils se comportent comme les agents des services secrets communistes, autrefois.

Il y avait des gens qui passaient leur temps à suivre les autres et à rédiger des rapports.

— J'aimerais bien savoir ce que ceux-là vont écrire sur nous, dit Remi.

— C'est peut-être faisable, répondit Sam. La police pourrait-elle remonter jusqu'au propriétaire de cette voiture si on leur fournissait le numéro minéralogique ?

— Je crois que oui. »

Remi agrandit son dernier cliché, prit un bout de papier dans son sac, inscrivit le numéro dessus et le donna à Sam.

« Si vous faites ça pour nous, Tibor, je double le prix de la course, dit Sam. Voici le numéro. » Il lui tendit le papier par-dessus le dossier.

Tibor gara son taxi près du poste de police et disparut à l'intérieur.

Sam composa le numéro de La Jolla. « Salut, Selma.

— Salut, Sam. Je m'apprêtais justement à vous appeler. J'ai quelques infos.

— Nous verrons cela plus tard. Nous allons bientôt savoir de quel côté se trouve Tibor Lazar.

— J'ai un début de réponse pour vous. Cet homme n'a pas de casier et Interpol n'a jamais entendu parler de lui. Il possède une petite maison et une modeste compagnie de taxis parfaitement réglo. Son commerce ne sert pas de couverture à des activités louches. Il paie encore les traites de ses trois véhicules. Bref, il est trop pauvre pour être un délinquant.

— Parfait, dit Sam. Merci, Selma. »

Au bout d'une vingtaine de minutes, Tibor ressortit, se rassit au volant et démarra le moteur. Tout en faisant marche arrière pour quitter sa place, il annonça : « Bako.

— Bako ?

— Arpad Bako.

— Qui est-ce ? demanda Remi.

— Je vous raconterai ma visite au commissariat pendant que nous roulerons. » Il redescendit vers la rivière et mit cap au sud, le pied sur le champignon, sans cesser de regarder dans son rétro. « Commençons par ce qui vous concerne. Vous êtes Samuel et Remi Fargo et vous habitez La Jolla en Californie.

— Vous ne nous apprenez rien, répliqua Remi.

— Mais vous ignorez que la police locale est au courant de votre présence. Le gouvernement central leur a demandé de vous surveiller discrètement – ils veulent savoir quand vous quittez votre hôtel, quand vous rentrez, etc. Ils croient que vous êtes à la recherche d'un trésor. Est-ce exact ? Vous êtes vraiment des chasseurs de trésor ?

— Nous sommes surtout des passionnés d'histoire. Nous avons quelques belles découvertes archéologiques à notre actif, aussi bien sous la mer que sur terre. Mais la plupart du temps, nous ne trouvons rien de précieux, essentiellement des objets en bois, en bronze ou en fer auxquels on attribue le nom de trésors parce qu'ils nous apprennent des tas de choses sur l'histoire de l'humanité. Il nous est arrivé de tomber sur des objets de valeur comme de l'or ou des bijoux. Mais rien qui justifie l'étiquette de "chasseurs de trésors" qu'on s'amuse à nous coller.

— Les véritables chasseurs de trésor ont coutume de piller les sites qu'ils découvrent, renchérit Remi. Alors que nous, nous travaillons en étroite collaboration avec les autorités des pays concernés, nous obtenons des permis et, en contrepartie, nous leur fournissons des rapports de fouille. Et dans la majorité des cas, ce sont les gouvernements qui héritent de nos trouvailles.

— Ils vous disent très riches. Est-ce vrai ? insista Tibor.

— Oui, c'est vrai, répondit Remi en souriant. Mais pas grâce aux trésors enfouis. Sam est ingénieur. Voilà quelques années, il a inventé une machine, un scanner à laser argon qui permet de repérer à distance les composés métalliques et les alliages. Nous avons emprunté à la banque tout l'argent qu'elle a bien voulu nous prêter et nous avons créé une société dédiée à la fabrication et à la vente de ces scanners. Si nous avions raté notre coup, nous aurions passé toute notre vie à rembourser. Mais la société a fait de gros bénéfices, d'autant plus que nous étions les seuls sur le marché. Des grosses boîtes se sont portées candidates pour le rachat de l'affaire, nous avons attendu qu'on nous fasse une offre vraiment intéressante, et voilà. Tout cela s'est passé bien avant que nous ne décidions de nous lancer dans l'archéologie.

— Donc, vous avez eu beaucoup de chance, un point c'est tout, conclut Tibor.

— Oui, enfin jusqu'à présent, répondit Sam en hochant la tête. Et j'aimerais que cela continue. Si la police a des doutes sur nous, pourquoi n'allons-nous pas leur parler ?

— Je vous le déconseille. Pour l'instant, ils n'ont rien à vous reprocher. Mieux vaut ne pas trop les titiller.

— Les quatre hommes qui nous suivent sont-ils des policiers ?

— Non. Des hommes de main d'Arpad Bako.

— Qui est-ce ?

— Pour le décrire avec exactitude, il faudrait que je parle mieux anglais. Disons que c'est un être cupide, malfaisant. Mais pas seulement. C'est aussi un voleur, un porc, un chien, un rat, un serpent, un cafard ! » Tibor prononça une ou deux phrases en hongrois puis recouvra son calme.

« Ce n'est pas un homme, c'est un zoo, dit Remi.

— Désolé, dit Tibor. Je le déteste, je le déteste depuis que je suis né et ça ne s'est pas arrangé avec le temps, bien au contraire.

— Éclairez-nous un peu. Que fait-il dans la vie ?

— Il appartient à une famille d'industriels. La plus grosse usine dont il a hérité fabrique des médicaments. Ils font des pilules, des vaccins et tout le reste. Pharmacologie, vous me suivez ?

— On vous suit.

— C'est une société gigantesque. Et je ne suis pas le seul à penser qu'elle s'est développée en vendant des médicaments à des gens dont la seule maladie consiste à dépendre des médicaments.

— Vous disiez que le détestiez depuis toujours, poursuivit Sam. Pourquoi cela ?

— Sa famille et la mienne appartiennent à des bords différents, et ce depuis des centaines d'années. La sienne s'est opposée à la révolte de 1848, elle a fait arrêter certains de mes ancêtres pour haute trahison. Durant la Seconde Guerre mondiale, ils se sont alliés aux nazis pour pouvoir s'approprier des terres et des usines. Les Bako convoitaient la petite ferme du frère de mon grand-père ; pour s'en emparer, ils l'ont dénoncé aux Allemands qui l'ont torturé avant de l'exécuter. La génération suivante a léché les bottes des communistes, toujours pour engranger des privilèges et s'enrichir grâce au marché noir. Quand les communistes sont partis, les Bako ont distribué des pots-de-vin aux membres du nouveau gouvernement qui leur a gentiment rétrocédé l'usine de médicaments. Chaque fois qu'une page de l'histoire se tourne, il y a toujours un Bako pour tirer profit de la nouvelle donne, atteindre les sommets et marcher sur la tête des autres. Arpad est le pire de tous. Il était dans sa voiture quand son chauffeur a renversé mon fils cadet. Ils roulaient à plus de 100 km/h. Bako a prétendu que mon fils était un pickpocket, qu'il venait de voler un passant et qu'il avait traversé en courant sans regarder. Cinq de ses comparses ont confirmé sa déposition.

— Est-ce que vous le détestez assez pour oser lui refuser une chose qu'il convoite ? Pour le punir, peut-être même ? demanda Sam.

— Moi ? Tibor ? Rien ne me ferait plus plaisir.

— Un ami à nous, un archéologue allemand, a été enlevé hier à Berlin. Il avait fait une découverte non loin d'ici et ramené sa trouvaille à Berlin pour l'étudier. Il craignait pour sa sécurité car il avait vu ces quatre hommes le suivre dans une grosse voiture noire.

— Je comprends mieux, dit Tibor. Bako est de ceux qui prétendent descendre en droite ligne d'Attila. Voilà quelques années, ces gens-là ont lancé une pétition pour obliger le gouvernement à leur accorder le statut de minorité officielle. Par pure cupidité.

— Pourquoi cupidité ? s'étonna Remi.

— À cause de la tombe. Bako recherche la tombe pour pouvoir en revendiquer la propriété.

— La tombe d'Attila ? Dommage pour lui car cette sépulture fait partie des grandes énigmes de l'histoire. Dans la même veine, il pourrait aussi se faire passer pour le descendant de Gengis Khan.

— Ce n'est pas encore le cas. »

Elle se tourna vers Sam. « Que devons-nous faire, à ton avis ?

— C'est la question que tout le monde se pose, dit Tibor. Non seulement Bako est richissime mais il possède une petite armée de gardes du corps et de vigiles chargés de protéger sa personne, ses maisons, ses usines. Je le crois capable de tuer pour être le premier à découvrir la tombe du roi des Huns, ou d'enlever quelqu'un s'il le croit en possession d'un renseignement utile. »

Sam répondit d'une voix calme : « Nous ne resterons pas les bras croisés.

— Et que comptez-vous faire ?

— Trouver notre ami et le libérer, affirma Remi.

— Vraiment ?

— Oui, dit Sam. Il a fait appel à nous parce qu'il se croyait en danger. Et il avait raison.

— Sam, tu ne devrais peut-être pas…

— Non, je pense que Tibor est l'homme dont nous avons besoin. Tibor, je crois que nous pouvons y arriver. Mais pour cela, il nous faut un Hongrois comme vous. Nous vous dédommagerons à la mesure de vos efforts. Si vous êtes arrêté, vous aurez le meilleur avocat. D'ailleurs, nous le partagerons, car j'imagine que vous ne serez pas seul à avoir des ennuis.

— Avant de décider quoi que ce soit, je ferais bien de vous montrer à qui vous aurez affaire. Mais d'abord, passons à mon garage prendre un autre véhicule.

— Attendez, répondit Sam. J'aimerais assez qu'on se débarrasse de nos anges gardiens. Laissez-moi le volant. »

Tibor eut une moue sceptique mais se rangea en bord de route et se glissa sur le siège du passager pour que Sam prenne sa place. Ce dernier fit brusquement demi-tour puis tourna à gauche derrière la berline noire. Agrippé au tableau de bord, Tibor écrasa une pédale de frein inexistante.

« Vous allez adorer la balade, dit Remi. Sam est interdit de conduite dans quatre pays. »

Sam accéléra. Quand il vit la berline s'approcher à nouveau, il donna un coup de volant à droite. Les roues du taxi mordirent sur le bas-côté, projetant vers l'arrière une gerbe de poussière mêlée de gravillons que son poursuivant tenta maladroitement d'éviter. Une réaction mal calculée qui entraîna une perte de contrôle. La grosse voiture se mit à godiller. « Il n'est pas très doué, dit Sam. Y a-t-il des rues étroites dans le secteur ?

— Oui, dans un village médiéval à 3 kilomètres devant nous. Les crues l'ont épargné car il est loin de la rivière. »

Profitant d'une ligne droite, Sam mit encore un coup d'accélérateur. Malheureusement la berline était conçue pour la vitesse sur route. Dans son rétro, Sam la voyait grignoter rapidement la distance qui les séparait. Il décida de rouler en zigzag puis se plaça au milieu de la chaussée pour l'empêcher de doubler. Quand il aperçut le village, il passa subitement sur la voie de gauche et, comme l'autre en profitait pour occuper celle de droite, pila net et le laissa filer comme une flèche.

Sam n'avait plus qu'à bifurquer tranquillement vers le village. Il trouva la rue principale, prit à droite après une maison en pierre et s'engagea dans une venelle si étroite que le taxi passait à peine. « Tout doux, tout doux », murmurait Tibor. Sam s'arrêta au bout.

Les yeux rivés sur le pare-brise arrière, Sam, Remi et Tibor virent la berline se profiler à l'entrée de la ruelle. « Maintenant, nous allons voir s'il est mûr à point ou si je dois l'agacer encore un peu », dit Sam.

On entendit crisser des freins. La voiture noire fit marche arrière, braqua et s'enfonça sauvagement dans la venelle à la poursuite du taxi. Au même instant, Sam redémarra pour aller se garer sur une petite place. Il descendit. « Je vous rends le volant », dit-il à Tibor avant de se poster à la sortie de la ruelle. Il se pencha sur une brouette remplie de pierres, rangée contre un mur, et en saisit les deux poignées, s'apprêtant à la pousser en travers du chemin.

Il n'en eut pas besoin. Un choc violent retentit, suivi d'un bruit de frottement qui s'éleva crescendo avant de s'arrêter net. Sam reposa la brouette, courut vers le taxi et sauta sur la banquette, à côté de Remi. Tibor fit marche arrière pour voir la grosse berline noire coincée entre les deux premières maisons de la venelle, ses rétroviseurs extérieurs arrachés. Le rugissement du moteur s'entrecoupait de grincements métalliques mais rien ne bougeait. Tibor démarra, rejoignit la rue principale par un autre chemin et retrouva la route qu'ils avaient empruntée pour venir.

Ils roulèrent jusqu'à un genre de petit entrepôt où cinq hommes s'activaient, vêtus de salopettes et de bleus de travail. « Les deux beaux mecs, là, ce sont mes frères, dit-il. Les autres, des cousins. »

Tibor descendit, échangea quelques mots avec deux des mécanos, et les ramena vers la voiture. Un troisième sortit une camionnette du garage et en descendit en laissant tourner le moteur. Il y eut force sourires, poignées de main, gestes de bienvenue. Les cinq hommes semblaient sincèrement ravis de faire la connaissance de Sam et Remi. Tibor sauta derrière le volant de la camionnette, les Fargo montèrent à l'arrière et eurent la surprise d'en voir un s'asseoir à côté d'eux. « Je m'appelle János. Je prendrai les photos.

— Merci », dit Remi puis, à l'intention de Sam, murmura : « Quelles photos ? »

János tourna l'objectif vers elle et déclencha. « De rien », dit-il.

Tibor les conduisit à l'est de la ville. Ils parcoururent 8 kilomètres en rase campagne avant d'apercevoir un vaste complexe industriel composé de cinq rangées de bâtiments blancs, la plupart bas, de forme rectangulaire et dépourvus de fenêtre. János appuya sur l'obturateur et continua de mitrailler tandis que la camionnette longeait le périmètre de l'usine, marqué par de hautes barrières grillagées garnies au sommet de fils de fer barbelé tranchants comme des lames de rasoir. Ils dépassèrent un portail de sécurité digne d'un camp militaire, tenu par des gardes armés en treillis gris.

« Pourquoi un tel déploiement de force ? demanda Remi.

— Ils fabriquent et stockent des narcotiques, font des recherches sur de nouveaux produits et craignent l'espionnage industriel. Mais ce n'est qu'un prétexte.

En réalité, ça permet à Bako de faire ce qui lui chante en toute discrétion. »

Sam, qui n'avait rien dit depuis le début du trajet, observait en silence les moindres détails du complexe.

Quand la camionnette revint au garage, Sam demanda un bout de papier et dit à Tibor : « Je vais dresser la liste de ce dont nous aurons besoin et je vous donnerai l'argent nécessaire. Si vous ne trouvez pas certaines choses, dites-le-moi et je les ferai venir par avion. » Il écrivait tout en parlant. « Quatre uniformes gris, comme ceux que portent les hommes de Bako. Quatre pistolets avec deux chargeurs supplémentaires, dans des holsters de ceinture en maillage noir. Ceux qu'ils utilisent ressemblent à des Czech CZ-75s mais s'il existe un modèle hongrois qui s'en rapproche, prenez-le. Des bottes noires, quatre paires, montant à mi-mollet. Il faudra bien les astiquer et repasser les uniformes. Et souvenez-vous, il en faut un pour Remi, une petite taille donc. Et vous achèterez aussi une laisse courte en cuir noir, assortie d'un collier.

— Autre chose ? s'enquit Tibor. Pour aller avec le collier ?

— Un chien.

— Un chien ?

— Un berger allemand, de préférence. Sinon, un rottweiler ou un doberman. Il devra avoir du flair, être obéissant et bien dressé.

— Je connais un dresseur à Szeged.

— Un cousin à vous ? demanda Sam.

— Tout le monde n'est pas mon cousin. Lui, c'est celui de ma femme. Je verrai s'il peut nous prêter une bonne bête.

— Remi vous aidera à le choisir.

— Je n'y vois pas d'inconvénient mais ce sont des chiens hongrois. Remi ne connaît pas le hongrois.

— Je suis capable de mémoriser autant de mots hongrois qu'un berger allemand, repartit Remi.

— Les chiens lui parlent », expliqua Sam. Il regarda Tibor. « Vous êtes vraiment partants pour le faire, vous et János ? Vous avez pris votre décision ?

— Personnellement, je préférerais kidnapper Bako et l'échanger contre votre ami, mais c'est d'accord.

— Si ma méthode ne marche pas, nous essaierons la vôtre. »

6

Szeged, Hongrie

Postée à l'entrée du terrain d'exercice, Remi Fargo observait les bergers allemands derrière le grillage. « Comment s'appelle celui-ci ? demanda-t-elle au cousin de la femme de Tibor.

— *Gyilkas*, répondit-il. Ça veut dire "tueur".

— Et celui-là ?

— *Hasfel.* Diminutif de *hasfelmetszo*, "éventreur". »

Elle fit un pas et posa la main sur la poignée de la porte. « Mademoiselle, je vous le déconseille.

— Mais il le faut. Pourquoi me feraient-ils confiance si moi je me méfie d'eux ? »

Elle entra dans l'enclos, referma derrière elle et, d'un pas assuré, passa d'un chien à l'autre en les laissant renifler sa main et en caressant l'épais pelage de leur échine. Le plus gros de l'enclos était un mâle au poil fauve avec la tête et la queue noires. Il la regardait faire de loin, assis sur son arrière-train. Quand il daigna s'approcher d'elle, les autres s'écartèrent pour lui laisser le champ libre.

« Qui es-tu ? » lui demanda-t-elle. Il se planta devant elle, la regarda droit dans les yeux puis s'assit et lécha la main qu'elle lui tendait. Remi s'agenouilla et lorsqu'elle le caressa, il se coucha sur le dos et lui présenta son ventre.

« Il s'appelle Zoltán, dit le cousin. Ça veut dire Sultan.

— C'est un beau bébé, hein ? dit-elle, admirative. Le chef de meute.

— Oui, mademoiselle. D'habitude, il se méfie des inconnus. » Il se reprit. « Il se méfie de tout le monde, en fait.

— Il lit en moi. Il sait que les gars dans son genre m'ont toujours fait craquer. » Elle se pencha et parla doucement au chien. « Qu'en dites-vous, monsieur Zoltán ? Voulez-vous travailler avec moi, ce soir ? »

Elle dut obtenir une réponse positive car elle se releva d'un air satisfait. Le chien se laissa faire quand elle le sortit de l'enclos. « C'est lui que je veux, déclara-t-elle au dresseur. Pourriez-vous m'apprendre quelques ordres en hongrois pour qu'il me comprenne bien ? »

*

Les équipes de jour avaient fini leur service depuis longtemps lorsque le nouveau véhicule de sécurité se présenta à l'entrée de l'usine Bako Gyogyszereszeti Tersazag. Les lumières au-dessus du poste de contrôle brillaient plus que les autres. Deux gardes armés s'avancèrent vers la camionnette arrêtée devant le portail. Le plus jeune se pencha vers János, qui tenait le volant, pour observer l'intérieur de l'habitacle. L'autre fit la même chose, mais du côté de Tibor, que Sam avait propulsé chef de section pour qu'il leur serve de porte-parole ; sur sa manche droite, on voyait un insigne doré en forme de signe dièse et, sur sa casquette de base-ball, une étoile était cousue. En revanche, rien n'indiquait le grade des autres occupants du véhicule.

Le garde posa une question. Sans se démonter, Tibor répondit qu'ils faisaient une tournée d'inspection avec un chien policier car l'un des laboratoires avait signalé une intrusion. Quand l'homme voulut en savoir davantage, Tibor fit appel à ses talents de comédien et réveilla l'officier qui sommeillait en lui. Son visage se plissa de dédain, il cracha quelques mots sur un ton excédé. L'autre voulut répliquer mais Tibor l'interrompit sèchement et désigna le portail en hurlant un truc qui devait signifier à peu près ceci : « Ouvrez cette barrière ! On n'a pas de temps à perdre ! »

Sur ces entrefaites, son jeune collègue, toujours penché à la vitre de la camionnette, découvrit Remi assise à l'arrière. Il lui sourit puis sursauta en entendant crier Tibor. Après quoi, alerté par un grognement sourd, il se trouva nez à nez avec un énorme chien de berger aux babines retroussées. Comme la bête s'apprêtait à se jeter sur lui par la vitre baissée, le garde recula d'un bond, regagna son poste et activa l'ouverture du portail.

János fit passer la camionnette à l'intérieur du complexe, suivit la route bitumée sur quelques mètres puis tourna derrière la première rangée de bâtiments pour échapper à la surveillance des sentinelles. Il s'arrêta. La petite troupe descendit. D'abord Remi et Zoltán, ensuite János et Sam. Tibor, lui, resta légèrement en retrait comme un sergent d'infanterie observant la manœuvre de ses troupes. Tout le monde tenait admirablement bien son rôle ; on aurait dit de vrais professionnels. Sam avait eu raison de mettre l'accent sur l'apparence : uniformes repassés, armes, bottes, ceintures utilitaires, casquettes, tout à l'identique. Comme les autres, Remi portait un sac noir à l'épaule. Elle se pencha vers Zoltán, lui donna un biscuit, quelques tapes vigoureuses sur le flanc, lui murmura à l'oreille une courte phrase en hongrois, puis chercha dans le sac le foulard qu'Albrecht avait oublié derrière lui dans le labo. Elle le tint sous le museau de Zoltán et dit : « *Vadászat !* » Cherche !

Balayant le sol avec sa truffe, Zoltán arpenta en zigzag l'espace qui séparait les deux rangées de bâtiments, d'un air légèrement désorienté d'abord puis nettement plus déterminé. Très vite, il se mit à tirer sur sa laisse. Remi s'accrocha et se laissa entraîner en l'encourageant de la voix mais sans excès. « Allez vas-y, tu es un grand garçon. Tu vas retrouver Albrecht grâce à ta belle grosse truffe. »

Le reste du groupe marchait deux mètres derrière eux, de manière à leur laisser l'espace nécessaire pour reculer, en cas de besoin. Zoltán avançait résolument mais sans précipitation. Tête dressée, il regardait à droite et à gauche comme si rien de particulier n'éveillait son intérêt.
« Il a perdu la trace ? demanda Sam.

— Il a intégré l'odeur. Maintenant il cherche. Il faut juste attendre qu'il capte une bouffée.

— Regardez là-bas », dit János en désignant un bâtiment rectangulaire tout au bout du complexe industriel dont il était séparé par une barrière dissuasive. À l'intérieur, on discernait une seconde clôture, composée de fils de fer plus fins et plus étroitement imbriqués.

« Un grillage électrifié, dit Sam avant de montrer un panneau écrit en hongrois. Qu'est-ce que ça veut dire ?

— Danger. Unité de recherches sur les maladies contagieuses. Réservé au personnel autorisé. Combinaison de protection obligatoire. Barrière sous alarme.

— C'est vrai, d'après vous ? demanda János. Moi, si je kidnappais quelqu'un, c'est dans ce genre d'endroit que je le mettrais.

— Remi, fais venir Zoltán », dit Sam. Remi conduisit le molosse au pied de la barrière. Il renifla consciencieusement et se mit à longer l'enceinte.

À l'angle, ils tombèrent presque nez à nez avec deux vigiles vêtus exactement comme eux, armés de fusils d'assaut AK-47 sanglés à l'épaule. Le plus proche de Sam leva une torche pour éclairer leurs visages.

Sam pratiquait le judo ; il réagit en un quart de seconde. Son bras se détendit à la vitesse d'un cobra qui attaque. Dans le même mouvement, il arracha la torche et déséquilibra le garde, lequel bascula en arrière. Puis Sam dirigea le faisceau dans les yeux de son collègue.

Tibor en resta bouche bée mais revint de sa stupéfaction plus rapidement que les deux sentinelles. Les mots en hongrois qu'il prononça sur un ton brusque ne sonnaient pas comme des compliments. Sam et Remi supposèrent qu'il sermonnait les deux hommes à cause de leur tenue débraillée. Tibor s'empara de la torche et passa en revue les infractions au règlement. Ils étaient mal rasés, l'un des deux avait omis d'aligner les boutonnières de sa chemise sur la boucle du ceinturon. Il eut droit à une tape. L'état des chaussures ne lui plaisait pas non plus. Finalement, dans un dernier grognement lourd de menaces, il leur signifia qu'ils pouvaient disposer.

« Félicitations, dit Sam.

— Merci. Mais vous avez dû remarquer que nous sommes là depuis dix minutes à peine et que nous avons déjà été contrôlés deux fois par des vigiles munis d'armes automatiques.

— C'est un signe encourageant, répondit Sam. Cet endroit est trop bien gardé pour une honnête société pharmaceutique. Espérons que parmi tout ce qu'ils cachent se trouve Albrecht Fischer. »

Soudain, le gros chien tira fortement sur sa laisse et partit au petit trot, entraînant Remi dans son sillage. « On a une piste », dit-elle. Zoltán l'emmena sur la route qui passait entre les bâtiments aveugles ; le reste de la troupe suivit, Sam et János postés à quelque distance, de chaque côté de Remi, la main sur la crosse de leur pistolet.

Ils arrivèrent devant un genre d'atelier ou d'entrepôt, situé presque à l'extrémité du complexe, doté d'une porte en acier renforcée par une cage elle-même équipée d'une porte s'ouvrant via un lecteur de carte. Zoltán fonça vers la cage, renifla tout autour en cherchant un moyen d'entrer et, n'en trouvant pas, se dressa sur ses pattes arrière et s'appuya contre la grille, de plus en plus excité.

« *Ül*, Zoltán, dit Remi. *Jo fiu.* » Elle tapota l'échine de Zoltán pour le faire asseoir, puis se tourna vers ses compagnons et dit : « Nous y sommes.

— Soit on sonne, soit on attend que quelqu'un se ramène avec une carte magnétique, dit Sam.

— Je vais sonner, dit Remi. Gardez Zoltán avec vous. Il ne faut pas qu'on le voie. »

Les trois hommes et le chien se retirèrent dans l'ombre, de part et d'autre de l'entrée, tandis que Remi appuyait sur un bouton près du lecteur de cartes. Un puissant coup de sonnette lui parvint de l'intérieur.

Remi vit coulisser un petit guichet aménagé dans la porte métallique, à hauteur de regard. Il s'ouvrit, se referma, puis on entendit un bruit de serrure. Un homme vêtu de l'habituel uniforme gris s'encadra sur le seuil et lui posa une question à laquelle elle répondit d'un éclat de rire, comme si c'était un compliment. De toute évidence, il avait du mal à s'expliquer la présence de cette jolie femme sur son lieu de travail mais, encouragé par un nouveau sourire de Remi, il finit par presser un interrupteur fixé dans la cloison. Il y eut encore une sonnerie et la cage s'ouvrit.

Remi franchit la porte. Au même instant, le garde vit Zoltán se matérialiser à côté d'elle. Il eut le réflexe de repousser le battant en acier mais le berger allemand ne lui laissa pas le temps d'achever son geste.

On entendit grogner puis les mâchoires du chien se refermèrent sur l'avant-bras de l'homme qui poussa un petit cri de frayeur. Sam en profita pour enfoncer la porte d'un coup d'épaule avant qu'elle ne se referme. Les trois hommes pénétrèrent dans les lieux, János tirant le battant derrière lui.

« *Ül !* ordonna Remi. Assis ! »

Le garde s'exécuta et Zoltán en fit autant, après lui avoir lâché le bras. « *Jo fiu*, dit Remi. Brave garçon. » János se pencha vers l'homme, lui confisqua son arme et la braqua sur lui pour le tenir en respect.

« Sam ! »

Tous se retournèrent en même temps. À l'autre bout du hangar, ils virent une grande cage d'acier servant normalement à ranger de l'outillage. Ses parois grillagées allaient du sol en ciment jusqu'au plafond. Derrière la porte cadenassée se tenait Albrecht Fischer.

« Albrecht ! s'écria Sam. Y a-t-il d'autres gardiens ?

— Oui, il y en a deux autres, avec des fusils. Ils sont partis chercher du café voilà quelques minutes. »

En courant vers la cellule improvisée, Sam lança à Tibor : « Probablement vos copains à la torche et aux godasses poussiéreuses. »

Albrecht disposait de toilettes portatives et d'un lit à armature métallique muni d'un sommier tressé, comme on en trouve sur les couchettes des soldats, et d'un matelas extrêmement fin. Il portait les mêmes vêtements qu'avant son enlèvement, mais ils étaient très sales à présent. Du sang maculait le devant de sa chemise.

« Amenez-moi le garde », cria Sam.

János dit deux mots à l'homme assis qui se leva et marcha vers la cage, escorté par Zoltán qui grondait de temps à autre pour lui rappeler sa présence.

« Donnez-moi la clé », ordonna Sam.

Tibor traduisit mais l'homme haussa les épaules sans rien répondre. János le fouilla de la tête aux pieds. « Il n'a pas de clé sur lui. » Il courut vers le bureau près de la porte, inspecta rapidement les tiroirs, trouva un second cadenas assorti d'une clé qu'il ramena très vite à Sam. Mais cette clé-là n'ouvrait pas la cellule.

« Dites-lui d'enlever son uniforme et ses bottes, dit Sam avant d'ajouter : Vous aussi, Albrecht, déshabillez-vous. »

Les deux hommes obéirent. « Albrecht, reprit Sam, reculez et protégez-vous derrière quelque chose de solide. Que tout le monde en fasse autant. Quand j'aurai tiré sur le cadenas, nous n'aurons que quelques secondes pour agir. Il faudra échanger les vêtements et mettre ce type dans la cage à la place d'Albrecht. Ensuite, on rejoindra la camionnette et on filera d'ici. Si un vigile vous menace d'une arme, n'hésitez pas à tirer. »

Les autres s'accroupirent derrière des caisses en bois. Remi prit le chien avec elle et lui mit les mains sur les oreilles.

Quand Sam tira dans le cadenas, la puissante détonation se répercuta à travers le hangar. Ensuite, tout se passa très vite. János poussa le garde au fond de la cage, le fit asseoir sur le lit, Albrecht sortit, enfila l'uniforme. Pendant qu'Albrecht laçait ses chaussures, Tibor boucla le ceinturon militaire autour de ses hanches. Sam referma la cage au moyen du second cadenas.

Tout le monde se rua vers la porte. Remi allait ouvrir quand un coup de sonnette la fit sursauter. Zoltán se mit à gronder mais cessa dès que Remi lui en intima l'ordre.

« Je suppose que nos deux amis sont de retour, dit Sam. On va les accueillir. »

Tibor marcha jusqu'au bouton de la sonnette commandant l'ouverture du sas grillagé, lut ce qui était inscrit sur l'étiquette puis hocha la tête. Les autres se placèrent à côté de lui, dos au mur, pistolets en main. Alors que Tibor appuyait sur l'interrupteur, Remi tira sur la porte métallique en restant cachée derrière.

Les deux hommes tenaient un gobelet de café dans chaque main, leur fusil pendait en travers de leur dos. Dès qu'ils eurent franchi le seuil, Sam et János leur collèrent une arme sur la tempe.

Tibor aboya un ordre, les gardes posèrent sur le sol les gobelets, les fusils et firent quelques pas avant de se coucher à plat ventre. János s'empara des menottes rangées dans leurs étuis de ceinture pour les attacher aux piliers d'acier qui supportaient le toit.

Remi et le chien sortirent en premier, Sam sur les talons. Puis ce fut le tour d'Albrecht, de Tibor et de János. Les deux frères portaient les AK-47 confisqués aux gardes. Remarquant le regard inquiet de Sam, Tibor murmura : « Vous préférez tuer ou être tué ? »

Ils se déplacèrent rapidement en ordre dispersé entre les hangars, vers l'endroit où ils avaient laissé la camionnette.

Des bruits de moteur les mirent en alerte. Un camion roulait derrière les bâtiments de gauche, tandis qu'un autre se rapprochait sur la route bitumée menant à l'enceinte grillagée. La petite troupe s'abrita derrière un mur puis Sam et Remi s'avancèrent jusqu'au coin et jetèrent un coup d'œil. Il s'agissait d'un camion à plate-forme transportant une quinzaine d'hommes assis sur les bancs placés de chaque côté, tous en uniformes gris, avec des fusils AK-47 posés entre les genoux, canon pointé vers le haut.

Le camion poursuivit sa route le long du périmètre extérieur. Sam revint vers ses compagnons. « J'ai trouvé de quoi franchir la barrière. »

Tout à coup, quelque part sur leur gauche, ils entendirent des bottes marteler le sol. Sam, Remi et Zoltán commencèrent à courir vers le portail. Les autres les rejoignirent. « Il faut à tout prix éviter d'être pris en tenailles, dit Sam. Restez devant eux. »

Le groupe courut ventre à terre vers le bâtiment ceint d'une double barrière, celui qui portait les panonceaux de mise en garde contre les risques de contagion. Sam dit à Tibor : « Allez du côté des hangars et voyez si vous pouvez les empêcher de nous prendre à revers. Pendant ce temps, je vais leur donner de quoi s'occuper. »

Sam attendit que ses compagnons disparaissent derrière la première rangée de bâtiments puis il courut vers la barrière et se jeta contre le portail. Une alarme se déclencha puis une sirène, encore plus assourdissante. Des lumières rouges se mirent à clignoter au sommet du grillage. Soudain, plusieurs projecteurs illuminèrent les abords de l'édifice. Sam retourna sur ses pas en courant.

Devant lui, un groupe de six vigiles se précipita hors du hangar suivant et partit en courant dans sa direction. L'un d'eux prit le temps d'épauler son fusil. Sam fit un pas de côté, se réfugia derrière un coin de mur et dégaina son pistolet. Il tendit le bras hors de sa cachette, jeta un petit coup d'œil puis tira cinq coups dans le tas. Deux hommes s'écroulèrent, trois autres s'arrêtèrent pour les évacuer, le dernier se jeta à plat ventre et couvrit la manœuvre avec quelques rafales d'AK-47. Mais c'était trop tard, Sam était déjà passé dans l'allée suivante.

Plusieurs pelotons avançaient au pas de course vers le bâtiment des maladies contagieuses. Quant au camion d'où ils étaient descendus, il était garé à une cinquantaine de mètres devant Sam. Quand ce dernier l'eut atteint, il se cacha derrière et, se faufilant sur son flanc gauche, ouvrit brusquement la portière en pointant son pistolet sous le nez du chauffeur. Après l'avoir extrait sans ménagement de son siège, il lui confisqua son arme de poing et l'assomma d'un crochet bien appliqué. Puis il lui prit ses menottes, s'en servit pour l'entraver et se hissa derrière le volant.

Sam passa la première, tourna à gauche puis à droite et, quand il vit Zoltán, Remi, János, Tibor et Albrecht courir le long de l'allée, il mit la seconde pour prendre un peu de vitesse. Voyant Tibor se retourner vers le camion et braquer son fusil, Sam lui fit un appel de phares tout en agitant frénétiquement son bras gauche par la vitre ouverte. « C'est moi ! hurla-t-il. Montez ! »

Une seconde plus tard, Remi rejoignait Tibor. Tous se précipitèrent vers le camion qui roulait vers eux. Sam freina pour les laisser grimper sur la plate-forme et redémarra sur les chapeaux de roues.

Zoltán courait derrière en gémissant à fendre l'âme. Il essayait de sauter sur le plateau mais l'obstacle était trop haut pour lui. Remi frappa du poing sur le toit de la cabine. « Arrête-toi, Sam ! » Ce dernier obéit, Remi descendit et contourna le véhicule pour ouvrir la portière de droite. Debout sur le marchepied, elle appela l'animal. « Viens, Zoltán ! » Le molosse prit son élan, bondit sur le siège, Remi pivota sur elle-même, s'assit et claqua la portière. « Fonce ! » dit-elle à Sam en sortant son pistolet. Pendant que le véhicule reprenait de la vitesse, elle baissa sa vitre.

Sam roulait sur la route bitumée qui séparait les bâtiments. Ils se trouvaient à présent dans le centre du complexe. Un peloton de gardes surgit en travers du chemin. Genou à terre, ils se préparaient à tirer. Sam alluma ses phares. Debout sur la plate-forme arrière, Tibor et János ouvrirent le feu et touchèrent un homme. Les autres se mirent à couvert.

« Il va falloir défoncer le portail ! cria Sam. Dis-leur de se tenir prêts. »

Remi se redressa sur son siège, passa le torse par la fenêtre et hurla : « On va défoncer le portail ! »

Bien calés derrière la cabine, Tibor et János rechargèrent leurs fusils-mitrailleurs et se placèrent en position de tir. Remi tenait son pistolet devant elle, bras tendus.

De la main gauche, Sam retira le sien de sa ceinture. « Je vais franchir la barrière aussi vite que possible. Ça serait bien que les sentinelles restent planquées jusqu'à ce que nous soyons hors de portée.

— C'est un bon plan… À condition qu'il marche, dit-elle.

— Tu es la seule championne de tir dont nous disposions, mais je préférerais qu'ils ne te prennent pas pour cible. Tu es aussi la seule femme dont je dispose…

— Tu es trop mignon.

— … pour l'instant. »

Zoltán les observait l'un et l'autre sans savoir que penser.

Sam atteignit le coin du dernier bâtiment, ralentit pour négocier son virage et dépassa la camionnette dans laquelle ils étaient arrivés. Deux gardes s'étaient cachés à l'intérieur ; ils ouvrirent brusquement les portes arrière. Comme Sam, Remi et les autres étaient déjà loin, les hommes durent sauter sur le bitume pour pouvoir viser. Plusieurs rafales furent tirées dans leur direction.

« Si l'un d'entre nous avait essayé de monter dans cette camionnette, il serait mort à présent », dit Remi.

Sam passa la troisième et appuya sur le champignon. Les deux sentinelles avaient refermé le portail. Trois ou quatre autres les avaient rejointes. Sam les trouvait exagérément optimistes. À leur attitude relâchée, fusils sanglés en travers du dos, ils semblaient croire que personne n'aurait l'idée de défoncer cette barrière. Ils ne l'avaient pas non plus renforcée. Un deuxième camion à plate-forme était garé près du portail.

« Petit changement de plan, annonça Sam en mettant pleins phares. Dis aux gars de se baisser.

— Baissez-vous ! » hurla-t-elle par la fenêtre.

Sans lâcher leur fusil, leurs trois compagnons se jetèrent à plat ventre sur le plateau du camion, les deux frères sur les côtés, Albrecht au milieu, tourné vers l'arrière.

Sam roulait de plus en plus vite. Quand le camion fut à 25 mètres du point d'impact, Remi cala son coude au creux de sa main gauche et fit feu. Une sentinelle s'écroula dans sa guérite. Puis elle arrosa les gardes qui tentaient maladroitement d'empoigner leur fusil. Sam, de son côté, tira huit fois dans le tas mais n'étant pas aussi doué que Remi, ne parvint qu'à disperser l'ennemi qui se mit à couvert.

D'une main ferme, Sam ajusta légèrement la trajectoire de son véhicule. Ils passèrent à un mètre du camion en stationnement, ratèrent le portail et percutèrent le grillage. La barrière était si haute que lorsque la cabine s'enfonça dans le maillage, elle passa sous la barre transversale renforcée avec les barbelés coupants. Le filet métallique fut arraché sur une douzaine de mètres, la barrière bascula et s'aplatit par terre si bien que le camion put rouler dessus.

Pour doubler leurs chances d'atteindre le poids lourd, les gardes réglèrent leurs fusils sur automatique mais ne réussirent qu'à cribler de balles la guérite, le camion garé à côté et les hangars qui se trouvaient dans le prolongement. Dès que Sam eut mis assez de distance entre son camion et les tireurs, il donna un coup de volant et rejoignit la route bitumée. Albrecht et les frères Lazar en profitèrent pour mitrailler les sentinelles qui n'osaient plus quitter leurs abris, de peur de se prendre une balle.

Sam ne ralentit que pour négocier le virage suivant. À la sortie, il rappuya sur le champignon et, au bout de quelques minutes, entendit des coups sur le toit de la cabine. Tibor se pencha vers sa vitre pour crier : « Laissez-moi le volant ! On ne peut pas rentrer en ville avec ce bahut. Je sais par où passer. »

Sam arrêta le camion et changea de place avec Tibor, lequel repartit à fond de train. Une fois arrivés dans la banlieue de Szeged, il adopta une allure plus normale pour s'engager sur une étroite route de campagne, changea maintes fois de direction et finit par se retrouver devant le grand garage d'où ils étaient partis.

Le camion pénétra dans l'atelier de réparation, tout le monde descendit, même Zoltán qui alla sagement s'asseoir dans un coin.

« Je vous remercie tous du fond du cœur, dit Albrecht. Sans vous, j'étais fichu, c'est évident. Je vous dois la vie.

— Nous avons tout fait pour éviter d'être capturés, dit Remi. J'ai vu cinq hommes tomber, ce soir. Certains sont peut-être morts. »

Sam intervint : « Et pour ce qui est de la camionnette ? Peuvent-ils nous retrouver grâce à elle ?

— Elle a été empruntée.

— À qui ?

— On l'a prise sur un parking », répondit Tibor.

Sam lança à la cantonade : « Tout le monde dans la boutique. On enlève les uniformes. On remet ses vêtements. »

Ils passèrent à tour de rôle par le cabinet de toilette pour nettoyer les résidus de poudre et de terre qui leur salissaient le visage, les mains et les bras, et ressortirent habillés normalement. Quant à Albrecht, il enfila une tenue prêtée par Tibor. « Pourrions-nous précipiter le camion dans la rivière ? Je sais, c'est mauvais pour les poissons mais très efficace pour faire disparaître les empreintes.

— János va s'en occuper, répondit Tibor. Nous le suivrons de manière à le récupérer quand ce sera fait. Et ensuite, je vous déposerai tous les trois à votre hôtel. »

Zoltán s'allongea sur les cuisses de Remi, Sam et Albrecht, assis tous les trois à l'arrière du taxi. Tibor suivit le camion volé jusqu'à ce que János bifurque sur un chemin de terre. Puis ils le virent grimper au sommet d'une colline boisée. Quand il surplomba la rivière, il laissa le moteur en marche, relâcha l'embrayage, puis sauta de la cabine. Emporté par son élan, le camion roula encore deux mètres, franchit la crête de la colline, bascula de l'autre côté, à pleine vitesse, rebondit sur un escarpement et s'écrasa sur le flanc dans la rivière. L'eau en s'engouffrant par les vitres l'aspira au fond.

János partit en courant vers le taxi et s'assit à côté de son frère. L'étape suivante fut le chenil du cousin. Remi fit descendre Zoltán, ouvrit la barrière et entra avec lui dans l'enclos. On entendit quelques aboiements hésitants. Les chiens endormis ne reconnurent pas aussitôt leurs odeurs et leurs silhouettes mais se calmèrent dès qu'ils repérèrent Zoltán. Remi s'agenouilla face à la grosse tête du berger allemand et lui murmura quelque chose à l'oreille.

Quand elle remonta en voiture, Sam lui demanda : « Qu'est-ce que tu lui as dit ?

— Je lui ai dit qu'on ne se reverrait sans doute pas mais que je l'aimais et que je ne l'oublierais jamais.

— Et qu'a-t-il répondu ?

— "Veux-tu que je morde cet imbécile avant que tu t'en ailles ?" Il a dit qu'il m'aimait aussi.

— Je suppose qu'il est aussi jaloux de moi que moi de lui. »

Tibor s'arrêta devant le City Center. Comme ils descendaient, Sam lui tendit un chèque : « Tenez. Je l'ai fait avant que nous ne partions. Portez-le au Crédit Suisse demain ou après-demain. Ils commenceront par appeler notre banquier aux États-Unis pour vérifier mais l'argent tombera sur votre compte tout de suite après.

— Vous quittez la Hongrie ?

— Pas encore. Mais j'ai pensé qu'il valait mieux que je vous le donne maintenant si jamais il nous arrivait quelque chose.

— Merci », dit Tibor en haussant les épaules. Il glissa le chèque dans son manteau sans regarder la somme. « Encore une chose. Demandez une autre chambre. Vous n'avez qu'à dire que la vôtre ne vous plaît pas.

— C'est ce que je m'apprêtais à faire, dit Sam. Je vous appelle dans un jour ou deux. » Il regarda le taxi s'éloigner.

Tout en conduisant, Tibor sortit le chèque de Sam et le tendit à son frère. « Je ne peux pas lire et rouler en même temps. Qu'est-ce qu'il y a d'écrit ?

— Payez à l'ordre de Tibor Lazar 100 000 dollars. Ça doit faire un bon paquet de forints.

— Tu parles ! », dit Tibor, les yeux écarquillés.

Sam allait pousser la porte de l'hôtel quand Albrecht Fischer arrêta sa main. Il voulait leur parler sans témoins. « Arpad Bako, le malade mental qui m'a fait enlever, croit que nous recherchons la tombe d'Attila.

— Cela ne m'étonne guère, dit Remi. Cette tombe est l'un des plus fameux trésors de l'Antiquité, et elle n'a jamais été trouvée.

— Et ne le sera sans doute jamais, ajouta Albrecht.

— Au fond, c'est rassurant, dit Sam en haussant les épaules. Cela m'aurait chagriné qu'on nous ait tiré dessus pour quelques malheureuses piécettes. » Il ouvrit la porte et s'effaça pour les laisser entrer dans le hall. Mais avant de les suivre, il se retourna une dernière fois vers la rue en fouillant du regard tous les renfoncements susceptibles d'abriter un ennemi.

7

Szeged, Hongrie

Sam, Remi et Albrecht étaient installés dans le salon de leur nouvelle suite, au dernier étage de l'hôtel. Ils s'étaient douchés, avaient passé des vêtements propres et finissaient le repas apporté par le service d'étage : pain frais, fromage körözött doux, saucisses kolbász, le tout arrosé d'un merlot hongrois de 1991, Balaton Barrique.

« Je lui ai menti, bien entendu, dit Albrecht. Je n'allais pas donner à ce gangster des détails sur ma découverte, l'une des plus importantes depuis des décennies. Pour être honnête, je n'ai pas eu le temps d'en estimer la valeur scientifique. Les hommes de main de Bako m'ont enlevé avant que je termine mes analyses. Je n'ai même pas pu consulter mes collègues.

— Que lui avez-vous dit, alors ?

— Que je recherchais des traces de l'occupation romaine dans la région. C'était tout à fait crédible puisque je suis le grand spécialiste des garnisons romaines en Europe. Les Romains ont laissé des vestiges partout où ils se sont installés. Et leurs modèles d'occupation sont quasiment les mêmes depuis l'Angleterre jusqu'en Syrie.

Cette région-ci a porté le nom latin de Pannonia jusqu'à l'arrivée des Huns.

— Votre explication l'a-t-elle satisfait ? demanda Remi.

— Il est complètement fou et les fous ne sont jamais satisfaits. Il ne songe qu'à s'emparer des trésors funéraires du roi des Huns. Il s'en croit l'héritier. Pour ma part, je ne suis pas loin de penser qu'il est son fils spirituel, faute d'être son véritable descendant. Ce derrière quoi il court possède une grande valeur pour les gens d'ici. La figure de ce grand conquérant est encore très vivace en Hongrie. Les parents continuent à baptiser leurs fils Attila. En plus, nous sommes dans les grandes plaines méridionales où Attila avait établi son bastion.

— Cette histoire est un peu floue dans ma tête, mais le fameux trésor ne serait-il pas le cercueil en lui-même ?

— C'est en partie vrai, dit Albrecht. En fait, d'après les sources, il n'y avait pas un cercueil mais trois : un premier en fer contenant un autre en argent abritant lui-même un troisième en or massif. Tous remplis de pièces d'orfèvrerie, couronnes, épées, ornements divers, sertis de pierres précieuses. Ces objets venaient des tributs prélevés par Attila sur les rois, les nobles et les évêques des territoires conquis. Cela devait représenter un gros paquet.

— Et cette histoire-là m'a tout l'air d'un gros paquet de c…

— Sam ! l'interrompit Remi.

— Sam n'a pas entièrement tort, dit Albrecht. Le seul témoignage direct dont nous disposions fut rédigé par un certain Priscus, ambassadeur de l'Empire romain d'Orient auprès des Huns. Il y décrit la veillée funéraire, les obsèques d'Attila, mais ne fait pas mention d'un trésor. Il faut attendre encore quatre-vingts ans pour en avoir une description, cette fois sous la plume de Jordanes, lui-même issu d'une tribu barbare, probablement les Ostrogoths. Le soi-disant trésor a fait tourner les têtes pendant 1 500 ans mais personne n'a jamais mis la main dessus. »

Albrecht garda le silence un moment. « Mais il en faut plus pour décourager Arpad Bako. Il se croit destiné à découvrir la tombe d'Attila. Et il est prêt à tout pour y arriver avant les autres. C'est une obsession chez lui.

— Si nous prenions un peu de recul pour aborder la question de son point de vue ? proposa Remi. Y a-t-il une chance pour que vos découvertes aient un rapport avec cette fameuse sépulture ?

— Mes recherches ne font que commencer mais j'en doute, répondit Albrecht. Il est vrai que la datation au carbone 14 donne la date approximative de 450 après Jésus-Christ et qu'Attila est mort en 453. Et il se peut très bien qu'une bataille se soit déroulée ici, en plein territoire hun, et qu'elle ait un lien avec sa mort. Il faut savoir que tout est parti à vau-l'eau après la disparition du Grand Roi. Chacun de ses trois fils était à la tête d'une faction rivale. Ses généraux possédaient tous leur propre royaume et leur armée. Ils se sont livrés d'innombrables batailles dont la plupart sont tombées dans l'oubli. » Il haussa les épaules. « Pour l'instant, ce que je peux dire de manière certaine c'est que les victimes n'étaient pas romaines. Sinon, j'aurais retrouvé des armures classiques, des glaives romains et ces grands boucliers nommés *scuta* que les légionnaires rassemblaient pour former un rempart contre la charge ennemie.

— Si je comprends bien, les dépouilles trouvées sur le site pourraient appartenir à des Huns tués lors d'un combat consécutif aux funérailles royales.

— Il est prématuré d'affirmer quoi que ce soit, même cela. Et si jamais quelqu'un trouve un jour la tombe, ce sera probablement par le plus grand des hasards.

— Occupons-nous déjà de votre chantier, dit Sam. Il faut que vous puissiez fouiller sans courir de risques.

— Je ne vois pas comment. Surtout maintenant que nous avons tiré sur les hommes de Bako.

— Attila se serait-il soucié d'un tel détail ? sourit Sam.

— Je crois que non.

— Alors, Bako non plus. Il est même possible qu'il tente d'étouffer l'incident. Je le vois mal dénoncer à la police l'enlèvement d'une personne que lui-même séquestrait. Et pour l'heure, vous êtes le seul à pouvoir lui fournir des informations sur son sujet de prédilection. Il sera donc impatient que les travaux reprennent.

— Cet homme est trop dangereux. On ne peut pas fouiller tant qu'il est dans les parages.

— Peut-être que si. Y a-t-il des archéologues hongrois d'envergure parmi vos connaissances ?

— J'en connais quelques-uns, oui. Le docteur Enikö Harsányi enseigne ici même, à l'université de Szeged. Le docteur Imre Polgár également. J'avais prévu de les consulter avant qu'on ne m'enlève. Ils connaissent l'histoire de la région mieux que moi.

— Alors, je vous conseille de les appeler immédiatement. Il ne faut plus tabler sur la discrétion, bien au contraire, il faut que le chantier fasse l'objet de la plus grande publicité, qu'un maximum de gens y participent et contribuent de mille manières à la réussite de ce projet. Trois étrangers qui creusent la terre au fin fond de la campagne courent un danger. Mais si cinquante ou cent étudiants et professeurs font la même chose, on appelle cela une expédition.

— Des étudiants, des thésards, répliqua Albrecht. Bien sûr. Je vais appeler mes collègues sur-le-champ. Oh, j'oubliais que je n'avais pas mon répertoire sur moi. Ils pourront également assurer la sécurité du site.

— Vous n'aurez qu'à demander de l'aide à Selma, dit Remi qui regarda sa montre en bâillant. Il fait encore jour en Californie, elle n'est pas couchée. Pour ma part, je vais piquer un petit roupillon. Nous prendrons cette chambre-ci, Sam et moi. Vous pouvez dormir dans l'autre, Albrecht. »

Le lendemain après-midi, assemblés au pied d'un autocar, Albrecht, Sam, Remi, le professeur Enikö Harsányi, le professeur Imre Polgár et Tibor Lazar regardaient six groupes de dix étudiants travailler sous la direction de plusieurs thésards. Ils en étaient à l'installation du carroyage, première étape indispensable consistant à quadriller le site avec de la ficelle et des piquets. Un peu plus loin, trois archéologues membres de l'Académie des sciences hongroise examinaient des échantillons d'humus.

« Dans le podzosol européen, le niveau du sol s'élève en moyenne de deux centimètres par tranche de 53 ans, dit l'un d'eux. Ici, la couche de terre recouvrant les vestiges devrait atteindre 60 centimètres. Mais nous sommes en plaine et la rivière voisine a débordé plusieurs fois.

— Ce qui rajoute des alluvions à nos 60 centimètres, repartit un autre.

— Combien de fois la Tisza a-t-elle débordé depuis l'an 450 après Jésus-Christ ?

— Je dirais qu'il y a une forte crue tous les cent ou cent cinquante ans. Ça fait donc dix fois. Et les plus récentes ont été particulièrement importantes. Celle qui a détruit la ville de Szeged en 1879 fut sans doute la pire. Par précaution, estimons que la couche d'occupation se situe à une profondeur comprise entre un mètre quatre-vingts et 60 centimètres. »

Voyant Tibor monter dans l'autocar, Sam lui emboîta le pas. Tibor prit place vers l'avant et ouvrit un journal. « Comment se présentent les choses, Tibor ? demanda Sam.

— J'ai placé deux cousins sur la route, par ici, et deux autres dans la direction opposée, tous lourdement armés. En cas de problème, ils nous préviendront par téléphone. Et j'ai demandé à six hommes – les frères de ma femme – d'attendre dans une camionnette à un bon kilomètre d'ici, pour intervenir en renfort, si le besoin s'en faisait sentir.

— Génial, dit Sam. Ils assureront la sécurité des fouilleurs. Merci.

— Merci à vous.

— Pourquoi ?

— Grâce à vous deux, j'ai pris quelque chose à Bako, pour une fois. Et je vous remercie aussi pour le chèque, qui n'était pas en bois.

— Nous n'aurions rien pu faire sans votre aide. Vous avez sauvé la vie d'Albrecht.

— C'est vous qui l'avez sauvé. Moi, je n'ai fait que donner des conseils.

— Cela revient au même. »

Tibor l'examina. « Vous avez autre chose en tête, n'est-ce pas ? Qu'est-ce que c'est ?

— Ils n'ont pas besoin de moi pour creuser ce champ, dit Sam en souriant. En revanche, je crois savoir quoi faire pour distraire Bako pendant que nos archéologues s'activent.

— Arpad Bako a le bras long. L'usine que vous avez vue n'est qu'une parmi tant d'autres. Il a l'argent, le pouvoir, des amis riches et influents. Ici et ailleurs dans le monde. Je vous en prie, soyez prudents.

— Vous aviez raison, il recherche bien la tombe d'Attila. »

Tibor éclata de rire. « Et pourquoi pas la fontaine de Jouvence ? Pourquoi pas l'échelle qui mène jusqu'au ciel ?

— Je suis sûr que vous connaissez la légende. On dit qu'Attila a été enterré dans le plus grand secret, avec ses prises de guerre, et qu'on a détourné le cours de la rivière pour mieux cacher sa tombe.

— Oh, bien sûr. Par ici, on sait tout cela par cœur depuis qu'on est gosse. Mais Arpad Bako doit être le seul à avoir pris cette histoire au sérieux. En plus, la rivière coule sur 1 000 kilomètres. Autrefois, elle était encore plus longue. Son tracé a été en grande partie modifié, certains segments ont été remblayés, asséchés, d'autres, marécageux, ont été drainés.

— C'est pour cela que mon idée est bonne, Tibor. Nous n'avons pas la prétention de découvrir la tombe, Remi et moi. Nous voulons juste que Bako le croie.

— Je veux me joindre à vous.

— Bienvenue à bord. À ce sujet, un membre de votre famille serait-il propriétaire d'un bateau ?

— Pas de la famille, un ami. Il pourrait vous le louer pour… trois fois rien.

— Êtes-vous sûr de vouloir nous accompagner ?

— Eh bien, vous avez risqué votre vie pour sortir un ami d'une usine bourrée d'hommes armés jusqu'aux dents, vous m'avez donné une somme mirobolante pour que je vous aide pendant vingt-quatre heures. Faire partie de votre camp me paraît tout à fait avantageux. »

Le lendemain matin, un bateau de pêche de trente pieds, le *Margit*, remontait en crachotant la rivière à la vitesse de cinq à dix nœuds. Parfois, il faisait même du surplace, s'acharnant à lutter contre le courant paresseux, puis il repartait en zigzag. Le *Margit* traînait en remorque une chose qu'on ne voyait pas depuis la rive, car elle était immergée.

Un œil perçant aurait pu apercevoir cinq personnes à bord – un homme à la barre, deux autres en surveillance, un quatrième occupé à manœuvrer l'objet en remorque, et dans la cabine, une femme mince aux cheveux auburn, penchée sur l'écran d'un ordinateur portable.

Au bout d'une heure à peine, un camion fermé apparut sur la route qui longeait la berge surélevée.

À l'arrière, quatre hommes assis sur un banc latéral manipulaient divers engins électroniques – appareil photo avec téléobjectif, lunettes de tireur d'élite, caméra numérique dotée d'un objectif surpuissant – calés dans des meurtrières creusées dans la cloison. Le chef du groupe, un dénommé Gábor Székely, était installé derrière le conducteur pour mieux coordonner les opérations des quatre autres.

En entendant son téléphone portable bourdonner, il se leva, décrocha puis écouta un instant avant de répondre merci. Il rangea l'appareil et annonça : « L'homme qui tient le câble à la poupe c'est Sam Fargo. On lui a livré de l'équipement par avion durant la nuit : un détecteur de métaux, plusieurs paires de lunettes à vision nocturne et un magnétomètre de marine Geometrics G-882 capable de détecter des variations minimes dans le champ magnétique terrestre, en particulier celles causées par des objets ferreux.

— Le cercueil en fer », dit l'homme à côté de lui.

Gábor ne jugea pas nécessaire de répondre. « La femme doit être la sienne, Remi Fargo. Ils logent au City Center.

— Nous avons des fusils de précision, intervint un troisième. On peut facilement les abattre depuis le camion.

— Non, pas encore, répliqua Gábor Székely. Les Fargo ne sont pas des débutants. Ils ont découvert des trésors considérables en Asie, dans les Alpes suisses et pas mal d'autres endroits. Ils ont le bateau et l'équipement adaptés.

— On va attendre qu'ils fassent le boulot pour nous ?

— Oui. Tu as tout compris. Quand ils tomberont sur le cercueil en fer, nous interviendrons avant qu'ils le remontent. Ils auront un regrettable accident et le tour sera joué. M. Bako sera célébré comme un héros. Après tout, c'est un trésor national. »

Dans le bateau qui remontait le courant, Remi Fargo étudiait les relevés du magnétomètre sur son ordinateur portable. « C'est complètement dingue.

— Il y a un truc qui cloche ? demanda Sam. On ne reçoit rien ?

— Au contraire. Je reçois tout. Le lit de la rivière est jonché d'objets métalliques. J'ai des images qui rappellent des épaves de bateaux, des chaînes d'ancre, des canons, du ballast, des détritus ferreux, des tiges d'acier coulées dans du ciment. Au cours des cinq dernières minutes, je pense même avoir capté un ou deux vélos, une ancre et un truc qui ressemble à un vieux four.

— C'est suffisant pour rendre l'exercice intéressant, s'esclaffa Sam. Si tu remarques un objet en forme de cercueil enfoui à trois mètres de profondeur, ça vaudrait peut-être le coup d'aller jeter un œil.

— De toute façon, j'imagine qu'on n'y coupera pas. Il va falloir plonger.

— Si Bako et ses comparses croient que nous touchons au but, ils ficheront la paix à Albrecht et ses collègues.

— Vous arriverez sans doute à le gruger pendant quelque temps, dit Tibor, mais ne soyez pas trop sûrs de vous. Il a suffisamment d'hommes à sa solde pour provoquer des nuisances sur plusieurs sites à la fois. »

Ils sillonnèrent la rivière plusieurs jours avec leur magnétomètre. Chaque soir, ils passaient voir Albrecht et son équipe dans un bâtiment du centre-ville qu'ils avaient loué pour servir de laboratoire.

« C'est effectivement un champ de bataille, déclara Albrecht.

— Difficile d'imaginer autre chose, ajouta Enikö Harsányi. Nous avons déjà trouvé 656 dépouilles d'hommes adultes. Tous armés, tous morts en même temps puis enterrés sur place. »

Imre Polgár répondit : « Nombre d'entre eux – peut-être une majorité – présentent des traces de blessures graves cicatrisées depuis longtemps. Nous avons répertorié des fractures d'impact, des lésions osseuses causées par des coups de poignard ou de fouet. Ces hommes étaient des guerriers.

— Mais qui étaient-ils ? demanda Remi.

— Des Huns, dit Albrecht.

— Je confirme, abonda Enikö Harsányi. Tous ceux que nous avons exhumés, du moins.

— Comment pouvez-vous l'affirmer ? demanda Sam. L'ADN ? »

Albrecht les guida vers une longue rangée de tables en acier supportant des squelettes. « Les Huns n'avaient pas un profil ADN distinct. Le groupe d'origine est venu d'Asie centrale aux Ier et IIe siècles. En migrant vers l'Occident, ils ont conclu des alliances, combattu, vaincu, absorbé les tribus croisées en chemin. Par conséquent, à l'époque où ils ont envahi les plaines de Hongrie, il y avait parmi eux de nombreux individus porteurs de gènes apparentés à ceux des Mongols, mais aussi des descendants de Scythes, de Thraces ou de Germains. Ces gens-là avaient en commun non pas une ethnie mais un objectif. C'est exactement comme si on s'interrogeait sur le profil ADN d'un pirate du XVIIe siècle.

— Alors, comment pouvez-vous les identifier ?

— C'étaient avant tout des cavaliers. Ils se déplaçaient, se battaient, mangeaient et parfois dormaient sur leur cheval. Cela se remarque à certaines caractéristiques squelettiques. Mais nous disposons d'autres indices probants.

— Lesquels ? s'enquit Sam.

— Les Huns n'étaient pas des cavaliers ordinaires mais des archers à cheval. Ils ont développé cette tactique en Asie grâce à une invention révolutionnaire. »

Avec d'infinies précautions, il prit dans sa main une pièce de bois noircie aux courbes irrégulières. « Regardez ceci. C'est un fragment d'arc. Le style est tout à fait remarquable. Voyez-vous ces extrémités, là où s'accrochait la ficelle ? On les appelle *siyah*. Elles sont raides au lieu d'être flexibles. L'arc lui-même n'est pas en bois massif mais constitué de fines planchettes superposées et collées ensemble. Les siyahs, au nombre de sept, sont en corne et la poignée en os. Cela donne un arc de faible dimension, facile à utiliser à cheval, et décochant de petites flèches sur de très longues distances. Aucune fouille n'avait jamais révélé de spécimen mieux conservé. Et dites-vous que nous en avons déterré plus de quatre cents, en quelques jours.

— Contre qui les Huns se battaient-ils ? demanda Sam.

— Voici une question plus ardue. Les dépouilles étaient disséminées un peu partout dans le champ. Impossible de les différencier. Ces hommes sont tombés et on les a recouverts de terre. Un point c'est tout. Ils possédaient tous l'armement typique du guerrier hun : l'arc pour commencer, mais aussi une épée longue, droite, à double tranchant avec un fourreau accroché à la ceinture, et une autre plus courte, qu'on nomme aussi dague, placée horizontalement, en travers de la taille. Ils portaient des pantalons en peau de chèvre et des tuniques en tissu ou en fourrure, avec parfois une veste de cuir par-dessus.

— Il reste un certain nombre de points obscurs, intervint le Dr Polgár.

— Il y en a un qui me vient tout de suite à l'esprit, dit Remi. Le champ de bataille n'a jamais été pillé. Pourquoi ?

— Oui, ça c'est un vrai mystère, repartit le Dr Harsányi. Une épée joliment forgée était un bien très précieux. Pour obtenir un arc en bois, os et corne, il fallait recourir à un artisan expérimenté qui mettait au moins une semaine à le fabriquer et des mois à le sécher. Ce n'est pas le genre d'objet qu'on abandonne dans un champ. »

Remi désigna le squelette le plus proche. « Et les blessures sont très particulières, n'est-ce pas ? Elles n'ont pas été causées par des coups donnés au hasard comme cela se passe généralement dans les combats à l'épée.

— En effet, répondit Albrecht. Les Huns avaient beau être des archers, nous n'avons pas trouvé de blessure par flèche – aucune pointe fichée dans un os ou transperçant un crâne – ni celles qu'on rencontre fréquemment sur les squelettes des guerriers de cette époque. Pas de bras tranchés, pas de marques sur les os des jambes indiquant une plaie ayant causé la mort par hémorragie. On dirait qu'ils ont tous succombé à la suite d'un coup unique et fatal – nous avons dénombré quatre cents décapitations et un grand nombre de gorges tranchées jusqu'à la face antérieure des vertèbres.

— Cela ressemble à une exécution de masse, dit Sam. Si vous n'avez pas trouvé de cadavres ennemis, c'est que leurs bourreaux les ont enterrés et sont partis.

— C'est également ce que je pense, abonda Remi. Mais pourquoi des hommes si lourdement armés n'ont-ils pas résisté ?

— Impossible à dire à ce stade, avoua Albrecht. Ces questions trouveront peut-être une réponse quand tout aura été mis au jour. »

Le lendemain, Sam et Remi arrivèrent dans la matinée devant le ponton où le *Margit* les attendait pour remorquer le magnétomètre. Tibor et son frère étaient déjà là, un journal déplié devant eux. Quand il les vit arriver, Tibor lança : « Sam. Remi. Il faut que vous voyiez cet article.

— De quoi s'agit-il ? » demanda Remi.

Tibor étala le journal sur le ponton. En première page, figuraient six portraits ressemblant à des photos d'identité. Les sujets fixaient l'objectif. Remi s'agenouilla. « Sam ! Ce sont eux, les gens de Consolidated Enterprises. » Elle se tourna vers Tibor. « Que raconte l'article ?

— Six personnes voyageant sous passeport américain ont été arrêtées par la police de Szeged. On les soupçonne d'avoir attaqué l'usine pharmaceutique Bako, il y a une semaine. Durant l'assaut, huit vigiles ont été tués.

— Huit ? s'étonna János. C'est-à-dire les cinq que nous avons touchés et les trois que nous avons ligotés dans le hangar. Bako a dû les tuer lui-même.

— Ça m'en a tout l'air, répondit Sam. Ils étaient bien vivants quand nous les avons quittés. Et je suis sûr que les cinq autres n'étaient que blessés.

— Que pouvons-nous faire ? demanda Remi. On ne va pas laisser ces imbéciles moisir en prison pour un crime qu'ils n'ont pas commis. »

Sam sortit son téléphone et composa le numéro de La Jolla. Il y eut une sonnerie puis Selma décrocha.

« Bonjour, Sam. Qu'y a-t-il ?

— Bonjour, Selma. On dirait que les six employés de Consolidated Enterprises nous ont suivis jusqu'à Szeged. Ils viennent d'être arrêtés pour attaque à main armée contre l'usine de Bako. Mais, selon moi, au moment des faits, ils étaient encore en garde à vue à Berlin.

— Vous voulez que je leur sauve la mise ?

— Plus ou moins. S'ils devaient rester à l'ombre… disons un mois, je n'en serais pas mécontent. En revanche, s'ils devaient répondre de huit meurtres, je m'en voudrais. Et Remi ferait en sorte que je ne l'oublie jamais.

— Tu peux compter sur moi, intervint Remi.

— Tu as entendu, Selma ? dit-il.

— J'ai entendu. Vu ce que j'ai appris sur cette société, je dirais que ce sont des gens peu recommandables mais qui ne méritent pas la peine capitale, du moins pas encore. J'appellerai le capitaine Klein à Berlin et j'obtiendrai de quoi les faire libérer. Mais je ne transmettrai pas l'info au bureau new-yorkais de Consolidated Enterprises, à moins que les choses tournent vraiment mal. Ça vous va comme ça ?

— Super. Merci, Selma. » Il raccrocha et regarda Remi. « J'espère que nous ne deviendrons pas les suspects numéro 1 dans cette affaire.

— Nous ? Je n'ai guère d'inquiétude à ce sujet, répondit Remi. N'oublie pas que la police locale a reçu l'ordre de nous surveiller. S'ils nous arrêtaient, ils devraient s'expliquer devant leurs supérieurs.

— Elle a raison, dit Tibor.

— J'ai l'habitude », répondit Sam.

La zone de fouilles s'étendait de jour en jour. Une semaine plus tard, des avocats débarquèrent. Les hommes de Tibor les virent en premier et appelèrent Sam sur le bateau.

Cinq ou six hommes de loi descendirent des deux grosses berlines noires qui venaient de s'arrêter en bord de route, près du champ de fouilles. Ils étaient tous vêtus pareillement, chemises blanches, costumes sombres, cravates rayées, et prenaient bien garde à marcher sur le bitume de crainte que la terre ne ternisse le vernis de leurs chaussures italiennes.

L'un parmi eux, plus âgé, plus petit et plus gros que les autres, s'avança vers une jeune étudiante blonde occupée à passer de la terre au tamis pour recueillir les objets de petite dimension. « Allez chercher vos patrons, ordonna-t-il.

— Les professeurs ?

— Des professeurs ? ricana-t-il. Alors dites-leur que la classe a commencé et ne soyez pas en retard. »

L'étudiante s'éloigna en courant sur l'un des étroits sentiers aménagés entre les tranchées. Elle s'arrêta devant Albrecht Fischer, Enikö Harsányi et Imre Polgár qui discutaient avec d'autres collègues vêtus de kaki. La fille transmit le message et les professeurs se dirigèrent en file indienne vers les messieurs en costume.

Enikö Harsányi arriva la première. « Bonjour, dit-elle. Je suis le docteur Harsányi. Puis-je vous aider ?

— Donat Toth, avocat. Je suis porteur d'une injonction ordonnant l'arrêt immédiat des recherches sur ce terrain. » Il tendit une feuille.

Une autre femme se détacha du groupe, prit le document, y jeta un coup d'œil et se présenta : « Je suis le docteur Monica Voss, directrice régionale de l'Office national du patrimoine culturel. Ce sont mes services qui ont délivré le permis de fouilles. »

Albrecht Fischer brandit un papier d'allure officielle. Donat Toth l'attrapa, le lut et le transmit à l'un de ses homologues qui l'examina et le fit passer. Quand le document lui revint, Toth annonça : « Ce permis n'est plus valable. Mon client vient de faire l'acquisition de ce champ. Il en prend possession aujourd'hui même.

— Ce terrain est la propriété de la ville de Szeged, rétorqua le Dr Voss.

— Mon client, M. Arpad Bako, a offert une très grosse somme à la municipalité qui l'a acceptée. » Il sortit d'autres papiers.

Le Dr Voss les regarda, prit un stylo et griffonna quelque chose dessus. « l'Office national du patrimoine culturel, que je représente, vient d'annuler la vente.

— Vous n'avez pas le droit.

— Pourtant je l'ai fait.

— Non, c'est impossible ! Nous avons payé cash !

— Faites-vous rembourser. Tous les terrains recelant des trésors culturels sont placés sous l'égide de l'Office national du patrimoine culturel. Article 64 de la charte de protection des biens culturels.

— Qui dit que des biens culturels sont enfouis ici ?

— La définition de ces biens figure dans la charte déjà citée : tous les objets ayant plus de 50 ans d'âge, y compris les vestiges archéologiques trouvés en fouille. Nous en avons identifié un certain nombre et aucun fonctionnaire n'a le droit de contrevenir à la loi.

— Je porterai l'affaire devant les tribunaux.

— D'autres l'ont fait avant vous. Ils ont perdu et vous perdrez aussi. »

Deux des plus jeunes avocats se rapprochèrent de Donat Toth et, d'un air inquiet, lui chuchotèrent quelques mots à l'oreille. Il les écarta d'un geste. « Rien ne m'empêche de déchirer ce permis. »

L'un de ses conseillers répondit timidement : « Si, monsieur. Trois ans de prison. »

Toth voulut le jeter à la figure des professeurs mais le papier tomba lentement sur le sol. Un étudiant le ramassa, souffla sur la terre collée dessus et le rendit à Albrecht Fischer. Les hommes en noir regagnèrent leurs véhicules, firent demi-tour et s'en allèrent. Au même instant, Sam, Remi, Tibor et János arrivaient dans le taxi de Tibor.

Quelques minutes plus tôt, sur le bateau, quand ses hommes lui avaient annoncé le passage des deux berlines noires, Tibor avait dit à Sam et Remi : « Vaincre les avocats d'Arpad Bako est une chose, vaincre Bako en est une autre.

— Les archéologues ont besoin de temps, avait répondu Sam.

— Combien ?

— Une semaine environ, d'après ce que dit Albrecht, avait ajouté Remi. Ils ont reporté sur un plan l'emplacement des dépouilles et la plupart d'entre elles ont été photographiées puis déterrées. Dans sept jours, ils auront sans doute fini d'extraire tous les vestiges. »

Sam regardait fixement le site de fouilles. « Voilà ce que nous allons faire, dit-il soudain. Demain, nous choisirons un emplacement le long de la rivière. Nous jetterons l'ancre et nous plongerons. Le jour suivant, nous recommencerons, toujours au même endroit. Comme ils nous surveillent en permanence, ils nous verront en train de poser des balises.

— Et ensuite ? demanda Remi.

— Ensuite nous redoublerons d'activité. Nous ferons semblant d'avoir trouvé quelque chose de gros et de précieux. Nous ferons venir des bulldozers, des camions-bennes qui aménageront un accès à la rive.

— Vous voulez vraiment que Bako croie que vous avez trouvé le trésor ? hasarda Tibor.

— Je veux qu'il croie que nous savons où il se trouve mais qu'il y a fort à faire pour le récupérer.

— Très bien, dit Tibor. Je vais contacter mon oncle Géza. Il dirige une société de construction et il a toujours des terrassiers sous la main. »

Le lendemain, sur le pont du *Margit*, Sam et Remi se préparaient à plonger. Les bouteilles d'air comprimé et le reste de l'équipement étaient rangés dans un casier près de la poupe. Ils sortirent des bouées et déployèrent le drapeau rouge à raie blanche censé indiquer aux autres embarcations la présence de plongeurs sous la surface. Puis ils sautèrent dans l'eau.

Le lit de la rivière ne manquait pas de pittoresque. Ils y trouvèrent toutes sortes d'objets métalliques, tuyaux cassés, chaînes d'ancre et quelques barils de 100 gallons mangés par la rouille et dont le contenu avait fui depuis longtemps. Au milieu de tout cela, gisaient divers ustensiles reconnaissables et d'autres moins, la plupart trop corrodés pour qu'on leur attribue un nom ou un usage. On ne pouvait les décrire que par leurs formes, les uns ronds, les autres allongés, effilés ou creux. Mais aux yeux de Sam et de Remi, ils avaient un intérêt, comme tout ce qui était ancien et mystérieux. Ils en rassemblèrent un bon tas sous la silhouette oblongue du bateau et firent surface.

De l'autre côté de la rivière, les cinq hommes qui les suivaient chaque jour comme leur ombre étaient groupés au garde-à-vous à l'arrière du camion, autour de leur chef Arpad Bako, et dans un silence respectueux, le regardaient braquer une longue-vue sur les deux plongeurs. Bako était un homme grand et musclé. Ses longs cheveux bouclés balayaient son front et le col de sa chemise blanche. Son élégant costume avait été confectionné en

Italie par son tailleur personnel. Ses yeux étaient sombres et son regard perçant.

Gábor Székely, le chef d'équipe, osa enfin articuler : « Vous voyez, monsieur Bako ? Les choses se présentent de manière totalement différente. C'est à se demander si les fouilles en amont de la rivière ne seraient pas une diversion destinée à nous éloigner d'ici.

— Ils ont dû trouver un indice en fouillant le champ. Quelque chose indiquant l'emplacement de la tombe, dit Bako. Attila a été enterré près de la Tisza puis la rivière a été détournée. Vous le savez bien.

— Nous les abattrons dès que vous en donnerez l'ordre. Avec quatre fusils, ce sera vite fait.

— Ne dis pas de bêtises, répliqua Bako. Les cercueils sont probablement enfouis sous 6 mètres d'alluvions. Le premier est en fer et les deux autres à l'intérieur en métaux plus lourds. Voilà pourquoi ils ont besoin de tous ces préparatifs. Il faut creuser, attacher des câbles, des chaînes autour des cercueils pour pouvoir les soulever jusqu'à la barge. Ensuite ils les transporteront sur un camion garé sur la route, par là-bas. Ça leur demandera des semaines et des millions de dollars. Laissons-les bosser et attendons. »

Sous le regard de Bako, les occupants du bateau balancèrent le bras d'un treuil électrique au-dessus de l'eau et déroulèrent le câble. Après plusieurs violentes secousses, le treuil remonta lentement, porteur d'un large filet de nylon rempli d'un bric-à-brac dégoulinant.

Arpad Bako ne se tenait plus de joie. Il piétinait, se balançait comme un ours, l'image même de l'excitation. « Regardez ! cria-t-il. Regardez ! Ils remontent quelque chose !

— Mouais, un tas de ferraille.

— Ces vestiges sont restés immergés durant 1 500 ans ! hurla-t-il en frappant Székely sur le bras. Tout ce qui se rapporte aux Huns nous intéresse. Et en plus, ces imbéciles se fatiguent à notre place. » Il serra les poings. « Regardez tous ! Et notez bien ce qu'ils font. » Il se tourna vers le photographe. « Je veux des images parfaitement nettes de leurs découvertes. Jusqu'à ce que la barge arrive au-dessus de la tombe, ces mecs travaillent pour nous. Mais à la seconde même où ils remonteront les cercueils, vous prononcerez leur licenciement. »

8

Szeged, Hongrie

« C'est fini, dit Albrecht. Le secteur a été entièrement fouillé. Nous avons récupéré tous les vestiges. La plupart ont été classifiés, catalogués. Dans quelques jours, nous les transférerons dans un entrepôt sécurisé à Budapest en attendant que le musée aménage l'espace destiné à les accueillir.

— Bravo. Vous avez abattu un travail énorme en quelques petites semaines, dit Remi.

— Nous savions qu'il fallait faire vite et, grâce à la participation de mes collègues hongrois et de leurs étudiants, nous disposions d'un minimum de cinquante fouilleurs chaque jour. Une centaine parfois.

— Rien de mieux pour assurer la sécurité d'un site, dit Sam. Commettre un crime devant cent personnes n'est pas chose facile.

— Combien de guerriers avez-vous déterrés ? demanda Remi.

— Un millier. » Albrecht se détourna et fit deux pas de côté pour examiner de près un squelette exposé sur une table voisine.

« Vous voulez dire que vous ne les avez pas encore tous comptés ?

— Si. Il y en a mille, précisément. »

Sam et Remi échangèrent un regard. « Mille. Ce chiffre revêt une signification, j'imagine, dit Sam.

— En effet », répondit Albrecht entre ses dents, toujours absorbé dans la contemplation du squelette dont il s'arracha à contrecœur afin de poursuivre sa phrase. « Avant d'arriver à ce chiffre, Imre, Enikö et moi les avons comptés et recomptés ensemble. Nous sommes tombés d'accord sur le fait que ces hommes appartenaient à la même formation militaire. On sait que les guerriers huns, contrairement aux Romains, ne se divisaient pas en unités de cent ou de mille soldats. Mais il y avait certainement des exceptions, en fonction des besoins. Imaginons qu'un chef militaire ait dit un beau jour : "J'ai besoin de mille hommes pour une mission de reconnaissance et de mille autres pour un raid."

— Je ne veux pas avoir l'air de la ramener, dit Remi, mais Sam et moi avons pas mal potassé l'histoire des Huns depuis que nous sommes ici. Et je me demande si vos confrères et vous-même n'avez pas tendance à écarter une hypothèse. Peut-être parce qu'elle vous semble trop belle pour être vraie. »

Albrecht soupira. « Cette hypothèse, nous la connaissons et nous la manions avec précaution. Surtout à cause de ce qu'elle impliquerait si elle se révélait exacte. Non seulement elle apporterait de l'eau au moulin d'Arpad Bako mais elle déclencherait une véritable ruée vers l'or. Pensez aux conséquences.

— Et vous, pensez à ce que nous avons devant les yeux. Tout concorde, répondit-elle. Mille guerriers, pas un de plus pas un de moins, ont trouvé la mort le même jour de l'an 450 et des poussières, mais pas lors d'une bataille. Les Huns régnaient en maîtres sur toute la région. Leurs alliés se comptaient par centaines de milliers. Aucun ennemi à l'horizon. Ces hommes sont morts sans combattre.

— Et on les a ensevelis avec tout ce qu'ils possédaient, y compris leurs armes, ajouta Sam. Les dépouilles n'ont pas été dégradées ni mutilées par la suite. Je crois que Remi a raison. Il s'agissait de la garde personnelle d'Attila. Ils ont dû recevoir l'ordre d'inhumer leur chef et ses richesses dans un endroit secret puis de détourner la rivière pour noyer la sépulture et empêcher ainsi les futurs pillages. Quand ils sont rentrés au camp, ils ont été sacrifiés pour que l'emplacement de la tombe d'Attila reste à jamais secret.

— Pour détourner une rivière, il fallait bien un millier d'hommes, renchérit Remi. Ils ont dû creuser un raccourci au creux d'un méandre. Un canal de dérivation.

— Ils étaient tous lourdement armés, rebondit Sam. Des guerriers confirmés ayant reçu un tas de blessures au cours de leur carrière. Ils ne se seraient pas laissé trucider sans même dégainer leur épée. À moins que…

— À moins que leur loyauté envers Attila n'ait confiné au fanatisme, l'interrompit Remi. Ces hommes avaient voué leur existence à la protection de leur souverain. Ils étaient prêts à mourir pour lui.

— Oui, ça tient debout, bien sûr, dit Albrecht. Malheureusement, mettre en avant cette version serait une terrible erreur. La tombe d'Attila recèle un trésor inestimable. On peut comparer les Huns à un gigantesque balai ratissant sur son passage tous les objets précieux ayant jamais été fabriqués entre la Volga et la Seine. Si nous déclarons avoir exhumé l'escorte funéraire d'Attila, d'ici un an il ne restera plus une motte de terre en place dans la région. Des pièces inestimables qui auraient pu faire avancer la recherche seront à jamais perdues. Et tout cela pour rien, car la tombe n'est pas ici. Les chroniques antiques concordent sur un point : les gardes d'Attila avaient pour mission d'emporter la dépouille et le trésor le plus loin possible.

— Mais vous êtes tous des universitaires, répondit Sam. Quand vous publierez votre compte rendu de fouilles, vous serez bien obligés de dire la vérité. Et ceux qui les liront tireront les mêmes conclusions que Remi et moi. »

Albrecht contempla le sol en secouant la tête. « Arpad Bako me croyait sur le point de démontrer que le trésor d'Attila n'était pas une légende. Dois-je le considérer comme un génie ?

— À ceci près que, pour vous, le mot trésor n'a pas le sens que Bako lui attribue, dit Remi. C'est l'histoire des civilisations qui vous intéresse. Comme vous le disiez, les dernières découvertes ne nous rapprochent pas physiquement du trésor, mais elles viennent confirmer une partie du récit originel, à savoir le massacre de l'escorte funéraire.

— Je sais, dit Albrecht. Si je réagis ainsi c'est que je refuse d'aider les criminels qui m'ont kidnappé à mettre la main sur l'un des plus grands trésors de l'Antiquité.

— Très bien, répondit Sam. Maintenant que les vestiges sont en sécurité, Remi et moi allons rentrer à la maison. Vous diffuserez les informations que vous souhaitez, au moment que vous souhaiterez. Mais permettez-moi de vous rappeler que les grands secrets ont tendance à s'ébruiter plus vite que les autres. Vous et vos collègues archéologues n'étiez pas seuls sur le site. Il y avait aussi des centaines d'étudiants, dont la plupart n'ont pas encore la capacité d'interpréter leurs trouvailles, certes, mais d'ici deux ans, quand ils auront achevé leurs études, ils voudront en savoir davantage. »

Albrecht leva les mains pour marquer son impuissance. « Que voulez-vous que je fasse ?

— Ce que font tous les chercheurs, dit Remi. Continuer à étudier, à analyser de manière impartiale, et à offrir au monde les résultats de vos réflexions.

— Vous avez raison. Je sais tout cela et j'ai honte de me montrer aussi hésitant. Je vous en prie, ne nous quittez pas si vite. Si vous pouviez distraire Bako et ses hommes pendant quelques jours encore, le temps que nous transportions les vestiges aux archives nationales… » Le lendemain matin, les plongées en eau douce reprirent. Sam et Remi écumèrent la rivière vaseuse pendant que les amis et parents de Tibor aplanissaient la berge reliant la route au bateau. Toute la journée, ils remontèrent sur le pont des objets métalliques de formes et tailles diverses, et le soir ils les déchargèrent dans des camions qui les emportèrent vers un entrepôt à l'université de Szeged, sous des bâches censées les protéger des regards de Bako et de ses sbires tout en attisant leur curiosité.

Dans la soirée, Sam et Remi retrouvèrent Albrecht et ses collègues qui supervisaient l'enlèvement des premières caisses contenant les dépouilles dûment photographiées et soumises à tous les examens requis. Elles seraient ensuite conservées dans les réserves du musée

Aquineum, un département du Musée historique de Budapest situé dans le palais Károlyi.

Sam et Remi déambulèrent un moment entre les tables, parmi les squelettes qui attendaient qu'on les examine. Sam s'immobilisa devant l'un d'entre eux, s'agenouilla et se tordit le cou pour le regarder sous un autre angle.

« Qu'est-ce qui ne va pas ? demanda Remi.

— As-tu déjà partagé un secret avec quelqu'un en lui disant de ne pas le répéter ?

— Bien sûr, répondit-elle. C'est l'occupation principale des filles de CM2.

— Et ça a marché ?

— Jamais. Il suffit de confier un secret pour qu'il prenne aussitôt de la valeur, comme un bien soumis à la loi de l'offre et de la demande. En plus, dès qu'on dit "J'ai un secret", c'est qu'on a l'intention de le partager. Mais pas tout de suite. C'est toujours mieux de faire un peu mariner son interlocuteur.

— Dans le cas présent, le secret était partagé par un millier de personnes. Tu crois vraiment que pas une seule n'aurait lâché le morceau ?

— Les Huns avaient trouvé un moyen de dissuasion très efficace, il faut le reconnaître. Quand on a perdu la tête, on a du mal à cafter. En CM2, nous ne pratiquions pas cette méthode.

— Bien sûr. Mais quelque chose me chiffonne. Ces hommes avaient peut-être accepté de mourir mais ils devaient aussi penser à leurs familles. Ils n'allaient pas les laisser dans le besoin. Et je veux bien croire qu'ils furent fidèles à Attila jusqu'au fanatisme mais, à ce moment-là, Attila était mort. Et sans lui, la fédération des Huns partait à la dérive. Sur mille, il y en a forcément un qui a voulu couvrir ses arrières.

— Apparemment non, sinon on nous enseignerait en cours d'histoire qu'un homme un jour a débarqué d'un bateau bourré d'or et de pierres précieuses.

— Tu n'as pas tort », répondit Sam en reprenant sa déambulation. Dix squelettes, vingt, cinquante, cent.

« Attends un peu ! s'écria Remi. Regarde celui-ci. »

Sam la rejoignit. La dépouille en question portait un gros anneau d'or autour du cou, un genre de torque celtique. À côté, reposait une épée au fourreau incrusté d'argent. Il avait encore sur lui les restes d'une veste en peau de chèvre dont la face externe ne comportait que quelques poils mités. Le cuir lui-même avait viré au marron foncé.

Quand on regardait son dos entre ses côtes, on remarquait de curieux petits motifs et, en dessous, une forme géométrique plus large et plus complexe. « On dirait des dessins imprimés sur le cuir, dit Remi. Ça doit représenter quelque chose.

— C'est d'autant plus insolite qu'on ne pouvait pas les voir quand il portait sa veste, nota Sam.

— Priscus écrit que les Huns usaient leurs vêtements de cuir jusqu'à ce qu'ils tombent en lambeaux. Et comme ils ne les retiraient jamais, on ne pouvait pas voir l'envers. »

Sam leva la main. « Albrecht ! appela-t-il. Pouvez-vous nous accorder une minute ? »

Albrecht traversa la grande salle. Arrivé près d'eux, il baissa les yeux vers le squelette, s'agenouilla et pencha la tête pour apercevoir l'intérieur de la veste à travers les côtes. Puis il murmura d'une voix presque inaudible : « Oh, non.

— Ça ne serait pas un genre d'écriture ? demanda Remi.

— *C'est* de l'écriture, lâcha Albrecht. Il faut lui enlever sa veste. Je veux lire ce texte. » Ils soulevèrent prudemment la partie supérieure du squelette, laissant la tête coupée sur la bâche qui protégeait la table. Pendant que Sam soutenait le torse, Remi et Albrecht glissèrent le vêtement par les épaules puis les bras et l'étalèrent sur la bâche. Albrecht posa presque son nez dessus.

« C'est du gotique. Une langue germanique orientale. La moitié des troupes d'Attila devait la parler.

— Pouvez-vous déchiffrer l'inscription ?

— Oui, c'est une langue morte mais nous savons la déchiffrer, dit-il. Moins d'un siècle avant la mort d'Attila, un aristocrate chrétien nommé Ulfilas a fait traduire la Bible en gotique. Grâce à lui, nous connaissons des milliers de mots de vocabulaire et la plupart des structures grammaticales. De plus, elle se rapproche des autres langues germaniques. Par exemple, le verbe avoir se dit *have* en anglais, *haben* en allemand, *haban* en gotique. Le gotique possède un *z* que l'allemand a perdu. Mais à part ce genre de petits détails… »

Il se mit à lire : « "À deux jours et demi de route au nord, un jour et demi à l'ouest, il est un lieu où luit la lune de la quatrième nuit." La lune de la quatrième nuit. Qu'est-ce que cela peut bien vouloir dire ? »

Sam prit la parole. « Je sais. La lune suit un cycle de 28 jours. Mettons qu'un cycle commence par la nouvelle lune, ou pleine lune, lors de la quatrième nuit, elle n'est plus qu'un croissant.

— Regardez ce dessin, dit Albrecht.

— C'est un croissant de lune montante, expliqua Sam. L'astre est éclairé sur sa gauche.

— S'agirait-il d'un calendrier ? proposa Albrecht.

— Non, dit Remi. Ce squelette est celui du type qui a vendu la mèche. Ne pouvant se résoudre à parler, il a tracé une carte. Le croissant représente un méandre formé par la rivière avant qu'ils n'en détournent le cours. C'est là qu'Attila a été enterré. »

9

Szeged, Hongrie

Dans leur suite à l'hôtel, les Fargo discutaient sur l'ordinateur de Remi avec Selma Wondrash dont le visage apparaissait à l'écran. « Nous avons effectué toutes sortes de calculs, Wendy, Pete et moi. Des comparaisons, des mesures d'angles. Tout a été revérifié plusieurs fois et je suis en mesure de vous annoncer que nous avons trouvé le site indiqué sur la veste. Les fantassins des armées romaines parcouraient environ 40 kilomètres par jour. Les Huns qui voyageaient à cheval couvraient deux fois cette distance dans le même laps de temps. Mais comme ce jour-là, ils transportaient une charge particulièrement lourde, nous avons ramené notre estimation à 40 kilomètres. Ce qui donne une distance de 90 kilomètres vers le nord, en longeant la rivière, et de 35 à l'ouest. Sur les photos aériennes et les images satellites, on voit nettement un ancien méandre asséché dont la bordure externe à l'ouest semble soulignée par un amas d'alluvions en forme de croissant. Depuis les derniers travaux destinés à corriger le cours de la rivière, cette portion est non seulement sèche mais très éloignée de la Tisza actuelle.

— Vous avez suivi la même logique que nous, dit Sam. La charge transportée par les Huns devait peser plusieurs tonnes. Ils l'avaient sûrement placée sur un énorme chariot tiré par des bovins. L'itinéraire passait obligatoirement par les plaines situées à l'est de la rivière, ce qui leur évitait à la fois d'emprunter les routes et d'être repérés depuis les bateaux naviguant sur la Tisza. Je suppose que des éclaireurs sillonnaient la campagne de manière à dégager le terrain.

— Tout à fait, abonda Selma. Donc, si on compare la carte dessinée sur la veste et les photographies aériennes, on obtient un point situé à 46° 25' 55" nord et 19° 29' 19" est. Dans les 200 kilomètres au sud de Budapest.

— Qu'y a-t-il à cet endroit-là ?

— Eh bien, ça pourrait être pire. Ce n'est ni une cathédrale ni une usine atomique, mais la ville de Kiskunhalas. Et plus particulièrement l'institut de recherche vinicole. *Halas* signifie poisson. À l'époque médiévale, la ville était entourée de lacs, sans doute alimentés par la rivière. Ils ont disparu depuis longtemps mais leur souvenir persiste, ainsi que leur sol sablonneux, lequel est excellent pour la vigne.

— Comment y accède-t-on de nos jours ?

— En sortant de Szeged, on prend la route 55 puis la 53.

— On te préviendra dès qu'on aura trouvé la manière d'opérer, répondit Sam. En ce moment, ce n'est pas le travail qui manque. Il s'agit toujours de faire croire aux hommes de Bako que nous avons trouvé la tombe sous l'eau.

— Si j'étais vous, je continuerais, dit-elle. Arpad Bako est un individu dangereux. Il a été soupçonné de meurtre à trois reprises, sans compter celui du fils de Tibor Lazar. Je vous souhaite bonne pêche. Et si vous avez besoin d'un coup de main, n'hésitez pas à m'appeler.

— Entendu. »

Le lendemain matin, Sam et Remi reprirent la route de la rivière et passèrent le plus clair de la journée à plonger pour entretenir l'illusion. Le soleil était couché quand Sam, Remi et Albrecht virent Tibor débarquer au volant d'une Mercedes, un modèle vieux de huit ans. « C'est votre voiture ? demanda Sam.

— Vous voulez dire ma voiture personnelle ? dit Tibor. Non. J'en suis propriétaire mais nous l'utilisons pour transporter nos clients qui n'aiment pas voyager dans des véhicules marqués "taxi". Moi, je préfère marcher. Pas besoin de voiture. »

Sam chargea dans le coffre le détecteur de métal, trois pelles à manche court et les lunettes de vision nocturne puis il grimpa dans la Mercedes avec les autres. Tibor partit vers le nord le long de la rivière en jetant des coups d'œil insistants dans son rétroviseur.

« Est-ce qu'on nous suit ? demanda Remi.

— Je ne crois pas, répondit Tibor. Mais c'est difficile à dire sur ces petites routes de campagne. Si une voiture quitte un patelin derrière vous, elle reste derrière vous jusqu'à celui d'après. Et comme il fait sombre, on ne voit que des phares.

— Mais à votre avis, personne ne nous suit, n'est-ce pas ?

— Non. Le type derrière conduit comme ma grand-mère. Les gens dont on doit se méfier se comportent tout autrement au volant. »

Sam et Remi se retournèrent ensemble vers le pare-brise. Cette simultanéité les fit sourire. « À la prochaine ville, vous n'aurez qu'à faire demi-tour. On verra s'il nous imite.

— Bonne idée », dit Tibor. Quelques minutes plus tard, arrivé au centre d'un bourg, il s'arrêta près d'un restaurant, s'engagea dans une ruelle sinueuse juste assez large pour une voiture, ressortit de l'autre côté du même restaurant et regagna la grande route mais dans l'autre sens. Il n'y avait pas de voiture devant eux et comme celle qui les avait suivis n'était plus visible, ils soupirèrent de soulagement.

Sur les derniers kilomètres, Sam utilisa le GPS de son téléphone pour guider Tibor. Quand ils aperçurent un grand vignoble, à l'entrée de Kiskunhalas, il ordonna : « Éteignez vos phares. » La route devant eux s'assombrit d'un coup. La Mercedes s'arrêta. À gauche, le clair de lune dessinait les contours d'une petite butte incurvée comme un amphithéâtre. Les longues rangées de ceps étaient soutenues par des étais en bois érodés, reliés entre eux par des fils de fer. Sam, Albrecht et Remi descendirent et sortirent du coffre le détecteur de métaux, les lunettes à vision nocturne et les pelles à manche court, idéales pour creuser les sols sablonneux. Sam referma doucement le coffre et se pencha près de la vitre de Tibor : « Attendez-nous quelque part, dans un coin discret. Gardez votre téléphone à portée de main et prévenez-nous si des gens approchent ou si l'aube commence à pointer.

— Il y a un bois un peu plus loin. C'est là que je serai. » Tibor repartit au ralenti, tourna et disparut dans la nuit.

Les trois autres franchirent une clôture basse. Quand ils arrivèrent au centre de la butte en forme de croissant, Sam alluma le détecteur de métaux et démarra les recherches en se tenant penché pour éviter de se faire repérer.

Pendant que Sam arpentait les vignes en faisant des allers et retours, Albrecht et Remi se postèrent en surveillance de chaque côté des rangées de ceps. Tapis au ras du sol, ils scrutaient les environs à travers leurs lunettes à vision nocturne et, de temps à autre, passaient en mode infrarouge pour repérer une éventuelle présence humaine. Tout était calme dans la campagne. On entendait juste la petite brise estivale agiter les feuilles de vigne et le léger bruit que faisait Sam en foulant la terre meuble.

Sam se déplaçait méthodiquement entre la partie supérieure de la butte et le terrain plat, en contrebas. L'élévation en forme de croissant soulignait un ancien méandre. La couche d'alluvions s'était déposée là avant le détournement de la rivière – plus épaisse au centre, plus fine à chaque extrémité.

Soudain, l'aiguille du détecteur de métaux s'affola. Quand Sam s'écarta de quelques pas, elle redescendit, et voyant que le second essai produisait le même résultat, il se redressa, fit un signe aux deux autres et s'agenouilla. Remi et Albrecht le rejoignirent.

« On y est ? murmura Albrecht.

— Ça n'a peut-être rien à voir, dit Sam. Tout ce que je peux affirmer c'est qu'il s'agit d'un gros objet métallique. »

Remi se releva pour prendre les pelles, couchées près des premiers ceps. Ils se placèrent en triangle et commencèrent à creuser, chaque pelletée venant rajouter un peu de terre sur le tas derrière eux. Très vite, ils obtinrent un trou profond d'un mètre cinquante. On entendit un tintement sous la pelle de Sam. Deux secondes plus tard, celle de Remi raclait une surface lisse et dure.

Ils posèrent leurs outils et avec les mains, dégagèrent une plaque de fer rectangulaire, mesurant environ un mètre quatre-vingts sur un mètre. « Elle est rouillée, chuchota Albrecht. Un alliage ferreux impur. Peut-être le couvercle du sarcophage.

— Enlevons la terre autour, on y verra mieux », proposa Remi.

Sam et Remi s'occupèrent des petits côtés, Albrecht de la longueur. Ils travaillèrent en silence et de plus en plus vite, tant la tension était forte. Bientôt, ils rencontrèrent une autre surface solide, juste sous la dalle en fer. Elle sonnait comme de la pierre.

« Voyons si nous pouvons faire bouger ce truc », dit Sam.

Ils glissèrent leurs pelles sous la plaque métallique et appuyèrent de toutes leurs forces pour faire levier. La dalle se souleva de quelques millimètres. « Elle bouge. Dégageons un espace assez large pour qu'elle coulisse. »

Ayant aménagé une surface d'un bon mètre de large, ils se remirent à pousser sur leurs manches de pelle. Sans succès. « Essayons un autre système », dit Sam.

Il sortit du trou et fila vers les premiers ceps de vigne. De leurs étais dépassaient de gros clous rouillés servant à fixer les fils de fer. Il en arracha plusieurs, longs de 5 centimètres environ, les examina attentivement en les faisant tourner entre ses doigts, en mit quelques-uns dans sa poche et replanta les autres.

« Combien t'en faut-il ? demanda Remi.

— Trente ou quarante. Mais ne prenez pas les clous tordus. »

Albrecht et Remi aidèrent à la cueillette jusqu'à ce que Sam leur dise : « Ça ira comme ça. Voyons maintenant si ma théorie fonctionne. » Ils sautèrent au fond du trou.

« On se met tous du même côté et on pousse sur les pelles. Un centimètre suffira. »

Quand ils eurent obtenu l'espace demandé, Sam se pencha sans toutefois lâcher le manche et glissa un clou posé de champ entre la dalle de fer et sa base en pierre. Une fois qu'il eut placé le premier, les autres suivirent sans trop de peine. Ils répétèrent la manœuvre sur l'autre bord de la dalle. « Votre théorie se tient, dit Albrecht. Espérons juste que ces roulettes improvisées sont assez grosses. »

Sam s'agenouilla et fit coulisser la dalle sans trop d'efforts. Puis les trois compagnons chaussèrent leurs lunettes à vision nocturne et se penchèrent sur l'ouverture ainsi pratiquée. « Je ne m'attendais pas à cela, dit Albrecht. On dirait une salle en pierre.

— Pourvu que ce ne soit pas un abri antiaérien, répondit Remi. Ou une fosse septique.

— J'arrive à voir une partie du sol », dit Sam en retirant son ceinturon. Il glissa la lanière de cuir autour du manche de sa pelle et referma la boucle. « Vous tenez chacun un bout de cette pelle. Je vais descendre en m'accrochant à la ceinture, et après je sauterai. »

Remi posa la main sur l'épaule de Sam. « Je pèse quarante kilos de moins que toi. » Elle empoigna la lanière qui pendait, s'assit au bord de la fosse, s'élança, descendit 50 centimètres en rappel, déplia les bras et sauta.

Ils entendirent le choc sourd de ses pieds heurtant le sol en pierre. Puis un long silence. Elle venait de passer sous la dalle de fer.

« Dis quelque chose, Remi, supplia Sam. Juste pour qu'on sache si cette fosse est pleine de monoxyde de carbone ou de gaz innervants datant de la dernière guerre.

— Elle est pleine de… de vide.

— Tu veux dire que des pilleurs de tombes sont passés avant nous ?

— Je ne crois pas, répondit-elle. Les pilleurs de tombes auraient laissé du désordre. Attends. Il y a une autre plaque de fer. Celle-ci n'est pas rouillée, à peine ternie. Je vois une inscription gravée dessus. On dirait du latin.

— Il faut que j'y aille, dit Albrecht.

— Bon. Accrochez-vous, dit Sam. Faites exactement comme Remi. »

Albrecht agrippa la ceinture, se laissa glisser dans le vide, déplia les bras, sauta et atterrit un mètre plus bas.

Quant à Sam, il encastra les trois pelles ensemble comme des cuillers, passa son ceinturon autour, les coinça en travers de l'ouverture et rejoignit Remi et Albrecht au fond de la fosse.

Les parois de la crypte étaient constituées de blocs de grès de rivière grossièrement équarris et assemblés avec du mortier. Elle était donc étanche.

Planté à côté de Remi, Albrecht contemplait la plaque de fer polie gravée de caractères latins. « Pouvez-vous traduire ? demanda Sam.

— “Tu as trouvé mon secret mais en ignores le commencement. Sache que les trésors s'enfouissent dans la tristesse, non dans la joie. Je le fis non pas une fois mais cinq. Pour avoir le dernier, tu dois atteindre le premier. Le cinquième est caché à l'endroit où le monde fut perdu."

— Remi, je te conseille de photographier ce machin, dit Sam.

— Mais quelqu'un pourrait voir le flash.

— C'est un risque à courir, à moins que tu n'aies envie de transporter cette plaque de fer jusqu'à Szeged. »

Elle retira ses lunettes à vision nocturne, leva son téléphone portable, prit la photo et dit : « Dès que nous serons remontés et que j'aurai du réseau, je l'enverrai à Selma. »

Un bruit les fit sursauter. Des gens marchaient au-dessus d'eux. Ils restèrent figés sur place, osant à peine respirer. Un homme parlait à voix basse, un autre se mit à rire, comme s'il toussait.

Sam s'élança, saisit l'extrémité du ceinturon et tira dessus pour récupérer les pelles qui tombèrent dans ses bras en produisant un claquement métallique, trop léger pour alerter les deux hommes, espéra-t-il. Albrecht, Remi et lui se recroquevillèrent dans le coin le plus éloigné de l'ouverture et attendirent que les visiteurs dépassent la fosse sans la voir ou s'en approchent pour l'examiner.

La dalle de fer coulissa lentement, le rayon de lune se réduisit peu à peu à la largeur d'un filet de lumière pâle bientôt englouti par les ténèbres.

10

Kiskunhalas, Hongrie

Ils entendirent le bruit des premières pelletées de terre qui se déversaient sur la plaque scellant l'entrée de la crypte. Plus la fosse se remplissait plus les sons devenaient sourds. Pour reboucher le trou, les autres se servaient certainement de la terre qu'ils avaient retirée tout à l'heure en creusant.

« Restez calmes, murmura Sam. Économisez l'oxygène. »

Ils s'assirent sur le sol en pierre, le dos appuyé aux parois de grès taillé. Une demi-heure passa, puis une heure.

« Vous entendez quelque chose ? chuchota Remi.

— Non, dit Sam. Je pense qu'ils sont partis. » Sam se leva pour se placer sous la dalle de fer. « Je crois que nous pouvons sortir.

— Comment ? s'étonna Albrecht.

— Nous avons creusé sur environ deux mètres cinquante de profondeur. Le trou faisait deux mètres cinquante de large, trois de long. Ce qui nous fait 18,75 mètres cubes de terre. Cette crypte mesure trois mètres de long, de large et de haut, soit vingt-sept mètres cubes. Ce qui suffit largement à contenir la terre de la fosse. Nous la répartirons sur le sol au fur et à mesure qu'elle s'écoulera et que son niveau s'élèvera sous nos pieds.

— Simple comme bonjour, dit Albrecht. Vous raisonnez comme un Romain.

— Espérons malgré tout qu'ils n'ont pas laissé quelqu'un en surveillance là-haut, murmura Remi.

— Il faut tenter le coup, dit Albrecht. À chaque minute, nous respirons environ seize fois et consommons 24 litres d'air. Mieux vaut sortir au plus vite.

— Très bien, dit Remi. Soulevons Sam pour qu'il atteigne la dalle.

— Non, réagit Sam. Vous devriez vous mettre à deux pour me porter. Tandis que moi, je peux vous servir de marchepied. Je m'appuierai contre ce mur, vous l'escaladerez en grimpant d'abord sur mon genou puis sur mon épaule, vous glisserez le fer de vos pelles entre la paroi et la dalle et, en faisant levier, vous obtiendrez une fente de trois ou quatre centimètres. Ça devrait suffire.

— Il a raison, dit Albrecht. À nous deux, nous exercerons une pression supérieure à celle que pourrait fournir Sam à lui tout seul. »

Sam choisit un pan de mur où coller son dos et s'y installa, genoux fléchis. Albrecht et Remi retirèrent leurs bottes, Albrecht attrapa une pelle, grimpa sur la cuisse de Sam et se hissa sur l'une de ses épaules. Quand Remi eut fait de même de l'autre côté, ils coincèrent la lame de leurs pelles entre la pierre et la grosse plaque métallique en positionnant leurs mains sur le manche de manière à exercer la puissance maximum. « À trois on y va… Un… Deux… Trois », fit Remi.

Sam n'eut guère à attendre pour savoir si son plan fonctionnait. La terre sablonneuse qui faisait la qualité des vins régionaux s'écoulait si rapidement par la fente que très vite elle forma un rideau devant ses yeux. Remi et Albrecht descendirent de leur perchoir, Sam se redressa et fit un pas de côté pour s'éloigner de cette douche. Dès que le sol sous la fente fut couvert d'un monticule haut de 30 centimètres, ils empoignèrent chacun une pelle et répartirent la terre sur toute la surface de la crypte, jusqu'à l'endroit où se trouvait le message d'Attila. Le niveau qui s'élevait en continu les obligeait à travailler d'arrache-pied car l'espace sous le plafond diminuait à la même vitesse.

Plus la crypte se remplissait de terre, plus l'air devenait rare. Quand ils eurent environ un mètre vingt de terre sous les pieds, Sam leva sa pelle et la ficha dans la fente pour l'ouvrir davantage. Puis il se mit à racler le haut du mur.

« Qu'est-ce que tu fais ? demanda Remi.

— Je veux que ça aille plus vite. Nous allons bientôt manquer d'air. J'ai dégagé quelques centimètres là-haut pour essayer de faire coulisser la plaque un peu plus loin et ménager une ouverture plus importante de l'autre côté. »

Postés à 30 centimètres les uns des autres, ils se mirent à pousser la dalle dans l'autre sens avec leurs pelles. Elle se déplaça grâce à ses roulettes de fortune. Dans un premier temps, elle obtura l'ouverture puis une autre fente apparut, un peu plus large, ce qui eut pour résultat d'accélérer la chute de terre.

« Soufflons un peu », conseilla Sam tout en dispersant la terre sur le sol. Les deux autres s'assirent. Quand il ne resta qu'un mètre quarante sous le plafond, l'écoulement s'arrêta. Sam glissa sa pelle par l'ouverture pour vérifier l'épaisseur de la couche restante. C'est alors qu'un rayon de lumière éclaira la crypte et les particules de poussière en suspension dans l'air.

Ils ôtèrent leurs lunettes infrarouges en clignant des yeux à cause de la soudaine clarté. Il n'y avait plus de bruit au-dessus d'eux, hormis les gazouillis des oiseaux qui voletaient d'un cep à l'autre. Un courant d'air frais pénétra dans la fosse.

Regroupés sous l'ouverture, ils unirent leurs efforts et dégagèrent l'espace nécessaire pour accueillir la dalle. Quand ils l'eurent poussée dans l'emplacement qu'ils venaient de créer, Remi put se faufiler à l'extérieur. Dès qu'elle se retrouva à l'air libre, elle leur cria : « Le jour est levé. Je ne vois personne dans le coin. Passez-moi une pelle. »

Sam en fit glisser une par l'ouverture. Remi déblaya ce qu'il restait de terre. « C'est bon, poussez encore un peu la dalle. »

Sam et Albrecht s'exécutèrent jusqu'à obtenir un espace assez large pour leurs corpulences.

« Je n'arrive pas à y croire, dit Albrecht. Nous sommes sortis. »

Après quoi, ils recommencèrent à bêcher de concert. Mais la terre dont ils disposaient ne suffisait pas à combler le trou. Sam regarda autour de lui. « Vous avez entendu ?

— Une voiture », confirma Remi. Ils s'accroupirent, Remi jeta un œil au loin. « Attendez. C'est Tibor. »

Le véhicule prit de la vitesse puis freina brusquement. Tibor en descendit. « Pourquoi vous n'avez pas appelé ? Vous l'avez trouvé, oui ou non ?

— On vous expliquera plus tard. Fichons le camp d'ici, dit Sam. Mais pas question de rentrer à Szeged. »

Quand ils furent tous montés, Tibor démarra. « Alors, partons dans l'autre sens, vers Budapest.

— Parfait, dit Sam. Nous sommes tombés sur une inscription un peu absconse. Il va falloir en découvrir le sens. Mais nous avons une bonne longueur d'avance. Quand nos ennemis reviendront creuser, ils croiront avoir trouvé une tombe, comme nous-mêmes l'avons cru dans un premier temps.

— Et ça n'en est pas une ? s'étonna Tibor.

— Non, c'est mieux, dit Albrecht. Beaucoup mieux. On est à quelle distance de Budapest ?

— Dans les 75 kilomètres. On en a pour une heure, si je mets la gomme.

— Alors mettez la gomme, dit Sam. Nous vous ferons le compte rendu en chemin.

11

Sur la route de Budapest, Hongrie

Tibor dépassait allègrement les limites de vitesse mais il était encore tôt et la route presque entièrement dégagée. Albrecht occupait la place du passager, les Fargo la banquette arrière.

« Remi et moi avons l'intention de partir à la recherche des cinq trésors, annonça Sam. Que diriez-vous de vous joindre à nous ?

— Vous pouvez compter sur moi, bien entendu, répliqua Albrecht.

— Cinq ? s'écria Tibor. *Cinq* trésors ? Alors je vous réponds cinq fois oui.

— Mais comment allons-nous procéder ? s'inquiéta Albrecht.

— J'y ai un peu réfléchi, dit Sam. D'abord, il faut déchiffrer le message laissé par Attila et vérifier qu'on a bien tout compris.

— Heureusement, ce n'est que du latin. » Albrecht prit le journal que Tibor avait laissé sur le siège et nota la traduction. « "Tu as trouvé mon secret mais en ignores le commencement. Sache que les trésors s'enfouissent dans la tristesse, non dans la joie. Je le fis non pas une fois mais cinq. Pour avoir le dernier, tu dois atteindre le premier. Le cinquième est caché à l'endroit où le monde fut perdu." Par cette dernière phrase, il nous indique l'emplacement du plus récent.

— Où cela peut-il bien être ? marmonna Remi. Où le monde a-t-il été perdu ?

— Nous avons deux hypothèses plausibles, répondit Albrecht. Rappelez-vous que, pour Attila, le monde se réduisait au territoire compris entre l'Oural et l'Atlantique.

— Appelons Selma, dit Remi. Peut-être pourra-t-elle nous aider à éclaircir ce mystère. » Elle appuya sur une touche de son téléphone portable. Au bout d'une seule sonnerie, la voix de Selma retentit dans le haut-parleur.

« Salut, Remi.

— Salut, Selma. Je te convie à un débat de la plus haute importance. As-tu reçu l'inscription latine que je t'ai envoyée par mail, tout à l'heure ?

— Oui, répondit Selma. Ça ressemble à une devinette – ou peut-être au début d'une devinette. C'est cela qui vous préoccupe ?

— Oui, dit Sam. D'abord, nous avons besoin de savoir où "le monde fut perdu". Albrecht a deux hypothèses. Allez-y, Albrecht, annoncez la couleur.

— Eh bien, si Albrecht… » bredouilla Selma.

Albrecht l'interrompit. « Nous faisons appel à vous pour deux raisons : vérifier certains faits et avoir votre opinion. Nos connaissances historiques nous confèrent l'avantage mais M. Bako est loin d'être ignorant en la matière. Il a passé une bonne partie de son existence à étudier la vie d'Attila. C'est une obsession chez lui. Il a dû apprendre par cœur tous les détails de son règne.

Les mordus dans son genre sont souvent des adversaires redoutables pour tout ce qui concerne l'histoire événementielle.

— Vous évoquiez deux hypothèses plausibles, reprit Remi. Quelles sont-elles ?

— "Où le monde fut perdu" peut se rapporter à la bataille de Châlons-en-Champagne, en 451. Dans leur progression vers l'ouest, les Huns avaient traversé la Germanie et une bonne partie de la France en pillant tout sur leur passage. Les Romains, sous le commandement de Flavius Aetius, et leurs alliés rassemblés en un vaste contingent, marchèrent à leur rencontre dans l'intention de leur barrer la route. Les deux armées se rejoignirent dans la plaine de Châlons. La bataille fut une vraie boucherie mais s'acheva sur un match nul. Attila ne dépassa jamais Châlons. S'il avait remporté une nette victoire, il aurait continué jusqu'à Paris et sans doute assujetti le reste du territoire qui correspond à la France d'aujourd'hui. Il aurait donc régné en maître absolu sur tout le continent.

— Et l'autre hypothèse ? demanda Selma.

— C'est un peu plus compliqué, dit Albrecht. Il faut revenir un an en arrière, en 450. Honoraria, la sœur de l'empereur romain Valentinien III, vit en exil à Constantinople, capitale de l'Empire romain d'Orient, parce qu'elle a été engrossée par un serviteur. Elle a seize ans et on veut l'unir à un sénateur romain qu'elle n'aime pas. Alors, elle décide d'écrire à Attila le Hun pour lui demander son aide. Attila prend cette lettre pour une demande en mariage et se frotte les mains par avance en se disant qu'Honoraria lui apportera en dot la moitié de l'Empire romain.

— Était-ce réellement l'intention d'Honoraria ? intervint Remi.

— Ses intentions importent peu. Toujours est-il que son frère Valentinien n'apprécie guère sa démarche. Il lui intime de rentrer en Italie, à Ravenne plus précisément, où se tient sa cour.

— Attila a dû mal le prendre, dit Tibor.

— Effectivement, répondit Albrecht. En 452, après leur pseudo-défaite à Châlons, Attila et ses troupes partent vers le sud et vers l'est, se répandent en Italie du Nord, prennent Padoue, Milan et j'en passe. Ensuite, ils poursuivent jusqu'à Ravenne, contraignant Valentinien et sa cour à se réfugier à Rome.

— Attila les poursuit ?

— Dans un premier temps, oui, mais il s'arrête à Mantoue où une délégation l'attend sur la rive méridionale du lac de Garde. Une délégation constituée de nobles romains conduits par le pape Léon Ier. Ils implorent sa clémence. Les chroniqueurs rapportent qu'il a consenti à épargner Rome et qu'il a fait demi-tour pour rentrer chez lui.

— C'est tout ?

— Non, comme je l'ai dit, c'est plus compliqué. Attila s'était emparé de l'Italie du Nord sans rencontrer d'opposition ou presque. N'étant pas chrétien, les requêtes du pape n'avaient pas de poids sur lui. L'Italie était à sa merci. Les armées italiennes étaient infiniment moins puissantes que la sienne. C'est justement à cause de cela qu'il n'a pas pu envahir Rome. Il avait des milliers de bouches à nourrir. Or, le pays connaissait alors une famine particulièrement sévère. Par-dessus le marché, une épidémie sévissait, la malaria probablement. Si Attila avait décidé de marcher sur Rome, ses troupes seraient mortes de faim et de maladie. Voilà pourquoi il a préféré rentrer au pays, quitte à repartir en campagne une autre fois.

— Pour vous, cet épisode expliquerait l'expression "où le monde fut perdu" ?

— Oui, dit Albrecht. L'Empire romain d'Orient lui versait un tribut annuel. Toute l'Europe était à ses pieds, depuis l'Oural jusqu'au centre de la France actuelle. Si en plus, l'Empire romain d'Occident était tombé dans son escarcelle, via son mariage avec la sœur de l'empereur, il serait devenu le maître du monde tel qu'on se le représentait alors.

— C'est Albrecht le spécialiste mais si vous voulez quand même mon opinion, sachez que je suis entièrement d'accord avec lui, dit Selma.

— L'épisode en question s'est déroulé un an après la bataille de Châlons, reprit Sam. Sur le point de mourir, Attila n'aurait pas considéré cette bataille comme la perte la plus récente, sachant qu'il avait dû renoncer à Rome alors qu'il était sur le point de la conquérir.

— Absolument, dit Albrecht. Tomber sur une impasse si près de l'Atlantique était certes embêtant. Mais celui qui possédait Rome régnait sur le monde.

— Attila dit qu'il a enterré un trésor. Donc ce trésor serait plutôt en Italie.

— L'endroit "où le monde fut perdu" est celui où ses troupes ont fait demi-tour, dit Albrecht. Nous étudierons la chose plus précisément mais on peut déjà supposer que ce lieu se situe au sud du lac de Garde, près de Mantoue.

— Très bien, dit Sam. Alors, commençons tout de suite. La concurrence est rude. Arpad Bako ne va pas tarder à découvrir que nos cadavres ne sont pas dans la crypte. Il trouvera l'inscription latine, la fera traduire et se mettra aussitôt en route pour l'Italie.

— À condition qu'il aboutisse aux mêmes conclusions que nous, précisa Remi.

— Exact. Quel est le programme ? demanda Tibor.

— Je pense que Bako va redoubler d'efforts pour enlever Albrecht, dit Sam. Et comme l'interprétation précise du texte latin est la clé de voûte de notre entreprise, nous allons le mettre dans le premier avion en partance pour la Californie où il aura tout loisir de poursuivre ses recherches chez nous, avec Selma. Il est également essentiel de suivre les faits et gestes d'Arpad Bako et de ses hommes heure par heure. Une mission que seul Tibor est en mesure de mener à bien. Tibor va donc rentrer à Szeged et recruter des hommes de confiance. Quant à Remi et moi, nous sauterons dans le prochain vol pour le lac de Garde où nous démarrerons les recherches. D'autres suggestions ?

— Non, dit Albrecht. Cela me convient parfaitement.

— Je suis honorée de travailler à vos côtés, Albrecht, dit Selma. Bien. Il ne me reste plus qu'à faire les réservations. Vos billets vous attendront à l'aéroport de Budapest. Et vous, Tibor, puis-je vous conseiller d'emprunter une autre route pour rentrer chez vous ?

— Merci, Selma. C'est ce que je vais faire.

— À propos, Selma ?

— Oui, Sam ?

— Vois si tu peux lui obtenir un téléphone satellite crypté, avec nos numéros et le tien déjà programmés.

— Pas de problème. » Ils l'entendirent pianoter sur son clavier à une vitesse incroyable. « Et pendant que j'y suis, j'en prends aussi deux autres pour vous.

— Bonne idée, dit Sam.

— Je veux que vous gardiez tous bien en tête que les hommes de Bako ont essayé de nous enterrer vivants, insista Remi. Je vous recommande de redoubler de vigilance. »

12

Szeged, Hongrie

Assis dans son bureau donnant sur la Tisza et le pont qui l'enjambait, Arpad Bako contemplait les lumières d'Új-Szeged, sur la berge opposée. Il lui semblait qu'elles brillaient plus fort et plus loin chaque fois qu'il posait les yeux sur elles. Il était de si bonne humeur qu'il regrettait d'être seul pour savourer cet instant. Il aurait dû prévoir une fête à la hauteur de l'événement : Gábor Székely et deux de ses hommes lui avaient apporté d'excellentes nouvelles venant d'un vignoble situé sur la route 53, à Kiskunhalas.

Les deux Américains et Albrecht Fischer avaient élucidé l'énigme de la Tisza. Ils avaient retrouvé non seulement le méandre disparu mais aussi la tombe d'Attila. Székely en avait été averti par son équipe de surveillance à 3 heures du matin mais avait eu la courtoisie d'attendre devant la maison de Bako jusqu'à 7 heures, pour éviter de le réveiller.

Grâce au transpondeur fixé sur la berline de Tibor Lazar, les deux vigiles l'avaient tracé jusqu'au vignoble expérimental. Quand ils étaient arrivés sur place, Fischer et les Fargo se trouvaient déjà dans la tombe d'Attila.

Après avoir mesuré la situation, ils avaient renoncé à les en extraire. Pourquoi se fatiguer ? Mieux valait remettre en place la lourde plaque de métal, sceller la crypte, la recouvrir de terre et attendre que leurs ennemis meurent asphyxiés.

Une chance pareille était à peine croyable. La tombe d'Attila lui appartenait désormais, ainsi que le fabuleux trésor qu'elle recelait, l'un des plus fameux de l'Antiquité tardive. Et en plus, il avait piégé à l'intérieur les seules personnes capables de lui mettre des bâtons dans les roues. La nuit dernière, Arpad Bako avait remporté la plus grande victoire de toute son existence. Mais voilà qu'à présent, il faisait à nouveau nuit, et Székely ne s'était toujours pas manifesté.

Son téléphone sonna. Le bruit lui parut étonnamment fort tant son bureau était sombre et silencieux. Il plongea la main dans la poche de sa veste, sortit l'appareil et répondit impatiemment : « Oui ?

— Ici Gábor Székely, monsieur.

— Bien. J'attendais.

— Les nouvelles sont… surprenantes. La tombe était remplie de terre. J'ai dû faire venir des bras supplémentaires. On l'a fouillée avec soin, on l'a vidée. Mais il n'y avait pas de trésor, pas d'Attila. Elle n'a jamais rien contenu à part une plaque de fer portant une inscription latine. Je viens de vous envoyer sa photo en pièce jointe. »

Bako fit pivoter sa chaise et alluma son ordinateur. « Qu'en est-il des Fargo et du professeur Fischer ?

— Ils n'y étaient pas, monsieur. Ils ont dû s'échapper, ce qui expliquerait toute cette terre dans la fosse. Pendant qu'elle se remplissait, ils…

— Si tu es sûr qu'il n'y a rien dedans, referme et remets tout en l'état. Personne ne doit la trouver. Il ne manquerait plus qu'une troisième équipe se greffe par-dessus.

— Oui, monsieur.

— Ensuite, reviens ici. J'ai des consignes à te donner.

— Oui, monsieur. »

Le mail de Székely était titré « pas d'objet ». Bako l'ouvrit, téléchargea la pièce attachée et agrandit l'image aux dimensions de son écran géant. L'inscription était gravée si profondément sur la surface rugueuse de la plaque ternie qu'il la déchiffra sans peine. Il connaissait le latin, pas assez pour lire Tite-Live ou Suétone dans le texte, mais la langue vulgaire des soldats était à sa portée. Il traduisit tout en lisant.

« Tu as trouvé mon secret mais en ignores le commencement… Le cinquième est caché à l'endroit où le monde fut perdu. »

Bako partit d'un gros rire et donna un coup de poing dans l'air. « Cinq trésors ! » Il serait l'homme le plus riche d'Europe. Son esprit bouillonnait. Il connaissait l'endroit où le monde avait été perdu. C'était le champ de bataille où les troupes d'Attila avaient affronté l'armée d'Aetius alliée aux Wisigoths. Sans cette coalition, il aurait remporté la victoire et marché sur Paris !

Puis une pensée désagréable vint lui gâcher son plaisir. Pendant que ses ennemis étaient enfermés dans la crypte, ils avaient eu le temps de lire l'inscription. Or, ils étaient toujours vivants et sans doute en route pour Châlons, en ce moment même. Il n'y avait pas une minute à perdre.

Bako s'empara de son téléphone, composa le 33 puis un numéro de portable. Celui d'Étienne Le Clerc.

« Allô ?

— Étienne !

— Bonsoir Arpad, dit son interlocuteur, sur ses gardes. Je suis en train de dîner. Il y a un problème ?

— Non, juste une occasion en or. J'ai découvert l'emplacement d'un des trésors enterrés par Attila. Pour toi, ce sera facile d'y accéder. Mais attention, on n'est pas seuls sur le coup. Des individus cherchent à me couper l'herbe sous le pied. Ils sont déjà en route.

— Donc tu t'es dit que pour les prendre de vitesse, mieux valait faire appel à un homme du cru qui franchira avant eux la ligne d'arrivée. Qu'est-ce que je gagne dans l'affaire ?

— Je te donnerai un tiers du trésor mais, avant de le partager, je veux voir tout ce qu'il contient. »

Bako l'entendit presque hausser les épaules.

« Oui, bien sûr. Mais j'ai besoin que tu me donnes un lieu précis. Je ne vais pas creuser la moitié de la France pour le trouver. Dis-moi aussi qui sont tes concurrents et combien ils sont.

— Il y a un couple d'Américains, Sam et Remi Fargo. Des chasseurs de trésors amateurs. Ils sont associés à un Allemand, un professeur d'archéologie nommé Albrecht Fischer. Je vais t'envoyer leurs photos par mail. Et ils ont avec eux un chauffeur de taxi hongrois, Tibor Lazar. Je ne pense pas qu'ils s'encombreront de quelqu'un d'autre. Tout ce qu'ils veulent, c'est se rendre discrètement en France, trouver le trésor et repartir avec.

— Alors ? Où est-il ce fameux trésor ?

— Avant, dis-moi franchement si tu es intéressé et si tu acceptes mes conditions.

— Moi aussi, je veux le voir dans sa totalité. Ensuite, nous ferons moitié-moitié.

— J'ai dit un tiers !

— Tu as dit "partager". Pour moi, cela signifie deux parts égales. Je prends tous les risques, je me coltine tout le boulot. Et je le fais sur mon territoire.

— Bon, d'accord. On n'a pas le temps de discutailler et le trésor est tellement énorme qu'on n'aurait pas le temps de le dépenser, même en cent ans. Alors, va pour la moitié. Mais je te préviens, tu as intérêt à garder pour toi tout ce que tu apprendras pendant l'opération.

— C'est bon.

— Je pense que le trésor est enfoui dans un genre de crypte sous les champs Catalauniques, à Châlons-en-Champagne, à l'est du monticule rocheux situé au centre du site, près de la Marne. Avec des détecteurs de métaux, tu devrais le trouver sans difficulté.

— Je m'en occupe. Et quand nous l'aurons déterré, je t'appellerai.

— Bien, dit Arpad. Si tu vois Fargo et consorts pointer leur nez, tu serais sympa de t'en charger aussi.

— Je ne voudrais pas qu'il leur arrive malheur, mais un accident est si vite arrivé. Si cela devait se produire, j'espère toucher un petit bonus. Les professionnels disponibles et compétents ne sont pas donnés, de nos jours.

— J'attends de tes nouvelles. Merci, Étienne. »

Bako raccrocha et glissa son téléphone portable dans la poche intérieure de son veston. Il se faisait l'effet d'un grand général venant d'envoyer ses troupes étrangères combattre en territoire lointain un ennemi qui ne tarderait pas à tomber dans un piège. Il était fier de lui.

Il avait réagi avec sang-froid, avec témérité même, un peu comme l'aurait fait Attila.

Puis il songea à Étienne Le Clerc. C'était un voyou dénué de tout scrupule, pas un homme d'affaires honnête se permettant parfois de petits écarts. Bako connaissait la plupart des combines d'où Le Clerc tirait sa fortune – ça allait du blanchiment d'argent au recel de bijoux volés dont il revendait les pierres et faisait fondre l'or des montures pour le transformer en lingots, en passant par la fabrication de faux billets en devises étrangères qu'il noyait ensuite dans le marché de la zone euro, et par l'introduction frauduleuse sur le territoire français des médicaments sortant des usines Bako – mais supposait qu'il en existait d'autres. Le Clerc avait à son service des douzaines d'agents, de trafiquants, de cambrioleurs, d'hommes de main. Rien que des gens basés en France, non loin du site où le monde avait été perdu.

Les grandes conquêtes n'étaient pas des entreprises solitaires mais le fruit d'alliances judicieuses. Une maxime qu'Attila aurait approuvée. De même qu'il l'aurait reconnu, lui Bako, comme son fils spirituel, son héritier.

13

Vérone-Brescia, Italie

Sam et Remi prirent l'avion pour Rome et de là s'envolèrent pour Vérone où les attendait une voiture réservée par Selma Wondrash. Quelque 30 kilomètres plus loin, se trouvait la cité balnéaire de Peschiera del Garda, sur la rive méridionale du lac de Garde. Quand ils y arrivèrent, Remi referma le guide qu'elle avait parcouru durant le trajet et annonça : « Allons nous promener sur le port de plaisance. »

Un paysage vallonné cernait le lac au sud. Dans une vaste marina se balançaient de gracieux voiliers dont les mâts en aluminium oscillaient tels des métronomes, la brise estivale faisant tinter contre eux leurs anneaux et autres poulies. La petite ville tapie sur la berge fleurait bon les vacances. À perte de vue, ce n'était que voiliers, yachts, bateaux de plaisance et hôtels de charme.

« Qu'as-tu appris dans tes guides ? demanda Sam.

— Avec ses 52 kilomètres de longueur, ce lac est le plus grand d'Italie. Au nord, il est fermé par un massif montagneux mais là où nous sommes, ce sont les plages qui dominent. L'eau qui l'alimente arrive du nord, se jette dans le Mincio, ici à Peschiera del Garda, avant de rejoindre le Pô, un peu plus loin.

— Donc nous touchons au but, dit Sam. Dans son dernier mail, Albrecht nous expliquait que le pape Léon Ier et sa délégation avaient rencontré Attila au sud du lac de Garde, à la jonction du Mincio et du Pô. »

Ils longèrent une plage de galets, dépassèrent plusieurs pontons et un café. La plupart des bâtiments étaient anciens, possédaient trois étages au maximum et des façades de couleur claire, blanc, rose ou jaune. Une muraille du XVIe siècle surmontée d'un chemin de ronde marquait encore les limites historiques de la cité. Ils se garèrent à l'extérieur de l'enceinte sur un parking donnant sur un jardin garni d'un massif dont les fleurs dessinaient le nom de la ville. Une fois passé la grande porte, on débouchait sur une large promenade bordée de cafés et de boutiques.

« Comment allons-nous procéder ? demanda Remi.

— Comme d'habitude, je suppose. On commence par repérer les structures qui étaient déjà présentes en 452.

— La ville a été fondée au Ier siècle, trois cents ans avant l'arrivée d'Attila.

— Ce n'était qu'un petit village de pêcheurs, à l'époque. Attila le Hun débarque brusquement par le nord après avoir tout dévasté sur son passage, à la tête d'une immense armée de cavaliers…

— J'imagine que les gens d'ici n'ont pas eu le temps de bien le regarder. Ils devaient d'abord penser à sauver leur peau, l'interrompit Remi. Je me mets à leur place.

— Moi aussi. C'est ainsi que Venise a été fondée. Les populations en fuite se sont réfugiées sur les îles de la lagune où elles sont restées après le départ d'Attila.

— Ce type était du genre malin, dit-elle. Les villes par ici ont changé mais je suppose que la rivière émerge du lac au même endroit qu'autrefois.

— C'est plausible. »

Remi renchérit : « Donc Attila, ses 50 000 ou 100 000 guerriers et leurs montures ont atterri ici, avec leurs chariots remplis du butin ramassé en route. Ils ont établi leur camp au sud de la ville, à la confluence du Muncio et du Pô ; la délégation romaine, à savoir le pape Léon, le consul Avienus et le préfet Trigetius, les a rejoints. Que se sont-ils raconté ? L'histoire n'en garde aucune trace. On ne peut qu'émettre des suppositions. Néanmoins une chose est sûre : l'Italie était en proie à la famine, les Huns n'avaient donc rien à piller, rien à manger, la maladie commençait à faire des ravages parmi les troupes et, par-dessus le marché, Marcian, le nouvel empereur romain d'Orient, s'approchait dangereusement des places fortes tenues par les Huns sur le Danube. Tout cela peut expliquer qu'Attila ait décidé de plier bagage et de rentrer chez lui, quitte à abandonner Honoraria à la vindicte de son frère et renoncer à la conquête de Rome.

— Réfléchissons une minute, dit Sam. Il rentre chez lui mais avec l'idée de revenir un ou deux ans plus tard. La route est longue, le butin pesant. Il décide d'en laisser une partie sur place, de manière à pourvoir aux besoins de ses troupes lorsqu'il reviendra. Dans quel coin aurait-il choisi de le planquer ?

— Là où il a édifié son camp, dit Remi. D'ailleurs, il n'est jamais allé plus loin. Et il avait tout loisir d'y faire ce que bon lui semblait, et en toute discrétion. S'il comptait utiliser son trésor par la suite pour nourrir son armée, c'était l'endroit idéal puisqu'il est sur la route de Rome.

— Exact.

— Donc nous sommes d'accord. À la confluence du Mincio et du Pô.

— Oui, je crois. Le "monde fut perdu" à l'endroit même où Attila a dû faire demi-tour. Évidemment.

— Commençons par la rive ouest du Mincio. C'est le côté le moins escarpé, donc le plus propice aux déplacements.

— Très bien, dit Sam. Allons d'abord déposer les bagages à l'hôtel. En chemin, nous demanderons à Selma de rassembler l'équipement dont nous aurons besoin. »

Tout en regagnant leur véhicule, Remi appela Selma en Californie et passa sur haut-parleur.

« Salut, Remi.

— Salut Selma. Nous sommes à Peschiera del Garda. Nous avons une piste mais il va nous falloir un magnétomètre portable et un bon détecteur de métaux.

— Ils vous attendent à l'hôtel. J'en ai commandé deux de chaque.

— Super, merci Selma.

— J'ai pensé aux détecteurs de métaux dès que j'ai vu les photos des grosses plaques en fer. Si vous avez besoin d'autre chose, faites-le-moi savoir.

— Ça marche, dit Remi. Est-ce qu'Albrecht est arrivé ?

— Pas encore. Son avion se pose dans deux heures. Pete et Wendy vont le chercher. Nous avons préparé sa chambre et aménagé pour lui un grand espace avec tout le matériel informatique nécessaire.

— Merci Selma, dit Sam. Nous nous mettrons au travail dès cet après-midi. »

Remi ajouta : « On te tiendra au courant si jamais on a du nouveau. Bako a-t-il quitté le pays ?

— Vous êtes tranquilles pour le moment. Tibor dit que Bako et ses hommes sont toujours à Szeged. Ils ont peut-être déchiffré le message mais ils ne semblent pas pressés de se rendre en Italie.

— C'est la meilleure nouvelle de la journée, dit Remi.

— Ravie qu'elle vous plaise. S'il y a des changements, je vous appelle. » Selma raccrocha.

La voiture de Sam et Remi s'arrêta devant l'hôtel, une bâtisse blanche donnant sur une plage ponctuée de parasols rouge vif. On se serait cru quelques kilomètres plus à l'est, sur l'Adriatique. Après s'être enregistrés et avoir vérifié leur équipement, ils descendirent discuter avec la concierge, une dame de cinquante ans vêtue d'un tailleur gris bien coupé dont le revers de la veste portait le logo de l'hôtel. « Puis-je vous aider ? » dit-elle. Ses verres légèrement teintés miroitèrent.

« J'ai cru comprendre que cette région était bien dotée en pistes cyclables, dit Sam. Y en a-t-il une qui longe le Mincio ?

— Oui, répondit-elle. Elle commence là où la rivière se jette dans le port et elle va jusqu'à Mantoue, et même au-delà. Je l'emprunte souvent, ça fait dans les 50 kilomètres.

— Quand vous dites "au-delà"… elle continue sur quelle distance, après Mantoue ?

— À Mantoue, on rencontre un obstacle naturel : la rivière se transforme en une série de trois lacs. Mais la piste se poursuit sur 12 kilomètres jusqu'à la confluence du Mincio et du Pô. » Elle ouvrit le tiroir supérieur de son bureau et tendit une carte à Sam. « Elle est bien indiquée. Vous verrez, c'est très clair.

— Merci, dit Sam en s'inclinant légèrement. *Grazie mille.* »

La concierge éclata de rire. « Vous parlez déjà italien ! Quand vous commencerez à connaître cette région, vous ne voudrez plus la quitter.

— Vous êtes bien indulgente », dit-il. Puis se tournant vers Remi : « Viens, on va s'acheter des vélos. »

En s'aidant de la carte, ils longèrent un vieux canal et trouvèrent le marchand de cycles. À première vue, il vendait surtout des vélos de course mais quand il vit Remi passer devant une merveille à 3 000 euros et lui demander s'il n'avait pas quelque chose de plus confortable pour la balade, il lui montra un choix de robustes VTT équipés d'épaisses roues crantées et de selles rembourrées. L'homme leur en conseilla deux. Ils les achetèrent ainsi que des sacs à dos et des visières pour se protéger du soleil. Sam ajouta plusieurs accessoires indispensables comme des lumières, des réflecteurs et une trousse à outils en cas de pépin.

Ils revinrent à l'hôtel sur leurs vélos flambant neufs qu'ils firent entrer dans l'ascenseur puis dans leur chambre. Puis ils fixèrent dessus les pièces composant les magnétomètres en s'arrangeant pour qu'elles passent inaperçues. Les perches télescopiques ressemblaient aux rayons d'une roue en un peu plus épais. Quant aux boîtiers, ils dépassaient de quelques petits centimètres à l'avant des guidons.

Sam sortit les deux détecteurs de métaux de leurs coffrets et les rangea dans les sacs à dos, sans les assembler.

Ils étaient en plein boulot quand le téléphone de Sam sonna. « Oui ? dit-il en enclenchant le haut-parleur.

— Sam ? C'est moi, Albrecht.

— Vous êtes arrivé en Californie ?

— Oui, je suis chez vous, à côté de Selma. Depuis que je vous ai laissés, j'ai eu le temps d'examiner la photo-satellite et les relevés aériens de la région où vous êtes. J'ai tout revérifié en m'appuyant sur les écrits de l'époque.

— Et qu'avez-vous trouvé ?

— Cette histoire possède plusieurs versions mais nous avons quand même quelques certitudes. Par exemple, après avoir ravagé le nord de l'Italie, Attila est descendu vers le sud-ouest, car à l'est, il n'y avait aucune voie carrossable. Les premières routes datent des années 1930. On imagine aisément l'aspect que devait revêtir le paysage.

— Remi s'est arrêtée sur cette hypothèse, elle aussi, dit Sam. Et comme les Huns n'ont pas laissé de témoignages écrits, il faut compter sur les chroniqueurs qui suivaient le pape Léon Ier. Ils ont dressé la liste des cités pillées par Attila. Mantoue en fait partie.

— Attila et Léon Ier se sont rencontrés à la confluence du Mincio et du Pô. Le pape venait du sud-est et, comme il était le demandeur, c'est sûrement lui qui s'est rendu dans le camp d'Attila.

— Comment savoir où était ce camp ?

— Les coordonnées sont les suivantes : 45° 4' 17.91'' nord et 10° 58' 01" est. Attila commandait une armée de 50 000 voire 100 000 guerriers. Ce qui signifie au bas mot 100 000 chevaux et une quantité astronomique de vaches, moutons et chèvres. Tout ce bétail était sans doute parqué le long de la rivière où il pouvait paître et s'abreuver. Quant au campement lui-même, il devait s'étendre sur une plaine, mais une plaine assez élevée pour être épargnée par les crues.

— D'après nos estimations, intervint Selma, les premières tentes se dressaient à 200 mètres environ du point de confluence, et le camp s'étirait vers l'ouest le long de la rive nord du Pô.

— Pourquoi la rive nord ? demanda Remi.

— Attila venait du nord, il avait massacré tous ceux qui lui faisaient obstacle. Ne restait qu'une menace potentielle : une armée romaine qui viendrait du sud. D'où son choix d'utiliser le fleuve comme une barrière protectrice.

— OK, dit Remi. La rive nord du Pô, la rive ouest du Mincio. Un terrain plat mais surélevé.

— Bien résumé, dit Albrecht. Nous nous triturons encore les méninges sur cette histoire de trésor enfoui dans le plus grand secret par la garde personnelle d'Attila.

— Nous avons notre petite idée là-dessus, dit Sam. Mais elle reste à vérifier. On vous tiendra au courant. Quelles sont les dernières nouvelles d'Arpad Bako ?

— Il n'a toujours pas bougé. Tibor l'a vu pénétrer dans ses bureaux ce matin, comme d'habitude. Il est ressorti en début d'après-midi pour déjeuner, escorté de quatre malabars.

— Parfait. Si ça évolue, appelez-nous. Normalement, à l'heure qu'il est, Bako aurait dû déchiffrer l'inscription et partir en chasse, non ?

— Il n'est peut-être pas aussi bon que nous, dit Selma.

— Personnellement, je me contente d'espérer qu'il ne soit pas meilleur.

— Il faut qu'on y aille, souffla Remi.

— Compris, dit Selma. Allez-y. On attend de vos nouvelles. »

Tôt le lendemain matin, Sam et Remi s'habillèrent en touristes – shorts, T-shirts, chaussures de marche, visières, lunettes de soleil – et partirent à vélo en direction du Mincio.

Transformé en piste cyclable, le vieux chemin de halage faisait la joie des randonneurs. Une douzaine d'autres cyclistes roulaient sous les arbres au bord de la rivière, en admirant la ville, les magnifiques paysages de Lombardie, les plaines cultivées qui s'étiraient jusqu'aux vallons s'élevant à mi-distance. Certaines fermes n'avaient guère changé depuis le Moyen Âge, de même que les vignobles, avec leurs étais et leurs fils de fer soutenant des ceps vénérables. Ils s'arrêtèrent pour se restaurer sur une aire de pique-nique délicieusement ombragée.

À 13 h 30, ils atteignirent le Lago Superiore, le premier des trois lacs du Mincio, et suivirent sa rive méridionale jusqu'au centre de Mantoue où ils se reposèrent devant un espresso et des pâtisseries, dans un café ayant vue sur le second lac, le Lago di Mezzo. Après quoi, ils franchirent le pont de la via Lagnasco et passèrent sur la SS 482, la via Ostiglia.

« Encore 12 kilomètres, annonça Remi. C'est incroyable, je ne suis pas du tout fatiguée.

— Je me disais justement que nous avions suivi la rivière d'amont en aval, dit Sam. Cela ne t'évoque rien ?

— Si. Ça veut dire que nous devrons pédaler en côte pour rentrer à Peschiera del Garda, dit Remi. Trouvons un autre moyen, si tu préfères. »

Une heure plus tard, après avoir roulé sans trop d'efforts, ils arrivèrent à destination. Le Pô qui coulait d'ouest en est était nettement plus large que le Mincio dont les deux rives accueillaient des cultures maraîchères et des champs de céréales qui s'étiraient à perte de vue. Au point de confluence, la terre était labourée mais rien n'y poussait. Des arbres suivaient le tracé des deux cours d'eau.

Sam et Remi mirent pied à terre pour mieux étudier les alentours. « C'est l'endroit idéal pour qui veut passer inaperçu, dit Remi. Pas la moindre construction, de ce côté-ci. Albrecht nous a recommandé de rester sur la rive ouest du Mincio, au nord du Pô. Maintenant, il s'agit de trouver le terrain où Attila a établi son campement, voilà quinze cents ans.

— Donne-moi une minute, le temps que je vérifie sur le GPS, dit Sam. Nous y sommes pile. Leurs chevaux devaient s'abreuver sur cette berge. Si j'étais un cavalier nomade, je prendrais grand soin de ma monture. » Il tourna le dos à la rivière pour regarder le champ labouré. « Cinquante à cent mille guerriers… Ça veut dire dans les cent mille chevaux. Pas facile d'imaginer le tableau. À la queue leu leu, ils devaient bien occuper une bande de terrain de 3 kilomètres de long. »

Remi saisit son vélo par le guidon et le fit rouler vers un arbre où elle l'appuya. Puis elle s'en servit comme d'un marchepied pour se hisser sur la première branche solide. Une fois qu'elle eut grimpé, elle se redressa en s'accrochant à la deuxième.

« Qu'est-ce que tu vois ? demanda Sam.

— De là-haut, je dirais que le niveau du sol est un peu plus élevé par là-bas », dit-elle en désignant une partie du champ située une centaine de mètres plus loin.

Sam l'aida à descendre puis déplia d'un bon mètre les antennes des magnétomètres fixés aux guidons. Les capteurs ainsi déployés, ils avancèrent côte à côte en poussant leurs vélos sur la pente.

C'était la fin de l'après-midi, les rayons du soleil tombaient à l'oblique sur le pré. Tout en marchant, ils gardaient un œil sur l'écran des magnétomètres indiquant les perturbations dans le champ magnétique. Il y eut peu de fluctuations jusqu'à ce qu'ils franchissent le point culminant du terrain. Un genre de dôme. À cet instant, les aiguilles bondirent.

« Tu as vu ça ? dit Remi.

— Oui. »

Ils firent une pause. « Étudions l'ampleur du phénomène », proposa Sam.

Remi laissa son vélo à l'endroit où la perturbation commençait et marcha une dizaine de mètres à côté de Sam. « Ici », dit-il en couchant son propre vélo. Ils arpentèrent ensemble l'espace compris entre les deux marqueurs improvisés et tournèrent à angle droit. « Dix pas sur quinze, annonça Remi.

— C'est ce que j'obtiens sur l'affichage, abonda Sam. Environ 6 mètres sur 9. Voyons ce que donne le détecteur de métaux. » Sam assembla l'appareil rangé dans le sac à dos de Remi et entreprit de balayer la zone. Le détecteur produisit un son électronique, suivi d'un sifflement puissant et continu.

« C'est énorme. Bien plus gros que la première crypte, dit Remi. Plan A ou plan B ?

— Plaçons une marque de manière à le retrouver facilement et rentrons à Peschiera del Garda. Demain, quand le soleil sera couché, nous reviendrons pour creuser.

— Et comment comptes-tu transporter un trésor mesurant 6 mètres sur 9 ?

— Nous avons une rivière navigable à portée de main.

— Ah, ah, le plan A donc, s'esclaffa-t-elle. Un gros bateau. »

Pour marquer le lieu, Sam retira le capteur de son magnétomètre et coucha la grande antenne d'aluminium à plat sur le sol. Puis, comme le crépuscule arrivait, ils regagnèrent Peschiera del Garda par le chemin de halage.

Dès qu'ils eurent pris un bain à l'hôtel, ils appelèrent Tibor sur son portable sécurisé. « Tibor ?

— Oui, Sam.

— Nous avons besoin des trois hommes qui ont navigué avec nous sur la Tizsa. Qu'ils nous retrouvent à notre hôtel demain soir au coucher du soleil.

— Vous avez un bateau ? demanda Tibor.

— Non, mais demain soir j'en aurai un.

— Ils seront au rendez-vous.

— Merci Tibor.

— Je vous laisse. Il faut que je les contacte. Au revoir, Sam. »

Sam et Remi firent de nouveau appel à la concierge qui leur réserva une bonne table à Mantoue. Puis ils partirent en voiture pour cette ville où ils espéraient trouver de quoi se vêtir élégamment pour le dîner. Sam choisit un costume gris mi-saison de chez Armani. Dans une boutique Folli Follie, Remi trouva une robe sans manches en jacquard Fendi, simple mais très chic, agrémentée d'une ceinture rehaussée par une virgule dorée. Ils enfilèrent leurs nouveaux habits, laissèrent les autres dans le coffre de la voiture garée au pied des murailles de la ville et marchèrent dix minutes jusqu'au restaurant Ochina Bianca, non loin du centre.

Ils commandèrent du *risotto alla milanese* parfumé au safran, de *l'osso buco* et une bouteille de Felesina Fontalloro 2004, un vin de Toscane. « C'est absolument succulent, dit Remi. J'aimerais tellement manger ce genre de plats à la maison. Je propose que l'un de nous deux prenne des cours de cuisine en rentrant. On pourrait tirer à pile ou face, non ?

— Cet aspect-là n'est pas tout à fait dans mes cordes, répondit-il. Considère-moi davantage comme un genre de diététicien ou un entraîneur physique. Je veux juste t'aider à reprendre des forces pour demain. À ce propos, je crois qu'un petit dessert te ferait le plus grand bien. Je sais qu'il existe une gourmandise locale portant le nom de *torta sabbiosa* : un gâteau plein de beurre avec une touche de rhum. C'est sûrement délicieux, tu ne crois pas ?

— Je n'en sais rien, dit Remi. Je vais essayer. Qu'est-ce que je risque ?

— En fait, je vais en prendre moi aussi. Juste pour m'assurer que ce gâteau convient à ton régime.

— Un tel dévouement ne m'étonne pas de ta part. »

Après le dîner, ils repartirent vers les murailles, montèrent en voiture et roulèrent une cinquantaine de kilomètres dans la campagne en direction du lac de Garde. « J'ai adoré ce petit intermède, dit Remi.

— C'est vrai ?

— Oui. Demain à cette heure-ci, pendant que nous creuserons la terre comme des damnés, je repenserai à ce risotto et je pourrai me dire que le monde n'est pas qu'un immense chantier de terrassement.

— Que serait un risotto sans un chevalier servant pour le partager avec toi ?

— Tu t'améliores de jour en jour, question courtoisie, dit Remi. Rappelle-moi de te surveiller de près, au cas où tu dispenserais tes compliments à d'autres que moi.

— Ne te gêne pas, dit Sam. J'adore quand tu me surveilles de près.

— Je sais », dit-elle. Et tandis qu'ils regagnaient leur hôtel de Peschiera del Garda sous la douce clarté des étoiles, elle se pencha pour déposer un baiser sur sa joue.

14

Au confluent du Pô et du Mincio, Italie

Le lendemain, peu après 22 heures, Sam et Remi arpentaient de nouveau le champ labouré, sauf que cette fois, ils étaient venus en voiture. Sam l'avait garée sur le bas-côté, sous les arbres et les buissons bordant la route, et recouverte d'une bâche. Ils avaient sur eux des habits sombres et, dans leurs sacs à dos, des pelles, des pieds-de-biche, des torches, des cordes d'escalade, des lunettes à infrarouge.

Ils repérèrent facilement la tige en alu servant de balise et commencèrent à creuser. Le travail avançait plus vite que Sam l'avait prévu car le sol récemment retourné présentait une couche meuble d'une bonne trentaine de centimètres. En-dessous, ils trouvèrent une terre grasse, de couleur foncée, enrichie par les fréquentes crues des deux cours d'eau qui avaient nourri des générations de paysans depuis les Étrusques jusqu'aux agriculteurs modernes en passant par les Romains et les Lombards.

Au bout de deux heures, ils tombèrent sur un socle en pierre brute. Ils dégagèrent la terre qui le couvrait de façon à créer une rampe d'accès. Ici, pas de dalle métallique en guise de couvercle mais trois blocs de pierre posés côte à côte et scellés dans le sol par une couche de mortier.

Remi les regarda attentivement et dit : « Je crois qu'on aura du mal à les déplacer à la main.

— En effet, dit Sam. Je reviens tout de suite.

— Où vas-tu ?

— À la voiture », lança-t-il par-dessus son épaule. Quelques minutes plus tard, tous feux éteints, leur véhicule de location traversait en cahotant le champ creusé de sillons. Il s'arrêta au bord du trou qu'ils venaient creuser. Sam descendit, attacha les cordes d'escalade au crochet de remorquage fixé sous le châssis, noua les autres extrémités autour de la première pierre puis alla prendre dans le coffre un marteau et un pied-de-biche dont il se servit pour faire sauter une partie du mortier qui retenait les pierres. Quand ce fut fait, il dit : « Mets-toi au volant. Je vais les aider à s'extraire en douceur. »

Remi s'installa aux commandes et baissa sa vitre pour entendre les directives de Sam.

Ce dernier glissa le bout recourbé du pied-de-biche à la base de la première pierre puis partit chercher la tige du magnétomètre démonté la veille, la ficha dans le mortier à côté du pied-de-biche et l'empoigna par le bout. « OK, Remi. Vas-y lentement. »

Remi donna un petit coup d'accélérateur, les cordes se tendirent pendant que Sam essayait de soulever la pierre au moyen de la perche en alu et du pied-de-biche. Quand elle se libéra du mortier, on entendit un bruit sec suivi d'un raclement. En dessous, Sam découvrit une ouverture de 60 centimètres sur un mètre vingt.

Sam posa la perche, le pied-de-biche et s'agenouilla au bord du trou. Quand Remi le rejoignit, il se mit à plat ventre pour éclairer l'intérieur avec sa torche. Une lueur jaune cuivrée scintillait deux mètres plus bas. « Eurêka ! On a réussi. »

Remi l'embrassa sur la joue. « Fargo un, Bako zéro. »

Sam sortit son téléphone, composa un numéro préprogrammé et entendit un « Oui ? » mâtiné d'un léger accent.

« On l'a trouvé, Tibor. Faites avancer le bateau à la confluence du Mincio et du Pô. Remontez le Mincio sur quelques mètres et, ensuite, jetez l'ancre sur la rive ouest. Je vous retrouve là-bas. Surtout, pas de lumière.

— On y sera dans cinq minutes.

— Merci. » Sam raccrocha.

« Alors ? demanda Remi. Que dois-je faire pendant que vous jouez à l'Ile au trésor, toi et tes petits camarades ?

— Appelle Selma et Albrecht, mets-les au courant et dis à Albrecht de contacter ses collègues italiens pour qu'ils nous trouvent un lieu de stockage sécurisé.

— Tu veux que je déplace la voiture ?

— Pas encore. Attends-moi, je reviens. »

Sam marcha vers la rivière et se posta sur la berge pentue le temps d'apercevoir le bateau se découper en ombre chinoise sous le clair de lune. Un instant plus tard, il entendit le grondement cadencé d'un moteur tournant au ralenti. Comme le bateau arrivait à sa hauteur, il cria : « Échouez-le et jetez-moi un filin. »

Le bateau monta sur le sable, s'immobilisa, une silhouette apparut à la proue, jeta une corde à Sam et le regarda l'attacher à un arbre. Puis, l'un après l'autre, quatre hommes sautèrent sur la grève avant d'escalader le talus, Tibor en dernier. Sam et lui se donnèrent l'accolade.

« Ça fait plaisir de vous retrouver, dit-il. C'est pour de vrai, ce coup-ci ?

— Vous allez voir, répondit Sam.

— Vous vous souvenez de mes cousins Albert et Caspar qui nous ont accompagnés sur la Tisza ? dit Tibor tout en marchant.

— Bien sûr. » Sam leur serra la main. « Merci d'être venus.

— Et voici mon cousin Paul. Il parle italien.

— Enchanté de vous connaître », dit Sam. Et à Tibor : « Si j'avais une famille comme la vôtre, je pourrais conquérir le monde.

— Ce genre d'ambition est déjà trop répandu à mon goût. Les Lazar sont des gens casaniers, ils aiment manger, boire, faire l'amour. Voilà pourquoi nous sommes si nombreux. »

Quand ils eurent rejoint Remi, Tibor refit les présentations. Les quatre hommes s'inclinèrent devant elle, à tour de rôle.

Sam, Tibor et Paul descendirent en rappel dans la crypte, laquelle paraissait plus vaste que celle de Hongrie. Quand Sam atterrit au fond, il vit que les richesses entreposées dépassaient toutes ses prévisions. Les Huns avaient dû rassembler là l'ensemble des butins raflés en Italie du Nord au cours de l'an 452.

Un monceau de pièces d'or et d'argent, des chaînes, des brassards, des calices, des crucifix volés dans des centaines d'églises et de monastères. Des épées, des dagues serties de rubis et de saphirs, des bagues, des anneaux, des colliers, des torques également ornés de pierres précieuses. Mais aussi des armures magnifiquement forgées, des cottes de mailles, des camées, des parures de toutes sortes, des lampes à huile, des chandeliers, des miroirs d'argent poli, doré à l'or fin. C'était un spectacle fascinant, autant par la quantité des objets que par leur variété. Des broches, des bracelets, des boucles, des fibules et tant d'autres bijoux gisaient là, dans un tel désordre que Sam avait du mal à les identifier.

Tibor retourna au bateau et ramena des caisses de bois destinées à transporter le trésor de la fosse à la voiture. Quand ils eurent rempli le coffre, la banquette arrière, le siège du passager et l'espace entre les fauteuils, Remi roula jusqu'à la rive où Caspar et Albert l'attendaient pour décharger.

Ensuite, Remi retourna se garer près de la crypte. Elle avait pris sur le bateau huit casiers munis de poignées en corde, ceux que les pêcheurs utilisent pour rapporter le poisson au port. Ils avaient donc une légère odeur mais se révélèrent très utiles pour transbahuter le reste des objets. Sam, Tibor et Paul remplirent de nouveau la voiture et tandis que Remi repartait, ils se dépêchèrent de préparer le prochain chargement.

Il leur fallut trois heures pour tout transférer de la crypte au bateau. Quand ce fut terminé, Sam dit à Tibor : « Remontez le Mincio jusqu'au lac de Garde. C'est à une quarantaine de kilomètres d'ici. Par la route, nous y serons avant vous. Nous vous guetterons depuis la berge.

— Très bien, dit Tibor. Mais si la police nous arrête et inspecte le bateau ?

— Alors, vous direz à Paul d'oublier qu'il parle italien et vous m'appellerez. »

Lesté par le trésor d'Attila, le bateau s'enfonçait dans le sable. Sam, Tibor et les trois cousins durent joindre leurs efforts pour le remettre à flot. « J'ai plaisir à imaginer que chaque gramme de cet or est une larme d'Arpad Bako, dit Tibor.

— Oups, je l'avais presque oublié, celui-là, dit Sam. Qui le surveille en votre absence ?

— Mon frère. Il les tient à l'œil, lui et ses hommes, de jour comme de nuit.

— Je n'en demandais pas tant, s'écria Sam. Faites un agréable voyage. »

Quand le moteur démarra, Tibor grimpa à bord. Puis la proue s'aligna sur le cours de la rivière et le bateau s'éloigna en crachotant en direction du lac.

Sam et Remi repartirent en voiture pour une dernière visite à la crypte béante. Ils y descendirent en s'aidant de la corde, Sam alluma sa torche et balaya les parois à la recherche d'une inscription. À présent que le trésor n'était plus là, on voyait des mots gravés sur une dalle enchâssée dans le sol. Remi prit quelques photos avec son portable et pendant qu'elle en vérifiait la netteté, Sam transcrivit le message sur un bout de papier. Comme Remi le regardait bizarrement, il haussa les épaules. « Si on perd le téléphone, ça nous évitera de revenir.

— Ce n'est pas à cela que je pensais, dit-elle.

— À quoi, alors ?

— Je pensais que nous pourrions utiliser la voiture pour desceller celle-ci, ce que nous n'avons pas pu faire en Hongrie. »

Sam s'agenouilla et, après avoir vainement tenté de bouger la dalle, entreprit de gratter le mortier tout autour du bout de son canif. « Je reviens de suite », dit-il en se hissant hors du trou. Quelques minutes plus tard, il réapparut avec l'autre corde, le pied-de-biche, la perche en alu, le marteau. Quand ils eurent fini de retirer les joints de mortier, ils délogèrent la dalle descellée, Sam croisa la corde autour d'elle pour la maintenir, regrimpa et fit démarrer la voiture. La pierre était moins épaisse et un tantinet plus petite que les gros blocs qui tapissaient les parois du caveau. Elle s'éleva sans problème puis s'arrêta. Remi rejoignit la surface, s'assit au volant à la place de Sam qui, muni du pied-de-biche, alla aider au passage de la dalle. Une fois qu'elle fut posée sur la terre du champ, il ne leur resta plus qu'à la soulever avec les pieds-de-biche et à la faire basculer sur la banquette arrière.

« Tu avais raison, dit-il. Cette fois, nous ne laisserons aucun indice derrière nous. »

Toujours avec la voiture, ils replacèrent la grosse pierre fermant la trappe. Puis ils remblayèrent jusqu'à ce que la crypte soit de nouveau enfouie sous un mètre vingt de terre bien tassée.

Remi se tourna pour embrasser du regard le champ labouré. « Tu vois ce que je vois ? »

Le jour se levait à peine mais il faisait assez clair pour qu'on aperçoive les traces de pneus qui zébraient le sol entre la crypte et la rive. « J'aimerais bien les effacer.

— Impossible, répondit Sam. Tout ce qu'on peut faire c'est en ajouter, comme si des fêtards avaient joué au rodéo dans le champ durant la nuit. » Ils montèrent en voiture, Sam récupéra la bouteille de vin vide qui restait de leur pique-nique de la veille, l'essuya pour enlever les empreintes digitales et la balança par la portière. Puis il fit autant d'allers et retours que nécessaire pour simuler une série de déplacements aléatoires. Quand tout le terrain fut couvert de traces, il regagna la route qui longeait la rivière.

L'aube pointait, une averse éclata. « Heureusement, nous avons échappé à ça », dit Remi. La pluie tombait de plus en plus fort. En traversant les flaques, les roues faisaient gicler l'eau boueuse de chaque côté de la voiture. Ils s'arrêtèrent dans un coin discret au bord du Mincio et jetèrent la pierre gravée dans la rivière. « Je vais photographier l'endroit, dit Remi. Quand tout danger sera écarté, nous reviendrons la récupérer pour l'offrir à un musée. » Ils repartirent dès qu'elle eut pris quelques clichés.

Six heures n'étaient pas encore sonnées quand ils se garèrent sur le parking de la marina, à Peschiera del Garda. Le bateau n'allait pas tarder à apparaître sous le dernier pont avant le lac. Remi profita de ce temps mort pour appeler La Jolla.

« Salut, Remi, dit Selma. Nous avons reçu les photos. Le trésor est-il aussi gros qu'il en a l'air ?

— Plus. Avez-vous déchiffré l'inscription, Albrecht et toi ?

— Albrecht l'a traduite mais il est encore en pleine réflexion. » Selma marqua une pause. « C'est à lui qu'il revient de vous en parler. » Bientôt, la voix d'Albrecht retentit dans le téléphone : « Bonjour.

— Bonjour Albrecht, dit Remi. Alors, qu'y a-t-il d'écrit sur la pierre ?

— Ce n'est que du latin, cette fois encore. Voilà ce qui est dit : "Tu détiens mon cinquième trésor. Le quatrième se trouve là où des amis accoururent et devinrent ennemis. J'ai enfoui ce trésor pour l'avenir, le roi Thorismond a enfoui des objets funéraires pour le roi Théodoric."

— Que signifie ce charabia ? demanda Sam.

— Cela fait référence à la bataille des champs Catalauniques, en 451. Rappelez-vous, je vous en ai parlé l'autre jour à propos du cinquième trésor, dit Albrecht. Les amis en question étaient le général romain Flavius Aetius et Théodoric, roi des Wisigoths. Ces deux-là ne pouvaient pas se sentir. Mais quand Attila a envahi l'est de la France en pillant tout sur son passage, ils ont fait alliance contre lui et l'ont affronté à Châlons-en-Champagne.

— Quel rapport avec les objets funéraires ?

— Théodoric est mort durant la bataille mais, comme on l'imagine aisément, la confusion était telle qu'on n'a retrouvé son corps que le lendemain. Son fils Thorismond l'a enterré, sans doute avec son armure, ses armes, ses biens personnels, et l'a remplacé sur le trône.

— C'était votre deuxième option quand nous avons tenté d'interpréter l'expression "où le monde fut perdu", dit Remi.

— Tout à fait, répondit Albrecht. Châlons marque la limite occidentale des invasions d'Attila. Des chefs de guerre, ses anciens amis, se sont entendus pour lui faire barrage sur les champs Catalauniques. L'immense massacre qui s'ensuivit ne donna la victoire à aucune des deux parties. Quand il fit trop sombre pour continuer à s'entretuer, Attila se retrancha dans son camp. Flavius Aetius laissa les Huns battre en retraite. Certains historiens émettent l'hypothèse qu'il préféra les épargner pour conserver une force d'opposition face aux Wisigoths. Personnellement, je tends à penser qu'il ne voulait pas forcer sa chance car les Huns demeuraient des adversaires redoutables. Si les Romains se sont ensuite targués d'avoir remporté la bataille – leur ultime victoire, soit dit en passant –, c'est uniquement parce que l'armée d'Aetius fut la dernière à quitter les lieux. En effet, après la mort de Théodoric, son fils Thorismond s'était dépêché de regagner ses terres pour revendiquer son titre de roi des Wisigoths.

— Très bien, dit Remi. Donc, nous savons quelle est notre prochaine étape. Mais pour l'heure, nous sommes encore ici. Avez-vous pu discuter avec les autorités italiennes ?

— Oui. Et elles comprennent parfaitement qu'il faut agir vite et dans la plus grande discrétion. Elles vous contacteront d'ici quelques heures pour prendre possession des objets et les transporter à Rome.

— Parfait, dit Remi. J'avoue que je respirerai mieux quand nous serons déchargés de cette lourde responsabilité.

— Dès que vous en aurez terminé avec la police italienne, intervint Selma, vous filerez à l'aéroport de Vérone où vous attendent vos billets pour la France. Pour obtenir vos cartes d'embarquement, vous n'aurez qu'à glisser une carte de crédit dans la machine. Le temps que vous arriviez, nous aurons rassemblé d'autres renseignements utiles.

— Merci, Selma. »

Une heure plus tard, le bateau chargé d'or franchissait le dernier pont et pénétrait dans le lac, direction la marina. Ils appelèrent Tibor pour lui dire ce qu'ils comptaient faire le lendemain puis rentrèrent se doucher à l'hôtel.

Ils prenaient le petit déjeuner dans leur chambre quand on frappa à la porte. Cinq hommes en costume sombre se tenaient sur le seuil. « Monsieur et Madame Fargo, dit le chef en produisant un badge et une carte officielle, je me présente : Sergio Boiardi. Nous appartenons à la brigade de carabiniers chargée de la protection du patrimoine culturel. Vous avez sollicité notre aide, je crois.

— Entrez, je vous prie, dit Sam avant d'ajouter, une fois la porte refermée : Nous avons fait une découverte majeure, un trésor intact datant de l'an 452.

— Vous souhaitez nous le remettre à fin d'enregistrement, m'a-t-on dit.

— Oui, dit Sam.

— Vous savez que les accords bilatéraux entre les États-Unis et l'Italie s'appliquent uniquement à la période allant du IXe siècle avant notre ère au IVe après ?

— Oui. Théoriquement, l'obligation d'enregistrement ne concerne pas les vestiges postérieurs au IVe siècle mais nous souhaitons malgré tout obtenir de votre part un permis afin de pouvoir transporter les objets après que vous les aurez répertoriés et photographiés. Pour être tout à fait franc, certains individus sans scrupules ont tenté de nous couper l'herbe sous le pied. Ils sont prêts à tout pour s'emparer de cette prodigieuse découverte. Si nous faisons appel à vous, c'est aussi pour les en dissuader.

— Où sont ces objets actuellement ? reprit Boiardi après avoir acquiescé d'un hochement de tête.

— Sur un bateau de location ancré dans le lac, derrière la marina, dit Sam. Nous avons l'intention de louer une remorque, d'y charger le bateau et de le mettre en lieu sûr. Ensuite, nous pourrons transférer les objets dans des caisses et les porter dans votre camion.

— C'est un bon plan, répondit Boiardi. Nous trouverons facilement une grange libre quelque part dans la campagne, un endroit assez grand pour accueillir notre camion et un bateau sur une remorque. Quand le transfert sera terminé, chacun partira de son côté comme si rien ne s'était passé.

— Faisons comme cela », répondit Sam.

Ils rejoignirent la marina dans le camion des carabiniers, un véhicule blanc banalisé, puis se rendirent sur un chantier de construction navale situé à proximité où ils louèrent une remorque qu'ils accrochèrent au camion, lequel s'approcha en marche arrière du plan incliné servant à la mise à l'eau. Les cousins de Tibor effectuèrent la manœuvre et quand le bateau fut bien calé sur le plateau de la remorque, le camion regagna le parking où attendaient les carabiniers. Un homme de Boiardi prit le volant et quelques minutes plus tard, le convoi roulait en direction d'une vaste grange, sur une exploitation agricole à l'ouest du lac de Garde. Le chauffeur fit entrer le poids lourd et la remorque puis sauta de son siège pour fermer les portes. Ne restait plus qu'à se retrousser les manches.

Boiardi supervisait les opérations. Les objets précieux entassés dans les caisses à poisson furent transférés dans de banals cartons, comme ceux qui servent aux déménagements. Au fur et à mesure que les pièces de monnaie, bijoux et autres parures apparaissaient au grand jour, Remi et les carabiniers les photographiaient. À l'arrière du camion, les piles de cartons ne cessaient de prendre de la hauteur.

« C'est hallucinant, articula Boiardi. Chacun de ces objets est une merveille archéologique en soi. Mais la plupart d'entre eux sont bien antérieurs au règne d'Attila. Il raflait tout ce qui lui tombait sous la main, souvent des chefs-d'œuvre de l'art grec ou romain ou bien encore des objets de culte ayant orné les premières églises chrétiennes. Nous avons beaucoup de chance que les pilleurs de tombes qui sillonnent l'Italie à la recherche d'antiquités ne soient pas passés avant vous.

— Nous ne pensions pas en trouver une telle quantité, avoua Remi. Mais nous aurions pu le prévoir puisque les Huns ont pillé toutes les grandes villes du nord de l'Italie. Si Attila a laissé tant de merveilles par ici, c'est qu'il comptait s'en servir pour financer sa prochaine campagne, celle qui devait le mener jusqu'à Rome. »

Quand Sam, Remi, Tibor et ses trois cousins eurent aidé les carabiniers à charger les derniers cartons, Boiardi annonça : « Nous ramènerons le bateau dans la marina puis nous partirons pour Rome où le trésor sera placé en lieu sûr, dans les réserves du musée du Capitole. »

Tout le monde regrimpa dans le camion. Le chauffeur démarra. Deux policiers firent coulisser les portes de la grange mais ne purent aller jusqu'au bout. On venait de leur braquer des fusils sur la tête.

Sentant le camion freiner brusquement, Sam, Remi et Boiardi assis à l'arrière descendirent au moment même où six inconnus faisaient irruption dans la grange. Leurs tenues étaient très basiques – vestes de sport, coupe-vent, jeans, pantalons à poches –, leurs armes beaucoup moins – fusils d'assaut SC70/90, mitraillettes à canon court avec crosse pliante.

Boiardi se plaça devant Sam et lui murmura : « Prenez mon pistolet. »

Sam détacha le petit holster agrafé dans les reins de Boiardi, vit qu'il contenait un Beretta et glissa le tout dans sa poche. Au même instant, le policier hurla en italien – Sam ne comprit pas tout mais saisit le sens général – « Que faites-vous ici ? Police. Posez vos armes à terre immédiatement. »

Pour toute réponse, l'un des malfrats posté à l'entrée tira en l'air une courte rafale, ce qui fit sursauter les deux carabiniers qui se trouvaient déjà en mauvaise posture. Leurs agresseurs éclatèrent de rire, les poussèrent sans ménagement à l'intérieur de la grange puis se séparèrent pour mieux couvrir toutes leurs cibles : les autres carabiniers, Remi, Sam, Boiardi, Tibor et ses cousins.

L'homme qui avait tiré en l'air était un gaillard d'une quarantaine d'années, doté d'une impressionnante cage thoracique et d'une épaisse barbe noire. Il se rua vers le camion, ouvrit les portes, sauta dans le fourgon, déchira quelques cartons et fit basculer l'un d'entre eux pour que ses complices profitent du spectacle. *« È oro. È tutto oro antico ! »* s'écria-t-il.

Des mots que Sam comprit sans peine. Après un rapide échange de regards, les autres voleurs explosèrent d'une joie visiblement communicative. Le chef sauta du camion et se dirigea vers Boiardi qui l'accueillit en lui décochant quelques réflexions peu aimables.

Le barbu sourit de toutes ses dents. *« Ci avete seguito. »* Il fit encore quelques pas, s'arrêta devant les deux carabiniers et pendant que ses comparses les tenaient en respect, entreprit de les fouiller de la tête aux pieds. L'un des deux cachait un pistolet ; il le lui confisqua et le frappa au visage avec la crosse de son fusil.

« Désolé, marmonna Sam. Nous avons dû manquer de discrétion, Remi et moi.

— Non, ce n'est pas votre faute, répondit Boiardi sur le même ton. Ils nous ont suivis depuis Naples. Notre équipe ne se déplace qu'en cas de découverte importante et ils le savent. »

Ayant trouvé des menottes, les voleurs attachèrent les policiers aux piliers de la grange. Ensuite, deux d'entre eux escortèrent leur chef jusqu'à Boiardi pour une fouille en règle.

Sam attendit que le barbu pose les yeux sur Boiardi puis il lui balança un crochet du gauche en pleine figure et de sa main droite, tout en sortant le Beretta de sa poche. Après quoi, empoignant l'homme par sa veste, il le fit pivoter, le plaça devant lui comme un bouclier et lui colla le Beretta sur la tempe. Dans le même temps, Boiardi lui arracha son fusil automatique qu'il braqua sur les deux gardes du corps, lesquels posèrent leurs armes au sol et reculèrent, mains levées. Les deux carabiniers encore libres de leurs mouvements récupérèrent leurs propres pistolets ainsi que les deux fusils automatiques.

Quand l'un des malfrats postés près de la porte comprit ce qu'il se passait, il hurla et ouvrit le feu. Plusieurs balles frappèrent le barbu qui s'écroula aux pieds de Sam.

Sacrifier le chef était une tactique. Les voleurs désemparés tentèrent de se mettre à couvert en emportant leurs armes. Les carabiniers leur coupèrent le passage, blessant l'un d'eux à la jambe. Les autres se laissèrent capturer.

Seul l'homme qui avait tiré sur le chef ne semblait pas désireux de se rendre. Il tira une rafale en direction de Sam et de Boiardi qui avaient eu la bonne idée de s'abriter derrière la remorque du bateau. Sam grimpa le long de la coque, enjamba le bastingage et rampa vers la proue.

Comme l'homme rasait le mur pour le prendre à revers, Sam leva son pistolet au-dessus du plat-bord et tira. Sa balle atteignit le voleur à la clavicule. Voulant répliquer, il pivota sur lui-même avant de s'apercevoir que son bras droit ne bougeait plus. Quand il lâcha son arme, les deux carabiniers se dépêchèrent de lui passer les menottes et le firent asseoir dans un coin de la grange, près de l'autre blessé et du cadavre de leur chef. Quelques minutes plus tard, tous les malfrats s'étaient rendus.

Boiardi demanda des renforts à la police locale qui promit de lui envoyer une ambulance et des véhicules pour le transport des prisonniers. Sans attendre leur arrivée, il commença l'interrogatoire mais n'obtint que des insultes. Il allait renoncer quand Remi lui dit : « Pouvez-vous leur demander s'ils travaillent sous les ordres d'un certain Bako ? »

Boiardi traduisit la réponse : « Qui est ce Bako ? Un Sicilien ? Les Siciliens font dans le trafic d'antiquités, en ce moment.

— J'image que ça veut dire non, conclut Remi. Dès qu'il y a de l'or quelque part, les problèmes ne sont pas loin. »

Quelques minutes plus tard, la police et les secours débarquèrent. Les urgentistes emmenèrent les deux blessés escortés de deux gardiens. Les trois voleurs encore valides montèrent dans les véhicules de police. Enfin, le fourgon du légiste emporta la dépouille du chef.

Quand ils retournèrent au port et que Boiardi fut sur le point de partir pour Rome avec son précieux chargement, il confia à Sam et Remi : « Les méthodes employées par les voleurs d'antiquités aujourd'hui ont de quoi inquiéter. Ils ont compris qu'il suffisait de pister les officiers chargés d'enregistrer les découvertes. J'ai bien peur que nous ne soyons confrontés à des risques de plus en plus importants. Continuer à exercer ce métier relève de la folie pure.

— Vous comptez démissionner ? demanda Remi.

— Moi ? Non. Pas tout de suite. Pas après que votre mari m'a sauvé la vie. Nous aurons peut-être l'occasion de reprendre cette conversation un jour mais pour l'heure, nous avons du pain sur la planche. *Arrivederci*, les Fargo. Bon retour. »

15

Aéroport de Vérone, Italie

La voix de Selma Wondrash sortait du téléphone de Remi, placé sur haut-parleur. « D'après nos estimations, le champ de bataille se situe à 8 kilomètres au nord du village de Cuperly, sur la D994, la route de Reims.

— Des repères visuels ? » demanda Sam.

Albrecht prit la parole. « Au milieu du site, vous trouverez un monticule rocheux s'élevant à l'oblique vers un genre de plateau. L'armée romaine, ainsi que leurs alliés wisigoths, alains et celtes, sont arrivés à marche forcée pour s'assurer le contrôle de la colline avant que les Huns ne débarquent. Dès qu'elles se sont montrées, les troupes d'Attila ont été accueillies par une pluie de flèches tirées depuis les hauteurs. Dans un premier temps, les Huns ont tenté de déloger leurs ennemis puis ils se sont retranchés à l'est, en terrain plat, et ont disposé leurs chariots en cercle autour de leur campement.

— À quelle distance du plateau rocheux ? demanda Remi.

— Assez loin pour éviter les flèches, répondit Albrecht.

— Quelle portée avait une flèche ?

— Eh bien, pour le savoir, vous pourriez monter au sommet de la colline, en tirer une selon un angle de 45° et voir où elle retombe.

— Oui, c'est une solution.

— Ou alors, vous pouvez recourir à une estimation. Je dirais 250 mètres à vue de nez.

— J'opte pour votre estimation, dit Sam. Selma, pourrais-tu nous faire parvenir un autre magnétomètre et un détecteur de métaux ?

— C'est fait. Ils seront livrés ce soir à votre hôtel. Vous descendrez à l'Assiette champenoise, un joli manoir au cœur d'un parc de deux hectares. Tout le confort moderne à deux pas du centre-ville.

— Merci, Selma, dit Remi. S'il y a une jolie baignoire, je serai comblée. Et je pense que dormir un peu ne nous fera pas de mal. Nous avons bossé de nuit, tous ces derniers temps.

— De rien. Votre voiture vous attend au terminal numéro 1 de l'aéroport Charles-de-Gaulle. Vous prendrez la N44 en direction de Reims sur environ 190 kilomètres puis la D994 jusqu'à Cuperly.

— Entendu, dit Sam.

— Albrecht, avez-vous d'autres détails utiles concernant la bataille ? reprit Remi.

— Eh bien, après sa première escarmouche, Attila a compris qu'il ne prendrait jamais la colline. Il a donc choisi d'attendre et de voir venir. À cette époque, voir venir consistait à observer les mouvements des troupes ennemies tout en éviscérant quelques volatiles pour lire l'avenir dans leurs entrailles. Attila a laissé ses ennemis mariner toute la journée et, en fin d'après-midi, il est passé à l'attaque. La bataille a duré jusqu'au bout de la nuit. Des milliers d'hommes y ont laissé leur vie dans les deux camps. Les cavaliers d'Attila se révélant incapables d'obtenir une victoire décisive sur des adversaires trop bien placés, ils se sont de nouveau retranchés derrière leurs chariots. Aetius, commandant de l'armée romaine, s'étant perdu dans le noir, a trouvé abri dans le camp des Wisigoths qui eux-mêmes étaient à la recherche de leur chef Théodoric, celui que son fils retrouva mort le lendemain. Quant à Attila, ignorant la déroute de ses ennemis, il se préparait à résister. Il ordonna qu'on empile les bois servant d'armature aux selles de ses hommes de manière à constituer un grand bûcher funéraire, au cas où il succomberait lors de la bataille suivante. Sur ces entrefaites, les Huns virent les Wisigoths lever le camp. Rappelez-vous, Thorismond devait rentrer au plus vite pour revendiquer le trône de son père. Attila est donc reparti vers l'est en traversant le Rhin.

— Parfait, dit Remi.

— Parfait ? s'étonna Albrecht.

— C'est donc à cet endroit que nous trouverons le trésor.

— Pourquoi en êtes-vous si sûre ?

— Sam et moi réfléchissons à la question depuis le début. En règle générale, c'est dans les moments de crise qu'on cache un trésor – lors d'une défaite, d'un décès. Comment s'y sont-ils pris ? Les écrits retraçant la mort d'Attila parlent d'une immense tente dressée au milieu du camp. Une tente si grande qu'on y entrait à cheval.

— Je ne vois pas où vous voulez en venir, dit Selma.

— Personne n'a jamais eu l'intention de brûler les armatures de selle. C'était juste du cinéma, un moyen de détourner l'attention. Pendant ce temps, sous la tente, des hommes creusaient une crypte, encore une, pareille à celles que nous avons déjà trouvées, et des maçons renforçaient les parois avec un parement de pierre. Ainsi, les gardes royaux purent enfouir le trésor dans la plus grande discrétion. Le caveau fut ensuite scellé, recouvert de terre et pour finir, on retira la tente. Ni vu ni connu. Pas de trou, pas de signe de terrassement. En partant, je suppose que leurs chevaux ont copieusement piétiné le site. Et le tour était joué ! À part une poignée de fidèles, nul ne connaissait l'emplacement du trésor, nul ne savait même s'il y en avait un.

— Vous avez bien cerné le personnage, admit Albrecht. Depuis Châlons, il a fait route vers l'Italie du Nord en continuant à faire main basse sur tout ce qui brillait. On peut supposer que le jour de la bataille de Châlons, il avait déjà l'Italie en tête, et Rome en particulier. Rome était le plus grandiose des trophées de guerre. C'était sûrement son objectif depuis le départ. Chacun sait que l'avancée d'Attila s'est arrêtée à Châlons. Ce qu'on sait moins, c'est que ses ennemis aussi ont dû faire demi-tour.

— D'après les sources, Attila aurait attaqué le soir, ajouta Sam. Peut-être voulait-il attendre que la crypte soit creusée et les pierres de parement livrées – probablement par voie fluviale, car la Marne passait non loin du champ de bataille.

— Vous avez sans doute raison, dit Albrecht. Si vous parvenez à trouver l'emplacement de la tente, vous découvrirez en même temps la salle du trésor. »

Le vol de Vérone à Paris dura deux heures. En arrivant à Roissy, ils prirent possession du véhicule que Selma avait réservé pour eux et une fois sortis des embouteillages, filèrent en direction du nord-est. Sur la N44, Sam se permit quelques excès de vitesse mais au final, il leur fallut quand même trois heures pour parcourir les 190 kilomètres qui les séparaient de Châlons.

Après Châlons, ils roulèrent encore sur une quinzaine de kilomètres pour atteindre le petit village de Cuperly. L'après-midi tirait à sa fin lorsqu'ils traversèrent cette région agricole où les champs cultivés s'imbriquaient à perte de vue comme de vastes trapèzes. Pas le moindre lopin de terre laissé en friche.

« Continuons jusqu'à ce qu'on trouve la colline en question, enfin tant qu'il fait jour, proposa Sam.

— Tout repose sur cette colline, dit Remi. Les textes anciens n'indiquent aucun autre point de repère. »

Après la D994, ils bifurquèrent sur la D977 puis la D931, dite Voie de la Liberté. Ils étaient au nord-est de la Marne quand ils l'aperçurent. Elle jaillissait à l'oblique d'un terrain plat, et culminait à son extrémité est. Sam gara la voiture sur le bas-côté pour laisser Remi prendre quelques photos et les envoyer à Selma.

« Bien, dit-elle. Si ce n'est pas notre colline, Selma, Pete et Wendy pourront sans doute entrer ces clichés dans une base de données topographiques – photos-satellites ou autres – et nous remettre sur le bon chemin.

— Moi, je parie que c'est elle, dit Sam. Surtout que je n'ai rien vu de semblable depuis qu'on sillonne le coin. »

Remi grimpa sur son siège, émergea par le toit ouvrant et posa un pied sur le rebord de la fenêtre pour se grandir davantage. « Oh, oh, fit-elle.

— Qu'y a-t-il ?

— Dommage qu'on n'ait pas de jumelles. On dirait qu'un trou a été creusé dans ce champ, sur la partie plate.

« À l'est des rochers ?

— Oui, et à la bonne distance visiblement. À ton avis, ça se trouve à portée d'une flèche tirée depuis l'escarpement ?

— J'en ai bien peur, dit-il. Si des archers me prenaient pour cible, c'est à cette distance que je me placerais, histoire de laisser une marge de sécurité. » Il se percha sur le siège à côté d'elle.

« Tu vois ? dit-elle. Là et là. Et là-bas encore. »

Au milieu de la prairie, on apercevait plusieurs monticules de terre et les trous correspondants. « Si Bako nous avait coiffés sur le poteau, c'est exactement comme cela qu'il s'y serait pris. Les petites fosses, là-bas, pourraient bien être des sondages et la grosse ressemble à une tranchée creusée pour accéder à une chambre funéraire. »

Remi pressa une touche de son portable et mit le haut-parleur. « Tibor ? Ici Remi. Je sais que vous n'êtes pas rentré depuis très longtemps mais… avez-vous constaté des changements du côté d'Arpad Bako ?

— Non, répondit Tibor. Lui et ses sbires traînent toujours dans le coin. C'est la première chose que j'ai vérifiée en arrivant. Pourquoi ? Que s'est-il passé ?

— Nous sommes sur le site de Châlons et j'ai bien l'impression qu'il y a déjà eu de la visite.

— C'est bien embêtant, dit Tibor. Mais le fait est que nous aurions dû y penser.

— À quoi ?

— Bako n'a pas quitté la Hongrie mais il a des amis et des associés un peu partout – des clients, des fournisseurs, certains honnêtes, d'autres pas. Peut-être a-t-il fait appel à l'un de ses acolytes en France. Je serais très prudent si j'étais vous.

— Nous le serons, promit-elle. Appelez-nous si jamais ça bouge à Szeged. » Elle raccrocha et se tourna vers Sam. « Alors, qu'en penses-tu ?

— Tibor a raison, nous aurions dû anticiper. Si effectivement Bako possède des relais partout en Europe, nous allons avoir un problème. Pendant que nous passions d'un site à l'autre, ses complices sur place ont eu tout le temps de creuser.

— Que faisons-nous maintenant ?

— Ne baissons pas les bras. Faisons comme si tout était encore possible. On va à Reims, on descend à l'hôtel, on profite de la soirée pour se préparer et cette nuit, on revient. »

*

Arpad Bako présidait une réunion dans son bureau de Szeged. Assis au bout d'une longue table en bois de rose, il contemplait chacun des directeurs qu'il avait convoqués, lesquels étaient trop absorbés pour lui prêter attention. Ils écoutaient attentivement l'exposé de leur collègue chargé des ventes à l'étranger. Bako adorait les observer à leur insu. Ces types-là étaient des grosses têtes. Parmi eux, il y avait des scientifiques – biologistes, pharmaciens, chimistes – travaillant à l'élaboration des produits vendus par sa firme, et à leur amélioration. Ceux qui possédaient des diplômes de médecine effectuaient des tests en collaboration avec les hôpitaux et les universités. Il y avait aussi un petit groupe de juristes. Bako avait fait des études supérieures mais sur le plan de l'intellect et des connaissances, il ne pouvait pas rivaliser.

En revanche, question roublardise, il était le roi. Les chiffres annoncés par son chef des exportations défiaient toute logique. Les ventes d'antalgiques et de tranquillisants – qui en Europe s'arrachaient sur le marché noir – étaient bien évidemment surestimées. Comment imaginer que des médicaments légalement distribués puissent atteindre de pareils records ? C'était comme si, dans des pays à l'industrie pharmaceutique florissante tels que la Suisse ou l'Allemagne, tous les médecins s'étaient mis à prescrire exclusivement les produits Bako. Absurde. Mais cela ne semblait guère ennuyer le directeur des exportations, bien au contraire. Selon ses chiffres, dans deux pays éloignés de la Hongrie, Bako avait vendu plus de médicaments qu'il n'y avait eu de prescriptions médicales. Les cadres exécutifs de la société Bako écoutaient toutes ces balivernes sans broncher. Pourtant ils étaient bien placés pour savoir la vérité car ils s'étaient eux-mêmes enrichis grâce à ces fraudes. Bako les tenaient ainsi. Tant qu'ils auraient la sagesse de se taire, tout irait pour le mieux.

Le portable de Bako se mit à vibrer. Certains participants sursautèrent puis ils s'observèrent les uns les autres avec un petit sourire en coin, comme s'ils espéraient qu'un collègue, et néanmoins rival, ait commis la bévue de laisser son téléphone allumé pendant une réunion. Mais quand ils virent leur patron plonger la main dans sa poche, ils firent semblant de s'intéresser à autre chose. Quant à Bako, le numéro affiché sur l'écran le contraignit à suspendre la séance. « Veuillez m'excuser, messieurs. Il faut que je réponde. »

Les directeurs se levèrent sur-le-champ, rassemblèrent leurs affaires et sortirent à la queue leu leu. Le directeur des ventes, dernier de la file, avait l'air soulagé.

Quand la porte capitonnée se referma, Bako prit la communication.

« Allô, Étienne, dit-il. Je commençais à m'inquiéter. Tu as de bonnes nouvelles ? »

Étienne Le Clerc gloussa. « Si bonnes qu'elles sont à peine croyables. On a trouvé la salle du trésor. Elle était à l'endroit indiqué, très précisément, au beau milieu de l'ancien champ de bataille. Et c'est énorme. Attila avait dû pomper tout l'or existant en Germanie et en France. Tu aurais très bien pu le faire toi-même et empocher un bonus de 100 millions d'euros.

— Tant que cela ? Et toi, tu aurais pu me faire croire que tu avais fait chou blanc, que d'autres étaient passés avant nous. »

Le Clerc éclata de rire. « Ça prouve que nous ne sommes pas totalement pourris, toi et moi.

— Oui, ou alors que nous savons choisir nos victimes, répliqua Bako. En tout cas, je suis absolument ravi. Peux-tu m'envoyer un cliché de l'inscription ?

— Quelle inscription ?

— Le texte en latin. Attila a laissé un message dans chacune de ses cachettes. Tu l'as trouvé ?

— Je n'ai rien remarqué. On a dû l'embarquer avec le reste.

— Pourtant, c'était difficile à rater. »

Le Clerc lui répondit sur un ton vaguement menaçant, comme si un petit nuage de colère était déjà venu obscurcir leur entente cordiale. « Tu n'as pas vu le contenu de cette crypte, dit-il en articulant bien. Des tonnes d'or et d'argent, des objets très anciens pour la plupart, datant d'avant les Romains. Si tu cherches une inscription latine, je peux t'en fournir des tas. Il y en a sur toutes les pages des incunables, des ouvrages hallucinants de beauté, protégés par des plaques d'or fin serties de joyaux.

— Je suis désolé, mon ami, dit Bako, mais il ne s'agit pas de cela. La première inscription était gravée sur une plaque de fer grande comme une porte.

— On n'a rien vu de ce genre, dit Le Clerc. Mais je chercherai. Oh, ça me rappelle une chose. Tu disais qu'il fallait se dépêcher pour éviter que ce couple d'Américains ne débarque ici avant nous. En fait, c'est surtout par rapport à eux que je t'appelle. Ils sont ici. Mes hommes les ont vus s'arrêter en bord de route et observer le champ. Ils voyagent en décapotable.

— Alors, tout va encore mieux que je ne pensais. Tu n'as qu'à les descendre, ça nous laissera le temps de trouver l'inscription.

— Ne t'inquiète pas, dit Le Clerc. J'ai laissé des hommes sur place. Ils ont la nuit pour ramasser les dernières bricoles et chercher ton inscription. Après ils remettront tout en ordre. À mon avis, d'ici à quelques heures, tes petits copains risquent de disparaître sans laisser de traces. »

*

Dès leur arrivée en ville, Sam se mit en quête d'un camion à louer. Dans une agence, il trouva un engin équipé d'une remorque fermée de 2 mètres 50 sur 6. Remi photographia l'enseigne d'un supermarché, se rendit chez un imprimeur qui agrandit le cliché et le transféra sur un support magnétique dont elle colla un exemplaire de chaque côté du fourgon.

Puis ils allèrent dormir quelques heures dans le charmant manoir où ils étaient descendus. Au réveil, Sam assembla un détecteur de métaux et un magnétomètre. Dans leurs sacs à dos, ils enfournèrent pelles, pieds-de-biche, lunettes à vision nocturne et descendirent déguster un canard à l'orange arrosé d'un vin de la région, un rosé des Riceys que Louis XI, dit-on, comptait parmi ses préférés. Ils terminèrent par des crêpes Suzette.

À minuit, ils montèrent dans le camion, Sam au volant, Remi à la place du navigateur, s'enfoncèrent dans la campagne par une route sinueuse, dépassèrent Cuperly et continuèrent jusqu'au champ aperçu dans l'après-midi. Sam laissa le véhicule sur le bas-côté.

« Eh bien, allons voir ce qu'ils ont découvert, dit Remi en soulevant son sac à dos.

— Pourvu qu'il s'agisse seulement de marmottes géantes. »

Ils escaladèrent un muret et atterrirent dans le champ. Pour repérer la première fosse, Remi afficha les photos prises l'après-midi depuis la route. Tout en marchant, ils chaussèrent leurs lunettes à vision nocturne. Arrivés au bord du trou, ils s'agenouillèrent. On n'y voyait pas grand-chose. Ils durent dégager une couche de terre avec leurs pelles.

« Qu'est-ce que c'est ? » demanda Remi. Elle toucha de la main l'objet qu'elle venait de trouver. « De l'acier ? On dirait un canon.

— Bien vu, dit Sam en retirant encore quelques poignées de terre. Je crois que nous avons affaire à un French 75.

— C'est le nom d'un cocktail, dit-elle. Gin, champagne, jus de citron, sucre…

— En fait, je pense que le cocktail fait référence au canon. Un truc en rapport avec la gueule de bois... Voilà pourquoi les fouilles dans cette région doivent s'effectuer avec prudence. La Marne passe au sud-est de ce champ. Le général Ludendorff prévoyait de lancer une vaste offensive en Champagne durant l'été 1918 mais les Alliés ont eu vent de l'affaire et, une heure avant l'attaque, ils ont fait pleuvoir un déluge de feu sur les Allemands, avec les trois mille pièces d'artillerie apportées en renfort. D'après la position et l'état de ce canon, je suppose qu'il a été endommagé par l'ennemi, ou qu'il a subi une surchauffe.

— Ceux qui sont passés ici avant nous ont dû voir s'affoler l'aiguille de leur magnétomètre. Ils ont creusé et sont tombés sur cet engin, dit Remi.

— Passons au trou suivant. »

Quand ils se penchèrent sur la deuxième fosse, ils virent au fond plusieurs caisses en bois démantibulées, rongées par le temps et l'humidité, ainsi qu'une jante en métal et le moyeu d'une roue de chariot. Sam posa la main sur les planches. Elles étaient lisses comme du carton mouillé. Cinq obus de canon en forme de balles géantes gisaient au milieu. Les douilles en laiton étaient couvertes d'une patine verdâtre et les projectiles avaient pris une teinte grise uniforme. « Voilà une belle découverte, dit-il. Ça m'a tout l'air d'une caisse de munitions enterrée. Éloignons-nous.

— On devrait prévenir les autorités, dit Remi.

— C'est ce qu'on va faire. En France, il reste tellement de bombes, de mines et d'obus d'artillerie datant des deux guerres mondiales qu'on trouve facilement des équipes de déminage prêtes à intervenir.

— Les complices de Bako ont dû avoir une sacrée surprise quand ils sont tombés là-dessus, dit Remi.

— Il y a encore une fosse, par là-bas, et elle m'a l'air plus large que les deux premières, dit Sam. À mon avis, elle contenait autre chose que des explosifs. »

Ils firent encore quelques pas et grimpèrent sur le monticule de terre près du dernier trou.

« Regarde le haut des parois, dit Remi. Un parement de pierres liées par du mortier.

— Voyons ce qu'ils ont laissé », dit Sam en sortant de son sac une corde d'escalade en nylon. Il fit un nœud coulant, y passa le manche de sa pelle et coinça cette dernière en travers de l'entrée. Puis ils réglèrent leurs lunettes à vision nocturne et Remi descendit. Au bout de quelques secondes, Sam sentit la corde se détendre. Il y eut un silence.

« Qu'est-ce que tu vois ?

— Elle n'est pas vide mais je pense qu'elle a été pillée. Viens jeter un œil. »

Sam descendit en rappel, les pieds posés sur la paroi. « C'est du ciment, dit-il en s'accroupissant.

— Les Romains connaissaient le ciment, dit Remi. Pourquoi pas Attila ?

— Oui, bien sûr. Je sais. J'imagine qu'il n'avait qu'à claquer des doigts pour qu'on lui amène un millier de maçons *manu militari*. On dirait qu'ils ont commencé par renforcer la fosse avec des poutres qu'ils ont ensuite recouvertes de ciment, probablement sur les deux côtés.

— Regarde ça », dit Remi. Elle se tenait à 4 mètres de Sam, près d'un tas d'objets métalliques qui projetaient une lueur pâle sur le voile verdâtre de leurs lunettes.

Sam la rejoignit. « Je ne vois pas d'or mais c'est fascinant quand même – des boucliers, des casques, des éléments d'armures romaines, des épées, des javelots. Des objets abandonnés après la bataille.

— Des vestiges inestimables du point de vue historique, dit Remi. J'enrage que les complices de Bako nous aient devancés.

— Cherchons l'inscription. À moins qu'ils ne l'aient emportée, elle aussi. »

Ils examinèrent les parois, à la recherche des moindres reliefs, puis en baissant les yeux sur les armes romaines entassées, ils remarquèrent un bouclier qui différait des *scuta* romains – ces plaques de métal rectangulaires incurvées, hautes d'un mètre vingt. Celui-ci était rond et portait en son centre une bosse d'acier pointue. Au verso, une inscription latine était gravée sur le pourtour.

Remi fit une photo avec son portable puis demanda à Sam de soulever le bouclier pour le prendre sous d'autres angles qui feraient mieux ressortir ses lettres en relief. « Voilà, dit-elle. Ça devrait suffire. Attends une seconde. Cet objet n'a rien à faire ici. Les amis de Bako auraient dû connaître sa valeur – il est plus précieux que tout ce qu'ils ont laissé par ailleurs.

— Je suppose qu'ils sont entrés dans le caveau, qu'ils ont vu l'or, l'argent, les pierres précieuses entassés au fond, et qu'ils ont tout remonté dare-dare pour dégager le plus vite possible. Tant mieux pour nous.

— Alors, allons-y, dit Remi. Tu te places au bord du trou et tu hisses les premiers objets pendant que je prépare la prochaine fournée. »

Sam glissa la corde dans les poignées d'un *scuta*, rassembla les javelots en faisceau, fit de même pour les glaives, rejoignit la surface, déposa les objets à ses pieds puis jeta la corde à Remi.

Deux minutes plus tard, elle lui cria : « C'est bon, tu peux tirer ! »

Il découvrit au bout de la corde cinq casques dépourvus de décoration, ayant appartenu à de simples soldats, deux boucliers et quatre pectoraux. Il se coiffa d'un casque, se pencha vers Remi et demanda : « C'est tout ?

— J'ai toujours eu un faible pour les hommes en uniforme, dit Remi. Qu'est-ce que c'était ?

— De quoi tu parles ?

— J'ai vu un rai de lumière derrière toi. »

Il se redressa et balaya la prairie du regard. « Je ne vois rien. Probablement les feux d'atterrissage d'un avion au-dessus de l'aéroport de Reims. On n'est plus en l'an 451.

— Dans ce cas, tu devrais retirer ce casque.

— Attrape la corde, que je t'aide à sortir de ce trou. »

16

Aux environs de Cuperly

Quand Remi eut émergé dans l'air frais de la nuit, ils restèrent un moment au bord de la fosse, assis parmi les monticules de terre. « J'imagine qu'il vaut mieux faire venir le camion jusqu'au trou, comme en Italie, quitte à arracher un ou deux piquets de la barrière, dit Remi.

— Ça me convient, répondit Sam. Faire des allers-retours à pied chargé comme un mulet ne me dit rien.

— J'adore quand tu as la bonne idée de te ranger à mon avis, dit-elle.

— Vraiment ? J'essaierai de m'en souvenir.

— Tu ne serais pas du genre à me flatter dans l'espoir d'obtenir une faveur de ma part, n'est-ce pas ? ajouta-t-elle.

— Où serait le mal ?

— Laisse tomber les grands mots. Disons plutôt que cette attitude ne serait pas digne de toi.

— Tu as raison. Mais on ne peut pas toujours être au mieux de sa forme.

— Ben voyons. Alors, on s'y met ?

— Oui, puisque cette idée est proprement géniale !

— Merci. »

Remi commença par ramasser plusieurs javelots et un glaive dans son fourreau. Elle les attacha à l'aide de la corde autour de la taille de Sam puis empoigna le bouclier gravé. À peine eurent-ils fait un pas qu'une détonation déchira le silence de la nuit. La balle siffla au-dessus d'eux puis un deuxième coup de feu retentit à l'instant même où ils se réfugiaient au fond de la fosse.

Remi sortit la tête de la tranchée le temps d'inspecter les environs à travers ses lunettes à vision nocturne.

« Baisse-toi ! ordonna Sam.

— D'après la détonation, le tireur est à une centaine de mètres d'ici. À cette distance, il n'arriverait même pas à toucher une grosse cible comme toi.

— Peut-être pas du premier coup. Mais il est en train d'ajuster sa visée et je te parie qu'il va faire mieux dans pas longtemps. »

Une troisième balle se ficha dans un monticule de terre, à un mètre de la fosse. Remi se baissa très vite. « Tu as une idée ?

— Il est peut-être doué pour se repositionner rapidement, mais atteindre une cible en mouvement, c'est une autre histoire.

— Je t'ai demandé une idée pour nous sortir de là, pas des considérations théoriques. »

Trois autres détonations suivirent. À son tour, Sam pointa le nez hors de la tranchée et dirigea son regard vers l'élévation rocheuse. « Je vois une voiture Range Rover garée sur la colline et trois ou quatre hommes armés de fusils.

— Ils suivent la stratégie des Romains et des Wisigoths. Tu te rappelles ? Prendre position sur une hauteur et tirer sur un ennemi contraint à l'immobilité.

— Si seulement ils nous arrosaient de flèches, répondit Sam. Mets donc ce truc. » Il prit un casque romain, l'enfonça sur la tête de Remi puis ramassa un *scuta* dont il testa la solidité en le tapotant de ses doigts repliés avant de le reposer pour en choisir un autre. « Celui-ci me plaît davantage. Renforcé par une couche de métal. » Il s'empara d'un troisième bouclier.

« Ces trucs n'arrêteront pas les balles, dit-elle.

— Non, mais avec eux, ils auront plus de mal à nous tuer.

— Si tu le dis…

— Colle-le dans ton dos, comme ceci.

— Tu ressembles à une tortue.

— J'en suis ravi. Abattre une cible lointaine qui court dans le noir c'est déjà coton, mais c'est presque impossible si en plus, elle se dissimule sous un bouclier. Maintenant, on se dépêche avant qu'ils aient la mauvaise idée de s'approcher. » Sam ramassa les javelots, le bouclier gravé et le *scuta* qu'il s'était choisi.

Une fois hors du trou, il se mit à cavaler mais, au lieu de filer vers la route, il partit dans l'autre sens pour désorienter l'adversaire. Puis, quand les balles recommencèrent à pleuvoir, il bifurqua légèrement. Comprenant sa tactique, Remi piqua un sprint en direction du camion, le *scuta* sur son dos comme une carapace.

Au même instant, Sam fit demi-tour pour la rejoindre. Les tireurs, qui n'avaient pas remarqué la présence de Remi, accompagnèrent sa course d'une grêle de balles.

Remi fonçait toujours droit devant elle, cachée sous le bouclier qu'elle tenait sur son épaule droite. En arrivant près du trou de sondage rempli d'obus d'artillerie, elle obtint confirmation que l'ennemi essayait de déclencher une explosion. Mais ils avaient beau faire, la distance était trop importante. Même après qu'elle eut dépassé la zone dangereuse, des balles perdues continuèrent à pleuvoir autour des obus. Ils pensaient peut-être avoir une deuxième chance avec Sam.

Après cela, ce fut la confusion la plus totale. Au lieu de s'en tenir à une cible unique et de tirer jusqu'à faire mouche, leurs adversaires se mirent à viser alternativement Remi et Sam.

Quand Remi passa près du dernier trou de sondage, celui qui recelait le canon français, une balle frappa son bouclier romain, sur le côté droit. Un choc violent suivi d'éclats métalliques qui rebondirent sur son casque. Elle tint bon et poursuivit sa course. La courbure du bouclier avait fait son office en détournant l'impact du projectile. Après un dernier sprint, elle se mit à l'abri derrière le camion, accroupie sur le bitume. Puis elle grimpa sur le siège du passager, rampa jusqu'au volant et alluma le moteur. À présent, les autres en face visaient la cabine. L'une des vitres partit en éclats, des balles se fichèrent dans la paroi du fourgon, dans le châssis. Remi était toujours recroquevillée sur son siège.

Puis, juste au moment où elle commençait à espérer, une balle ricocha et percuta la fosse à munitions. Une grosse explosion déchira la nuit. Remi passa le nez par la vitre et vit Sam se jeter face contre terre, son *scuta* sur le dos, avant de se mettre à ramper. Elle entendit encore des tirs isolés puis une rafale de six.

Un instant plus tard, Sam, toujours équipé des deux boucliers et des javelots, apparut du bon côté du camion. À la grande surprise de Remi, il grimpa dans le fourgon, claqua la porte derrière lui et courut vers la petite lucarne qui donnait sur la cabine. « Sors-nous d'ici ! », hurla-t-il.

Remi desserra le frein à main, appuya sur l'embrayage, passa la première et relâcha trop timidement la pédale. Le camion démarra dans une embardée mais sans caler. Alors, elle accéléra un bon coup jusqu'à ce que la transmission réclame un deuxième changement de vitesse. Elle se dépêcha de la satisfaire. Quand elle passa la quatrième, le regard braqué sur le milieu de la route, le compteur marquait 75 k/h. Il faisait sombre mais elle ne voulait pas allumer les phares. Elle retira le casque romain, le jeta sur le siège passager et tourna un peu la tête pour mieux capter le reflet de la lune sur la surface lisse de la départementale.

Dès qu'elle put jeter un œil dans son rétro et ne vit plus l'élévation rocheuse, elle alluma ses phares et accéléra encore, roulant toujours au milieu de la route, selon une trajectoire rectiligne qui coupait les virages. Le compteur afficha 80, 90… Elle espérait que personne n'arriverait en face mais bien sûr, il suffisait d'y penser pour qu'une voiture apparaisse. Une lueur jaunit le ciel derrière la colline, puis une paire de phares surgit au sommet de la côte.

Malgré l'étroitesse de la route, Remi put se ranger sur la droite sans ralentir, au risque de mordre le bas-côté. Le premier véhicule effleura presque son phare avant gauche. Quand il fut passé, elle vit ses feux stop rougeoyer dans la nuit et entendit un furieux coup de klaxon. Les trois conducteurs suivants la croisèrent sans protester, peut-être parce que la chaussée s'élargissait, peut-être parce que sa conduite dangereuse leur avait ôté toute réaction.

Elle ne cessait de surveiller son rétro en espérant que leurs agresseurs ne la suivaient pas. Une fois encore, ses craintes se réalisèrent. À peine eut-elle formulé cette pensée qu'une paire de phares se mit à luire derrière elle d'un éclat plus intense à chaque seconde. Profitant d'un virage, elle observa le véhicule dans son rétro extérieur. Il était plus haut et plus volumineux que la moyenne – la Range Rover qu'ils avaient vue garée à mi-pente, près du champ de bataille. Il y avait un autre véhicule derrière. Un camion semblable à celui qu'elle conduisait. Évidemment, il fallait bien cela pour transporter un chargement d'or et d'argent. Un 4 × 4 n'aurait pas suffi.

La Range Rover se rapprochait toujours, immédiatement suivie par le poids lourd. Remi comprit qu'ils n'allaient pas tarder à passer à sa hauteur pour lui tirer dessus au fusil.

À la manière dont les phares du 4 × 4 balayaient les roues de son camion, Remi déduisit que les poursuivants comptaient faire exploser ses pneus. Soudain, elle entendit Sam s'agiter dans le fourgon, comme s'il manipulait le mécanisme d'ouverture. Elle regarda dans le rétro latéral l'espace très réduit entre l'arrière de son camion et le capot de la Range Rover. Au même instant, les portes s'ouvrirent brutalement.

De l'obscurité du fourgon jaillit un javelot romain. Une tige de bois fragilisée par le temps mais renforcée et prolongée par une perche en acier, elle-même terminée par une pointe effilée. L'arme de jet ainsi bricolée fendit l'air en décrivant une spirale.

Remi vit le chauffeur de la Range Rover écarquiller les yeux tout en ouvrant la bouche. On entendit nettement le bout du javelot percuter le pare-brise, où il se planta. Le vent qui agitait la tige faisait osciller le fer acéré devant le visage des deux hommes assis à l'avant.

Alors que son conducteur s'efforçait de reprendre le contrôle, la Range Rover se mit à godiller puis se retrouva en travers de la route. Le camion qui roulait trop près ne put l'éviter et défonça la portière avant gauche. Le 4 × 4 pivota sur lui-même puis les deux véhicules s'immobilisèrent.

Remi poursuivit son chemin. Dix minutes plus tard, elle pénétrait dans la ville de Reims. Elle stationna son camion devant l'agence de location, puis Sam l'aida à transférer les armes romaines dans la voiture qu'ils avaient laissée là et ils regagnèrent leur hôtel.

Les employés virent entrer dans le hall deux individus vêtus de noir, couverts de boue de la tête aux pieds et transportant de pleines brassées d'armes antiques. Quand Sam se présenta au comptoir d'accueil, le réceptionniste regarda son casque d'un air gêné. « Monsieur ? dit-il.

— Je suis Samuel Fargo, chambre 27.

— Oui, monsieur. Est-ce que tout va bien ? demanda l'homme en lorgnant les javelots et les boucliers.

— Oh, vous voulez parler de ça ? Nous revenons d'un bal costumé. La fête a un peu dégénéré.

— Vous m'en voyez navré, monsieur. C'est souvent le cas, paraît-il, avec les Romains.

— Nous aurions dû nous renseigner avant de partir. Au fait, pourriez-vous nous donner une autre chambre ? À un étage différent, et dans l'aile opposée ?

— C'est envisageable. » Il consulta son ordinateur, lui remit un papier à signer puis la clé. « La 315, monsieur. »

Sam et Remi montèrent les boucliers et les javelots dans leur nouvelle chambre et les posèrent contre un mur.

« Pas très prudent, dit Remi en secouant la tête. Ce sont des objets de valeur. »

Sam souleva le bouclier gravé, ouvrit la fenêtre et, prenant appui sur le pignon, se hissa sur le toit en pente. Il marcha jusqu'à la cheminée la plus proche, coinça le bouclier entre la maçonnerie et les ardoises, puis redescendit, sauta sur le plancher et ferma la fenêtre.

« Il va falloir qu'on sorte inspecter les environs, dit-il. Ce serait bien de retrouver les hommes qui veulent nous tuer.

— Veux-tu bien répéter ce que tu viens de dire mais cette fois en t'écoutant parler ?

— Oui, enfin, je ne veux pas vraiment retrouver ces hommes, se reprit-il. Plutôt l'endroit où ils ont planqué le trésor.

— Et comment vas-tu t'y prendre ? demanda Remi.

— Réfléchissons un peu. Qui sont-ils ? À vue de nez, on n'a pas affaire à des voleurs d'antiquités expérimentés. Ils n'ont pas remarqué l'inscription sur le bouclier et ils ont laissé derrière eux des objets précieux pour la simple raison qu'ils n'étaient pas en or.

— Tu as raison, dit Remi. Alors, qui sont-ils, d'après toi ?

— Des associés d'Arpad Bako – des types qui servent ses intérêts commerciaux sans doute. Dans quel domaine Bako exerce-t-il ?

— Selon Tibor, son activité principale consiste à vendre ses propres médicaments au marché noir.

— Donc ces hommes sont certainement des trafiquants.

— Ça me paraît logique.

— Appelons Tibor. » Il sortit son téléphone et activa le numéro préprogrammé.

« Oui ? répondit une voix ensommeillée.

— Tibor, ici Sam.

— Je dormais. Quelle heure est-il ? Où êtes-vous ?

— Nous sommes encore en France. Comme nous le redoutions, Bako a eu recours à des comparses basés sur place. Ils ont déterré le trésor avant nous. Mais nous avons trouvé l'inscription.

— Une mauvaise nouvelle et une bonne. Y a-t-il une chance de récupérer le trésor avant qu'ils ne l'emportent ?

— Ils nous ont tiré dessus mais on a réussi à les semer. Selon toutes probabilités, ces gens ont un lien avec les activités illégales menées par Bako à l'étranger. Sans doute des trafiquants de médicaments. Serait-il possible de connaître les destinataires en France des produits pharmaceutiques que Bako exporte par les circuits légaux ?

— Je travaille là-dessus depuis que nous soupçonnons qu'il a des complices en France. L'un de mes cousins est employé par la compagnie de transports à laquelle Bako recourt pour ses expéditions. Je n'ai pas trouvé d'adresse en France. Mais sa marchandise passe peut-être par un intermédiaire belge. Par contre, on sait qu'il bosse avec un fournisseur français de composés chimiques, la société Le Clerc. Il leur achète des produits stockés dans des containers spéciaux, lesquels sont déchargés en Hongrie et renvoyés en France. Certains disent qu'ils ne repartent pas à vide.

— Avez-vous l'adresse de la compagnie Le Clerc ?

— Oui. »

Sam sortit un stylo et un billet de 5 euros sur lequel il écrivit sous la dictée : 6107, Voie de la Liberté, Troyes.

Ils regagnèrent l'agence de location, garèrent la voiture devant et remontèrent dans le camion. « Je commençais juste à espérer que je ne reverrais plus ce tas de tôle, dit Remi. On leur doit combien pour les impacts de balles ?

— Ils sont en train de faire l'addition.

— Et n'oublie pas la vitre brisée.

— Je prends le volant », dit Sam. Pendant qu'ils quittaient la ville, Remi étudiait l'itinéraire et la distance sur la carte affichée sur son téléphone portable. Cent vingt kilomètres séparaient Reims de Troyes, soit une heure trente et des poussières par l'E17.

Ils trouvèrent l'adresse sans trop de peine, ce qui leur remonta le moral. Près d'un petit parking goudronné se dressaient un entrepôt de taille moyenne et un garage à camions. « Ralentis, dit Remi, alors qu'ils approchaient du complexe. J'ai cru voir quelque chose d'intéressant sur le parking. »

En effet, il s'agissait ni plus ni moins de la Range Rover au pare-brise endommagé et du camion qui l'avait percutée. Ce dernier n'avait plus de pare-chocs avant et la roue avant gauche du 4 × 4 était faussée. Sam s'arrêta sur le bas-côté. À première vue, les deux bâtiments ne possédaient pas de fenêtres à part les Velux installés dans le toit. Rien n'était éclairé et aucun vigile ne patrouillait le périmètre.

Sam s'engagea sur le parking, attendit quelques minutes sans couper le moteur mais personne ne vint leur demander ce qu'ils cherchaient. « Tu crois qu'ils sont tous rentrés chez eux ? » s'étonna Remi. Sam regarda en direction de l'entrepôt, leva les yeux vers le toit en pente et fit reculer le camion de façon à ce que l'arrière se retrouve sous la gouttière.

Les Fargo descendirent puis échangèrent un regard entendu. Leur plan était simple. Remi attrapa la boîte à outils rangée derrière son siège, en sortit un démonte-pneu et une corde. Après quoi, ils prirent appui sur le pare-chocs avant, sautèrent sur le capot puis sur le toit de la cabine. Du fourgon, ils passèrent sans encombre sur le toit de l'entrepôt. Penchés au-dessus d'un Velux, ils examinèrent l'intérieur du bâtiment.

Des piles de conteneurs en plastique blancs, gros comme des bidons de peinture de 30 litres, s'élevaient presque jusqu'au plafond. Entre chaque rangée, des allées en ciment. Au fond, deux chariots élévateurs et une pièce vitrée servant sans doute de bureau.

« Tourne la tête », dit Sam avant de fracasser la vitre avec le démonte-pneu. Il dégagea les morceaux de verre brisé qui restaient fichés dans le châssis et noua la corde autour de la barre métallique placée au centre de la lucarne.

« C'est parti », murmura Remi. Elle se laissa glisser le long de la corde, posa le pied sur le sommet des bidons pour jauger l'équilibre de la pile. « Ils sont pleins, dit-elle. C'est plus ou moins stable. »

Sam l'ayant rejointe, ils poursuivirent leur descente face aux containers. Une fois qu'ils eurent atteint le sol en ciment, ils se séparèrent pour mieux inspecter les allées et passèrent tout l'entrepôt au peigne fin, sans oublier le bureau vitré au bout du bâtiment.

Sam s'approcha de Remi. « L'affaire semblait prometteuse, mais les promesses ne sont pas toujours suivies d'effets. Pourtant j'aurais juré que le trésor était caché parmi leurs médicaments.

— Des médicaments ? Il n'y en a pas dans ce hangar, répondit Remi en haussant les épaules, le regard fixé sur une pile de containers. Je suppose que ces trucs sont remplis de substances chimiques. » Elle s'avança pour lire une étiquette, fit légèrement basculer le bidon, passa au suivant et ainsi de suite.

Sam l'imita. Ils se ressemblaient tous et à vue de nez, chacun devait peser dans les vingt kilos. Sam et Remi passèrent d'une allée à l'autre en remuant un bidon par-ci un bidon par-là. Soudain, Remi s'arrêta au milieu d'un geste en voyant Sam sortir son canif et trancher la bande de sécurité scellant un couvercle. Elle s'approcha et, quand Sam déboucha le container, ils reconnurent la lueur caractéristique de l'or.

Il n'y avait pas une minute à perdre. Ils commencèrent par mettre de côté les bidons qui leur paraissaient suspects parce que leur poids était supérieur à la moyenne et qu'ils faisaient du bruit quand on les secouait. Sam les entassa sur une palette installée au bout d'une rangée. Vingt minutes plus tard, comme elle était pleine, il en rajouta une autre. Plus ils travaillaient, plus ils apprenaient à reconnaître les containers remplis d'objets précieux, ce qui leur fit gagner du temps. Bientôt, il ne resta plus en place que les bidons de produits chimiques. « Trouve la manette qui commande l'ouverture des portes », dit Sam avant de se mettre au volant d'un chariot élévateur.

Il commençait à soulever la première palette quand Remi dénicha la manette en question. La porte bascula, Remi courut jusqu'au camion et le fit reculer jusqu'à la zone de chargement. En l'espace de quelques minutes, les trois palettes furent embarquées à bord du fourgon. Quand ce fut terminé, Sam remit le chariot là où il l'avait trouvé. Puis ils fermèrent la porte de l'entrepôt, celles du camion et s'en allèrent comme ils étaient venus.

Il était 4 heures du matin quand ils se garèrent devant leur hôtel à Reims. « Je vais récupérer les objets que j'ai cachés sur le toit, au-dessus de notre seconde chambre, dit Sam. Toi, pendant ce temps, tu sortiras les affaires que nous avons laissées dans la première. Et après cela, en route pour Paris. »

Ils se précipitèrent dans l'ascenseur mais quand Sam arriva devant leur chambre, quelque chose ne tournait pas rond. Il y avait de la lumière sous la porte. Trois minutes plus tard, Remi le rejoignait en tirant leur valise à roulettes. Elle le vit perché sur le rebord de la fenêtre. L'armure et les autres objets anciens étaient toujours à leur place contre le mur mais l'expression peinte sur le visage de Sam ne lui disait rien qui vaille.

« Oh non, souffla-t-elle. Ne me dis pas qu'ils sont entrés. »

Sam montra ses mains vides et referma la fenêtre. « Pendant que nous les dévalisions à Troyes, ils nous dévalisaient à Reims. Ils ont pris le bouclier avec l'inscription d'Attila. »

17

Aéroport Charles de Gaulle, Paris

« Le plus triste des trésors est le troisième. Il repose dans la tombe de mon frère Bleda qui fut choisi pour mourir sur le Mureş à Apulum. »

« Je n'ai aucune idée de l'endroit où se trouve Apulum, avoua Remi à Albrecht et Selma.

— Mais Bako si, dit Albrecht. Dès qu'il lira l'inscription sur le bouclier, il saura où se cache le troisième trésor. Apulum est le nom que les Romains donnèrent à la capitale de la Dacie qui fut conquise sous Adrien et fit partie de l'empire jusque vers 271 après Jésus-Christ. Elle fut la première province abandonnée par les Romains. J'imagine qu'à l'époque d'Attila, les habitants d'Europe centrale la connaissaient bien. Par conséquent, les actuels adorateurs d'Attila doivent la connaître aussi. Et n'oublions pas que le Mureş est un affluent de la Tisza, la rivière qui baigne Szeged, patrie de Bako. Aujourd'hui Apulum se trouve en Transylvanie et s'appelle Alba Iulia.

— Cela ne change rien au fait qu'on doit y arriver avant lui, dit Sam. Nous disposons de quelques minutes avant l'embarquement pour Bucarest. C'est le moment de nous dire tout ce que vous avez appris sur la tombe de Bleda.

— Attila parle d'une histoire triste, et il a raison. En 434, à la mort de leur oncle Rubbia, Attila et son frère aîné ont été couronnés ensemble. Les monarchies partagées sont plutôt rares dans l'histoire. Mais il faut dire qu'on n'a pas non plus souvent affaire à un personnage comme Attila, un chef charismatique doublé d'un guerrier indomptable. Les frères ont régné dans l'harmonie pendant environ dix ans, comme un seul homme doté de deux corps. Et ils ont remporté d'immenses succès. Sous leur domination, le peuple hunnique s'est considérablement renforcé, enrichi grâce aux conquêtes. Leurs ennemis les craignaient plus encore que jadis. Puis, durant les années 444 et 445, il y eut une période de paix. Pour s'occuper, Attila et Bleda faisaient comme les autres monarques : ils chassaient. En 445, Bleda et Attila partirent chasser dans les forêts de Transylvanie, sans doute l'ours et le cerf. On n'a jamais réellement su ce qui s'est passé là-bas. Encore aujourd'hui, certains disent qu'Attila a profité de l'occasion pour se débarrasser de son aîné et maquiller son meurtre en accident. Pour ma part, j'ai toujours privilégié l'autre version et l'inscription gravée sur le bouclier semble me donner raison.

— Quelle est l'autre version ?

— Cette partie de chasse en petit comité n'était qu'un prétexte pour attirer Attila loin de ses hommes et l'assassiner. Mais Bleda a raté son coup. Attila s'est défendu et c'est lui qui l'a tué. Il se doutait de quelque chose et il était de taille à se défendre. C'était un guerrier né. Durant son séjour à Rome, quand il était otage de l'empereur, il en avait vu des conspirations, et il savait les reconnaître dès les premiers signes.

— L'inscription vient donc renforcer votre hypothèse ? dit Remi.

— Il est dit que Bleda a été "choisi" pour mourir. Il n'est pas simplement mort. Le destin ou le créateur a décidé lequel des deux succomberait. Ce qui signifie implicitement que les deux couraient un danger. De là à songer à un duel… En outre, Attila dit que cette disparition fut la plus triste de son existence. Or, à notre connaissance, il avait déjà perdu sa mère, son père, son oncle et deux épouses. S'il a ressenti une plus grande affliction pour la mort de son frère, c'est sûrement parce qu'il a été obligé de le tuer.

— C'est horrible, dit Remi. Mais plus j'y réfléchis, plus ça me semble plausible. »

Dans le terminal, on appela les passagers pour Bucarest. « Merci, Albrecht. Nous reprendrons contact dès notre arrivée. » Puis elle composa rapidement le numéro de Tibor.

« Oui ?

— C'est Remi et Sam, dit-elle. L'adresse que vous nous avez donnée en France était la bonne. Ça a marché. Nous avons restitué le trésor aux autorités françaises qui l'ont mis en sécurité. Notre prochaine étape se trouve en Transylvanie, sur le Mureș près d'Alba Iulia. Mais Bako a pu lire l'inscription lui aussi. Pourriez-vous…

— On ne les lâche pas, lui et ses copains, dit Tibor. S'ils partent, nous vous dirons où.

— Merci Tibor. L'embarquement a commencé. Nous vous téléphonerons de Bucarest. » Elle éteignit son téléphone et ils partirent rejoindre les passagers qui s'engouffraient en file indienne dans le tunnel relié à l'avion.

L'appareil s'élança en grondant sur la piste et décolla. Quand il fut stabilisé, Remi souleva l'accoudoir qui la séparait de Sam, posa la tête sur son épaule et ne tarda pas à s'endormir. Cela faisait des semaines qu'ils faisaient des sauts de puce d'un pays à l'autre, qu'ils effectuaient des travaux pénibles et souvent de nuit. Elle était épuisée. Sam résista quelques minutes et finit par s'assoupir lui aussi.

Ils émergèrent au moment où le pilote annonçait qu'ils approchaient de l'aéroport de Bucarest. Après avoir passé la douane roumaine, ils prirent leur voiture à l'agence de location et se mirent en route pour Alba. Remi afficha sur l'écran de son portable un fichier texte qu'elle avait téléchargé à Roissy. Il y était question d'Attila et de son frère Bleda.

« Ils racontent que Bleda avait fait venir à sa cour un célèbre nain maure nommé Zerco. Il s'était entiché de lui au point de lui offrir une armure à sa taille pour qu'il puisse l'accompagner à la guerre.

— À la place de Zerco, je me serais passé d'un tel honneur, dit Sam. Imagine que tu participes à une bataille où tout le monde mesure quatre mètres et pèse 500 kg.

— Bénéficier des faveurs et de la protection d'un roi devait compenser ce désagrément, je suppose. »

Sam ne répondit pas immédiatement. « Sait-on ce qu'est devenu Zerco après la mort de Bleda ?

— Non, répondit Remi. Mais ce n'est pas étonnant. Ce texte est tiré d'un guide touristique, pas d'une thèse d'histoire ancienne. »

Ils roulèrent jusqu'à Alba sans s'arrêter. Dès qu'ils se furent enregistrés à l'hôtel, Sam appela Tibor sur son téléphone portable.

« Oui ?

— Nous sommes sur place, dit Sam. Des nouvelles ?

— Oui, mais des mauvaises. Bako n'a pas bougé. Au moment où je vous parle, il est dans son bureau à l'usine. En revanche, cinq de ses hommes, parmi les plus fidèles, ont fait leurs bagages et sont partis pour la Roumanie. Mon frère et deux cousins les ont pris en filature. Ils se dirigent droit sur vous.

— Merci pour l'info, dit Sam.

— Ils circulent à bord de deux véhicules, deux 4 × 4 noirs de marque américaine, flambant neufs, vitres teintées. Comme ils ont pris la route tôt ce matin, ils sont peut-être déjà arrivés. Si vous les voyez, planquez-vous.

— Merci, Tibor. Nous ferons très attention avant d'entreprendre quoi que ce soit.

— Bonne chance. » Tibor raccrocha.

« Nous pourrions nous poster quelque part en centre-ville et les attendre, proposa Remi.

— Non. Ils savent que nous avons lu l'inscription sur le bouclier avant eux. Donc, ils ne vont pas perdre de temps. Ils ont dû partir dans l'heure qui a suivi l'appel de la société Le Clerc. Puisque Bako ne voyage pas avec eux, ils ne chercheront pas un bon hôtel dans le centre. Ils resteront cachés à la périphérie de la ville jusqu'à ce qu'ils trouvent la tombe, quitte à dormir par terre au milieu des bois. »

Ils regagnèrent leur voiture et atteignirent bientôt le Mureş. Après avoir longé la berge du fleuve pendant deux heures en quête d'un indice visuel, ils finirent par renoncer et firent demi-tour. Au même instant, le portable de Sam sonna.

« Allô ?

— Sam, c'est encore Tibor. Bako vient de sortir de chez lui avec deux de ses gardes. Ils transportent un équipement digne d'un safari. Un troisième type les a rejoints dans un camion. Cela doit vouloir dire que ses hommes de main l'ont appelé de Roumanie pour lui annoncer qu'ils ont trouvé la chambre funéraire. Je suis en train de les suivre en voiture. Tout à l'heure, quelqu'un d'autre prendra le relais pour éviter qu'ils nous repèrent.

— C'est la deuxième fois qu'il nous coupe l'herbe sous le pied, dit Sam.

— Mais au bout du compte, c'est vous qui avez remporté les trésors. Peut-être que nous finirons par mettre la main sur le troisième aussi et le donner à un musée avant que Bako ne le transforme en lingots.

— C'est bien notre intention.

— J'appelle mon frère. Il sait peut-être ce que les complices de Bako ont trouvé.

— J'attends de vos nouvelles », dit Sam en coupant la communication. Puis il se tourna vers Remi. « Pendant qu'on poireaute, pourquoi ne pas aller déjeuner ? » Ils pénétrèrent dans Alba Iulia et choisirent une brasserie d'où l'on voyait la cathédrale du XIIe siècle et deux des sept portails aménagés dans la muraille entourant la ville. On sentait l'influence romaine dans cette vénérable architecture, ses arches et ses hautes tours carrées. Sam posa son téléphone sur la table.

Ils mangèrent du *rosól*, un genre de ragoût de canard aux légumes, arrosé d'un *Băbească Neagră*. Ils en étaient au dessert – un *baklava* – quand Tibor rappela.

« Oui, Tibor.

— Ils sont dans une forêt à l'est de la ville. On dirait qu'ils ont creusé un trou mais à présent, ils ne font plus rien. Apparemment, ils attendent l'arrivée de Bako. J'imagine qu'il veut être le premier à voir le trésor.

— Où est Bako actuellement ?

— À 50 kilomètres du site. Nous suivons la berge du Mureş. Mon frère et mes cousins surveillent l'équipe de fouilles mais ils ne peuvent pas faire grand-chose. Il est trop tard pour prendre Bako de vitesse. »

Sam s'accorda un temps de réflexion. « Très bien. Dans ce cas, éloignez-vous.

— Comment cela ?

— Oui. Donnez-moi les coordonnées du site et après, je veux que vous rentriez tous en Hongrie. Nous allons voir ce qu'il est possible de faire, Remi et moi.

— C'est-à-dire ?

— S'il est trop tard pour l'empêcher de mettre la main sur le trésor, nous ferons en sorte qu'il ne le rapporte pas chez lui.

— Par quel moyen ?

— Je vais y réfléchir en route.

— J'ai confiance en vous, Sam. J'ai beaucoup d'amis mais aucun ne vous ressemble. Votre cerveau est une machine à produire des idées folles.

— Merci, Tibor. S'il vous plaît, dites à votre frère et à vos cousins de rentrer à Szeged. Mais séparément et par le chemin des écoliers.

— Je vous rappelle pour vous fournir l'emplacement exact du site.

— Merci. » Sam se tourna vers Remi.

« Nous passons pour des illuminés, toi et moi », dit-elle en l'embrassant sur la joue.

Le portable se remit à sonner si vite après la fin du dernier appel qu'ils se regardèrent d'un air surpris. Sam décrocha. « Je suis tout près, dit Tibor. Je vois l'endroit où Bako s'est arrêté. Une forêt située à 5 kilomètres à l'est des murailles d'Alba, traversée par un sentier de randonnée. Les deux 4 × 4 noirs et le camion sont garés sur un parking près d'une aire de pique-nique.

— Très bien, dit Sam. On y va.

— Vous ne voulez pas que je reste sur place ?

— Non. Vous avez dit à votre famille de regagner la Hongrie ?

— Oui.

— Parfait. Maintenant, à vous de partir, mais par une autre route.

— OK, je m'en vais.

— Bonne chance.

— C'est plutôt à moi de vous souhaiter bonne chance. »

Sam et Remi prirent la direction du lieu indiqué par Tibor, le dépassèrent et repérèrent un autre parking et un autre sentier de randonnée, peut-être la suite du premier. Puis ils firent demi-tour, aperçurent les deux véhicules stationnés et poursuivirent leur chemin vers la frontière hongroise.

Quelques kilomètres après la ville d'Alba, le paysage changea. Le terrain était plus accidenté. La route de plus en plus étroite serpentait entre de hautes parois rocheuses où s'accrochaient des broussailles, des plantes grimpantes. Sam regardait autour de lui tout en conduisant. Il cherchait un endroit répondant à ses attentes.

Enfin, il le trouva. C'était un segment de bitume long de 400 mètres, marqué par plusieurs virages suivis d'une côte puis d'une descente abrupte. Les montagnes de Transylvanie abritaient la plus grande forêt primaire d'Europe, une zone de végétation dense et intacte. Sam s'arrêta, fit marche arrière à toute vitesse, se gara sur un terre-plein aménagé pour le croisement des véhicules, coupa le moteur et alla ouvrir le coffre.

Remi descendit prendre les pelles, la corde d'escalade et un pied-de-biche. Elle attrapait les lunettes à vision nocturne quand Sam l'arrêta : « Pas besoin de ça.

— Bien. J'en déduis que nous en aurons terminé avant la nuit.

— Ben, tout compte fait, il vaut peut-être mieux les emporter. »

Il prit une pelle, le pied-de-biche, la corde et entreprit d'escalader le muret retenant les éboulis. Remi fit de même, munie de l'autre pelle.

« Pendant que nous grimpons, dit-elle, peux-tu m'aider à trouver un titre pour mon autobiographie ? Que préfères-tu : "Remi : une Américaine dans les geôles de Transylvanie" ? C'est un peu trop explicite, non ? Ou alors : "Remi : la prisonnière".

— Que dirais-tu de : "Remi : la fille qui a eu la chance de rencontrer Sam Fargo" ? »

Elle se mit à rire et redoubla d'efforts pour arriver la première au sommet. Plus elle montait plus leur voiture, cachée dans un virage, disparaissait derrière les reliefs de la falaise. Et c'était une bonne chose car cela signifiait que personne ne les voyait depuis la route. Si jamais quelqu'un levait les yeux, il n'apercevrait que des blocs de pierre.

Parvenus sur la crête, ils parcoururent encore 300 mètres, puis Sam empoigna sa pelle et se mit à creuser.

« J'aimerais déloger ce gros rocher. S'il roule jusqu'en bas, comme ont tendance à le faire les choses rondes et pesantes, nous obtiendrons un magnifique glissement de terrain qui bloquera la route que Bako doit emprunter pour regagner la Hongrie. Et nous n'aurons plus qu'à nous en aller le cœur léger.

— Léger ? Vraiment ?

— Mais oui, nous serons soulagés d'un grand poids. Il s'agit simplement de déployer une force considérable dans un très court laps de temps et après cela, compter sur notre bonne étoile. » Puis il reporta toute son attention sur sa pelle et se mit à déblayer la terre et les cailloux qui maintenaient l'énorme bloc de pierre 50 mètres au-dessus de la route. Remi se plaça de l'autre côté du rocher et joignit ses efforts à ceux de son mari.

Au bout d'un moment, le rocher se retrouva comme perché sur sa base, au sommet de la colline. Ils avaient dégagé la moitié de sa masse et son équilibre semblait assez précaire. Un arbre poussait quelques mètres plus loin. Sam en arracha une branche morte longue de 3 mètres, épaisse de 5 centimètres, et fit rouler un gros caillou jusqu'au rocher pour l'utiliser comme pivot.

« OK, Remi. Marche jusqu'au bout de cette crête et regarde ce qui arrive au loin. Quand le moment sera venu, fais-moi signe.

— J'y cours. » Elle s'éloigna au petit trot, s'arrêtant de temps à autre pour franchir un fossé ou contourner un obstacle. Puis elle s'immobilisa et agita le bras.

Sam coinça son levier improvisé à l'horizontale contre le pivot et poussa. Il avait pris soin de se placer sur le côté, à 3 mètres du rocher, de manière à se servir de tout son poids. À la deuxième poussée, il entendit un gémissement derrière le rocher. Le bloc vacilla sur sa base.

Sam replaça la branche morte, leva les yeux et vit Remi lui faire de grands gestes affolés. Il s'interrompit.

Tout en bas, un autocar poussif essayait d'atteindre le sommet de la côte. Sam entendit le chauffeur rétrograder à plusieurs reprises. Une minute plus tard, Remi lui fit comprendre que la voie était libre. Sam rapprocha le pivot du rocher, cala son épaule contre le levier, planta ses deux jambes dans le sol et poussa. Le bloc de pierre bascula vers l'avant puis vers l'arrière et enfin, sortit de son socle. Il tourna une première fois sur lui-même avec une lenteur exaspérante puis se mit à glisser car le sol trop mou l'empêchait de rouler. Arrachant toute la végétation sur son passage, il rebondit sur un obstacle et retomba deux mètres plus bas en percutant un amas rocheux avec une puissance telle que le sol parut exploser sous son poids. Des cailloux s'envolèrent, le plateau qui les supportait s'écroula. La terre environnante se mit à glisser, mais plus lentement que le gros rocher. La couche d'éboulis gagna en largeur et en épaisseur. Aux cailloux, aux graviers s'ajoutèrent des arbres déracinés, lesquels restaient un instant à la verticale avant d'être emportés par la masse gigantesque qui, dévalant la colline, poussait sur leurs racines et couchait leur tronc. Quand le grondement assourdissant finit par s'arrêter, il y eut un long silence bourdonnant.

Sam baissa les yeux. La route entre les parois rocheuses avait disparu sous le glissement de terrain.

Pendant une dizaine de secondes, on entendit encore des petits graviers rebondir le long de la pente et atterrir sur le remblai. Puis plus rien.

Sam ramassa la pelle, la corde, le pied-de-biche et rejoignit Remi à petites foulées. Sans dire un mot, ils descendirent en s'aidant de leurs pelles pour éviter de déraper et de déclencher un second éboulis. Quand ils eurent atteint la route, ils se dépêchèrent de ranger leurs outils dans le coffre, montèrent en voiture, firent demi-tour et partirent en direction d'Alba Iulia. Remi avait l'impression que la circulation était plus dense qu'à l'aller. En fait, la plupart des véhicules roulaient vers eux. Il fallut attendre un quart d'heure pour en voir de leur côté.

« J'espère que les cousins étaient déjà passés, dit Remi.

— J'en suis sûr, répondit Sam. Tibor a eu tout le temps de les prévenir. Maintenant, nous avons juste besoin d'un nom et d'un numéro de téléphone. Il faut vite avertir les autorités roumaines chargées de poursuivre les voleurs d'antiquités.

— Je vais demander à Selma, dit Remi en prenant son portable.

— Salut Remi, dit Selma. Tibor dit que vous avez décidé de faire cavaliers seuls.

— Nos concurrents sont arrivés avant nous sur la tombe de Bleda. Sam m'a fait remarquer que découvrir un trésor et le ramener chez soi sont deux choses bien différentes. Du coup, pour changer, nous allons essayer la technique de la délation. À qui doit-on s'adresser en Roumanie pour dénoncer un vol d'antiquités commis par un ressortissant hongrois ?

— Il vaut mieux laisser faire Albrecht, dit Selma. Il passera par un intermédiaire. La police fédérale roumaine est administrée par un inspectorat général basé à Bucarest. Nous dirons que nous avons eu connaissance d'une infraction concernant Interpol et ils enverront la police des frontières. Je peux les contacter via un ordinateur en faisant transiter mon appel par un ou deux relais, ce qui nous garantira l'anonymat.

— Merci, Selma.

— Pas de quoi. S'ils lui mettent la main dessus, Bako risque gros. La loi roumaine n° 182 de 2000 assujettit chaque découverte à une obligation d'enregistrement. Le gouvernement est seul habilité à délivrer ces certificats. Ils préservent jalousement leur patrimoine culturel.

— Nous t'appellerons dès que nous aurons réglé certains petits détails.

— Ce n'est pas terminé ?

— Je crains que non. Il faut encore aller inspecter la crypte.

— Faites attention à vous. »

Ils traversèrent de nouveau Alba Iulia, dépassèrent la zone boisée où ils avaient vu les véhicules de Bako, s'arrêtèrent sur le second parking et revinrent à pied par la forêt. Soudain, ils entendirent quelqu'un hurler des ordres en hongrois. Ils s'approchèrent en restant à couvert et aperçurent Bako assis au bord de la fosse, les pieds ballants, une corde passée autour du torse. Quatre hommes en tenaient l'autre bout. Un cinquième arriva en courant et lui donna une torche.

D'un coup de reins, Bako se jeta dans le vide. Sam et Remi virent la corde se tendre et se dandiner, preuve qu'il descendait en rappel le long de la paroi. Le faisceau de sa torche tournoyait, comme s'il essayait de tout éclairer en même temps. Par deux fois les hommes, épuisés d'avoir creusé et déplacé des pierres, faillirent lâcher prise et le laisser choir.

Quand Bako toucha le sol, les autres soufflèrent un bon coup en se massant les muscles des bras. Un cri monta de la fosse. On ramena le harnais en toute hâte, un garde l'enfila et rejoignit son chef. Quand la corde redevint molle, les hommes s'agenouillèrent au bord du trou pour entendre ce qui se disait en bas. Puis ils se regardèrent d'un air consterné.

« Quelque chose cloche », murmura Remi.

L'écho d'un autre cri se répercuta sur les parois de la crypte. Les autres se remirent à tirer sur la corde, le chef d'équipe émergea, prononça quelques mots, on alla chercher un appareil photo qui fut descendu dans la fosse. Plusieurs flashes consécutifs éclairèrent le trou obscur et les arbres voisins. Quand Bako remonta à la surface, on le vit faire les cent pas comme s'il réfléchissait en marmonnant dans sa barbe. Puis il aboya ses ordres.

Les gardes s'activèrent. On chargea le matériel dans le camion, ainsi que quelques objets issus de la crypte : des armes, des tissus, des poteries. Rien d'autre. Il y eut encore quelques échanges verbaux, puis Bako, le chef des gardes et deux de ses hommes montèrent dans l'un des deux 4 × 4.

Remi murmura : « Ils n'ont rien mis dans la voiture de Bako. »

Au même instant, l'un des gardes s'approcha du 4 × 4, ouvrit la porte arrière, souleva le tapis puis le panneau sous lequel étaient rangés le cric et la roue de secours et déposa une épée dans son fourreau, une ceinture munie d'une dague et un casque d'acier en forme d'obus.

« Dieu merci, chuchota Remi. Maintenant, il a quelque chose à se reprocher. »

Le 4 × 4 recula, sortit du parking et s'éloigna le long du Mureş en direction de la route barrée par le glissement de terrain.

Deux hommes restèrent sur place, sans doute pour tout remettre en ordre et rapatrier le deuxième 4 × 4 et le camion en Hongrie. Remi et Sam firent demi-tour en rampant dans les buissons puis quand ils furent assez loin, se relevèrent et marchèrent jusqu'à leur voiture. Ils démarrèrent en mettant l'autoradio à fond et, une fois arrivés sur le premier parking, descendirent en claquant les portières. Puis en discutant à voix haute, ils s'engagèrent sur le sentier de randonnée menant à la crypte.

Les deux hommes avaient disparu. Le trou était recouvert de branchages disposés en toute hâte. Quand ils entendirent les deux véhicules s'éloigner, Sam prit la corde qu'il avait pensé à apporter et aida Remi à descendre dans la fosse.

À peine eut-elle touché le sol qu'elle s'écria : « Je vois ce qui cloche ! Descends vite. »

Le squelette de Bleda était allongé sur un genre de couchette. Dans un coin, ils identifièrent celui de Zerco à sa petite taille. Ils reposaient tous deux dans la posture du gisant, le crâne fracassé, sans doute par une arme lourde. En fait de trésor, il n'y avait là que des vêtements, des harnais en cuir, des selles, le tout en état de putréfaction.

« Albrecht avait raison, dit Remi. Bleda a voulu se débarrasser d'Attila et il a raté son coup.

— Ça m'en a tout l'air, répondit Sam. Aucun objet précieux n'a été enterré ici. Juste les affaires personnelles de Bleda. Et de son ami Zerco. Si Bleda était mort d'accident, Attila n'aurait pas exécuté Zerco.

— On ferait bien de chercher l'inscription », dit Remi en inspectant chaque paroi. Sam racla le sol avec ses pieds au cas où le message serait au fond de la fosse. Il ne vit rien.

De temps en temps, Sam levait la tête et tendait l'oreille pour détecter les bruits venant du dehors. Et c'est ainsi qu'il l'aperçut, gravée sur la dalle qui servait de plafond à la crypte. Il toucha le bras de Remi. « C'est comme s'il avait voulu que Bleda la lise de là où il est. »

Remi prit trois photos avec son téléphone portable. Quand son flash se déclencha, Sam comprit pourquoi celui de Bako avait si bien éclairé les arbres alentour : Bako lui aussi avait photographié le plafond de la tombe.

Ils remontèrent le long de la corde et se dépêchèrent de reprendre la route. En chemin, ils croisèrent le 4 × 4 et le camion. Les hommes de Bako revenaient sur les lieux pour finir leur travail.

Pendant qu'ils roulaient vers Bucarest, Remi envoya ses photos à La Jolla. Trente minutes passèrent puis le portable de Remi sonna.

« Allô ?

— Remi, c'est Albrecht.

— Avez-vous reçu les photos ?

— Oui.

— Vous avez vu la façon dont Bleda a été enterré ?

— Oui.

— Vous aviez tapé dans le mille. Attila n'aurait pas tué Zerco si Bleda était mort dans un accident.

— En effet. Mais cela ne nous dit pas lequel des deux frères a ouvert les hostilités.

— Des nouvelles de Bako ? demanda Sam.

— Quelques signes prometteurs. Tibor vient d'appeler. Deux des avocats de Bako ont pris l'avion pour Bucarest. Ce qui laisse présager qu'il a été interpellé. Mais la police ne le détiendra pas longtemps. Après tout, on ne peut l'accuser que d'avoir transporté des objets.

— Et l'inscription gravée dans la crypte ?

— C'est la raison de mon appel, à vrai dire. Il est écrit : "La mort de mon cher frère fut le jour le plus triste de ma vie. Avant cela, le pire fut celui où nous réunîmes les restes de nos aïeux."

— Il faut qu'on retourne en Hongrie dare-dare, dit Remi. Bako a pris la direction de la frontière après avoir lu l'inscription. Si on ne se dépêche pas, il risque encore de nous coiffer sur le poteau. »

18

Transylvanie

« Nous pourrons peut-être lui couper l'herbe sous le pied, dit Sam. Bako est sans doute encore aux prises avec les autorités roumaines.

— Mais ayant vu l'inscription, il a très bien pu informer ses hommes par téléphone et leur ordonner de commencer les fouilles, remarqua Remi.

— Essaie de joindre Tibor. Il a peut-être noté des comportements inhabituels chez les hommes de Bako. Et demande-lui de nous trouver un hélicoptère.

— Il va adorer ça, dit-elle en composant le numéro préenregistré. Allô, Tibor ?

— Bonjour Remi. Vais-je regretter d'avoir décroché ?

— C'est probable, mais vous vous en remettrez vite. Nous n'avons pas besoin de grand-chose, juste que vous gardiez un œil sur les hommes de Bako – tous sans exception, pas juste les cinq pires. Et puis, il nous faut un hélicoptère.

— Un hélicoptère ?

— Oui. S'il vous plaît, dites-moi que vous avez un cousin dans l'aviation.

— Un ami. Où voulez-vous qu'il vous retrouve ?

— Peut-il aller jusqu'en Roumanie ?

— Oui.

— Alors, il n'a qu'à venir nous chercher à l'aéroport de Timişoara. C'est le plus proche. Et qu'il n'oublie pas d'apporter une paire de jumelles.

— Je vais l'appeler sur-le-champ.

— Merci, Tibor. » Au moment où elle raccrocha, elle vit un mail s'afficher sur l'écran.

« Selma nous a écrit.

— Tu peux me lire son message ? Je ne voudrais pas m'arrêter.

— Écoute ça. "Le trésor suivant a été enterré en l'an 441 sur la rive nord du Danube, frontière naturelle séparant les territoires gouvernés par l'Empire romain d'Orient et le royaume des Huns. De 438 à 440, les Huns avaient déserté cette région. Les Romains – du moins les plus optimistes d'entre eux – les croyaient partis pour de bon."

— En matière de prédiction, on a rarement fait pire.

— Oui, et ils en ont subi les conséquences, répondit elle avant de poursuivre : "Les Huns étaient partis vers l'est pour rallier les Arméniens en guerre contre les Perses sassanides. Quand, en 440, ils ont regagné leurs bastions au nord du Danube, ils ont découvert qu'en leur absence, l'évêque de Marga avait franchi le fleuve et pillé leurs tombes royales."

— Pas très joli pour un évêque !

— L'église devait avoir quelques petits problèmes de fonctionnement, en ce temps-là. Enfin bref, je continue : "Les Huns se sont fâchés. Attila et Bleda ont exigé de l'empereur romain d'Orient basé à Constantinople qu'il leur remette l'évêque. Or, ce dernier était un être particulièrement fourbe. Sachant que l'empereur n'hésiterait pas à le livrer, il s'est rendu de lui-même auprès des Huns, dans le plus grand secret bien sûr, et leur a offert sa ville sur un plateau. Après avoir détruit Marga, les Huns ont poursuivi leurs razzias le long du Danube. Ils ont ravagé plusieurs villes d'Illyrie, mais aussi Belgrade et Sofia."

— Ils avaient des raisons d'être en colère, mais qu'est devenu l'évêque ?

— Aucune idée. Peut-être l'ont-ils laissé en vie, peut-être l'ont-ils exécuté, ou les deux. Je poursuis : "Toujours est-il qu'ils ont enseveli une deuxième fois les dépouilles de leurs ancêtres. On s'accorde à penser que les objets funéraires placés dans les tombes font partie du butin raflé par l'évêque. Auquel s'ajoutent des pièces d'orfèvrerie provenant des pillages commis dans les villes danubiennes." On ignore qui repose dans ces tombes royales, dit Remi. Mais dans son message, Attila parle de ses aïeux.

— Que s'est-il passé, après le deuxième enterrement ?

— Au lieu de se calmer, les Huns sont repartis guerroyer. En 443, ils ont saccagé Plovdiv puis Sofia encore une fois, et ainsi de suite. Parvenus aux portes de Constantinople, ils ont obligé l'empereur Théodose à leur remettre 1 963 kilos d'or et n'ont accepté de lever le siège qu'après avoir porté à 2 100 livres d'or le tribut annuel payé par l'Empire romain d'Orient.

— J'espère que Bako est encore sous les verrous et réduit à l'impuissance. »

Sam et Remi découvrirent Timişoara avec émerveillement. Les édifices construits à l'époque des Habsbourg leur rappelèrent Vienne. Ils suivirent les panneaux jusqu'à l'aéroport international Traian Vuia, déposèrent leur véhicule dans une succursale de la société de location et se dirigèrent vers l'héliport.

L'hélicoptère était déjà là. À la porte d'embarquement, un homme d'âge moyen, avec une moustache et des cheveux blonds, les aborda. Il portait une veste d'aviateur. « Monsieur et Madame Fargo ?

— Oui », dit Sam, méfiant. L'homme souriait mais rien ne prouvait qu'il ne travaillait pas pour Arpad Bako. Ce dernier avait forcément envoyé ses troupes à leur recherche. En revanche, il ne pouvait pas savoir qu'ils cherchaient à louer un hélicoptère. Sam attendit que l'homme se présente.

— Comme Tibor disait que vous étiez pressés, je suis venu immédiatement. Je m'appelle Emil.

— Vous parlez un anglais parfait, s'étonna Remi.

— L'anglais est un langage universel dans notre métier, répondit Emil. Si un pilote et un contrôleur aérien originaires du même village de Suède sont appelés à communiquer par radio au Bhoutan, ils s'exprimeront en anglais. Pour décrocher notre brevet, il a bien fallu qu'on se mette à l'anglais, Tibor et moi.

— Tibor est pilote ? s'écria Remi.

— Je ne lui arrive pas à la cheville. Contrairement à moi, il a le droit de faire voler des appareils commerciaux. Cela fait deux ans qu'il a pris sa retraite et créé sa société de taxis.

— Pourquoi ne nous a-t-il rien dit ? »

Emil eut un petit rire. « Tibor fait partie de ces gens qui s'intéressent aux autres mais répugnent à parler d'eux-mêmes. Il doit penser que c'est une perte de temps. » Il ouvrit la portière latérale de son hélicoptère. « Installez-vous là, dit-il en désignant deux casques. Vous pouvez écouter mais ne dites rien avant mon signal. D'accord ?

— D'accord », répondit Sam. Ils grimpèrent sur leurs sièges, bouclèrent leurs ceintures et coiffèrent les écouteurs.

Emil contacta la tour de contrôle, donna son plan de vol et, tout de suite après, fit tourner les rotors. Le bruit devint peu à peu assourdissant. L'engin décolla, le nez légèrement baissé, et prit rapidement de l'altitude. Ils s'éloignèrent des pistes qui, vues d'en haut, semblaient s'entrecroiser sur le sol, et mirent cap au sud-ouest. Quand l'hélico atteignit un premier plafond, Emil vola sur environ 3 kilomètres puis grimpa encore un peu. « Maintenant que nous avons quitté les couloirs aériens, vous pouvez parler.

— Pouvez-vous suivre la rive nord du fleuve ? demanda Remi.

— Nous cherchons un lieu où des gens creusent, compléta Sam.

— Creusent ?

— Oui, dit Sam. Un groupe de cinq ou six personnes avec des pelles. Si nous arrivons là-bas assez vite, nous les verrons peut-être sonder le terrain au moyen d'engins électroniques. Nous aimerions les surveiller mais sans éveiller leurs soupçons.

— Ah, j'allais oublier, dit Emil. Tibor a dit que vous auriez besoin de ça. » Il ouvrit un compartiment, attrapa deux paires de jumelles par leur sangle et les tendit aux Fargo.

« Merci, Emil, dit Remi. Nous sommes ravis que vous ayez pu vous libérer pour nous.

— Je suis ravi moi aussi. Je n'ai pas tous les jours des missions aussi intéressantes. La plupart du temps, je travaille pour les touristes. Je leur fais survoler les paysages qu'ils ont traversés en voiture la veille. Parfois, j'emmène un homme d'affaires à Budapest ou ailleurs.

— Il faut juste espérer que d'intéressante cette mission ne se transformera pas en dangereuse. »

Après un court instant, Emil dit en désignant le fleuve : « Nous approchons de la frontière hongroise. Je vais suivre les boucles du Danube. »

Large et sinueux, le Danube épousait les courbes du relief accidenté. Le trafic fluvial était intense. Ils survolèrent des zones urbaines densément peuplées, de hauts immeubles construits au bord de l'eau. « Ce fleuve est une frontière internationale. Sur la rive nord, c'est la Hongrie.

— Restez au-dessus des berges autant que possible, dit Sam. Nous recherchons des tombes anciennes. Elles devraient se trouver sur un terrain en surplomb et assez loin du fleuve pour ne pas subir les conséquences des crues.

— Je vois », dit Emil. Ils suivirent le Danube d'est en ouest. Quand parfois ils passaient sur une surface de terre retournée ou des engins de terrassement rassemblés dans un champ, Emil se mettait en vol stationnaire pour laisser à Sam et Remi le temps de vérifier.

Au bout d'un moment, ils remarquèrent un terrain répondant aux critères. L'hélico s'immobilisa.

Une demeure ancienne aux murs blanc cassé s'élevait sur une butte, à une centaine de mètres au nord du fleuve. Ses toits mansardés dominaient un jardin à la française sillonné par des allées de gravier. Une bonne dizaine d'ouvriers armés de pelles creusaient des trous dans le gazon, les parterres de fleurs, les sentiers. D'autres arpentaient le site avec des détecteurs de métaux. Deux hommes faisaient rouler des magnétomètres, comme s'il s'agissait de tondeuses à gazon.

Quand Emil effectua un deuxième passage au-dessus du domaine, Sam et Remi constatèrent que les hommes de Bako avaient déjà trouvé et profané plusieurs tombes. On voyait nettement les grosses pierres qui tapissaient les parois des fosses. Des restes humains reposaient à côté, jetés n'importe comment. Des objets métalliques empilés attendaient qu'on les transfère dans des caisses. Sam saisit son téléphone.

« Allô ?

— Albrecht, dit Sam, nous avons de mauvaises nouvelles. Je ne sais pas comment Bako s'y est pris, mais ma tactique n'a pas fonctionné. Il a envoyé une trentaine d'hommes sur un domaine situé sur la rive nord du Danube. Ils sont en train de profaner les tombes. D'ici, j'en vois quatre ou cinq ouvertes.

— Il faut agir vite, répondit Albrecht. J'appelle immédiatement mes collègues de l'université de Szeged et je préviens les autorités. Ils mettront un terme à ce scandale. Pouvez-vous nous fournir les coordonnées précises ?

— Notre ami Emil s'en fera une joie.

— Dites-leur qu'il s'agit des terres du comte Vrathy, au sud de Szeged, dit Emil. Le domaine a été reconverti en musée. Je suppose qu'il est fermé à cette heure-ci. Ils ont dû neutraliser le gardien.

— Bien noté, dit Albrecht. Merci. » Et il raccrocha.

Sam composa un autre numéro. « Tibor, nous sommes avec Emil à bord de l'hélicoptère.

— Il faudrait être sourd pour ne pas entendre le bruit des rotors.

— Les hommes de Bako ont trouvé les tombes royales sur la rive nord du Danube. Sur le domaine Vrathy. Savez-vous si Bako et ses hommes ont quitté la Roumanie ?

— Non, ils ne sont pas encore rentrés de Transylvanie.

— On dirait qu'il a choisi la quantité au détriment de la qualité. Cette fois-ci, il a mobilisé une trentaine d'hommes. Il ne faut pas leur laisser le temps de cacher le trésor.

— Sam ! dit Remi.

— Ne quittez pas, Tibor. » Il se tourna vers Remi. « Qu'y a-t-il ?

— Ils ont un bateau amarré à la rive.

— Tibor ? Ils vont charger les objets sur un bateau. Vu d'ici, ça ressemble à un yacht de 50 pieds. Ils n'ont pas fini de creuser, loin de là. Le plus urgent c'est de savoir où va ce bateau.

— J'envoie des gars en amont et en aval du domaine Vrathy. Ils le suivront.

— Bien. Merci. Nous aurons besoin de l'équipement que nous avons laissé dans le bateau sur la Tisza. Le matériel de plongée, la boîte à outils… Et puis, un camion bâché.

— J'appelle mon cousin.

— Dites-lui de vérifier si les bouteilles sont pleines.

— Je vous téléphonerai quand tout sera prêt. »

Emil reprit de l'altitude et se mit à faire des allers-retours comme s'il transportait des marchandises d'un point à un autre. Au bout d'une heure trente, les fouilles terminées, le yacht dûment chargé, les hommes de Bako remontèrent dans les camions avec leurs divers outils.

Sam se pencha vers Emil. « Vous avez fait un boulot magnifique. Il se peut que nous ayons encore besoin de vous. Pouvez-vous nous déposer dans un endroit discret à moins de 3 kilomètres d'ici ?

— Oui, répondit Emil. Il y a une piste près de l'université. Je peux vous laisser là. »

Il les emmena de l'autre côté de la ville et posa l'hélicoptère au bout d'un parking. « Et voilà, dit-il.

— On vous doit combien ? demanda Sam.

— Rien. Tibor m'a déjà réglé une journée de vol. »

Sam lui tendit 500 dollars. « Alors, veuillez accepter ce petit cadeau en guise de remerciement. »

Emil lui remit sa carte de visite. « Vous pouvez m'appeler à ce numéro à toute heure du jour ou de la nuit. Si je ne suis pas disponible, je vous trouverai quelqu'un d'autre. » Ils échangèrent des poignées de main, Sam et Remi sautèrent sur le macadam, puis l'appareil s'éleva et partit.

« Tu sais, dit Remi, je ne peux m'empêcher de penser à l'évêque pilleur de tombes. Je me demande quel a été son sort, finalement.

— À mon humble avis, on a beaucoup exagéré son sens politique.

— Tu penses qu'Attila et son frère l'ont supprimé ?

— Pour les siens, c'était un traître. Pour les Huns, c'était un pilleur de tombes. Ça m'étonnerait qu'il soit mort dans son lit.

— Voyons si le pilleur de tombes nommé Bako subira le même sort. »

Le téléphone de Sam bourdonna. « Allô ?

— C'est moi. Tibor. Où êtes-vous ?

— Sur l'hélipad de l'université de Szeged.

— Ne bougez pas. »

Cinq minutes plus tard, un camion blanc bâché se présentait au bout du parking. Quand il s'arrêta devant Sam et Remi, Tibor leur fit signe de monter.

« Mes cousins me disent que le yacht est ancré au milieu du fleuve. Ils ont vu les hommes de Bako déposer sur le pont quinze caisses qu'ils avaient au préalable chargées dans un canot de sauvetage. Il y a tout lieu de penser qu'ils vont déplacer le trésor par voie fluviale. Le Danube traverse l'Allemagne, l'Autriche, la Hongrie, la Roumanie et se jette dans la mer Noire. Il a de nombreux affluents. En fait, ils pourraient se rendre quasiment n'importe où sans mettre pied à terre.

— La police est-elle arrivée ?

— Personne ne les a vus.

— Très bien, dit Sam. Faisons en sorte que Bako regrette de s'être levé ce matin. »

Tibor tapa dans le dos de Sam. « Je suis fichtrement content de vous avoir rencontrés tous les deux. Je n'ai jamais autant rigolé depuis que je suis gosse. »

Sam se frotta l'épaule. « OK. Si vous nous emmeniez voir ce yacht ? »

Tibor suivit la route qui longeait le Danube avant de bifurquer vers l'est pour contourner plusieurs domaines bâtis au bord de l'eau. Quand il vira de nouveau vers la berge, Tibor désigna un point au milieu du fleuve. « Là-bas. Vous voyez ?

— Celui avec la passerelle proéminente ?

— C'est lui. » Le yacht mesurait 65 pieds de long et son canot de sauvetage en aluminium était suspendu à des bossoirs au niveau de la poupe.

« Parfait, dit Sam. Nous allons enfiler nos combinaisons de plongée.

— J'ai mes neveux à l'arrière. Je vais leur demander de descendre pour que vous puissiez vous changer tranquillement. » Il gara le camion sur le bas-côté, ouvrit le fourgon. Deux jeunes gens sautèrent sur le bitume, Sam et Remi prirent leur place.

Sam testa la torche sous-marine puis il inspecta les divers ustensiles qu'il avait demandés, avant de les placer dans un filet qu'il accrocha à sa ceinture. « Nous nous laisserons emporter par le courant. Quand nous serons sous la coque, tu m'éclaireras. J'essaierai de faire vite. »

Remi le lorgna d'un air soupçonneux. « Ça ne me dit pas ce que tu comptes faire.

— Je sais que tu adores les surprises. Quoi qu'il se passe, reste sous l'eau, aussi profond que possible. »

Les neveux de Tibor les aidèrent à descendre le reste du matériel par un petit sentier qui ne se voyait pas depuis le fleuve. Ils enfilèrent leurs palmes et s'immergèrent à reculons dans les flots sombres du Danube. Dès qu'ils eurent de l'eau jusqu'au menton, ils plongèrent.

Le grand yacht blanc flottait à une centaine de mètres de la rive, ancré à la limite du chenal où voguaient des embarcations de plus grande taille, comme de petits cargos. Sam et Remi s'en approchèrent à l'aveuglette, vérifiant parfois leur position en éclairant le lit vaseux avec leurs torches.

Sous son faisceau lumineux, Remi découvrit enfin la chaîne de l'ancre. Elle se trouvait là où elle l'avait prévu, ou presque, sa ligne oblique s'élevant du lit du fleuve en aval jusqu'à la forme sombre qui se découpait au-dessus d'eux, sur la surface argentée.

Sam lui fit un signe et palma tout doucement en direction de la coque, sans la toucher. Il longea la quille et quand il fut à la poupe, leva la tête vers l'hélice qui dépassait de son coffrage.

Remi lui saisit le bras et secoua la tête. Malgré le masque, ses yeux éclairés par le rayon de sa torche trahissaient son inquiétude. Pour la rassurer, il lui tapota l'épaule, lui prit la main et dirigea la lumière vers l'hélice. Ils savaient l'un comme l'autre que Sam risquait de se faire hacher menu si jamais les pales se mettaient à tourner sans prévenir.

Sam procéda avec méthode. D'abord, il trouva la goupille et l'arracha de son collier au moyen d'une paire de tenailles à bouts pointus. De la même manière, il rabattit l'attache qui retenait l'anneau de verrouillage, remit l'outil dans le filet de transport et coinça une clé à molette entre une lame de l'hélice et la proue. Cela afin d'empêcher un éventuel démarrage pendant les quelques secondes nécessaires pour dévisser l'écrou. Puis il cala ses deux pieds contre la poupe, tira sur l'hélice en bronze, l'extirpa de son coffrage, nagea sur quelques dizaines de mètres et la lâcha au fond du chenal, à l'endroit le plus profond.

Lorsqu'il regagna la poupe, Sam sortit prudemment la tête de l'eau, enleva ses palmes, ses bouteilles, son masque et accrocha le tout dans le coffrage vide. Puis il empoigna l'échelle de coupée fixée à l'arrière et grimpa sur le pont.

Dès qu'il posa le pied sur le navire, Sam aperçut du coin de l'œil quelque chose bouger sur sa gauche. Il pivota sur lui-même juste à temps pour voir un homme brandir un genre de tuyau en plomb. Sam chargea tête la première, évita le tuyau, percuta l'homme au niveau du torse et, dans la foulée, lui porta un coup rapide à la mâchoire. À cette première prise de jiu-jitsu succéda un étranglement dans les règles. L'homme perdit connaissance. Sam le ligota avec une corde qui traînait sur le plat-bord, lui déchira sa chemise et en fit un bâillon.

C'est alors qu'il remarqua les caisses entreposées sous une bâche. Sans se presser, il en transféra une dizaine dans le canot de sauvetage à la poupe. Elles pesaient si lourd qu'il lui fallut une bonne heure et de gros efforts pour y arriver. Après quoi, il laissa la corde côté proue pendre dans l'eau, libéra deux goupilles au niveau des bossoirs et fit descendre le canot de sauvetage qui toucha la surface avec un bruit bizarre, comme un cliquetis mais en plus puissant. Derrière lui Sam entendit des pas précipités et un cri : « Stashu ? »

Aussitôt Sam sauta par-dessus bord, récupéra bouteilles, masque et palmes, les enfila et tout en palmant vers le fond, dégagea l'eau qui restait dans son masque.

Ayant vu flotter la corde de proue, Remi s'en était emparée. Sam la rejoignit et tira avec elle. Ils nagèrent ensemble, toujours plus bas, entraînant le canot qui flottait à la surface. Ce qui n'empêchait pas Sam de jeter de constants regards en arrière, au cas où des hommes d'équipage auraient sauté du yacht pour les prendre en chasse.

D'abord ils perçurent des détonations assourdies venant du pont. À chaque coup de feu, une balle pénétrait dans l'eau en chuintant et laissait dans son sillage une traînée de bulles et d'écume. Elles filaient tout droit sur un mètre cinquante puis perdaient leur élan et chutaient brutalement.

Puis il y eut un autre genre de bruit. Le moteur s'alluma mais comme l'hélice avait disparu, l'arbre tournait dans le vide et le mécanisme moulinait furieusement. L'homme de barre ne devait pas comprendre ce qui lui arrivait car il s'excitait sur le démarreur tandis que ses camarades, rassemblés autour du cabestan, s'employaient à lever l'ancre.

Dès que l'ancre se décrocha du fond, le yacht commença à dériver au fil de l'eau. Désormais incapable de résister au courant, il s'éloigna rapidement de Sam, de Remi et du canot de sauvetage. À un moment, ayant peut-être compris le problème, le barreur coupa le moteur. Mais le yacht était déjà trop loin pour qu'ils remarquent ce soudain silence, tant il y avait de bateaux qui voguaient sur le Danube. Sam supposa qu'il avait jeté l'ancre mais l'eau du fleuve était si trouble qu'il était impossible de le vérifier.

Arrivés sur la berge, Sam et Remi tirèrent le canot dans la vase. Dans les secondes qui suivirent, les deux neveux apparurent, déchargèrent les caisses et, avec l'aide de Sam et de Tibor, les hissèrent à l'arrière du camion. Les objets en métal précieux pesaient très lourd mais le transfert ne dura qu'une dizaine de minutes. Sam et Remi s'installèrent à côté des caisses, les garçons montèrent dans la cabine avec Tibor, et le camion s'ébranla, direction la grande ville grouillante d'activité.

Tout en s'extrayant de sa combinaison pour enfiler des vêtements de ville, Remi fit remarquer : « On n'en a pas terminé, tu sais. Il faut encore trouver le message d'Attila. Il est dans l'une des tombes, j'imagine.

— J'espère que nous serons accueillis sur place par les collègues d'Albrecht et non par les sbires d'Arpad Bako. »

19

Rive nord du Danube

Pendant qu'un officier de police l'aidait à sortir de la fosse, Remi regardait Sam en souriant. Elle lui fit signe de loin et le rejoignit en traversant à petites foulées la pelouse ravagée. « Le message était gravé sur une paroi. J'envoie les photos à Selma et Albrecht.

— Malheureusement, les hommes de Bako l'ont lu voilà des heures.

— Je sais, dit-elle.

— Bako en connaît peut-être la teneur, intervint Tibor, mais je peux vous dire qu'il n'a pas changé ses habitudes pour autant. On l'a vu regagner son bureau à l'usine comme si de rien n'était. Peut-être qu'il n'en a pas compris le sens.

— Nous n'avons rien qui prouve sa culpabilité, dit Sam, à moins que quelqu'un d'autre ait vu son équipe creuser par ici. Si on l'arrête et qu'il passe en jugement, nous serons convoqués aussi. Et pendant ce temps, ses hommes de main iront fouiller le quatrième site.

— Je ferais mieux d'y retourner, dit Tibor. C'est à mon tour de le surveiller. Quand vos amis auront traduit le message, prévenez-moi. » Puis il se mit au volant et rejoignit la grande route par l'allée de gravier.

Sam et Remi repartirent en direction des tombes éventrées en balayant d'un regard écœuré les dégâts commis par les hommes de Bako. On avait dû leur ordonner de rafler les objets en or et de laisser le reste. Les pelouses étaient jonchées d'ossements humains et de pièces d'artisanat vieilles de 1 500 ans – bouts de tissu, poteries, ustensiles divers, armes.

Le téléphone de Sam bourdonna. « Allô ?

— Bonjour, Sam. C'est Selma.

— Du nouveau ?

— Je vous passe Albrecht.

— Bonjour les Fargo, dit Albrecht. Je vous lis le message d'Attila : "Nous avons enseveli notre père Mundzuk près de Talas sur la rive du fleuve. Il est tourné vers l'ouest et les contrées où il menait nos armées. Son frère Ruga a pris sa place."

— Où est Talas ? demanda Sam.

— Talas était la plus vieille cité du Kazakhstan, fondée par un guerrier hun nommé Zhizhi Chanyu. Une bataille s'y est déroulée en l'an 36 avant notre ère. C'était une étape importante sur la route de la soie qui traversait la Chine, l'Inde, la Perse et l'Empire byzantin. Talas fut détruite en 1209. Sur ses ruines, s'élève aujourd'hui la ville de Taraz, à 42° 54' nord et 71° 22' est. Au nord du Kirghistan, à l'est de l'Ousbékistan.

— Je suppose qu'on peut s'y rendre en avion, dit Remi.

— Vous avez sans doute remarqué que notre chasse au trésor s'accompagne d'une remontée dans le temps mais aussi d'une progression vers l'Orient. C'est probablement au Kazakhstan que les Huns sont devenus les redoutables cavaliers que nous connaissons. C'est également à partir du Kazakhstan qu'ils se sont lancés à la conquête du monde romain. Le nom Kazakh signifie "esprit libre". Il désigne le nomade des grandes plaines. Une steppe aride recouvre le tiers de ce pays gigantesque, plus vaste que l'Europe occidentale. Selma va vous donner les détails pratiques.

— Je vous ai réservé un vol Budapest-Moscou, ce soir, reprit Selma. À Moscou, vous embarquerez pour la capitale du Kazakhstan, Astana. Vous récupérerez vos visas et vos lettres d'invitation à l'arrivée. À l'aéroport d'Astana, vous prendrez un avion pour Almaty, la plus grande ville du pays, et ensuite Taraz.

— Ça m'a l'air d'être un voyage interminable, dit Remi.

— Certes, mais plus reposant que tous les allers-retours que vous avez faits dernièrement. Au moins, pendant les vols, vous pourrez rattraper le sommeil en retard. »

*

À quelques kilomètres de là, Arpad Bako fulminait tout seul dans son bureau. Il savait à présent que toutes les précautions qu'il avait prises, tous les risques qu'il avait courus, venaient de déboucher sur un lamentable fiasco. Sa garde personnelle – une bande d'incapables – avait laissé ces deux Américains lui voler dix caisses remplies d'or et de joyaux provenant en grande partie du pillage des toutes premières églises chrétiennes d'Europe – des calices, des crucifix finement ciselés – et pour le reste, des garnisons romaines du Danube. En somme, la totalité du butin amassé par les Huns dans la région des Balkans. Certains objets étaient même plus anciens et plus lointains encore, puisqu'ils avaient orné les poignets, le cou et les doigts des premiers guerriers d'Asie centrale et de leurs épouses, avant de se retrouver enterrés en Hongrie, dans les tombes de leurs descendants.

Pour localiser ce trésor, il lui avait fallu des années de recherche et une chance phénoménale. Mais il y était parvenu. Et maintenant, il se retrouvait les mains vides, comme en France. C'était d'autant plus rageant qu'il ne pouvait même pas porter plainte, puisqu'il avait fouillé le domaine Vrathy sans la moindre autorisation. Et comme ces imbéciles n'avaient rien trouvé de mieux à faire que de tirer sur les Fargo et le canot de sauvetage, ils avaient dû balancer leurs armes à feu dans le Danube avant de se faire arraisonner par la police.

Il entendit une étrange tonalité dans son téléphone. De mystérieux déclics, comme des portes qui s'ouvrent et se ferment. Enfin, une voix féminine chantonna en hongrois : « Les bureaux de la compagnie Poliakov sont fermés. Si vous souhaitez laisser un message, parlez après le bip. » Bako savait que la machine était programmée pour s'adresser en hongrois aux correspondants qui appelaient depuis la Hongrie.

« Ici Arpad Bako, dit-il. Rappelle-moi. » Il raccrocha et, sans le quitter des yeux, posa le portable sur son gros bureau en bois de rose verni. Trente secondes après, une sonnerie retentissait : « Bonsoir, Sergueï, dit Bako.

— Quelle surprise de t'entendre, Arpad ! Pourquoi tu m'appelles en pleine nuit, gros flemmard de ploutocrate ?

— J'ai tellement d'idées qui me passent par la tête. Quand j'en trouve une bonne, je ne regarde pas l'heure qu'il est.

— J'aime les idées. Ne crains pas de me confier les tiennes. La ligne est cryptée.

— Très bien, dit Bako. J'ai découvert un trésor datant de l'époque d'Attila.

— Un trésor, dit Poliakov. Tu fais dans la métaphore, maintenant ?

— Si je dis *trésor*, c'est que c'en est un. Attila lui-même n'aurait pas employé un autre terme. Un monceau d'or. Des pièces de monnaie, des bijoux, de l'orfèvrerie, des armes serties de pierres précieuses… Tout cela est enterré dans une crypte funéraire.

— La tombe d'Attila ?

— De son père. Tu en auras un tiers si tu me donnes un coup de main.

— Un tiers de quoi ?

— De ce que nous trouverons, répondit Bako. Sache que nous avons déjà déterré plusieurs trésors. En Italie par exemple. En France aussi, et il y avait tellement d'or qu'il a fallu un camion pour le transporter. Le troisième était plus petit, on l'a trouvé dans une forêt de Transylvanie. Le dernier, sur la rive nord du Danube, tenait à peine dans dix grandes caisses.

— Et tout cet or, tous ces joyaux, tu les gardes chez toi ? Commence par te faire photographier devant ces prétendues merveilles et envoie-m'en un échantillon avec ta prochaine cargaison d'antalgiques. Une bague, un collier, ce que tu veux. Par avion, je l'aurai demain.

— Je peux t'envoyer un échantillon, mais pas davantage. Pendant que mes hommes fouillaient en France, des concurrents nous ont devancés à Mantoue. Le trésor italien, je ne l'ai jamais vu. Je ne le connais que par les journaux. Notre ami Étienne Le Clerc a déterré le trésor français, il a eu le temps de le prendre en photo mais dans les heures qui ont suivi, les mêmes personnes se sont introduites dans son entrepôt et ont tout volé. Quant à celui qui était enfoui près du Danube, mes hommes l'ont exhumé aujourd'hui même. Ils l'ont pris en photo mais tout de suite après, le gouvernement hongrois l'a confisqué.

— Si je résume bien, tu sais qu'il existe plusieurs trésors mais tu ne les as pas. Qui sont ces fameux concurrents ?

— Un couple d'Américains, Sam et Remi Fargo. Des millionnaires qui passent leur vie à chercher des trésors. Ils en ont déjà trouvé quelques-uns à travers le monde, mais jamais d'aussi énormes. Ceux-là sont uniques. Attila est parti d'Asie, il a ratissé toute l'Europe depuis l'Oural et la Volga jusqu'à la France, en pillant tout sur son passage. Et moi, Arpad Bako, j'ai découvert où il avait caché tous ses butins.

— Et il a suffi de deux personnes – dont une femme – pour vous dérober, à toi et ton pote Le Clerc, un mégot s'élevant à plusieurs millions ?

— Plusieurs milliards, tu veux dire. Mais ils n'agissent pas seuls. Quand Fargo a besoin de main-d'œuvre, il en embauche. Il a le soutien d'Albrecht Fischer, l'un des plus grands spécialistes de l'histoire romaine tardive. Et quand il craint de se faire déborder, il appelle la police à la rescousse.

— Arpad, dit Poliakov, trop de gens sont au courant de tes déboires. Si la nouvelle parvient aux oreilles de nos associés, ils te prendront pour un guignol et tu te feras bouffer tout cru.

— Ma proposition t'intéresse ou pas ?

— OK, je veux bien t'aider, mais uniquement parce que c'est toi, dit Poliakov. Où est le trésor suivant ?

— Au fond d'un caveau, dans la ville de Taraz au Kazakhstan. Je t'enverrai un plan du site.

— Et les Fargo, où sont-ils ? Que savent-ils exactement ?

— Ils étaient ici, à Szeged, cet après-midi. Mais ils ont eu le temps de localiser le site de Taraz et je suis sûr qu'ils sont déjà en route.

— Quand tu sauras quel itinéraire ils comptent emprunter, dis-le-moi. Tu as des photos d'eux ?

— J'ai posté des hommes dans les aéroports et dans les gares. L'une de mes équipes ne les lâche pas d'une semelle. Je t'envoie des photos immédiatement.

— Appelle-moi dès que tu connaîtras leur numéro de vol et leur destination. La moindre minute a son importance. » Il raccrocha.

*

Depuis les tourelles de son domaine aux environs de Nijni Novgorod, Poliakov apercevait la Volga et, le long de ses rives, les lumières de la mégapole pareilles aux étoiles d'une galaxie. Autrefois, cette ville immense avait abrité un grand centre d'études spatiales. Mais ici, sur la propriété, tout n'était que sérénité. On se serait cru en 1850. Quand il s'asseyait dans ses jardins pour écouter chanter le vent, aucun autre bruit ne venait le distraire hormis le gazouillis des oiseaux picorant les groseilles dans les buissons.

Un Hummer blindé, de fabrication américaine, l'attendait devant sa demeure avec à son bord deux gardes du corps. Garées à côté, il y avait la grosse berline familiale, une Mercedes noire aux vitres teintées, et la Cadillac blanche Escalade qui servait d'escorte. Sa femme Irena et les enfants passèrent devant la Mercedes et montèrent dans l'Escalade. Si les ennemis de Poliakov tentaient quoi que ce soit, ils attaqueraient le Hummer ou l'élégante berline censée transporter sa famille. Et les hommes assis à l'avant de l'Escalade continueraient leur route comme si de rien n'était.

Sergueï les regarda partir. Le portail se ferma avec un bruit sourd, les verrous d'acier claquèrent. Poliakov était un bon parti pour Irena. Grâce à ce mariage, ses parents, de grands intellectuels de l'époque communiste, avaient conservé les faveurs du pouvoir, contrairement à beaucoup de leurs pairs.

Il prit son téléphone portable pour faire défiler les photos des bracelets et autres babioles que Bako venait de lui envoyer. Puis il regarda celles des Fargo. La femme était une vraie beauté, se dit-il. Lui-même avait une épouse ravissante ; il était donc bien placé pour savoir combien une jolie femme pouvait illuminer la vie d'un homme, au quotidien. En revanche, quand les choses commençaient à se gâter, cela pouvait constituer un handicap. Les êtres chers avaient tendance à vous fragiliser. Ils vous rendaient vulnérable, pusillanime. Vous préfériez ne rien faire plutôt que les mettre en danger.

Bako était un commerçant, avant tout – cupide à l'excès mais peu enclin à se battre. Ses ennemis, il les voyait comme des concurrents. Dans le fond, Le Clerc n'était pas différent. À l'instar de Bako, il savait s'entourer d'hommes cruels et prêts à tout mais par ailleurs, rien ne l'intéressait autant que les rapports de ses comptables. Ces deux-là étaient des financiers véreux, pas de vrais gangsters. Poliakov, lui, venait d'un milieu nettement plus redoutable, ce qui lui donnait une longueur d'avance sur eux. Il avait mesuré la situation du premier coup d'œil et compris que le seul vrai trésor dans cette histoire, c'était la femme.

20

Aéroport Ferihegy, Budapest.

Sam et Remi marchaient dans le tunnel reliant la salle d'embarquement à l'avion de Moscou.

« Il paraît qu'Astana est une ville hypermoderne, dit Remi. J'ai hâte de la visiter. Elle a été entièrement reconstruite au cours des quinze dernières années.

— Nous devrons sans doute y passer du temps si nous voulons rencontrer les responsables des Antiquités, répondit Sam. Cette fois-ci, j'aimerais faire les choses dans l'ordre, et les prévenir avant de commencer à creuser.

— Tu crois que Bako va nous coiffer au poteau ?

— Ce type est imprévisible. Parfois, il semble plus informé que nous, comme s'il étudiait longuement chaque étape du parcours d'Attila avant de décider quel site est le bon. Et parfois, on dirait qu'il fait n'importe quoi, comme s'en remettre à des individus parfaitement ignares.

— Nous continuons à remonter le temps. Nous serons bientôt dans la région où est né le peuple hun et où Attila a vécu ses années de jeunesse.

— On verra bien quand on sera sur place », dit-il.

Le vol entre l'aéroport Ferihegy et celui de Cheremetievo ne durait qu'une heure et quarante minutes. Après cela, il faudrait compter au mieux huit heures et cinq minutes pour aller de Moscou à Astana, capitale du Kazakhstan. Mais pour l'instant, ils étaient sur le point de quitter Budapest et leur avion roulait vers le bout de la piste. Remi posa sa main sur celle de Sam, comme elle le faisait toujours au décollage. Quand l'appareil atteignit son altitude de croisière, elle retira sa main et ouvrit le guide du Kazakhstan qu'elle avait emporté pour le voyage.

Craignant la présence à bord d'espions envoyés par Bako, ils restèrent quasiment silencieux jusqu'à Moscou. Quand ils voulaient communiquer, ils se touchaient ou murmuraient à l'oreille de l'autre. À l'atterrissage, ils commencèrent par aller vérifier sur les panneaux d'affichage l'heure du vol pour Astana.

Comme ils avaient trois heures à tuer, ils s'installèrent dans une salle d'attente voisine de leur porte d'embarquement. Sam consultait une carte sur son téléphone. Remi le regarda faire pendant quelques minutes puis elle lui demanda : « Tu m'as l'air un peu nerveux. Que se passe-t-il ?

— Je ne saurais te dire, répondit-il en suivant des yeux un groupe de voyageurs qui traversaient la salle en discutant tout bas. Mais l'expérience m'a appris que la nervosité a toujours une cause réelle.

— Ce que tu dis là m'évoque un peu trop les phénomènes de perception extrasensorielle.

— Tu sais bien que je ne crois pas aux forces irrationnelles. Mais le fait est que nos sens captent en permanence des myriades de micro-informations. Et une fois de temps à autre, ces informations s'additionnent et produisent une impression de malaise incompréhensible.

— Là, je te suis mieux. Mais je te ferais remarquer que nous sommes assis dans un bâtiment conçu et construit aux plus beaux jours de la guerre froide par un gouvernement… obsédé par la surveillance, dirons-nous. Cet aéroport tout entier est une machine à contrôler les individus. C'est sûrement la disposition des lieux qui te met mal à l'aise.

— Peut-être. Mais j'aimerais que tu sois un peu parano toi aussi.

— Si cela peut te rassurer, j'ai bien observé les gens autour de nous, dit-elle. Et je n'ai pas vu d'hommes à l'allure douteuse. Je vais aux toilettes. »

Remi se dirigea vers le vaste hall et suivit les panneaux. Elle entendit des talons hauts claquer sur le sol derrière elle ; deux jeunes femmes venant de directions différentes s'étaient rejointes et prenaient elles aussi le chemin des toilettes. Remi regarda discrètement par-dessus son épaule, d'un côté puis de l'autre. Pas de quoi s'affoler : des voyageuses transportant des bagages à main. Quand elle poussa la porte pour entrer, elle vit devant elle deux matrones en uniforme et tablier, chargées de l'entretien. L'une près des lavabos distribuait des serviettes. L'autre poussait vers la sortie un bac à roulettes où trempait une serpillière ; elle attendit que Remi entre, suivie des deux autres femmes, et déposa dehors un cône en plastique muni d'une pancarte. Après quoi, elle recula, ferma la porte et se remit à passer la serpillière.

Remi trouva une cabine libre. Quand elle ressortit, les choses se déroulèrent si rapidement qu'elle n'eut pas le temps de réagir. Les deux femmes de ménage l'encadrèrent, celle à la serpillière l'attrapa à bras-le-corps et serra à l'étouffer, sa collègue glissa la main entre deux serviettes, en retira une seringue hypodermique qu'elle planta dans le bras de Remi.

Remi inspira juste assez pour hurler, mais déjà on lui appliquait une serviette sur le visage, si bien que son cri se transforma en un gémissement étouffé puis en halètements. L'air ne pénétrait plus dans ses poumons, la drogue qu'on lui avait injectée commençait à produire ses effets. Elle se sentait faible, molle. Dix secondes plus tard, elle perdait connaissance.

Dans la salle d'attente, Sam avait passé un bout de temps à regarder les gens passer. Pour changer, il prit le guide du Kazakhstan que Remi avait laissé sur son siège, tourna quelques pages mais, faute de pouvoir se concentrer, se remit à observer les allées et venues. Comme il n'y avait guère de cloisons séparatrices dans l'aéroport de Moscou, on voyait de partout les déplacements des voyageurs. Il essaya de se replonger dans son guide mais s'aperçut rapidement qu'il faisait semblant de lire, comme pour justifier sa présence dans ces lieux tout en affichant une attitude inoffensive aux yeux d'autrui. Où était Remi ? Elle tardait trop, décidément. Sam essaya de l'appeler sur son portable mais elle avait dû l'éteindre en embarquant à Budapest et oublier de le rallumer.

Il savait qu'on devait souvent faire la queue devant les toilettes des femmes, mais quand même, c'était bizarre. Sam se leva, attrapa le bagage de Remi, le suspendit sur son épaule, prit le chemin qu'elle avait emprunté et repéra bientôt la porte des toilettes au fond du grand hall. Tout en marchant, il regardait les boutiques, la foule autour de lui.

Une grande femme bien enrobée, portant l'uniforme du personnel d'entretien, franchit le seuil en poussant un chariot surmonté de deux gros barils. Elle retira la pancarte accrochée sur le cône posé au sol et qui bloquait l'accès. Une autre femme semblablement vêtue apparut derrière elle et l'aida à pousser son chariot. Elles parcoururent quelques mètres avant de bifurquer dans un renfoncement qui devait mener, supposa-t-il, à l'une des nombreuses issues formellement interdites aux passagers.

Sam fut relativement soulagé de constater que les toilettes avaient été fermées durant quelques minutes. Il se posta devant la porte et attendit sans cesser de surveiller les alentours, au cas où Remi serait allée ailleurs ou revenue sur ses pas.

Il se rappelait que les toilettes de l'aéroport O'Hare à Chicago possédaient deux portes, donnant chacune dans un hall différent. Était-ce le cas ici aussi ? Soudain, une femme sortit en parlant dans son téléphone portable. « Excusez-moi », dit-il en s'avançant vers elle.

La femme s'arrêta, son téléphone toujours collé à l'oreille.

« Ces toilettes ont-elles deux issues ? » demanda-t-il.

La femme regarda derrière elle puis se retourna vers Sam, comme si elle ne voyait pas où il voulait en venir.

Il fournit la réponse à sa place. « Je suppose que non. » Puis il partit d'un bon pas, estimant qu'il avait déjà perdu trop de temps. Il essaya encore d'appeler le portable de Remi, sans résultat. Il écouta le début du message d'absence et raccrocha. Deux employées d'une compagnie aérienne discutaient en russe derrière un comptoir.

« Bonjour, dit-il. Est-ce que vous parlez anglais ?

— Oui monsieur, répondit l'une. Que puis-je faire pour vous aider ?

— Ma femme s'est rendue aux toilettes et n'est pas revenue. Cela ne lui ressemble pas. Si elle avait été retardée, elle m'aurait appelé pour me prévenir. J'essaie de la contacter mais son téléphone est éteint. Je suis très inquiet. Jamais elle ne ferait une chose pareille.

— Elle est peut-être… malade ?

— Elle ne l'était pas quand nous sommes arrivés de Budapest, voilà quelques minutes. Pouvez-vous avertir la police de l'aéroport ? »

Les deux femmes échangèrent un regard embarrassé. « Oui, c'est envisageable, reprit son interlocutrice. Depuis combien de temps a-t-elle disparu ? »

Sam consulta sa montre. « Environ une demi-heure. Ce n'est peut-être pas énorme à vos yeux mais je vous jure qu'elle ne se serait pas absentée si longtemps sans me le dire.

— Cet aéroport est très vaste. Elle s'est peut-être égarée.

— C'est possible mais dans ce cas, elle m'aurait appelé.

— Je vais lancer une annonce par haut-parleur.

— Oui, merci, mais s'il vous plaît, prévenez aussi la police. »

La femme souleva un combiné téléphonique, appuya sur un bouton et demanda à Sam tout en collant le micro sur son bras. « Quel est son nom ?

— Remi Fargo.

— Madame Remi Fargo est priée de décrocher l'un des téléphones de courtoisie de couleur blanche présents partout dans le hall ou de se présenter au comptoir de la compagnie Aeroflot. Madame Remi Fargo est priée de décrocher un téléphone blanc. » Elle reposa le combiné et fit un sourire qui se voulait rassurant. « Elle va sans doute appeler dans un instant.

— Je vous en prie, contactez la police.

— On doit attendre encore un peu, lui laisser le temps d'appeler.

— Elle a eu déjà amplement le temps de me joindre via son portable, répondit Sam, toujours plus nerveux. Je vous en supplie, faites ce que je vous demande. » Il repéra deux agents en uniforme qui arpentaient le hall. « Excusez-moi. » Il se retourna et partit à leur rencontre.

Quand il parvint à leur niveau, Sam sentit à leur attitude tendue qu'ils redoutaient de se faire agresser. Aussi esquissa-t-il son sourire le plus innocent pour leur demander : « Parlez-vous anglais ? »

Comme ils ne le comprenaient visiblement pas, il leur fit signe de le suivre jusqu'au comptoir d'accueil. « S'il vous plaît, expliquez-leur mon problème », dit-il à la femme qui avait passé l'appel par haut-parleur.

La femme prononça quelques courtes phrases ponctuées de gestes désignant Sam, le téléphone, le hall, de haussements d'épaules, de hochements de tête et autres excuses. Les deux flics s'exprimaient d'une voix monotone, comme tous leurs homologues à travers le monde.

La femme se tourna vers Sam : « Avez-vous une photo de madame Fargo ? »

Sam leur en montra une sur son portable. Le flic le plus disert parla dans sa radio puis la raccrocha à sa ceinture et dit par le truchement de l'hôtesse : « Veuillez nous accompagner. Nous allons tenter de vous aider. »

Sam remercia les deux femmes et se dépêcha de suivre les agents. Ils franchirent une porte sans inscription et entrèrent dans une pièce remplie de policiers. Certains travaillaient devant des bureaux tandis que d'autres contrôlaient les images qui défilaient sur les écrans de surveillance. Un jeune officier blond, ressemblant plus à un universitaire qu'à un flic, s'adressa à Sam en anglais : « Monsieur ? Je vous en prie, asseyez-vous. Nous allons prendre votre déposition. »

Soulagé de constater qu'il n'aurait pas besoin d'interprète, Sam voulut accélérer le mouvement. « Je ne veux pas faire jouer mon assurance ni rien de la sorte. Ma femme a disparu. Je suis sûr qu'il lui est arrivé quelque chose.

— Commençons par rédiger le rapport. Après, on verra ce qu'on peut faire. » Les dix minutes suivantes furent consacrées à la description des faits et de la victime. Sam ressortit son téléphone et lui montra la photo de Remi.

« Elle a été prise il y a quelques heures seulement, avant que nous montions à bord de l'avion à Budapest. »

Le jeune officier lui demanda de la lui envoyer par mail pour qu'il l'envoie à toutes les antennes de police de l'aéroport, sur les portables des hommes de patrouille et des officiers en civil qui surveillaient les lieux.

Sam reprit quelque peu espoir. Il avait affaire à des professionnels. Ils la retrouveraient certainement, songea-t-il en regrettant presque d'en avoir douté dans un premier temps.

L'officier lui posa d'autres questions – le numéro du vol Budapest-Moscou, la porte qu'ils avaient empruntée pour quitter l'appareil, l'heure précise à laquelle Remi s'était rendue aux toilettes. Puis il traduisit les réponses à l'intention d'un de ses collaborateurs. On aurait dit qu'il lisait dans les pensées de Sam. « Trois inspecteurs sont en train de visionner les vidéos de surveillance. Ils verront peut-être votre épouse. »

Sam passa une demi-heure à attendre dans le bureau en regardant les policiers aller et venir, répondre au téléphone, discuter entre eux. Personne ne lui adressait la parole mais parfois, il surprenait un regard furtif. Il avait conscience que, dans de pareilles circonstances, chaque seconde comptait. Et cela ne faisait qu'accentuer sa détresse. Il n'avait pas envie de parler, il voulait juste qu'ils retrouvent Remi. Alors, il restait sagement assis dans son coin. Quand la première demi-heure se transforma en une heure puis en deux, il appela chez eux à La Jolla et laissa un message pour expliquer ce qu'il se passait.

Au bout de deux heures et trente minutes, d'autres policiers entrèrent. Ils portaient un uniforme différent, entièrement noir, sans doute une tenue d'extérieur. Et ils étaient plus lourdement armés que les flics de l'aéroport.

Le discours des autorités avait évolué au cours des trois dernières heures, songea Sam. Au début, ils avaient dit en souriant : « Pas d'inquiétude. Nous sommes dans le plus grand aéroport de Russie. Une vraie forteresse. » Peu après, Sam avait eu droit à : « Cet aéroport est mieux surveillé que tous les autres lieux publics de ce pays. Même si une personne était enlevée, les ravisseurs seraient incapables de la faire sortir du bâtiment. » Plus tard, le ton avait encore changé : « Ils ne pourraient pas franchir les limites de l'aéroport sans se faire arrêter. »

Quand on annonça l'embarquement du vol pour le Kazakhstan, celui que les Fargo auraient dû prendre, deux agents escortèrent Sam jusqu'à la salle d'attente et observèrent ensemble les passagers. Ils montrèrent la photo de Remi au personnel mais n'obtinrent en retour que des signes de tête négatifs et des mines perplexes. Ils restèrent sur place jusqu'à la fermeture des portes.

*

On retira la passerelle. L'avion se mit à rouler sur le tarmac. Dans un dernier sursaut d'espoir, Sam se dit qu'il allait peut-être apercevoir une fine silhouette entrer en courant dans la salle mais il eut beau regarder partout autour de lui, il ne vit que des milliers de voyageurs affairés et soucieux, rassemblant les uns leurs bagages, les autres leur progéniture, avant de gagner les portes d'embarquement.

21

Nijni Novgorod, Russie

Remi Fargo n'était plus vraiment endormie mais pas encore consciente. Son esprit luttait contre l'engourdissement.

Elle se trouvait dans un endroit sombre, environnée de choses tellement molles que son corps ne pouvait y prendre appui. Comme dans un cocon d'ouate. Au prix d'un immense effort mental, elle finit par comprendre qu'elle était enfermée dans une grande caisse en carton bourrée de pièces de tissu. Elle en avait même sur la tête. Ils ont dû percer des trous pour laisser entrer l'air, songea-t-elle. Mais elle n'en voyait aucun. Une grande lassitude l'envahit et de nouveau, elle perdit connaissance.

Des heures passèrent ainsi. Remi n'aurait su dire combien mais quand elle émergea pour la deuxième fois, elle put enfin ouvrir les yeux. C'était évident tout à coup : on l'avait cachée dans un container rempli d'essuie-mains usagés. Elle revit la femme de ménage dans les toilettes de l'aéroport. Elle essaya de se positionner dans le bon sens et quand elle sentit que sa tête était en haut et ses pieds en bas, elle s'agenouilla sur la couche de serviettes et poussa sur ses mains. Le couvercle de la caisse se déforma légèrement au centre sous la pression de son crâne. En revanche, il semblait collé sur son pourtour. Elle vérifia à tâtons, appuya mais en vain. Il tenait bon.

« Il y a quelqu'un ? » cria-t-elle.

Pas de réponse.

« Eh ! Laissez-moi sortir. » Elle repensa à ce qui lui était arrivé. On l'avait enlevée dans les toilettes de l'aéroport de Moscou. Un acte particulièrement audacieux dont les détails lui échappaient pour l'instant. Tout ce qu'elle savait, c'est que les deux matrones l'avaient droguée et déposée dans ce baril pour lui faire quitter discrètement le bâtiment avant de l'embarquer dans un camion de linge, probablement.

L'opération avait été menée avec une telle rapidité qu'au moment où Sam s'était inquiété de son absence, elle était sans doute déjà loin. Pauvre Sam, il devait être fou d'inquiétude en ce moment. Elle l'imaginait faisant les cent pas dans la salle d'attente, le regard braqué sur la file des passagers se préparant à embarquer. À l'heure actuelle, il était sûrement en train de remuer ciel et terre. Tant mieux. Elle pouvait compter sur lui ; il ferait en sorte que la police ne lâche pas l'affaire.

Devait-elle appeler à l'aide ? Elle décida d'attendre. Il serait bien temps de crier quand elle entendrait approcher ou si jamais ils déplaçaient le baril. Peut-être que quelqu'un réagirait, quelqu'un d'autre que ses ravisseurs, bien entendu. À supposer qu'il y ait du monde dans les parages. Une heure plus tard, les pneus du camion quittèrent la surface plane et lisse sur laquelle ils avaient roulé depuis le départ. Elle sentit un léger cahot puis le véhicule passa sur un terrain tout aussi plat mais revêtu d'une matière rugueuse comme du gravier ou de la terre.

En attendant la suite des événements, elle passa en revue les raisons probables de son enlèvement. Des malfaiteurs avaient dû les repérer, Sam et elle, au moment où ils montraient leurs passeports, et ils s'étaient dit qu'un otage américain leur rapporterait un gros paquet de fric.

Le camion s'arrêta. Elle entendit les doubles portes du fourgon s'ouvrir en grinçant. En l'espace d'une seconde, elle envisagea diverses solutions à son problème. Elle était plus athlétique qu'ils ne l'imaginaient, championne d'escrime, tireuse d'élite. Elle pourrait tenter de s'enfuir et… se faire abattre dans la seconde suivante. Non, mieux valait feindre l'inconscience et les écouter parler… dans une langue qu'elle ne connaissait pas. Bon, tout compte fait, elle opterait pour une attitude raisonnable, posée. Surtout, ne pas montrer qu'elle avait peur. Ce serait sans doute difficile mais ça restait dans ses cordes.

Elle entendit sauter un clapet. On retira le cercle d'aluminium qui scellait le couvercle du baril. Des mains se tendirent, enlevèrent la couche de serviettes qu'elle avait sur la tête. Remi se leva.

Bien qu'elles aient troqué leur blouse contre des salopettes, elle reconnut les deux femmes de l'aéroport. Leurs cheveux étaient noués en chignon. Derrière elles, se tenaient deux hommes, sans doute le chauffeur du camion et son complice. L'un des deux la menaçait d'une arme automatique particulièrement sinistre, un Stechkin APS qui ressemblait à s'y méprendre aux pistolets conçus pour les unités Spetnaz de l'ancienne armée soviétique. Remi savait que la police russe s'en servait encore car ils avaient un faible recul et leurs munitions étaient bon marché et faciles à se procurer. Ces deux-là étaient munis de silencieux.

Un peu plus loin, elle repéra deux types en jeans et coupe-vent, armés de pistolets-mitrailleurs tchèques Škorpion à canon court, et derrière eux, un homme vêtu d'un costume sur mesure gris clair qui lui allait parfaitement. Il lui parut évident qu'il s'agissait là de son principal interlocuteur. L'homme élégant hocha la tête, sourit aux deux matrones et à leurs deux aides puis lança un ordre à la cantonade. Très vite, on fit sortir Remi du baril puis du camion. Et on lui attacha les mains dans le dos avec des menottes en plastique.

L'homme observait la scène avec un sourire indéfectible. Ses gestes gracieux contrastaient avec le respect quasi militaire que semblaient lui porter ses sous-fifres. Remi lui trouvait une allure désuète. Un aristocrate comme il y avait eu avant la Révolution, profitant de l'été dans sa résidence de campagne. Il portait une chemise blanche amidonnée, une cravate en soie bleue. Il alluma une cigarette et tourna son attention vers elle. « Madame Fargo, vous me rappelez la Vénus de Botticelli émergeant de sa coquille Saint-Jacques. »

Il attendit un peu avant d'ajouter : « Vous ne voulez pas me parler ?

— Je ne veux pas vous pousser à dire une chose qui vous obligera à me tuer.

— Très sage, dit-il en hochant la tête. Mais, voyez-vous, en Russie les enlèvements ont à peu près les mêmes conséquences qu'aux États-Unis. Si on m'arrête, je suis mort. Je vous dirai uniquement ce que vous avez besoin de savoir. Vous serez traitée correctement et avec respect mais vous n'aurez pas le droit de sortir. Chaque jour, quelqu'un viendra vous prendre en photo avec un exemplaire d'un quotidien. Nous contacterons votre mari. Quand il accédera à mes demandes, vous serez libérée.

— Et quelles sont vos demandes ?

— Ah ! Cela vous intéresse donc ?

— Bien sûr que ça m'intéresse.

— Je sais que vous êtes à la recherche des cinq trésors d'Attila le Hun. Vous avez trouvé le premier près de Mantoue. Vous avez volé le suivant à Châlons-en-Champagne. Vous avez fait arrêter Arpad Bako une fois déterrés des objets contenus dans la tombe de Bleda. Vous avez dérobé le trésor enfoui sur la rive du Danube. Et vous seriez sur le point de découvrir le dernier de la liste, si je n'étais pas intervenu. Ai-je oublié un détail ?

— Si je vous disais que oui, vous ne me croiriez pas.

— Bref, vous êtes donc en possession d'au moins trois trésors, parmi les plus importants et les plus anciens – ceux d'Italie, de France et de Hongrie. Tous les trois constitués par les Huns au cours de leurs razzias. Il paraît qu'il a fallu des camions pour les transporter. » Tout en parlant, il étudiait ses réactions. « Personnellement, je pense que votre mari les échangerait volontiers contre votre personne. Donnant donnant.

— Ils ne sont plus en notre possession, répondit-elle. Ce n'est pas la première fois que nous faisons de telles découvertes. Vous n'avez qu'à vérifier. Nous procédons dans le respect des conventions internationales et des lois en vigueur dans chaque pays concerné. La plupart du temps, ces règles interdisent l'exportation des vestiges archéologiques. Dans les cas où les gouvernements nationaux autorisent la vente de certains objets, la partie qui nous revient est transmise à des œuvres d'intérêt général. Nous ne gardons rien pour nous. Les trois trésors que vous avez mentionnés ont été remis aux autorités italienne, française et hongroise. Il pourra se passer plusieurs années avant que nous ne sachions quelles dispositions ont été prises pour la conservation de ces objets.

— Alors, votre mari devra s'arranger avec les responsables de ces gouvernements, j'imagine. C'est une bonne occasion de mesurer leur degré de gratitude envers vous. Après tout, vous vous êtes montrés si généreux ces dernières années qu'ils ne peuvent refuser de vous aider.

— Que se passera-t-il si mon mari ne peut vous remettre ces inestimables témoignages de l'histoire européenne ? Vous me tuerez ?

— Moi ? Bien sûr que non. Ce genre de travail, je le délègue à mes hommes de main. Si votre mari coopère et me remet des objets en nombre suffisant pour prouver sa bonne volonté, je vous relâcherai.

— Vous ne m'avez pas l'air d'un amateur d'antiquités, dit Remi. Pourquoi ne pas vous contenter de demander une rançon ? Pour me récupérer, mon mari serait en mesure de vous verser un million de dollars. » Elle le vit esquisser une moue ironique. « Bon, alors, disons cinq. Cela vous éviterait des tas d'embêtements. Il pourrait faire un virement sur votre compte. Pas besoin d'affréter des camions, pas de contrôle aux frontières, pas de risques inutiles. Sans compter que les antiquités volées ne se revendent qu'au centième de leur valeur.

— C'est bon, j'en ai suffisamment entendu. Mes amis vont vous montrer vos appartements. Quelle que soit la suite des événements, je suppose que nous n'aurons plus l'occasion de nous revoir. » Sur ces mots, il se retourna et s'éloigna en direction du vaste jardin qui s'étendait devant le manoir.

L'un des hommes armés de pistolets-mitrailleurs ouvrit la marche, suivi par les deux femmes qui encadraient Remi. Les trois autres marchaient quelques mètres derrière, prêts à tirer en cas de nécessité. Ils la firent entrer dans la magnifique demeure, sans doute construite entre 1850 et 1870. De vieux tableaux jaunis ornaient les murs – des mers déchaînées, des scènes de bataille, des portraits d'hommes barbus et de femmes endiamantées.

Le mobilier possédait un grand cachet. Partout ce n'était que soieries, bois précieux. Ils pénétrèrent dans une vaste cuisine puis dans l'office attenante. Remi crut un instant qu'on la conduisait dans un cachot situé au sous-sol, mais non. Ils poursuivirent leur chemin en file indienne dans un étroit escalier de service, jusqu'au troisième étage, le dernier. À l'origine, ce passage avait été conçu pour permettre aux valets, bonnes et marmitons de circuler entre les cuisines et les minuscules chambres en soupente qui leur étaient réservées.

Au milieu d'un long couloir, sur la droite, se trouvait la pièce qu'elle était censée occuper. Elle n'avait pour toute ouverture qu'une grosse porte de bois et, en fait de meubles, un lit une place, une table, une chaise et une petite commode. Une seconde porte donnait sur un cabinet de toilette. D'après son expérience des maisons anciennes, Remi supposa que la chambre sans fenêtre avait servi de logement à un serviteur haut placé et le local reconverti en salle de bains à un valet de rang inférieur. Une fois réaménagées, ces deux pièces communicantes donnaient une cellule largement plus confortable qu'à l'origine mais tout autant privée d'issues et coupée de la lumière du jour.

Les deux femmes l'obligèrent à se tenir dos au mur, prirent un journal posé sur la commode et le lui collèrent dans les mains. Après quoi, un homme la photographia, vérifia la qualité de l'image et sortit de la chambre avec les autres.

Remi écouta le bruit que faisait la porte en se fermant. Le panneau était de bois massif mais le son produit par la clé indiquait qu'il n'y avait pas de pêne dormant. Bonne nouvelle.

Remi s'assit sur le lit. Normalement, elle aurait dû éclater en sanglots mais il n'en était pas question. Elle avait mieux à faire, par exemple se mettre en quête des dispositifs de surveillance – appareil photo à sténopé, judas, caméra. Elle chercha partout mais aucun endroit n'était susceptible d'abriter un tel équipement. Alors, elle inspecta le mobilier, le lit en particulier, avant de passer dans la salle de bains en se disant qu'un bout de métal, un tuyau descellé pourrait éventuellement lui servir d'outil.

Ces gens n'étaient pas très renseignés, se dit-elle. Ce type tout droit sorti d'une pièce de Tchekhov semblait les prendre pour des victimes sans défense, de simples quidams qu'on pouvait impunément enlever contre rançon, voire assassiner. Depuis que les Fargo avaient fait fortune, dix ans auparavant, ils savaient qu'ils constituaient d'excellentes cibles pour les ravisseurs. Conscients que ce genre de mésaventure risquait de leur arriver un jour, à l'un ou à l'autre, ils avaient élaboré divers plans de défense, défini des procédures à suivre en cas d'attaque. Celui des deux qui se ferait enlever devrait chercher par tous les moyens à localiser son lieu de détention et à connaître l'identité de ses ravisseurs, cela afin de signaler sa position à l'autre en temps voulu et faciliter son propre sauvetage. Quant à celui des deux qui était libre – Sam en l'occurrence –, il était convenu qu'il n'abandonnerait jamais, même si les recherches devaient durer vingt ans.

Remi savait que Sam ne renoncerait jamais, qu'il ne négligerait aucune piste. Pas un jour ne passerait sans qu'il progresse un tant soit peu. Le fait de penser à Sam lui fit monter les larmes aux yeux. À l'heure actuelle, il devait caresser les Russes dans le sens du poil, leur faire croire qu'il les laissait gérer le problème et, pendant ce temps, exercer des pressions sur les autorités américaines afin d'obtenir leur aide.

22

Moscou

Sam faisait antichambre au consulat américain en s'efforçant de dissimuler son impatience. Cette pièce baignée par la lumière du soleil couchant ressemblait à la salle d'attente d'un médecin, avec ses fauteuils en cuir, son divan et sa table basse jonchée de magazines. Une atmosphère confortable et quelque peu vieillotte qui contrastait avec l'architecture moderne et strictement fonctionnelle de l'immeuble, un cube de huit étages établi sur Bolchoï Deviatinski Pereulok.

Il se doutait que les fonctionnaires du consulat étaient en train de vérifier à qui ils avaient affaire. Ces choses-là prenaient du temps. Il commençait à douter du résultat de leurs recherches quand soudain la porte s'ouvrit. Un homme en costume sombre entra dans la salle. Il avait sur le visage une expression indéfinissable, entre méfiance et amabilité. « Bonjour, monsieur Fargo. Je suis Carl Hagar, sécurité diplomatique. Désolé de vous avoir fait attendre.

— Merci de me recevoir, dit Sam.

— On m'a expliqué ce qui vous arrive. Je suis terriblement navré pour vous mais aussi terriblement inquiet.

Ce genre d'incident ne s'est plus produit depuis la fin de la guerre froide. Une ressortissante américaine enlevée dans l'aéroport Cheremetievo, c'est un fait sans précédent. Ce lieu a connu des attaques terroristes, des voyageurs ont été arrêtés au moment où ils passaient la douane, mais il n'y a jamais eu de kidnapping.

— À mon avis, le gouvernement russe n'y est pour rien. Selon toute probabilité, mon épouse est la victime d'un réseau mafieux qui a eu vent des recherches que nous effectuons dans le but de retrouver plusieurs trésors datant du ve siècle.

— C'est aussi ce que nous pensons.

— Vous avez déjà enquêté sur sa disparition ?

— Dès que la nouvelle nous est parvenue. Nous enquêtons systématiquement en cas de disparition d'un citoyen américain à Moscou. Mais quand nous avons commencé à prendre des renseignements sur vous, nous sommes tombés sur vos antécédents au sein de l'Agence de recherche avancée dans le domaine de la défense. Ce qui peut expliquer pas mal de choses. Vos connaissances en matière militaire font de vous une cible précieuse. Rube Hayward a indiqué sur votre dossier qu'on devait l'avertir en personne si jamais vous aviez des problèmes. Vous savez ce que cela signifie pour nous.

— Je crains que non, rétorqua Sam. Je connais Rube depuis vingt ans mais je peux garantir qu'il ne m'a jamais rien confié. Je suis un civil.

— Disons alors que vous avez des amis haut placés. J'ai contacté les officiers de police russes qui s'occupent de vous en leur faisant comprendre que cette affaire nous intéressait au plus haut point et que nous ne lâcherions pas le morceau. Ils nous ont remis toutes les infos en leur possession. » Il posa un dossier sur la table basse, l'ouvrit et fit glisser cinq photos vers Sam.

Il s'agissait d'images floues en noir et blanc prises par les caméras de surveillance de l'aéroport.

Hagar en désigna une. « Voici madame Fargo au moment où elle entre dans les toilettes. Ensuite, vous voyez ces deux femmes de service ? Elles tiennent la porte pour laisser passer les deux personnes qui la suivent. Ensuite, l'une d'elles installe une pancarte "Fermé pour nettoyage" et verrouille la porte. Quelques minutes plus tard, voilà ce qui apparaît. » La photo montrait une femme de ménage poussant un chariot à roulettes surmonté de deux gros barils.

« J'ai vu ces femmes, dit Sam.

— Que faisaient-elles exactement ?

— Elles sortaient des toilettes avec ce même chariot. Après, elles ont tourné quelque part et franchi une porte où rien n'était inscrit.

— La police russe ignore qui elles sont. Ils ont agrandi les photos mais n'ont pas pu les retrouver dans les fichiers du personnel de l'aéroport. Ils ont visionné huit heures d'enregistrement en accéléré mais madame Fargo n'est jamais ressortie des toilettes. Conclusion, elle se trouvait dans l'un de ces barils. »

Hagar désigna un autre cliché, pris à l'extérieur du terminal. Les deux femmes installaient l'un des barils sur un élévateur hydraulique à l'arrière d'un camion. Un homme en bleu de travail dirigeait la manœuvre. Une inscription en cyrillique s'étalait sur la carrosserie.

« Qu'est-ce que cela signifie ?

— *Len Sluzhby*. Blanchisserie, dit-il. Ils sont montés dans le camion en laissant sur place l'autre baril et le chariot. Et ils sont partis. Il existe bien une société de nettoyage possédant de tels véhicules. Ce sont eux qui fournissent l'aéroport en linge propre. D'après la police, ce camion leur appartient.

— Puis-je vous indiquer une piste ? demanda Sam. Je pense que les kidnappeurs sont en cheville avec un certain Arpad Bako, patron d'une usine de produits pharmaceutiques située à Szeged, en Hongrie. Cet individu a fait l'impossible pour dérober les trésors que nous recherchions. Il est capable de tout pour parvenir à ses fins. En France, nous sommes tombés sur des amis à lui. Ils étaient en train de fouiller un site archéologique et ils nous ont tiré dessus. Ces gens-là travaillent pour un truand nommé Le Clerc, lequel introduit clandestinement sur le territoire français les médicaments fabriqués par Bako. J'imagine que Bako possède des associés en Russie, également. Des complices qui gèrent ses importations frauduleuses ou qui le fournissent en matières premières.

— Ce sera vérifié. Nous vous tiendrons au courant, promit Hagar.

— Merci.

— Encore une chose.

— La rançon, j'imagine, dit Sam.

— Exact. S'ils ont enlevé madame Fargo dans le but de l'échanger contre les pièces archéologiques découvertes en Europe, je suppose qu'ils vont prendre contact avec vous. Vous êtes peut-être même déjà sous surveillance. Ils doivent savoir que vous avez parlé à la police de l'aéroport et que vous êtes ici. Ils menaceront de la tuer si vous continuez à discuter avec nous. Il faut donc qu'ils croient que vous acceptez leurs conditions.

— J'y ai songé. »

Hagar mit la main dans sa poche et tendit un portable à Sam. « Prenez-le. À un moment donné, ils vont vous confisquer votre téléphone. Vous leur remettrez l'ancien. Nous vous suivrons à la trace grâce au GPS qui équipe celui-ci. Mais rassurez-vous, si jamais vous le perdez, nous avons d'autres moyens à notre disposition.

— Entendu, dit Sam en empochant le portable. Je vais prendre une chambre d'hôtel et attendre leur appel. Nous n'avions prévu de faire escale en Russie que pour changer d'avion.

— Une chambre vous attend au Hilton Leningradskaïa, le gratte-ciel édifié sous Staline près du Kremlin. Cet hôtel a l'avantage de posséder un hall immense qui permettra à nos agents de vous surveiller discrètement. Il n'y aura sans doute personne à vos trousses, mais on ne sait jamais.

— On ne prend jamais assez de précautions, dit Sam en se levant pour serrer la main de Hagar. Merci.

— Il y a des taxis devant le consulat. Montez dans le premier qui se présente. J'aurais aimé faire votre connaissance dans des circonstances moins pénibles. Rube Hayward a raison. Il dit que vous avez du sang-froid et peur de rien.

— C'est un beau compliment de sa part mais il se trompe, répondit-il. Et ces gens ont vite deviné la chose qui m'effrayait le plus. »

En sortant du consulat, Sam vit la file de taxis et attendit au bord du trottoir que le premier se détache et s'arrête devant lui. « Hilton Leningradskaïa, dit-il.

— *Da, da* », répondit le chauffeur en lui faisant signe de monter. L'homme semblait impatient, comme s'il avait prévu autre chose.

Sam monta, le taxi s'inséra dans la circulation. Sam dut se faire violence pour ne pas se retourner et tenter de repérer à travers le pare-brise les équipes de surveillance envoyées par les ravisseurs ainsi que les agents américains censés les prendre en filature. Cela faisait vingt-quatre heures qu'il n'avait pas fermé l'œil. Il était tellement vidé que son cerveau fonctionnait au ralenti, l'empêchant de se concentrer sur la résolution des problèmes à venir.

Tandis que son taxi parcourait les rues de la ville, la lumière du couchant lui rappela que Moscou était beaucoup plus près du pôle que les grandes cités des États-Unis et que le soleil mettait longtemps à disparaître. Un temps qu'il pourrait mettre à profit.

Le chauffeur s'immobilisa devant le gratte-ciel de style soviétique. « 600 roubles. » Sam sortit la liasse de billets qu'on lui avait remise au bureau de change de l'aéroport, compta 700 roubles, les lui tendit, puis attrapa le sac de voyage où se trouvaient ses affaires et celles de Remi. Quand il ouvrit la portière pour descendre, l'homme lui donna un petit paquet enveloppé dans du papier.

« Qu'est-ce que c'est ?

— Prenez », dit le chauffeur.

Sam le prit puis se tourna vers la rue, derrière le taxi. On les suivait peut-être mais impossible d'en avoir le cœur net. De toute façon, il ne pouvait rien y faire. En entendant le taxi démarrer, il jeta un œil sur la plaque d'immatriculation. Mais elle était tellement sale qu'on ne voyait pas le numéro. Un instant après, il s'aperçut que ce qu'il avait pris pour de la boue ressemblait davantage à une couche de peinture ou à une mixture composée de mastic et de terre récemment appliquée.

Il se présenta au comptoir de réception puis monta dans sa chambre, s'assit sur le lit et posa le paquet à côté de lui. Il composa le numéro de La Jolla en laissant errer son regard sur cet étrange cadeau.

« Bonjour Sam, dit Selma. Toujours aucune nouvelle ?

— Je pense que je ne vais pas tarder à en avoir. On m'a donné un paquet. Je vais l'ouvrir tout de suite. Je laisse ce portable allumé pour que tu entendes ce qui se passe. Mais ne parle pas avant que je te le dise.

— Très bien. »

Sam retira le papier d'emballage en faisant très attention au cas où le fil d'un détonateur dépasserait de la boîte, souleva le couvercle et, voyant que rien ne clochait, annonça à Selma : « C'est un carton tout ce qu'il y a d'ordinaire, genre boîte de chocolats. Pas de fil suspect, pas d'explosifs. Le chauffeur de taxi me l'a remis il y a quelques minutes. Il contient un téléphone portable et une photo de Remi tenant un journal russe devant elle. La date est celle d'aujourd'hui. Elle est vêtue comme hier soir et visiblement, elle n'a pas été maltraitée. Rien d'autre. »

Le téléphone sonna au fond de sa boîte. Sam le prit : « Allô.

— Monsieur Fargo. Vous avez dû voir la photo de votre épouse, glissée à côté de ce portable. C'est une femme d'une grande beauté, et d'une grande intelligence aussi. Elle doit terriblement vous manquer.

— Et vous, vous avez terriblement envie d'une chose précise. Quoi donc ?

— Puisque que vous abordez le sujet… Vous avez mis la main sur trois trésors amassés par les armées d'Attila au Ve siècle dans les villes d'Europe. L'un dans la région de

Mantoue, le deuxième près de Châlons-en-Champagne, le dernier en Hongrie, sur les bords du Danube.

— Je ne…

— Ne m'interrompez pas. Je sais que vous les avez. Je les veux et vous allez me les donner.

— Ils ont tous été remis aux services de préservation du patrimoine de chacun des pays concernés, répondit Sam. Il existe des traités, des lois pour empêcher les gens comme…

— Je vous ai demandé de vous taire. Sachez que je me contrefiche des traités et des lois établies par des politiciens étrangers. Vous n'avez qu'une chose à faire : réunir la rançon. Dès que vous aurez récupéré les trois trésors, appelez-moi. Il vous suffira d'appuyer sur un numéro qui figure dans le répertoire, celui marqué Remi.

— Que se passera-t-il si je n'arrive pas à les avoir ?

— Pourquoi chercher les ennuis ? J'espère que nous n'aurons pas à recourir à de telles extrémités mais si vous échouez, je crains que vous ne receviez un enregistrement vidéo montrant votre épouse en très mauvaise posture. Mais vous réussirez. Soyez confiant, soyez fort, ne songez à rien d'autre qu'à me rendre mon or.

— À supposer que j'y parvienne, ça va prendre du temps.

— Pour moi, le temps n'est pas un problème. Si vous voulez la retrouver dans une semaine, prenez une semaine. Dans un mois ? Prenez un mois. Six mois si ça vous chante.

— Où puis-je… » Sam aurait voulu prolonger la conversation mais le ravisseur avait raccroché. Il éteignit le portable, l'emporta dans la salle de bains et l'enveloppa d'une serviette. Puis il ferma la porte, repassa dans la chambre et reprit son propre téléphone. « Selma ?

— Je suis là, dit-elle. J'ai tout enregistré. Mais je n'ai rien appris sinon qu'il est russe, parle un anglais parfait et n'a peur de rien.

— Et vous, au consulat ? demanda Sam. Vous avez un indice ? »

Un homme à l'accent américain lui répondit d'une voix posée – pas celle d'Hagar mais une autre qui lui ressemblait beaucoup : « Nos recherches nous ont menés jusqu'à un certain Sergueï Poliakov. Ce monsieur fait des affaires avec Arpad Bako. La police russe nous a promis des infos sur lui.

— Où vit-il ?

— À Nijni Novgorod. Il possède une société d'import-export et un manoir à l'ouest de la ville. Les Russes ne nous ont pas encore dévoilé grand-chose sur lui mais l'officier que j'ai eu au téléphone m'a laissé entendre qu'il s'agissait d'un individu louche. Il a des hommes à lui dans un grand nombre de pays, peut-être même aux États-Unis.

— Merci. Je vais devoir m'y mettre tout de suite. Je laisserai les deux téléphones dans ma chambre. Si cela vous est possible, j'aimerais que quelqu'un de chez vous vienne chercher celui que m'a envoyé le ravisseur. Qu'il le promène jusqu'en Italie, ou en France, histoire de lui faire croire que j'obéis à ses ordres.

— Et pendant ce temps, où serez-vous ? Vous ne pouvez pas circuler seul dans ce pays. Vous ne parlez même pas la langue. Vous ne pouvez rien faire sans la police russe, ce qui implique de passer par nous. Promettez-moi de vous tenir à carreau. » L'homme, un nommé Owens, attendit la réponse de Sam. Mais ce dernier avait déjà raccroché.

Owens passa sur une ligne téléphonique interne. « Nous allons perdre la trace de Fargo. Il quitte son hôtel. Il va probablement se rendre dans les environs de Nijni Novgorod. Mais pas avant une ou deux semaines. Il a laissé derrière lui notre portable et celui du ravisseur. Envoyez un agent les récupérer et après, qu'il parte en voyage à Rome, Paris et Budapest. C'est le seul moyen pour que la femme de ce pauvre gars reste en vie encore quelques jours. »

23

Nijni Novgorod, Russie

Sam arrive. Sam va venir me chercher. Il est déjà en route. Il a trouvé un indice, il est sur mes traces.

Remi devinait que le jour était levé depuis longtemps mais restait allongée sur le lit. Elle se souvenait d'avoir lu les résultats d'une expérience menée sur des cobayes humains séjournant dans des grottes. Comme ils étaient privés de leur montre et de la lumière du soleil, leurs cycles biologiques se modifiaient sur la base d'une journée de 26 heures. Soudain, elle entendit un coup discret frappé à la porte. C'était la jeune fille qui lui apportait son petit déjeuner chaque matin ; une personne douce et attentive qui prenait la peine de signaler sa présence à Remi, alors que c'était elle qui avait la clé.

Elle s'appelait Sacha – un prénom qu'on donne habituellement aux garçons, peut-être un pseudonyme servant à cacher sa véritable identité car, après tout, elle était au service d'un criminel. Elle avait dans les dix-huit ans, des yeux verts limpides, des cheveux blonds et une silhouette fine. Elle était venue la voir à cinq reprises. Et chaque fois, Remi avait fait en sorte de lui parler, afin de créer un lien.

« Bonjour, Sacha, dit Remi. C'est très appétissant ce que vous m'apportez. Merci beaucoup. »

Comme à son habitude, Sacha posa le plateau sur la petite table et tira la chaise pour que Remi s'installe. Dans un premier temps, la fille ne lui avait pas dit qu'elle parlait anglais. Remi avait dû la tester en lui faisant la conversation, comme si elles étaient amies.

Un jour, elle lui avait dit que le soleil lui manquait, qu'elle rêvait de pouvoir se promener dehors et surtout de revoir les fleurs magnifiques qu'elle avait aperçues dans le parc en arrivant. Le lendemain, Sacha était apparue avec une rose jaune dans un vase. Remi lui avait exprimé sa gratitude et l'avait de nouveau remerciée la fois suivante, quand Sacha lui avait encore apporté une fleur. Comme Remi disait apprécier le thé russe bien corsé, la jeune fille lui en servit dans un verre avec du sucre. La deuxième fois, Remi prétexta : « Il est trop fort pour moi. En veux-tu ? » et lui tendit le verre en souriant gentiment. De même, quand Remi annonça qu'elle aimait sucrer son café avec une cuillerée de miel, Sacha apporta un verre de thé bien corsé pour elle-même, mais aussi du café et du miel pour Remi. Puis elle s'assit sur le lit et regarda Remi manger.

Par la suite, elle apporta chaque matin du café et du thé, et chaque midi une fleur. Remi l'interrogeait discrètement sur le monde extérieur. Par exemple, quand Sacha lui offrit une magnifique tulipe pourpre et blanche, Remi lui demanda où elle l'avait cueillie. En se servant des tasses, de la serviette, des assiettes et des couverts, Sacha reconstitua pour elle la disposition des bâtiments et du parc, tel objet représentant la maison, tel autre le jardin, la route, les écuries, le pré ou le garage. Et ce faisant, elle prononça en anglais les mots correspondants.

Remi faisait en sorte de renforcer leur complicité, d'apprendre un maximum de choses sur les lieux et leurs occupants. Sacha ne lui confiait rien de manière spontanée, préférant écouter ses questions puis réfléchir avant de livrer une information qu'elle estimait sans importance.

Quatre jours – soit l'équivalent de douze repas – passèrent ainsi, au terme desquels Remi acquit une connaissance relativement fiable de son environnement immédiat. Actuellement, vingt hommes patrouillaient le domaine. Sacha s'en plaignait car c'était pour elle un surcroît de travail. Il fallait les nourrir, laver leur linge, sans compter le ménage et la vaisselle. De plus, elle en avait peur.

Sacha ne s'était pas aperçue que Remi avait volé une fourchette. Le deuxième jour, elle avait profité d'un instant d'inattention pour la glisser dans sa manche. Sacha ignorait aussi que Remi en avait plié tous les pics sauf un en utilisant un trou percé dans le cadre de son lit en fer, que son mari lui avait appris comment on force une serrure et qu'un autre des pics, une fois cassé, remplacerait aisément l'outil de crochetage qu'on appelait entraîneur.

Le sixième jour de sa captivité, Remi dévissa un petit écrou au coin de son armoire de toilette et s'en servit pour donner de petits coups sur les tuyaux afin de juger du bruit qu'elle pouvait obtenir ainsi. L'avantage étant qu'après l'avoir utilisé, elle pouvait le revisser, de sorte qu'on ne le trouverait pas si jamais on fouillait sa chambre.

Pour mieux amadouer Sacha, elle lui donna la moitié de son dessert et tout en mangeant lui soutira innocemment d'autres informations sur la ville voisine et sa distance par rapport à Moscou. À la nuit close, elle attendit que les bruits se taisent dans la maison et, avec les deux pics de la fourchette, tritura la serrure jusqu'à ce que les goupilles s'alignent et que la porte s'ouvre. Elle s'entraîna à le refaire autant de fois que nécessaire pour acquérir une certaine maîtrise. Tout en travaillant, elle se disait que Sam serait fier de constater qu'elle devenait experte en crochetage de serrure, à présent que sa vie en dépendait.

Elle se faufila dans le couloir obscur et passa cinq minutes à l'explorer. Au bout, elle trouva l'escalier de service qu'elle avait emprunté le premier jour. Deux fenêtres donnaient sur le domaine immense et le ruban noir de la rivière qui coulait au-delà. Près de l'escalier, elle entendit deux gardes ronfler derrière la porte d'une chambre. Puis, quand elle estima qu'elle s'était aventurée aussi loin qu'elle pouvait se le permettre, elle regagna sa cellule, la verrouilla en déplaçant les goupilles, se coucha et s'endormit.

Le septième jour, elle s'exerça à envoyer des messages en morse. Prévoyant qu'ils en auraient un jour l'utilité, Sam avait tenu à ce qu'elle apprenne cet alphabet. À l'époque, Remi avait protesté en disant qu'aucune académie militaire ne l'enseignait plus, mais aujourd'hui elle le remerciait d'avoir insisté. Elle choisit un message court « Remi troisième étage » et se mit à taper sur le tuyau du lavabo. Des coups relativement discrets et s'étalant sur des périodes assez longues pour que les occupants de la maison finissent par s'y habituer et ne les remarquent plus. Au déjeuner, Sacha lui parla du beau temps et de la jolie vue qu'elle avait sur la Volga depuis la fenêtre de sa chambre. Le soir même, quand tout fut calme autour d'elle, Remi sortit pour la deuxième fois dans le couloir.

Grâce à sa pratique de l'escrime, Remi était souple et légère. Comme Sam lui avait appris quelques trucs pour se déplacer furtivement dans un espace sombre, elle savait que dans un couloir, les parquets avaient tendance à craquer davantage au centre et que, pour éviter de se faire prendre, on devait marcher, s'arrêter au premier grincement et attendre un peu avant de continuer. Cela afin d'espacer les bruits et d'éviter qu'on ne les associe entre eux. Dès lors qu'ils semblaient aléatoires, les craquements n'avaient rien d'alarmant. On en attribuerait la cause à la vétusté du bâtiment, au vent qui malmenait la charpente, parfois au frottement d'une branche sur une façade.

Pour rester vigilante et agile, Remi s'adonnait à des exercices physiques quotidiens, répétait tous les gestes qu'elle avait mis au point. Elle repassait dans sa tête les méthodes que lui avait enseignées Sam et vérifiait qu'elle n'avait rien omis. Quand elle vivait en sécurité dans leur belle maison sur la côte du Pacifique, elle n'en avait pas compris l'intérêt. Sam, à force d'humour et de cajoleries, avait fini par lui inculquer quelques bases. Elle se rappelait l'ennui qu'elle avait éprouvé alors. Mais à présent, avec le recul, elle comprenait que sans cet entraînement, elle aurait succombé à la peur, elle n'aurait pas su résister. Or, depuis le début de sa captivité, elle avait non seulement de quoi s'occuper l'esprit mais elle s'était fixé un but. Elle n'avait pas le droit de se laisser aller au désespoir mais, dans le même temps, le fait de songer à Sam la mettait au bord des larmes. *Sam arrive, il se rapproche. Il faut que je me tienne prête.*

24

Moscou

Sam marchait seul dans Moscou à 8 heures du soir, il n'était qu'une silhouette semblable à des milliers d'autres, fendant la foule des travailleurs qui rentraient chez eux. Certains semblaient joyeux, discutaient entre eux, riaient fort. Peut-être s'étaient-ils retrouvés tout à l'heure autour d'un verre. D'autres, fourbus, solitaires, partaient rejoindre les lointaines banlieues où vivaient les familles modestes. Sam faisait la queue à une station de bus. Il laissa passer plusieurs personnes, regarda la somme qu'elles payaient au chauffeur et les imita.

À présent, la CIA devait être en possession des deux portables qu'il avait abandonnés à l'hôtel. Avec un peu de chance, les ravisseurs le croiraient en train de vadrouiller à travers l'Europe. Sam resta assis jusqu'au terminus puis suivit les passagers qui descendaient. Au bout de quelques centaines de mètres, certains pénétrèrent dans des barres HLM pareilles à celles qu'on trouve aussi en Amérique.

Comme il faisait doux, Sam décida de dormir à la belle étoile sur un chantier de construction. Au bord d'une fosse destinée à accueillir les fondations d'un immeuble, il repéra un monticule de terre recouvert d'une bâche maintenue par des cordages passés dans des œillets. Sans doute pour éviter que le tas ne s'écroule ou que la pluie ne transforme la terre en boue, se dit Sam. Il grimpa sur la bâche à mi-hauteur de manière à ne pas être visible depuis la route, et s'allongea. N'ayant pas fermé l'œil depuis deux jours, il s'endormit aussitôt et ne se réveilla qu'en sentant sur son visage les rayons du soleil déjà haut dans le ciel.

Il se leva, épousseta la terre sur ses vêtements et quand il baissa les yeux pour vérifier s'ils étaient propres, vit qu'ils ne convenaient pas. Il les avait achetés en Allemagne et Hongrie. Aucun des hommes du bus qu'il avait pris la veille n'était vêtu ainsi.

Sam descendit du monticule et partit le long d'une route qui traversait un genre de zone commerciale. En fin de matinée, il arriva sur un marché. Deux cents mètres de trottoir où s'alignaient des échoppes et les étals disposés devant. Il s'acheta une casquette plate en tweed pour se cacher le visage. Il trouva également une veste en laine et polyester, taillée dans un tissu à chevrons. À la fois trop courte et trop large, elle lui donnait de la carrure et de l'épaisseur. Il prit le pantalon assorti, tout aussi mal coupé, et une chemise bleu clair, copie conforme de celles qu'il avait vues sur le dos des ouvriers dans le bus. Et pour compléter le tableau, il choisit une paire de godillots et le genre de sacoche que les étudiants européens portent en bandoulière. Il revêtit ses nouveaux habits derrière un rideau prévu à cet effet puis se remit en marche. Devant un bouquiniste, il vit une caisse remplie de livres d'occasion.

Sam fit semblant de fouiller au hasard mais en réalité, il cherchait un ouvrage écrit dans une autre langue que le russe. Feignant de s'intéresser à tel ou tel livre en cyrillique, il fourragea jusqu'au fond et trouva enfin ce qu'il espérait. Un guide touristique en français. Il le glissa immédiatement sous son bras et partit payer.

Il prit quelques minutes pour feuilleter son guide et quand il découvrit une carte de la région, s'éloigna du marché et alla s'asseoir sur un banc dans un petit parc. Après avoir étudié les plans de Moscou, il comprit comment fonctionnaient les transports ferroviaires. Chaque gare desservait des destinations spécifiques. La ligne de Nijni Novgorod partait de la gare de Koursk, à l'est de Moscou.

Il corna la page pour pouvoir la retrouver facilement, glissa le livre dans son sac avec ses vêtements de rechange et repartit d'un bon pas en faisant toutefois une halte pour se restaurer dans le genre d'établissement où l'on commande en désignant les plats qu'on désire manger. À la caisse, il tendit un billet en espérant obtenir en retour la monnaie qui lui revenait de droit.

Il lui fallut une journée entière pour atteindre le quartier indiqué sur le guide. Après quoi, il aborda une famille dans la rue, lui montra la carte et demanda en français : *« Où est la gare de Koursk ? »* Il avait choisi une famille plutôt qu'une femme seule qui aurait peut-être pris peur, ou un homme qui aurait pu être flic.

Il faisait presque nuit quand Sam entra dans la gare, mais il y avait encore pas mal de monde et le trafic ferroviaire était intense. Planté devant un indicateur des chemins de fer, il constata avec un certain soulagement que les villes étaient inscrites à la fois en cyrillique et en alphabet latin. On y reconnaissait des noms comme Saint-Pétersbourg, Odessa ou Vladivostok, mais pas de

Nijni Novgorod. D'abord, il crut avoir sauté une ligne à cause de la fatigue et de la fébrilité qui lui mangeaient le cerveau. Il vérifia plusieurs fois, en vain. Alors, il longea les guichets, les guérites où les employés de la gare se tenaient à la disposition des passagers égarés. Il examina les visages l'un après l'autre.

C'est alors qu'il entendit parler anglais. Derrière un comptoir, un homme en uniforme de machiniste s'adressait à un couple de touristes, des Américains à première vue. Il disait que leur billet coûtait 900 roubles. Sam se présenta au guichet.

L'homme le regarda, attendant qu'il s'exprime.

« Monsieur, je ne trouve pas Nijni Novgorod sur les fiches horaires, dit Sam.

— Gorki, rectifia l'employé. Cette ville s'appelait Gorki jadis. Ce nom est resté sur les fiches. Les Russes sont au courant, personne ne se trompe. Mais les étrangers sont perdus.

— Oh, merci beaucoup », répondit Sam, rasséréné. Il se voyait déjà marcher pendant des heures jusqu'à une autre gare.

« Je vais vous aider. Quand voulez-vous partir ?

— Le plus vite possible.

— Très bien. Il y a un train à 22 h 04. Je vous vends un ticket ?

— Oui, s'il vous plaît.

— Ça fera 900 roubles. 111,50 dollars américains pour un aller simple en deuxième classe ou 55 dollars pour une troisième classe.

— Et en première ?

— Je suis désolé mais les sièges de première sont tous pris. Comme le trajet est long, huit heures et dix minutes pour 767 kilomètres, les gens se dépêchent de réserver les meilleures places.

— Alors, va pour la 2e classe », dit-il. Puis il ajouta : « Deux billets, s'il vous plaît. » *Ne rate jamais une occasion de lancer tes ennemis sur une fausse piste*, pensa-t-il. *Les couples éveillent moins les soupçons que les hommes seuls.*

« Très bien, monsieur. »

Sam compta 240 dollars. « Merci beaucoup. »

L'homme lui rendit la monnaie en roubles. « Puis-je voir vos passeports ? »

Sam avait le sien dans son manteau mais ne voulait pas que son nom figure dans un registre. La police pourrait le retrouver facilement et le cueillir à l'arrivée. Quant aux hommes de Poliakov, ce serait encore pire. Il tapota ses poches et prit une expression effarée. « Oh, non, c'est ma femme qui a les passeports. » Il se retourna et se démancha le cou à la recherche d'une femme imaginaire. Dans le même mouvement, il s'assura que la queue derrière lui s'était allongée d'une quinzaine de personnes, dont la plupart commençaient à exprimer leur agacement.

« Pas grave, dit l'homme. Tenez. » Il lui tendit les billets. « Si quelqu'un vous les demande dans le train, vous n'aurez qu'à les montrer à ce moment-là.

— Merci encore. » Sam s'éloigna en toute hâte.

Son train partait dans vingt minutes seulement. Il se dépêcha de trouver la voie, et quand il repéra un panneau marqué Gorki en alphabet latin, resta dessous à trépigner d'impatience. Deux policiers arpentaient les quais, s'adressaient aux uns, demandaient à voir les billets des autres. Sam fit l'effort de se dire qu'un tel comportement était parfaitement normal. Quand il prenait le métro à Los Angeles, il voyait souvent des shérifs adjoints en tenue kaki interpeller les voyageurs avec la même assurance teintée de cordialité : « Vous n'avez pas oublié d'acheter un ticket, n'est-ce pas ? » L'essentiel était de ne pas avoir l'air coupable.

Quand les portières du train s'ouvrirent, il monta en tenant son billet à la main, passa d'une voiture à l'autre jusqu'au premier wagon de 2e classe et choisit une place dans le fond, près d'une fenêtre. À peine fut-il assis qu'un homme de son âge s'installa à côté de lui. Son haleine empestait l'alcool et son imposante personne débordait de son siège. Sam songea d'abord à changer de place mais il ne voulait pas attirer l'attention. D'ailleurs, le temps qu'il réfléchisse, le wagon était plein. Il attendit que le train démarre, posa la tête contre la vitre et se mit à contempler le quai qui défilait lentement, puis les voies à ciel ouvert sillonnées de douzaines de rails qui couraient en parallèle sous la lumière du soir. Un train les croisa en brinquebalant. Désorienté, Sam crut un instant que c'était le sien qui avançait à toute allure.

En traversant la grande banlieue, ils prirent de la vitesse. Sam espérait que son voisin n'aurait pas la mauvaise idée d'engager la conversation, histoire de tuer le temps. Au pire des cas, Sam lui ferait un sourire idiot et lui montrerait son passeport américain. Mais l'autre ne semblait pas d'humeur sociable. Il croisa les bras, se carra au fond de son siège et s'endormit. Au bout de quelques minutes, sa respiration profonde se transforma en un mécanisme à deux temps, avec ronflement à l'inspiration et sifflement à l'expiration. Sam regarda obstinément par la vitre pendant une heure. Puis les immeubles gris plongèrent dans l'ombre, s'espacèrent et disparurent, happés par la nuit.

Sa longue journée de marche, les tensions accumulées, le relatif confort de ce train qui le conduisait vers Remi, le bruit cadencé des roues sur les rails, le doux balancement du wagon, même le murmure de deux femmes qui discutaient, se combinèrent pour le faire plonger dans une torpeur douillette.

Il dormit sept heures d'affilée. Quand il se réveilla, il faisait encore nuit et tout le monde sommeillait autour de lui. Il crut se souvenir que l'arrivée en gare de Gorki était prévue pour 5 h 45. Il était 5 heures à sa montre. Quelque part, loin devant lui, le ciel s'était encore assombri à l'approche de l'aube. Sam ne voyait pas le soleil mais sentait son énergie. Il avait tout le temps de réfléchir à ce qu'il allait faire. N'avait-il pas eu tort de foncer bille en tête et de sauter dans un train qui le menait tout droit vers son ennemi ? Poliakov avait-il distribué des photos de lui à tous les voyous qui traînaient dans la gare de Gorki en leur demandant de l'avertir dès qu'il se pointerait ?

Sam se sentait réduit à l'impuissance, coincé dans ce train qui le précipitait dans la gueule du loup. Chaque embranchement le coupait d'une solution alternative et le rapprochait de la fin du voyage. Les champs de luzerne, les poteaux téléphoniques défilaient imperturbables derrière la vitre. Il ne pouvait même pas sauter, le train allait trop vite. Peut-être s'il ralentissait à l'entrée d'un virage. Mais non, cette région était aussi plate que les grandes plaines américaines. Rien n'arrêterait la course de cette locomotive à travers les premières lueurs de l'aurore. C'est alors qu'il sentit freiner.

Il posa la main sur le billet au fond de sa poche, avança les fesses au bord de son siège, l'œil aux aguets. Les gens émergeaient du sommeil, réveillaient leurs voisins en chuchotant, les secouaient un peu.

Puis il y eut une secousse, un autre coup de frein. Une voix enregistrée annonça la prochaine gare et agit comme un signal. Tous les passagers se levèrent, prirent leurs affaires dans les casiers placés en hauteur, enfilèrent vestes et manteaux.

La gare dans laquelle ils venaient de pénétrer ne payait pas de mine. Un quai de part et d'autre des deux voies, un bâtiment de brique tout à fait ordinaire. Sam ne put déchiffrer ce qui était écrit sur le panneau. Quand les portières s'ouvrirent, les gens commencèrent à s'agiter.

D'instinct, Sam avait espéré se mêler à la foule, sauf que la foule en question se réduisait à un groupe de paysans qui se dirigeaient vers une route de campagne apparemment déserte. Il songea que c'était le moment ou jamais, se leva, attrapa son cartable d'étudiant et sauta sur le quai. Une voix étouffée lança une annonce à l'intérieur des wagons, le gros moteur diesel se remit à tourner. Sam marchait droit devant lui. Sa montre marquait 5 h 08. Si le train ne prenait pas de retard, il entrerait en gare de Nijni Novgorod dans trente-sept minutes.

Il savait qu'il aurait à parcourir une longue distance à pied. Il savait aussi qu'il venait probablement d'échapper à la mort. Il essaya de déterminer la direction à prendre. Le train avait roulé plein est pendant des heures. Il y avait tout lieu de penser qu'il poursuivrait sa route sans varier. Sam se tourna donc vers le soleil levant et se remit à marcher, sa visière rabattue sur les yeux, le regard posé sur le bitume, trois mètres devant lui. Il allait retrouver Remi.

Il n'était pas près d'arriver mais il n'avait pas le choix. Il devait se fondre dans le paysage, passer totalement inaperçu. À la fin de ce voyage, il serait aussi invisible qu'un grain de sable dans le désert. Un ouvrier russe regagnant son foyer après une dure journée de labeur.

25

Nijni Novgorod, Russie

La nuit était tombée depuis des heures quand Sam aperçut le domaine qu'une femme croisée en chemin lui avait indiqué. De vastes champs entourés de barrières où rien ne poussait que de l'herbe. Plus loin, à un bon kilomètre de la route, se profilait un manoir et plusieurs bâtiments blanchis par la lune. Sans doute des granges ou des écuries. Aucune lumière ne brillait aux fenêtres. Il devina la présence d'un cours d'eau en contrebas, peut-être un affluent de la Volga. Les pelouses bien tondues étaient noyées dans l'ombre mais pour repérer le tracé de la rivière il suffisait de suivre les grands roseaux, les buissons et même les arbres qui plongeaient leurs racines dans la terre humide des berges.

Il décida de rejoindre le manoir en marchant dans l'eau qui lui arrivait à la taille. La végétation de la rive le protégerait des sentinelles, lesquelles devaient s'attendre à ce que les problèmes viennent de la route.

Sam avançait pas à pas, l'oreille dressée, attentif aux obstacles, essayant de détecter dans les cris des oiseaux de nuit les nuances d'alarme signalant la présence des hommes. À un moment, il se figea, le cœur battant, mais ce n'était qu'une grenouille qui venait de sauter dans l'eau.

Puis il atteignit un pont en bois aux arches basses qui menait aux pelouses du parc. Il se cacha près de la rambarde pour mieux observer le manoir. Trois étages, un toit mansardé, mais pas de lumières en façade. Il chercha les sentinelles et au même instant, vit deux hommes apparaître au loin sur sa droite. Ils rejoignaient la bâtisse par un sentier qui partait d'un jardin taillé au cordeau. Sam aperçut les pistolets-mitrailleurs qu'ils portaient en bandoulière. L'un des deux alluma une torche LED qui émettait une lumière intense, fit courir le faisceau sur les arbustes ornementaux devant la maison, remonta le long de la façade jusqu'au premier étage où une fenêtre ouverte semblait donner sur un corridor.

Les deux hommes tournèrent au coin, poursuivant sans doute leur tournée d'inspection. Sam attendit et quand il fut certain que le champ était libre, traversa la pelouse à petites foulées dans la direction que les deux gardes avaient prise avant de disparaître. Arrivé au pied de la bâtisse, il testa la solidité de la gouttière qui passait près de la fenêtre ouverte. Lorsqu'il estima les supports assez stables pour supporter son poids, il se mit à grimper. Au premier étage, il saisit le montant de la fenêtre, se hissa sur le rebord, atterrit sur le sol du corridor, s'accroupit et écouta. Rien.

Peu après, un faible tintement retentit dans le silence, comme deux pièces de métal qui s'entrechoquaient de manière répétitive. Il fit un pas de côté, s'engouffra par une porte ouverte, vit qu'il était dans une chambre, chercha une autre porte et entra dans une salle de bains.

Le bruit était très net maintenant. Très vite, il comprit de quoi il s'agissait.

Remi 3e étage.
.--.. --.. ....--.... ..-..-.. --- ---.-.
Remi 3e étage.
.--.. --.. ....--.... ..-..-.. --- ---.-.

Remi avait l'impression de taper sur ce tuyau depuis des siècles. Chaque nuit, quand tout dormait dans la maison, elle dévissait le boulon de l'armoire de toilette et envoyait son message. Mais d'abord, elle crochetait la serrure de sa chambre, laissait le pic de la fourchette à l'intérieur pour pouvoir refermer rapidement à son retour. Puis elle passait dans le couloir, allait vérifier à la fenêtre que la nuit était tombée et que tout le monde dormait. Après quoi, elle regagnait sa chambre et se mettait au travail.

Elle laissait toujours la porte fermée mais déverrouillée. Sam aurait beaucoup de mal à la trouver mais il y arriverait. C'était un homme brillant, et il l'aimait autant que l'air qu'il respirait. Elle ignorait à quel moment il parviendrait jusqu'à ce manoir perdu au milieu de nulle part mais elle savait qu'il était en route.

Chaque nuit ou presque, elle tapait sur les tuyaux jusqu'à 5 heures du matin. Quand l'aube pointait, elle regardait les premières lueurs par la fenêtre du couloir, retournait dans sa chambre, verrouillait la porte et s'endormait. Depuis une semaine, elle vivait comme un animal nocturne, profitant du temps entre les repas pour se reposer, faire ses exercices, se laver ou interroger Sacha sur le monde à l'extérieur.

Et un soir, il vint. Remi tapait sur son tuyau comme d'habitude quand elle remarqua un changement. Elle était restée si longtemps cloîtrée dans cet espace exigu qu'elle pouvait percevoir intuitivement la présence d'un autre être humain – l'air était différent, les bruits aussi. Le sol vibra au moment où il franchit le seuil.

Remi se leva d'un bond, courut se réfugier dans les bras de Sam. Elle le serra de toutes ses forces pendant dix bonnes secondes, des larmes plein les yeux. Elle reconnut au toucher le contour familier de ses épaules sous la grosse veste. Puis elle leva les yeux vers lui et murmura : « Tu en as mis du temps, ça t'amusait d'être célibataire ?

— Non. Tu as juste oublié de me prévenir que tu partais.

— Oh, désolée.

— Prête à sortir d'ici ?

— Presque », chuchota-t-elle. Elle s'assit sur le lit et enfila ses chaussures. « Il faut descendre par l'escalier de service jusqu'au premier étage. C'est là que dorment les membres de la famille et les gardes du corps. Ensuite, nous gagnerons le rez-de-chaussée par l'escalier principal. Évitons l'office. L'équipe de nuit s'y rend durant les pauses.

— Comment le sais-tu ?

— Je me suis fait une amie, une fille qui travaille aux cuisines. Comment es-tu entré ?

— Par une fenêtre du premier. Elle donnait sur le couloir. J'ai entendu ton signal en morse et j'ai grimpé jusqu'ici par l'escalier de service.

— Tu as eu une sacrée chance ! C'était le seul chemin possible, je crois. Je suis prête. » Elle ouvrit la porte, sortit, attendit Sam et referma la serrure derrière lui.

Ils se faufilèrent dans l'escalier en colimaçon, descendirent deux étages et, dans le plus grand silence, traversèrent le couloir en direction de l'escalier principal dont, fort heureusement, un tapis recouvrait les marches. Le grand salon du rez-de-chaussée possédait un sol en marbre avec, au centre, des armoiries en mosaïque. Ils entrèrent et aussitôt, comme par magie, trois hommes surgirent d'un renfoncement.

L'un d'eux rabattit le levier de chargement de son pistolet-mitrailleur Škorpion. Un autre marmonna quelque chose et arrêta le premier en lui posant la main sur l'épaule. Sam dit à Remi : « Ils nous veulent vivants, pour nous échanger contre le trésor.

— Tu en es sûr ? »

Les trois gardes se précipitèrent sur les Fargo qui les évitèrent en se séparant au dernier moment. Sam fit un pas de côté, attrapa au passage celui qui fonçait sur lui, redirigea son élan vers la rampe de l'escalier et dans la foulée, assomma le deuxième d'un coup de poing à la tempe.

Remi recula jusqu'à la grande cheminée qui trônait au bout du salon et, pendant que le troisième homme s'avançait vers elle, s'empara du tisonnier. Il fit un pas comme pour l'effrayer. Remi ne broncha pas. « Tu m'as choisie parce que je suis une fille. »

Il sourit.

« Tu as eu tort. » Remi réalisa un magnifique fendu en brandissant le tisonnier devant elle à la manière d'une épée. L'homme, qui ne s'attendait pas à une si brusque avancée, reçut la tige d'acier au creux de l'estomac. La douleur fut telle qu'il se plia en deux. Remi en profita pour lui porter un coup sur la tête. L'homme se redressa et, sachant qu'il finirait par avoir le dessus, se rua vers

Remi qui esquiva en pivotant d'un quart de tour et le frappa violemment à la nuque. Son agresseur s'écroula inanimé.

Voyant que les deux autres se relevaient et s'apprêtaient à sauter sur Sam, elle tendit le tisonnier à ras de terre. Le plus proche se prit les pieds dedans. Avant même qu'il ne s'étale de tout son long, Remi retira prestement son arme et lui en asséna un bon coup sur le crâne. Le troisième garde, celui qui tenait le Škorpion, voulut se jeter sur elle mais Sam l'arrêta d'un coup de pied latéral au genou. La douleur fut si forte qu'il tomba comme une masse.

Sam voulut lui arracher son arme mais l'autre appuya sur la détente. Les balles se fichèrent dans le parquet. Quand le chargeur fut vide, Sam lui écrasa son poing sur la figure. On entendit son crâne rebondir sur le sol. Très vite, Sam s'empara du Škorpion, prit un chargeur dans l'étui en cuir fixé à la sangle, retira le vide, inséra le plein.

Remi allait entrer dans la salle à manger monumentale lorsque des bruits de bottes retentirent dans l'escalier, venant des premier et deuxième étages.

Sam la rattrapa. Ils longèrent la table de dix mètres qui s'étirait au centre et passèrent dans la cuisine. « Tu sais où on va ? demanda-t-il.

— Il faut qu'on sorte d'ici mais pas tout de suite, sinon ils vont nous tirer comme des lapins.

— On va leur donner du spectacle. » Sam verrouilla la porte donnant sur la salle à manger puis courut fermer celle qui menait à l'escalier de service. Ils entendirent les gardes prendre position autour de la maison.

Sam se planta devant la gazinière, un engin énorme, digne d'un restaurant. Il voulut allumer les brûleurs mais n'obtint qu'un crépitement et une étincelle. « Ils ont fermé l'arrivée de gaz, dit-il. Si l'électricité fonctionne encore, c'est qu'ils espèrent nous repérer avec leurs projecteurs. »

Sam laissa enclenché l'allume-gaz électrique, ouvrit la porte du garde-manger, alluma la lumière et inspecta le contenu. Son regard tomba sur un tonneau d'un mètre cinquante de haut sur un mètre de diamètre. Il souleva le couvercle. « De la farine », dit-il en penchant la barrique pour la faire rouler.

« Qu'est-ce que tu fabriques ? demanda Remi.

— J'ai besoin de soixante grammes de farine par mètre cube d'air. Aide-moi. » Il renversa le tonneau, saisit une bonne brassée de farine et la jeta en l'air. Remi prit le relais pendant que Sam courait à l'autre bout de la cuisine chercher un grand ventilateur fiché sur un pied. Il l'alluma en dirigeant le souffle vers le tas de farine répandu par terre. En l'espace de deux secondes, un brouillard blanc envahit la pièce. « Va dans le garde-manger », dit-il avant de prendre deux moules à tarte posés sur le plan de travail pour pelleter la farine et mieux la répandre dans l'air.

Au bout d'un moment, ayant obtenu l'effet qu'il souhaitait, il courut rejoindre Remi dans le garde-manger, referma derrière lui et entassa des torchons à vaisselle sous la porte. « Serait-ce une bombe à farine, Sam ? dit Remi quand il la prit par l'épaule.

— N'importe quelle matière peut exploser à condition qu'on sache s'y prendre, dit-il. Quand l'air sera saturé de farine, les étincelles de l'allume-gaz suffiront à tout enflammer. Ferme les yeux, bouche-toi les oreilles, ouvre la bouche et garde la tête baissée. »

Ils se tinrent prêts. Puis tout à coup, horreur, l'ampoule au plafond s'éteignit. Le ventilateur se tut, l'allume-gaz également. « C'était trop beau.

— Que se passe-t-il ?

— Ils ont coupé le disjoncteur principal. Fini les étincelles. »

Dans une parfaite coordination, les gardes attaquèrent les deux portes de la cuisine à coups de masse, tandis qu'à l'extérieur, les bruits de bottes indiquaient qu'une autre équipe se massait derrière la maison. Sam actionna le levier de chargement pour introduire une balle dans la chambre du Škorpion, puis tourna la poignée de la porte. Par l'entrebâillement, il vit l'épais nuage de farine suspendu dans l'air immobile, irrespirable, et comprit immédiatement ce qui allait se passer. Il referma précipitamment, plaqua Remi contre le sol et se coucha sur elle. « Ne bouge surtout pas. »

Une rafale de fusil-mitrailleur fit exploser la fenêtre de la cuisine. La pluie de balles et d'étincelles qui se déversa dans la pièce suffit à provoquer la réaction attendue.

La farine suspendue dans l'air s'enflamma. Une gigantesque déflagration arracha les portes de leurs gonds. L'une d'elles s'envola vers la salle à manger, l'autre vers l'escalier de service, assommant au passage les hommes qui avaient tenté de les défoncer. Quant aux gardes postés derrière la fenêtre, leur sort fut moins enviable encore. Non seulement l'explosion avait soufflé les vitres, répandant des milliers d'éclats de verre, mais une grande partie du mur s'était écroulée sur eux. De hautes flammes s'élevaient des gravats et des cloisons qui tenaient encore debout.

Sam se redressa tant bien que mal, souleva la porte du garde-manger qui s'était abattue sur lui. Remi parvint à s'asseoir. Ils étaient tous les deux blancs comme des suaires. Sam jeta un œil sur les décombres. « Tu peux courir ?

— Comme un lapin devant un chasseur. »

Ils s'élancèrent hors du garde-manger, traversèrent la brèche dans le mur extérieur et débouchèrent à l'air libre. Dans la maison, l'incendie gagnait rapidement du terrain. Les alarmes des détecteurs de fumée hurlaient de plus en plus fort. Cette étrange chorale les suivit dans leur course effrénée à travers le jardin illuminé par les flammes.

Remi attrapa la main de Sam. « Les écuries sont par ici », dit-elle en l'emmenant vers un bâtiment long et bas.

Loin derrière eux, les hommes valides sortaient leurs compagnons blessés du bâtiment enfumé. On entendait tousser. Beaucoup parmi eux étaient couverts de contusions, de coupures occasionnées par les éclats de verre, de pierre et de bois.

Une fois entrés dans les écuries, Remi et Sam comptèrent une dizaine de stalles, toutes occupées. Les bêtes effrayées par le tumulte donnaient de grands coups de tête et regardaient les intrus en roulant des yeux. Tout au bout de la rangée, ils entendirent un bruit de sabots heurtant la paroi. On aurait dit des coups de feu.

Remi s'avança en parlant aux chevaux. « Salut mon joli. Oui, tu es beau, tu es fort. Regardez-moi ces grands yeux intelligents. » En passant, elle leur flattait les naseaux, leur murmurait des mots apaisants. Très vite, ils se calmèrent, malgré le vacarme qui continuait à résonner dehors.

Le Škorpion bien en main, Sam jeta un œil par la porte entrouverte de l'écurie. « Ils ne se décident pas à remettre le courant.

— C'est embêtant ?

— Pas vraiment. Grâce à l'obscurité, nous pourrons sortir par l'arrière de ce bâtiment et disparaître dans la nature. Ça nous facilitera les choses.

— Ce qui nous faciliterait encore plus les choses, ce serait que tu selles ton cheval.

— Mon cheval ?

— Si nous partons à pied, ils nous rattraperont vite. Et je ne vois pas comment on leur volerait une voiture sans se prendre une balle dans le corps. À cheval, nous couperons à travers champs, loin des routes. Sacha m'a dit que le train ne passait pas bien loin. Nous suivrons les rails jusqu'à la prochaine gare. » Elle jeta une selle anglaise sur le cheval qu'elle s'était choisi puis attacha la sangle. « Sois gentil, mon grand. Du calme.

— Je ferai ce que je peux, répondit Sam.

— Ce n'est pas à toi que je parle. Mais calme-toi quand même. »

Sam se dirigea vers la cloison où étaient suspendus les divers harnachements, prit une selle, une couverture, un mors et une bride, puis s'approcha d'un cheval qui, en le voyant venir, se mit à frapper la stalle avec ses sabots.

« Prends plutôt celui-ci, dit Remi. Il m'a l'air sympathique. »

Sam suivit ses indications. En arrivant près du cheval indiqué, il fredonna : « Salut à toi, ô monstre ombrageux et magnifique. Tu veux bien devenir mon pote ? » Il le sella et attacha la bride. « Maintenant, je te propose qu'on se tire avant qu'une horde de Russes enragés ne fassent du mal à tes amis Fargo. »

Sam et Remi menèrent leurs montures au bout de l'écurie, du côté opposé à la maison en flammes. Remi fit sortir son cheval, l'enfourcha et attendit. Sam, qui n'avait pas son expérience en matière d'équitation, réussit tant bien que mal à se hisser sur la selle. Comme il avait besoin de ses deux mains pour tenir les rênes, il laissa son fusil pendre sur le côté. « Tout doux, mon vieux. Je suis ton ami, tu te souviens ? » L'animal dut décider que l'herbe était meilleure dans la prairie voisine car il partit au petit galop.

Ils se trouvaient au milieu d'un vaste pâturage où les bêtes devaient passer leurs journées à gambader librement, d'où l'attitude soudain plus conciliante de sa monture. Sam lui flatta l'encolure, lui parla. Dans le paddock suivant, il repéra plusieurs barrières blanches, comme celles qui jalonnent les parcours d'obstacles. Un frisson d'appréhension le traversa dès qu'il comprit ce qui l'attendait. Remi montait depuis qu'elle était petite. Elle adorait cela. Ce qui était loin d'être son cas.

Sam entendit d'autres hurlements, mais plus proches, cette fois. Des balles sifflèrent, puis il y eut une rafale de mitraillette. Le cheval de Remi partit au galop vers la clôture, prit son élan et franchit l'obstacle.

Sam regarda la barrière en se disant que sa blancheur rehaussée par l'éclat de l'incendie avait tendance à obscurcir davantage l'espace tout autour. D'ailleurs, il ne voyait presque plus Remi. Constatant que son cheval avançait sans rechigner, Sam espéra, contre toute logique, qu'il le prenait pour un cavalier émérite. À sa grande stupéfaction, il galopa vers la barrière et s'élança. Au même instant, Sam entendit Remi crier : « Penche-toi en avant ! » Ce qu'il fit, et il eut raison car il parvint à rester en selle.

Les chevaux continuèrent à galoper, peut-être pas aussi vite qu'au début mais à une allure que Sam trouvait supportable. Ils parcoururent 3 kilomètres sans voir âme qui vive. Au loin, sur leur droite, des phares percèrent l'obscurité. Il y avait une route, mais comment savoir si ces véhicules étaient à leurs trousses ? En tout cas, ils n'avaient pas l'air de se rapprocher ni de s'arrêter. Remi et Sam mirent pied à terre et marchèrent un moment dans la campagne en menant leurs chevaux par la bride pour les laisser souffler. Quand Remi jugea qu'ils étaient reposés, elle sauta de nouveau en selle et repartit au galop, Sam sur ses traces.

Sergueï Poliakov sortit de son manoir sinistré en restant à bonne distance des flammes qui léchaient les façades et dansaient au sommet du toit. On aurait dit que l'arrière de la maison avait été défoncé par un gigantesque coup de pied. Il aurait bien voulu connaître la nature de l'explosif employé. Depuis le début de l'incendie, deux caches de munitions étaient parties en fumée, mais sans faire le même bruit que la déflagration initiale. C'était plutôt des pétarades, comme dans un feu d'artifice. Peut-être avait-on mal coupé le gaz. Il ne saurait sans doute jamais la vérité.

Cet attentat était une insulte personnelle, un outrage si flagrant qu'il n'avait pas trouvé de réponse appropriée. Ses gardes du corps, ses agents de sécurité – rien que des professionnels surentraînés, surpayés – avaient lamentablement échoué face à un homme seul se déplaçant à pied dans un pays étranger. Un homme venu sauver sa femme.

En lui traversant l'esprit, le mot *femme* lui déclencha une sueur froide. Son épouse Irena était chez ses parents à Moscou, avec leurs enfants. Un souci en moins. Mais dans quelques jours, elle rentrerait à la maison. Et la maison n'était plus qu'un tas de décombres noircis.

La bande de bras cassés qui constituaient sa garde rapprochée avait apparemment décidé de combattre l'incendie avec des tuyaux d'arrosage. Il les regardait faire et leurs efforts pathétiques décuplaient sa colère. Il était bien temps de réagir maintenant que tout était fichu.

Puis un gémissement s'éleva crescendo dans le lointain. Des sirènes de pompiers. Les hommes se regardèrent en souriant, soulagés à l'idée que des professionnels prendraient bientôt le relais, et se mirent à arroser de plus belle, pour la galerie. Poliakov traversa le jardin en courant, attrapa le bras de Kotzov, le chef de ses gardes du corps, et lui dit : « Tu entends les sirènes ?

— Oui. Ils n'auront aucun mal à éteindre l'incendie.

— Mais non, sinistre abruti. Tu as oublié ce qu'il y a dans la cave ? Dis à tes hommes d'arrêter ce qu'ils sont en train de faire. Qu'ils arrosent d'essence ce qu'il reste du sous-sol. Et en attendant, bloquez la route. Il ne faut pas que les pompiers et la police arrivent avant que toute la maison ait brûlé et les stocks de médicaments avec. »

Poliakov supervisa les opérations sans trop s'approcher. Ses hommes posèrent les tuyaux et se dépêchèrent de siphonner de l'essence dans les réservoirs des voitures et des camions pour la déverser ensuite dans les flammes. C'était vraiment le comble de l'humiliation. À cause de ces satanés Fargo, il se voyait contraint de détruire sa propre maison. Il aurait dû supprimer cette femme dès le début.

*

Quelques kilomètres plus loin, Sam et Remi aperçurent les rails de chemin de fer qui luisaient sous le clair de lune, au-delà de la route. « Sacha avait raison, dit Remi, le train passe par là.

— Oui, dit Sam. Mais de quel côté se trouve la gare ?

— Des deux, idiot. Tu sais comment fonctionne un réseau ferré ?

— Je veux parler de la gare la plus proche. Mais cela n'a pas d'importance. Nijni Novgorod est par là, donc il faut aller dans l'autre sens. »

Leurs chevaux s'engageaient sur la route quand des phares percèrent la nuit. Cela faisait des heures qu'ils n'avaient pas croisé de véhicule. Plus il se rapprochait plus leur étonnement grandissait. La voiture possédait trois phares : deux aux places habituelles, le troisième au milieu, comme un nez phosporescent. Elle prit un tournant, le phare central accompagna le mouvement, se déplaçant de manière à éclairer la sortie du virage.

L'étrange véhicule ralentit et s'arrêta devant Sam et Remi. Une carrosserie fuselée de couleur bronze, un châssis qui rasait le sol. On aurait dit un engin spatial tel qu'on les imaginait autrefois.

Le conducteur, cheveux blancs, barbiche impeccablement taillée, portait une chemise hawaïenne dont les lumières du tableau de bord éclairaient les ramages multicolores. Il descendit et quand il se dirigea vers eux, Sam et Remi virent qu'il était très grand et se tenait bien droit. « Puis-je vous aider ? demanda-t-il en russe.

— Nous sommes américains, bredouilla Sam.

— Sans vouloir vous offenser, vous me semblez un peu perdus », répondit l'homme en passant à l'anglais. Ils se rappelèrent aussitôt l'allure qu'ils avaient : couverts de farine, de suie et de poussière de la tête aux pieds.

La portière passager s'ouvrit sur une grande et belle femme aux cheveux blond platine, aussi clairs que ceux de son compagnon. « Quelles bêtes magnifiques, s'écria-t-elle. Où les avez-vous trouvées ?

— On les a volées, répondit Remi. Nous essayons d'échapper au gangster russe qui m'a kidnappée.

— Mes pauvres enfants, dit-elle. Nous allons vous sortir de là. Mais il faut s'occuper des chevaux d'abord.

— Janet adore les animaux, expliqua l'homme. Ce pâturage est protégé par des barrières. Et je vois la lune se refléter dans une mare. Nous pourrions les laisser là. »

L'homme aida Sam et Remi à retirer les barres transversales de l'enclos. Ils firent avancer leurs chevaux épuisés, les débarrassèrent de leur harnachement qu'ils déposèrent sur la clôture après avoir replacé les barres. Puis ils leur flattèrent l'encolure et Remi leur souffla quelques mots à l'oreille.

Quand ils repassèrent sur la route, l'homme aux cheveux blancs leur désigna la banquette arrière, se rassit au volant et démarra.

« Quel genre de voiture est-ce ? demanda Remi.

— Une Tucker, répondit joyeusement l'homme.

— Il adore les automobiles, commenta sa compagne.

— C'est ma faiblesse. Et nous aimons beaucoup voyager, l'un et l'autre. Donc, quand j'ai appris qu'elle était à vendre, nous avons sauté sur l'occasion. Un joyau de plus dans ma collection.

— Comment une Tucker 1948 a-t-elle pu arriver au cœur de la Russie ? demanda Sam.

— Vous vous y connaissez, je constate.

— Je sais juste que sa fabrication s'est arrêtée au bout d'un an, dit Sam. Mais je n'en avais jamais vu.

— Tucker en a construit cinquante et une. Jusqu'à ce jour, il n'en restait que quarante-quatre. Celle-ci sera la quarante-cinquième. En 1948, un fonctionnaire russe astucieux s'est rendu compte que la Tucker était un engin exceptionnel. Il a trouvé le moyen de s'en faire expédier une des États-Unis. Je pense qu'il voulait la démonter pour en créer des copies mais quand la voiture est arrivée en Russie, son acheteur n'a pu la réceptionner car il était dans un camp en Sibérie. La voiture est restée dans un garage depuis tout ce temps.

— Comment comptez-vous la ramener chez vous ?

— Par le train jusqu'à Vladivostok, par bateau jusqu'à Los Angeles et après, par la route. Nous pouvons vous déposer où vous voulez.

— Nous serions honorés et ravis, dit Remi. Nous nous rendons sur la frontière est du Kazakhstan.

— Je sais que ça peut paraître bizarre, dit Sam, mais j'ai l'impression qu'on s'est déjà vus. Pas vous ? On ne se serait pas croisés en Afrique ? »

L'homme les observa dans son rétro. « Non, je ne crois pas. Beaucoup de gens croient m'avoir aperçu ici ou là, mais je crois que c'est juste à cause de ma barbe. Tout le monde peut se faire pousser la barbe.

— Reposez-vous et profitez de la balade, dit la femme. Si vous avez un petit creux ou juste soif, dites-le-moi.

— Merci beaucoup mais je crois que je vais essayer de dormir un peu, dit Remi. J'ai pris l'habitude de me coucher à l'aube. »

La Tucker 1948 roulait en douceur vers le soleil levant, propulsée par son moteur d'avion reconverti. Enfoncé dans la banquette, Sam jouissait en secret du bonheur d'avoir retrouvé Remi, laquelle dormait, la tête posée sur sa poitrine. Tout à l'heure, il s'assoupirait lui aussi, mais pas encore. Un moment pareil devait se savourer.

26

Les steppes russes

Au matin, ils arrivèrent devant une petite gare à l'est de la Volga, dans un village suffisamment reculé pour que la rumeur suscitée par l'apparition sensationnelle de la Tucker ne se répande pas jusqu'à Nijni Novgorod. L'homme en chemise hawaïenne ouvrit le coffre placé à l'avant et leur désigna deux valises en cuir. « Ils ne vous laisseront pas monter dans le train dans l'état où vous êtes. Choisissez donc quelques vêtements et allez vous débarbouiller dans les toilettes de la gare. » Il ouvrit la valise frappée du monogramme C.C., où Sam prit de quoi se changer, puis celle marquée J.C. dans laquelle Remi se servit. Pendant que monsieur C. refermait valises et coffre, Sam et Remi entrèrent dans le hall de la gare. Les vêtements étaient trop grands pour eux mais il suffisait de retrousser les jambes de pantalon. Ayant recouvré un aspect normal, ils ressortirent et tombèrent sur leur sauveur qui supervisait le chargement de la voiture sur un wagon spécial.

Les employés de la gare la fixèrent solidement, la recouvrirent d'une bâche pour la protéger de la poussière et de la pluie, puis fermèrent hermétiquement la porte du wagon.

Les Fargo et leurs deux anges gardiens attendirent plusieurs heures dans le hall le départ d'un train nommé Rossiya n° 2 qui parcourait en sept jours les 9 900 kilomètres séparant Moscou de Vladivostok, Après avoir surveillé la manœuvre destinée à accrocher leur wagon spécial en bout de train, ils aidèrent Sam à se procurer deux allers pour Omsk dans le wagon-lit des première classe, le Spliny.

Dès qu'ils furent installés à bord et que les steppes immenses commencèrent à défiler devant les vitres, Sam emprunta le portable de C. et rejoignit Remi dans leur compartiment pour appeler le numéro que lui avait donné l'homme du consulat américain à Moscou. Il enclencha le haut-parleur : « Ici Sam Fargo.

— Un moment je vous prie. »

Le standardiste transféra immédiatement son appel.

« Bonjour Sam. C'est Hagar.

— Bonjour. Merci de me répondre si vite.

— Où êtes-vous ?

— Dans le transsibérien avec ma femme. Elle est saine et sauve. Je suppose que vous avez entendu parler du gentleman dont elle était l'invitée, M. Poliakov. Il a eu quelques petits problèmes, dernièrement. Sa maison a été ravagée par un incendie, quelques-uns de ses employés ont été blessés.

— Je crois savoir qu'elle a été entièrement détruite. La police a ouvert une enquête au sujet de certaines substances retrouvées dans sa cave, répondit Hagar.

— Intéressant. Eh bien, merci beaucoup de m'avoir aidé à sortir de ce mauvais pas.

— Nous aurions aimé en faire davantage, mais je suppose que ce monsieur n'était pas aussi redoutable qu'il le croyait. Notre ami commun à Langley vous félicite et m'a demandé de transmettre ses respects à madame Fargo.

— Merci. » Sam raccrocha et fit le numéro de leur maison à La Jolla.

« Sam ! C'est toi ?

— Absolument. Et Remi est avec moi, dans le train.

— Dieu merci. Où allez-vous ?

— Au Kazakhstan, comme nous en avions l'intention avant qu'on nous mette des bâtons dans les roues.

— Vous êtes sûrs que…

— Je n'ai pas envie d'abandonner juste parce que nos adversaires deviennent dangereux. Non, nous continuerons notre route jusqu'au bout, conscients qu'il peut nous arriver des ennuis à n'importe quel moment.

— Voulez-vous que Pete et Wendy viennent vous prêter main-forte ?

— Pour l'instant, du matériel neuf suffira : un endoscope industriel à fibre optique avec des tubes en métal télescopiques ; un appareil photo et une torche, diamètre 6 millimètres maximum ; une rallonge de 5 mètres ; un ordinateur portable et un magnétomètre. Trouve-nous un hôtel à Taraz et fais-nous parvenir tout cela sur place.

— C'est comme si c'était fait.

— Et sur l'ordinateur, tu chargeras de la documentation sur la ville de Taraz, le père d'Attila et les découvertes archéologiques effectuées dans la région. Pour arriver à quelque chose, on va devoir engranger un maximum d'informations en un minimum de temps.

— On s'y met sur-le-champ, répondit Selma. Quand Remi a été enlevée, nous avons un peu levé le pied, côté chasse au trésor.

— Merci, dit Remi. Mais à présent je suis libre et nous allons bien tous les deux. Nous pouvons donc reprendre nos recherches au point où nous les avons laissées.

— Magnifique, dit Selma. Je vais transmettre la bonne nouvelle à Albrecht et aux autres. Nous vous rappelons au plus vite. »

Les Fargo s'installèrent confortablement et regardèrent les vastes étendues monotones de la steppe qu'ils traversaient. Des millions d'hectares d'herbes sauvages ondulant sous le vent, comme des vagues sur l'océan. Plusieurs fois, ils s'assoupirent et en se réveillant, retrouvèrent le même paysage – un tapis vert déroulé jusqu'à l'horizon, le ciel, et une quantité apparemment inépuisable de rails et d'aiguillages que leur train franchissait en tressautant.

Au bout de quelques heures sans incident, ils pénétrèrent dans une paisible petite gare. Sur le quai, des paysans proposaient des produits locaux, des denrées de base comme des fruits, du pain, du thé chaud et toutes sortes de pâtisseries.

Leurs nouveaux amis frappèrent à la porte de leur compartiment. « Nous allons descendre vous acheter quelques provisions, dit la femme. Vous aimerez, je vous le garantis. » L'homme chuchota à l'oreille de Sam : « Ne bougez pas d'ici. Restez à la fenêtre et essayez de voir si vous reconnaissez quelqu'un. »

Par une fente entre les rideaux, Remi et Sam observèrent les transactions qui s'effectuaient sur le quai, les plats encore fumants, les paniers de fruits. Leurs nouveaux amis remontèrent dans le wagon avec de quoi pique-niquer. Quand un peu plus tard, le train fit un nouvel arrêt en gare, ils redescendirent, laissant les Fargo à l'abri dans leur compartiment. Mais aucun individu suspect ne semblait trainer dans les parages.

Après dix-neuf heures de voyage, ils venaient d'avaler leur dîner quand C.C. repassa les voir. « Une dénommée Selma cherche à vous joindre », dit-il à Remi en lui tendant son téléphone.

« Salut Selma.

— Salut Remi. Rassemblez vos affaires parce que vous allez descendre à Iekaterinbourg.

— Des problèmes ?

— Non. Nous avons trouvé un moyen de gagner du temps. Sam ne m'a pas précisé si tu avais encore ton passeport.

— Oui. Mes affaires personnelles étaient restées avec lui. J'ai juste perdu mon téléphone. Lui aussi, d'ailleurs.

— Rien de plus facile à remplacer. Je vous en enverrai deux. À Iekaterinbourg, vous prendrez un vol pour Astana. Le plus vite possible.

— Qu'y a-t-il à Astana ?

— Vos papiers vous attendent là-bas. En plus, vous avez tout intérêt à quitter la Russie. Poliakov aura du mal à vous causer des ennuis, là-bas. Au Kazakhstan, c'est un ressortissant étranger au même titre que vous. Appelez-moi quand vous serez à l'aéroport d'Iekaterinbourg. »

Leurs maigres bagages furent vite faits. Ils allèrent ensuite prendre congé de leurs amis et les remercièrent chaleureusement. Avant de descendre en gare, Sam dit à l'homme à la barbe blanche : « La prochaine fois que j'aurai des ennuis, je doute de voir apparaître un couple d'inconnus aussi généreux que vous. Surtout des inconnus surgissant de nulle part à bord d'une voiture de collection. »

L'homme le considéra doctement. « En effet, statistiquement parlant, c'est quasiment impossible.

— Vous êtes de la CIA ? »

L'homme secoua la tête. « J'étais parti convoyer une voiture jusqu'à Vladivostok quand un ami travaillant pour l'ambassade américaine à Moscou m'a appelé pour me dire que je risquais de croiser sur ma route un couple d'Américains en difficulté.

— C'est tout ?

— Eh oui. » Il regarda par la vitre. « Allez-y. Dans une minute, les gens vont affluer sur le quai. Vous n'aurez plus qu'à vous fondre dans la foule.

— Vous avez raison, dit Sam. Merci pour la balade. »

Remi se dressa sur la pointe des pieds et déposa un baiser sur la joue de l'homme à la barbe blanche. Puis ils descendirent sur le quai en suivant les voyageurs pressés. Sur le parvis, ils trouvèrent un bus arrêté devant un panneau figurant un avion. Ils montèrent et Sam tendit au chauffeur la même somme que les autres passagers dans la file.

Le trajet jusqu'à l'aéroport leur prit peu de temps. Ils avaient changé de moyen de locomotion à brûle-pourpoint et maintenant, ils redoublaient de vigilance. Ils se rendirent ensemble au comptoir, achetèrent leurs billets ensemble et se dirigèrent, toujours ensemble, vers la porte d'embarquement. Si l'un des deux se rendait aux toilettes, l'autre l'attendait devant la porte en dévisageant les personnes qui entraient et en essayant de discerner d'éventuels bruits de lutte.

Leur avion pour Astana décolla cinq heures plus tard. Quand ils se retrouvèrent dans l'espace aérien au-dessus du Kazakhstan, ils poussèrent un soupir de soulagement.

C'était comme s'ils avaient enfin échappé à la bande de truands qui les avait harcelés depuis leur arrivée à Berlin, voilà plusieurs semaines.

Astana était une ville nouvelle grouillante d'activité. L'avion les déposa devant le terminal des vols internationaux. Ils passèrent par le bureau de l'immigration où les attendaient les documents d'admission dans le pays, invitations et visas, puis se rendirent au comptoir d'Air Astana et prirent deux allers pour Almaty, l'ancienne capitale située au sud-est de cet immense État.

Quand ils dirent au représentant anglophone de la compagnie aérienne que Taraz était la destination finale de leur voyage, ils apprirent qu'entre Almaty et Taraz il n'y avait qu'un vol par semaine, le jeudi, sur Scat Air. Il fallait compter à peine deux heures de trajet mais les départs se faisaient à 5 h 50 du matin. N'ayant pas d'autre alternative, ils s'envolèrent d'abord pour Almaty, 900 kilomètres plus loin, et une fois arrivés prirent une chambre pour patienter jusqu'au jeudi suivant.

Ils appelèrent Selma pour lui donner le nom de leur hôtel : le Worldhotel Saltanat Almaty.

« Je suis désolée pour ce contretemps, dit Selma. Mais on n'a pas d'autre solution, pour l'instant. J'essaie de voir si un jet privé ne pourrait pas vous emmener à Taraz avant jeudi mais je crains que ce moyen de transport n'attire l'attention. Peut-être que si vous atterrissiez de nuit…

— On avait vaguement l'intention de louer une voiture et d'y aller par nous-mêmes, dit Sam. On n'est plus à 900 kilomètres près. Ça fait quoi ? Deux jours de voyage.

— À vous de voir, répondit Selma. Mais ne louez pas une voiture avec un chauffeur qui vous égorgera au milieu de nulle part.

— Le concierge de l'hôtel pourra peut-être nous aider, dit Sam. Sinon, nous attendrons jeudi.

— Très sage, dit Selma. Bonne chance. Je regarde quand même pour l'avion. Au fait, vous n'allez pas tarder à recevoir vos nouveaux portables. »

La négociation avec le concierge de l'hôtel Worldhotel Saltanat dura une heure à l'issue de laquelle il leur trouva un jeune chauffeur de vingt-trois ans nommé Nurin Temirzhan. Nurin était soi-disant ravi de les conduire à Taraz mais, malheureusement, ne parlait pas un mot d'anglais.

« Vous êtes sûr qu'il a bien compris ce que nous attendons de lui ? demanda Sam au concierge.

— Oui, monsieur. Mon anglais n'est peut-être pas parfait mais le kazakh est ma langue maternelle. Nurin vous emmènera à Taraz et vous attendra sur place pour le retour, qui devra avoir lieu dans une semaine au plus tard. Au-delà d'une semaine, il vous prendra un supplément d'un septième de la somme par journée de dépassement.

— Et il est d'accord sur le prix ?

— Oui, monsieur. Sept cents dollars américains, pour une semaine », ajouta le concierge, un peu gêné.

Sam le rassura d'un sourire. Les Fargo firent un détour par une banque où ils changèrent des dollars contre des tengues puis ils allèrent faire les boutiques. Un dollar américain valait 147 tengues. Dans la rue Arbat, le magasin Centralniï Universalniï proposait toutes sortes d'articles. Ils se procurèrent des vêtements bon marché qui ressemblaient à ceux que les gens portaient autour d'eux. Remi choisit des formes amples, des manches longues et des foulards, autant pour se conformer à la coutume locale que pour échapper aux agents de Poliakov, si jamais il y en avait eu sur place.

Dans un supermarché, ils achetèrent des provisions de bouche, uniquement des denrées pouvant se conserver pendant deux jours à température ambiante.

Le lendemain matin, Nurin se présenta devant leur hôtel. C'était un jeune homme affable et volubile. Sans cesser de leur parler en kazakh, il les conduisit vers sa voiture, une berline Toyota vieille d'une dizaine d'années et d'une étrange couleur dorée. Sam passa quelques secondes à écouter le moteur, ce qui lui permit de déclarer à Remi qu'il était correctement entretenu et ne les lâcherait pas avant deux jours. Par précaution toutefois, profitant que Nurin rangeait les bagages dans le coffre, il ouvrit le capot et vérifia que les courroies et les tuyaux étaient tous à la bonne place.

Nurin traversa les embouteillages, sortit de la ville et prit la direction de l'ouest. Il s'arrêtait toutes les trois heures dans des villages, prenait de l'essence quand il y en avait, faisait quelques pas sur le marché. Il semblait tenir à ce que son réservoir soit toujours plein. De même il veillait à ce que ses clients puissent se dégourdir les jambes, aller aux toilettes, acheter des bricoles à manger. C'était un beau jeune homme brun, mince et musclé comme un travailleur de force. Pourtant l'expression de son visage et son allure générale étaient celles d'un homme beaucoup plus âgé.

Quand les gens voyaient Sam et Remi aux côtés de Nurin, ils leur parlaient en russe avant de s'apercevoir de leur erreur. Pendant deux jours, Sam et Remi durent se contenter des explications que Nurin leur fournissait en langue kazakh.

Lors d'une pause, Sam lui montra ses deux permis de conduire, international et californien. Nurin les regarda avec curiosité mais ne lui confia pas le volant pour autant.

Pour leur première nuit loin d'Almaty, Nurin déposa Sam et Remi dans une petite auberge de style international et alla dormir dans sa voiture.

« D'après toi, pourquoi fait-il cela ? demanda Remi.

— Il doit craindre qu'on ne lui vole ses pneus », dit Sam.

La chambre était confortable, ils récupérèrent de leur fatigue et quand ils se réveillèrent le lendemain matin, Nurin les attendait, visiblement reposé. Le deuxième jour, Nurin profita du terrain plat pour rouler plus vite. Ils voyagèrent ainsi jusqu'en fin d'après-midi. Le soleil qui baissait sur l'horizon en face d'eux rendait la conduite hasardeuse. Peu après, ils commencèrent à longer des maisons plus grandes, dans des rues bordées de trottoirs et, quand ils virent une pancarte marquée « TAPA3 », ils surent qu'ils étaient arrivés.

Nurin les conduisit à l'hôtel Zhambyl sur la rue Tole Bi, un immeuble de trois étages joliment décoré, avec des sols en marqueterie de marbre et des tapis kazakhs aux teintes bleu et or. À la réception, un employé qui parlait français leur apprit que l'établissement possédait une piscine, un restaurant, un bar, un salon de beauté et un service de blanchisserie.

Sam prit deux chambres, dont une pour Nurin, et demanda à l'employé d'expliquer à ce dernier qu'il avait toute liberté de s'y installer et de consommer ce qu'il souhaitait pendant qu'eux-mêmes vaqueraient à leur affaires. Il s'inquiéta également de savoir s'ils avaient un parking sécurisé.

Visiblement enchanté par ces dispositions, Nurin serra Sam contre lui, s'inclina devant Remi, puis sortit pour garer sa voiture sur le parking derrière l'hôtel. Le réceptionniste lui signala qu'un colis était arrivé pour eux et qu'il le faisait monter dans leur chambre.

Il était 17 heures. Sachant qu'il ferait clair encore pendant trois heures, Sam et Remi demandèrent qu'on leur indique la direction du marché aux légumes, le kolkhoze. Le réceptionniste traça une croix sur un plan de la ville, les Fargo le remercièrent et partirent en reconnaissance. Sam portait un chapeau et des lunettes de soleil, Remi des lunettes de soleil et un foulard noué sous le menton. Ils se baladèrent entre les étals, les cagettes de fruits et de légumes, les plats cuisinés, le vin, en se donnant des allures de chalands intéressés par la marchandise. C'était la meilleure manière d'étudier la disposition des lieux et la tête des gens.

« Sam, tu crois que l'ancienne forteresse s'élevait ici même ?

— J'en doute. Le terrain est trop plat. Quand on veut construire un fort, on met toutes les chances de son côté – une colline difficile d'accès, au voisinage d'un cours d'eau. Les archéologues des années 1930 ont peut-être trouvé quelque chose ici, mais ce n'était pas cela.

— C'est ce que je pense aussi, dit Remi. Nous ferions mieux d'appeler Albrecht et Selma. »

Ils continuèrent à marcher tranquillement. Ils firent le tour du marché et revinrent au point de départ. Derrière leurs lunettes noires, leurs yeux scrutaient les alentours. « Problèmes en vue à 2 heures », annonça Remi.

Sam regarda dans la direction indiquée. Quatre hommes portant des pantalons à poches, des chemises de travail et des casquettes de base-ball étaient attablés en terrasse devant de grands verres. On les aurait pris pour des ouvriers du pétrole ou des conducteurs d'engins. « Qui sont ces types ?

— Les hommes de main de Poliakov. Le petit blond fait partie de la bande qui m'a enlevée à l'aéroport. Ils s'étaient mis à deux pour aider les pseudo-femmes de ménage à me balancer dans le camion. Quant au grand, je l'ai aperçu la nuit de mon évasion.

— Ils sont arrivés avant nous. C'était inévitable, dit Sam. Ils nous ont vus, tu crois ?

— J'en doute. Ils ne nous regardent pas et n'ont pas l'air de faire semblant. S'ils nous avaient repérés, ils seraient déjà en train de nous courir après. »

Pour regagner leur hôtel, ils prirent un chemin détourné en faisant régulièrement des pauses pour s'assurer qu'on ne les suivait pas. Quand ils furent à l'abri dans leur chambre, ils ouvrirent le colis qui contenait le nouveau téléphone de Remi, attendirent qu'il se charge et appelèrent La Jolla.

Une voix inattendue leur répondit : « Oui ?

— Bonjour Albrecht. C'est nous.

— Vous êtes dans votre hôtel à Taraz ?

— Oui. Nous avons loué les services d'un chauffeur pour arriver jusqu'ici. Hélas, il ne sait pas un mot d'anglais.

— Quelle langue parle-t-il ?

— Russe et kazakh.

— Cela va de soi. Dites-moi comment ça se passe.

— Nous revenons du marché aux légumes. D'après les historiens, c'est à cet endroit que se dressait l'ancienne ville de Taraz. Poliakov a envoyé des hommes sur place.

Nous en avons vu quatre dans un café. Je doute qu'ils nous aient repérés. Par ailleurs, il est peu probable que la forteresse ait été bâtie à l'emplacement de ce marché. Il est en terrain plat, loin de l'eau. Il y a peut-être des sources et des puits dans la ville mais on ne les a pas vus. »

Ils entendirent Albrecht taper sur les touches d'un clavier. « Donnez-moi deux secondes. Je consulte une carte sur Internet pour mieux me rendre compte. Ça y est. En effet, vous avez raison. D'après les chroniqueurs chinois de l'époque, cinq cents hommes ont travaillé pendant deux ans pour bâtir ce fort. C'était en pleine guerre sino-xiongnu. Le terme chinois de Xiongnu désignait les Huns. Le fort commandé par un certain Zhizhi devait être assez solide pour résister à l'armée han composée de trois mille hommes, se dresser au sommet d'un promontoire et bénéficier d'un approvisionnement en eau. Il devait posséder de très hautes murailles car lorsque les Chinois sont arrivés, ils ont dû amener de la terre et l'entasser au pied de l'enceinte de manière à pouvoir l'escalader. La bataille fut acharnée. Même les épouses de Zhizhi tirèrent des flèches sur les assaillants depuis les remparts. Mais les Chinois remportèrent la victoire. Je ne crois pas que les vestiges trouvés sous le marché aient un rapport avec le fort. Il s'agit plus probablement d'une construction à usage domestique ou d'un cimetière.

« Comment la tombe de Mundzuk se présente-t-elle ? demanda Remi. Que devons-nous chercher ?

— Je vous envoie des photos montrant les sépultures des premiers Huns qui ont été retrouvées en Mongolie. Ils étaient ensevelis sous des monticules. On a une chambre funéraire avec des parois en pierre taillée et par-dessus, des entassements de cailloux, de terre, de rondins de mélèzes de Sibérie.

— Un peu comme ce que nous avons vu en France. Un dispositif mêlant ciment et bois.

— Je vous conseille de rechercher une colline naturelle, arasée par une intervention humaine ou bien érodée par le vent, le passage d'une rivière. Mais dites-vous que Mundzuk n'a pu être enterré dans le fort puisque ce dernier avait été détruit trois cents ans avant son décès, lors de l'invasion chinoise que Zhizhi n'avait pas réussi à repousser. N'oubliez pas que le roi Mundzuk est mort pendant la conquête de l'Europe par les Huns. Si le marché recouvre effectivement un complexe funéraire, la tombe de Mundzuk sera l'une des plus récentes.

— Savons-nous si Attila a été affecté par la mort de son père ?

— Certains faits sont remontés jusqu'à nous, dit Albrecht. Mundzuk a été inhumé en 418. Attila est né en 406, il avait donc douze ans à l'époque. Tout de suite après, son oncle Ruga est monté sur le trône. Je me dis parfois que cette pratique de la royauté partagée avait peut-être déjà existé. Il se peut que Mundzuk et Ruga aient exercé ensemble le pouvoir, tout comme le firent Bleda et Attila à la génération suivante. La mort de Mundzuk correspond à une phase d'expansion sans précédent. Le peuple hun avait commencé sa grande migration vers l'ouest, ils étaient en train de conquérir une bonne partie de l'Asie et de l'Europe. Nous savons qu'ils ont rencontré les Romains près du Danube autour de l'an 370. Ce qui nous porte à croire que Mundzuk est mort en Europe et que sa dépouille a été rapatriée en Asie pour y être enterrée. Attila aurait assisté à la cérémonie puis serait reparti vers l'ouest. En ce temps-là, la coutume voulait que de jeunes princes soient retenus à Rome durant quelques années pour inciter leurs familles à respecter leurs engagements ; en retour, des Romains étaient envoyés comme otages dans les royaumes voisins. Une fois son père mort, Attila est devenu le candidat désigné pour un tel échange. Et c'est ainsi qu'il s'est retrouvé à Rome.

— Une sacrée expérience pour un enfant de douze ans, dit Remi.

— Oui, certainement. Il connaissait le latin, qu'il avait appris soit avant soit pendant le voyage vers Rome. Les peuples dits barbares considéraient le latin comme la langue des soldats. Les membres des familles régnantes se devaient de le parler. Par la suite, il lui permettrait de communiquer avec ses alliés, ses sujets issus des centaines de tribus conquises, et aussi avec les émissaires de l'empire. Durant son séjour à Rome, Attila côtoya nombre d'aristocrates romains, observa leurs méthodes de gouvernement, le fonctionnement de leur armée. Il a dû rentrer chez lui avec une somme d'informations phénoménale. » Albrecht s'accorda une pause. « Mais je m'égare, n'est-ce pas ? La seule chose qui nous intéresse c'est la tombe de Mundzuk. Comment allez-vous procéder ?

— Avec prudence, répondit Sam. Nous sommes dans un pays dont nous ne parlons pas la langue et où peu de gens connaissent l'anglais. Je sais qu'il existe ici des groupuscules armés farouchement opposés aux États-Unis. Nous venons de visiter l'emplacement potentiel de la tombe : un grand marché de centre-ville où même un piéton a du mal à circuler. Alors pour ce qui est de faire un trou dans le sol… Et le temps qu'on y parvienne, le trésor se sera envolé et aura été partagé entre Poliakov et ses copains, et l'or fondu converti en devises. Nous sommes donc obligés d'entreprendre des fouilles sauvages, et tout de suite. Or, il s'agit du tout dernier trésor, celui dont Attila disait dans son message qu'il était l'ultime étape avant la découverte de sa propre tombe.

— Je sais, dit Albrecht. Mais aucun trésor n'est assez précieux pour qu'on lui sacrifie sa vie.

— Je suis d'accord, répondit Sam. Nous avons déjà bien forcé notre chance. Mais je me dis qu'on peut sans doute repousser les limites un peu plus loin. »

27

Taraz, Kazakhstan

Ce soir-là, Sam alla frapper chez Nurin pour lui proposer de dîner avec eux. Après avoir vainement tenté de se faire comprendre avec de grands gestes et du mime, il se dirigea vers l'ascenseur en lui faisant signe de le suivre. Quand Nurin fut dans leur chambre, ils lui présentèrent le menu et lui demandèrent de passer commande.

Pour ce faire, ils avaient dessiné des légumes et les animaux de la ferme sur une feuille de papier. Nurin pigea vite et téléphona au service d'étage. Pendant qu'ils attendaient leurs plats, Remi prit un magazine posé sur une table basse et montra à leur invité les photos d'une Kazakhe élégamment vêtue : chaussures plates, robe vague, *hijab*. Elle posa le doigt sur l'adresse d'un magasin de prêt-à-porter, à Taraz, lui montra ensuite des publicités pour des articles de puériculture – meubles, vêtements, ustensiles – assorties elles aussi d'une adresse en ville. Plus tard, après le repas, elle ouvrit un carnet dans lequel Sam avait tracé quelques croquis portant des cotations. Il n'était pas ingénieur pour rien.

Le premier représentait un ouvrier devant une machine à fileter et à tarauder. Sur le deuxième, on voyait en gros plan une main tenant deux tubes métalliques terminés par des pas de vis. Pour bien se faire comprendre, Sam sortit les tubes qu'il venait de déballer et en plaça l'un dans le prolongement de l'autre. Le dessin suivant montrait une grande caisse de bois, qu'un homme peignait en noir. Quand Nurin eut bien observé les trois croquis, Remi lui désigna le carnet en lui tendant de l'argent. Nurin semblait ravi d'avoir enfin de quoi s'occuper. Il fallait juste espérer qu'il trouverait le matériel requis et un ouvrier capable de l'adapter à leurs exigences.

Deux jours plus tard, une femme élégante et son mari vêtu comme un homme d'affaires kazakh poussaient un grand landau à l'ancienne dans les rues de la ville. C'était le matin mais comme le soleil tapait dur, ils avaient tendu un châle de soie sur la capote afin de protéger le bébé de la chaleur et de la poussière. Le couple se rendit sur le marché aux légumes dont il sillonna les allées sans en omettre aucune.

Leur bébé était étonnamment sage. On ne l'entendit pleurer qu'une seule fois, quand sa mère se pencha pour replacer la couverture sous le voile de soie. Il suffisait qu'elle lui caresse la joue pour qu'il se mette à gazouiller puis s'endorme.

Quand l'homme et la femme parlaient entre eux, c'était à voix basse et en français ou en allemand. Après qu'ils eurent arpenté le marché dans ses moindres recoins, ils s'éloignèrent et regagnèrent l'hôtel Zhambyl par un chemin détourné. Un moment plus tard, leur chauffeur Nurin se rendit sur le parking fermé, plia le landau et le rangea dans le coffre de la voiture. Pendant ce temps, les deux parents remontaient dans leur chambre, elle chargée d'un ordinateur portable, lui d'un engin moins courant nommé magnétomètre, enveloppé dans un lange.

Après avoir chargé sur l'ordinateur les données du magnétomètre, ils les reportèrent sur un plan du marché qu'ils envoyèrent à Selma et Albrecht. Puis ils descendirent déjeuner au restaurant de l'hôtel.

Les habitants du Kazakhstan ne juraient que par la viande. Sam et Remi réussirent à éviter les steaks et les saucisses de cheval, la cervelle de mouton et le *kuirdak*, spécialité culinaire mélangeant divers abats. Ils préférèrent commander des kebabs, de volaille apparemment, et des galettes de *tandir nan* en guise de pain.

Quand ils retournèrent dans leur chambre, le nouveau téléphone de Remi sonna : « Allô ?

— C'est Selma. Vous êtes là tous les deux ?

— Oui, Selma. Sam est près de moi.

— J'ai bien aimé les pleurs du bébé. Comment avez-vous fait ?

— J'ai trouvé ce bruitage sur YouTube. Pour envoyer le son, j'ai fait semblant de me pencher sur le bébé. Pareil pour l'éteindre.

— Albrecht est là. Il piaffe d'impatience.

— OK, dit Remi. Je vous écoute, Albrecht.

— Je vous salue tous les deux. Et je vous félicite. Vous avez réussi à cartographier toute la place du marché, du moins son sous-sol. Je ne vous l'ai jamais avoué mais je craignais que le message d'Attila ne se rapporte à un autre cimetière, en périphérie de la ville. Les premiers Huns avaient coutume d'enterrer leurs morts sous des tumulus, loin des habitations. Si tel avait été le cas, nous n'aurions eu aucune chance de trouver la tombe. Donc tout s'arrange.

— Elle ne serait pas du côté de ce grand rectangle qu'on aperçoit au centre du marché ?

— Nous avons plusieurs structures remarquables – un long mur qui semble avoir été fortement réduit dans sa hauteur, les fondations de divers bâtiments et le fameux rectangle, un genre de caveau en pierre taillée dont j'ai comparé la signature magnétique avec celles du trésor trouvé près du Pô en Italie, et celui enterré dans le vignoble de Kiskunhalas, en Hongrie. Par ses dimensions, il se rapproche des tombes que Bako a pillées, sur la berge du Danube. Nous n'avons pas les relevés des chambres funéraires française et transylvanienne, mais les formes concordent. En bref, si l'on se base sur l'ensemble des données en notre possession, nous pouvons affirmer sans grand risque d'erreur qu'il s'agit là d'une cavité. Sinon la signature magnétique serait plus importante.

— Avez-vous pu déterminer son emplacement précis ?

— Oui. À votre troisième passage, vous avez progressé de gauche à droite. Quatre cent dix-sept mètres après le début de l'allée, vous êtes passés au-dessus du premier mur de la crypte, enterré à un peu plus de 2 mètres sous la surface. L'autre se situe 5 mètres après.

— Savez-vous si le caveau était enterré, à l'origine ? demanda Remi.

— Les données ne le disent pas. Mais il se trouve dans une couche d'occupation antérieure à celle des structures qui l'entourent, comme s'il avait été creusé avant leur construction. Et c'est le seul dispositif de tout le périmètre qui corresponde aux caractéristiques des sépultures hunniques du ve siècle.

— Avez-vous des questions à nous poser ? demanda Remi.

— Quand vous arpentiez ce marché, avez-vous remarqué des travaux sur l'emplacement en question ? Comme si des ouvriers avaient retourné la terre…

— Non, rien de tel, répondit Sam. Nous ignorons même si les hommes de Poliakov sont ici pour nous ou pour la tombe de Mundzuk.

— Mais j'imagine que vous avez un plan.

— Nous travaillons à sa mise en œuvre, dit Sam. En cas de découverte, nous vous ferons signe. Bonne nuit. »

Sam et Remi rejoignirent Nurin dans sa chambre pour voir la grande caisse de bois qu'il avait fabriquée. C'était une sorte d'abri cubique d'un mètre cinquante de côté avec, sur une face, un panneau basculant équipé de charnières. Les cinq côtés, assemblés par des chevilles, étaient donc faciles à démonter et à transporter.

Avec des gestes, Sam demanda à Nurin de les conduire sur la place du marché à 1 h 30 du matin et de les aider à installer la caisse. Puis il brancha le matériel électronique sur une prise de courant et alla se coucher avec Remi.

À 1 heure tapante, ils se réveillèrent, s'habillèrent, rangèrent les ustensiles – ordinateur, perceuse sur batterie, forets, éclairages, unité de fibre optique et câbles assortis – dans leurs sacs à dos et allèrent frapper à la porte de Nurin. Il était prêt et avait déjà rangé les cinq panneaux amovibles dans le coffre de la voiture. Il se gara sur la place du marché et les aida à transporter le matériel à l'endroit indiqué par Albrecht.

Les commerçants avaient laissé ouverts les auvents des étals mais il n'y avait pas un chat dans le quartier. Sur le pourtour de la place, les rideaux de fer étaient baissés, sans doute pour décourager les cambrioleurs. Les lumières qui brillaient dans les rues adjacentes rendaient encore plus sombres les renfoncements entre les échoppes.

Nurin aida Sam et Remi à assembler la caisse noire. Après quoi, Sam lui dit de s'en aller en désignant la voiture.

Dès son départ, Sam sortit le magnétomètre. Remi le connecta à l'ordinateur portable. Ils firent quelques pas en avant puis reculèrent afin de délimiter l'étendue de la variance dans le champ magnétique. Puis ils placèrent la caisse noire à cet endroit précis. On aurait pu la confondre avec un étal de maraîcher. Sam souleva le panneau muni de charnières, Remi se faufila dessous, puis il rangea le magnétomètre dans son sac, sortit d'autres outils et la rejoignit.

L'espace était exigu mais suffisant pour ce qu'ils avaient à faire. Sam équipa sa perceuse d'une mèche prolongée par une tige d'un mètre vingt, conçue pour le forage des grosses poutres. Puis il pointa le tout vers le sol et se mit à forer le mélange de terre et de sable que des milliers de badauds foulaient chaque jour en venant faire leur marché. En peu de temps, il atteignit la profondeur souhaitée. Quand la tige eut entièrement disparu, il la ressortit, l'éjecta de la perceuse, choisit un autre foret au bout duquel Nurin avait fait ajouter une vis, l'ajusta à l'extrémité de la tige et se remit au travail. À un mètre quatre-vingts sous le niveau du sol, il rencontra bientôt une surface solide.

Sam retira la perceuse, l'extension, le foret d'origine puis il inséra dans le trou une sonde rigide équipée d'une visionneuse à fibre optique qu'il fit coulisser jusqu'en bas.

Une image apparut sur l'écran du portable. La visionneuse était constituée d'une caméra couleur et d'une torche puissante qui diffusait une lumière naturelle. Remi fit glisser l'image sur l'écran de haut en bas. « C'est notre jour de chance, j'ai l'impression, dit-elle. Tu as traversé le plafond du caveau rectangulaire. Soit la perceuse a fendu la pierre soit elle s'est introduite entre deux blocs. La couche suivante ressemble à du bois. Je vois une texture granuleuse. »

Elle tourna l'écran vers Sam. « En effet, ce pourrait être du bois. Comme il n'y a pas d'écorce, je suppose que ce sont des planches, pas des troncs.

— Alors, on s'y remet. »

De nouveau, Sam inséra dans la perceuse la mèche prolongée de son extension filetée. Le bois était dur, avec un grain très dense, mais pas autant que la pierre. Sam faisait très attention car il n'avait pas d'autres mèches. Au bout de dix minutes environ, il rencontra un vide de plusieurs centimètres. « On est passés à travers les planches », dit-il.

Il souleva la perceuse et son extension, les mit de côté, puis fit descendre le câble à fibre optique pendant que Remi surveillait l'écran. Quand la caméra et la torche débouchèrent dans le vide, sous la couche de bois, l'espace s'agrandit et l'image changea.

La caméra pivota, leur fournissant un premier aperçu du contenu du caveau. « C'est bien une tombe, dit Remi. J'enregistre. » Sam se retourna péniblement pour mieux voir l'écran. Un corps réduit à l'état de squelette était étendu sur une natte, dans le fond. Il était vêtu de rouge, portait une cape, des bottes et un couvre-chef qui ne ressemblait à rien de ce qu'ils avaient vu précédemment.

C'était un genre de casque pointu, haut de 60 centimètres, avec un gros médaillon en or sur le devant, incrusté de motifs décoratifs. À la ceinture, une grande épée droite rangée dans son fourreau et une dague moitié moins longue. Des boutons en or maintenaient la cape, d'autres ornaient le vêtement. Des armes en tout genre jonchaient le sol, dont un bouclier rond plaqué d'argent, des arcs, des carquois garnis de flèches. Ils virent aussi des bijoux en or, en jade, des coffrets d'ivoire sculptés, des selles, des brides incrustées d'or.

Puis ils se mirent en quête du message d'Attila. Remi filma les objets pendant une vingtaine de minutes mais elle eut beau zoomer, agrandir l'image, éclairer autrement la scène, elle dut s'avouer vaincue. « Je ne vois rien qui ressemble à une inscription, murmura-t-elle. Et toi ?

— Moi non plus. Je vais essayer autre chose. » Sam sortit du trou tout ce qui était rigide puis il démonta les tubes métalliques abritant les fibres optiques, ainsi que l'extension. Ne restèrent entre ses mains que le câble flexible prolongé de la caméra et de la torche. Usant d'une prudence extrême, il l'inséra dans la cavité. À plusieurs reprises, il dut le remonter légèrement pour le redresser ou l'aider à passer un obstacle. Ce jeu de patience dura plusieurs minutes à l'issue desquelles le câble déboucha dans la crypte et se recourba pour mieux en filmer les parois. « Attends. Je vois un truc.

— Là, confirma Remi. C'est là. »

Elle s'empara du câble et, le faisant rouler entre ses doigts, l'orienta vers une série de traits gravés au couteau dans la pierre. *Ego Attila filius Munzuci*. Et ainsi de suite. Remi vérifia que le message avait bien été filmé, l'envoya à Selma puis copia la séquence vidéo sur une clé qu'elle glissa ensuite dans une poche du pantalon de Sam. Tout de suite après, ils commencèrent à démonter le matériel et le replacèrent dans leurs sacs à dos. Ils allaient sortir de la caisse quand Sam murmura :

« Attends. J'ai entendu un bruit de pas. »

Remi ferma l'ordinateur, éteignit la lumière de la fibre optique et sortit le câble du trou. Sam le glissa dans son sac avec la perceuse et la mèche, tandis que Remi glissait l'ordinateur dans le sien.

Ils tendirent l'oreille. Remi colla sa joue au sol et regarda par la fente sous la caisse. « Des hommes. Cinq… non, six. Ils se dirigent vers nous, comme par hasard. »

Les pas résonnaient de plus en plus fort dans la nuit. On entendait les hommes parler, rire bruyamment. Une bouteille se brisa au fond d'un tonneau en métal qui servait de poubelle. Sam et Remi ne bougeaient plus, respiraient à peine.

Ils passèrent si près que Remi aurait pu les distinguer les uns des autres rien qu'au rythme de leurs pas. L'un d'eux claudiquait comme s'il avait un caillou dans sa chaussure. Il cria aux autres de l'attendre.

Puis quelque chose craqua. Le retardataire venait de se jucher sur leur caisse, sans doute pour remédier à son problème. Quand il secoua sa chaussure, les chevilles en bois grincèrent dans leurs habitacles. L'homme se pencha pour refaire ses lacets puis ils l'entendirent sauter sur le sol et s'éloigner à petites foulées.

Remi souffla en s'appuyant sur Sam. Ils restèrent encore quelques minutes sans bouger, puis Remi repassa le nez dehors. « La voie est libre. »

Ils ouvrirent la trappe, sortirent en rampant, sanglèrent leurs sacs à dos, démontèrent la caisse et rassemblèrent ses cinq panneaux. Sam retira le capuchon qui protégeait le bout du câble à fibre optique, boucha le trou avec, répandit un peu de terre par-dessus et piétina pour effacer les traces.

Puis ils s'éloignèrent en rasant les murs, les bras encombrés par les panneaux de bois. Un moteur s'alluma dans la nuit. Sam et Remi se postèrent au coin d'un immeuble en attendant que la voiture s'arrête le long du trottoir et que ses phares s'éteignent. Nurin descendit et ouvrit le coffre où ils déposèrent leur chargement avant de rentrer à l'hôtel Zhambyl.

Dans la chambre, Sam appela Selma. « Bonjour, Sam.

— Bonsoir Selma. Il est bien 5 heures de l'après-midi, à la maison ?

— Exact. Et 5 heures du matin à Taraz.

— Remi vient de t'envoyer les images prises dans la tombe. Vous avez lu l'inscription ?

— Nous avons tout reçu. C'est incroyable. Je vous passe Albrecht.

— Sam. Est-ce que nos concurrents savent où se trouve le caveau ?

— Non. Quand nous les avons vus à la terrasse d'un café, ils semblaient attendre quelque chose. Ils n'avaient pas l'air d'une équipe de fouilles sur la brèche.

— Dans ce cas, je vous en conjure, n'allez pas plus loin. C'est trop dangereux. La tombe de Mundzuk n'est pas si essentielle que vous risquiez votre vie pour la mettre au jour. Dès notre arrivée, j'enverrai un courrier à l'université d'État de Taraz et au gouvernement à Astana, auquel je joindrai la carte du champ magnétique et les coordonnées du site. Le Kazakhstan est très fier de son histoire millénaire. C'est à lui que doit revenir le privilège de cette découverte.

— Dès votre arrivée ? Dois-je comprendre que vous nous rejoignez ici ?

— Non, Sam. Nous allons à Rome !

— Quoi ?

— Bien évidemment. Vous n'avez pas lu l'inscription ? Il y est dit : "Je suis Attila, fils de Mundzuk. Mon père est mort et je dois me rendre à Rome pour assurer la paix entre nos deux nations. Mais un jour, je marcherai sur Rome à la tête de mes armées. Mon père repose ici même mais moi, c'est à Rome que je serai enterré, hôte d'une héritière des Flavien."

— Et ce message vous évoque un lieu en particulier ?

— Mieux que cela. Je sais précisément où il est. J'y suis même allé. »

Selma l'interrompit. « Sam ? Je vous ai réservé un jet privé. Il vous attendra aujourd'hui à midi, à l'aéroport de Taraz. Le prix de la location est astronomique mais c'est la seule façon pour vous d'atteindre Rome dans les meilleurs délais. Nous serons à l'hôtel St Regis.

— Nous avons pas mal d'obligations mondaines en ce moment, dit Remi. Mais nous ferons en sorte de nous libérer. Au revoir Selma. À très bientôt. »

Nurin s'arrêta devant l'hôtel, les laissa descendre puis alla garer la voiture sur le parking à l'arrière. Quand ils ouvrirent la porte de leur chambre, Sam et Remi restèrent figés sur place.

La pièce avait été minutieusement fouillée. Le matelas et le sommier reposaient à l'oblique contre un mur. Les tiroirs étaient empilés, les sièges proprement couchés, les coussins privés de leurs taies. Les serviettes bien rangées dans l'armoire à linge pendaient à présent sur la tringle de la douche. Jusqu'au tapis Bokhara qu'on avait roulé et poussé dans un coin.

« L'expression "sens dessus dessous" serait impropre en l'occurrence, n'est-ce pas ? Je n'ai jamais vu désordre aussi ordonné.

— Ces gens sont des pros. Ils ont sûrement agi avec discrétion, pour éviter d'alerter le personnel et les clients de l'hôtel.

— Qu'allons-nous faire ?

— Nurin, dit Sam en se précipitant dans le couloir.

— Oh, non, souffla Remi.

— Prends ton ordi et laisse le reste. »

Ils coururent jusqu'à la chambre de Nurin, frappèrent et, n'obtenant pas de réponse, sortirent de l'hôtel et contournèrent le bâtiment à toute vitesse. Nurin était là, de dos à sa voiture, face à deux des sbires de Poliakov. Le premier lui tapait dessus tandis que le second le tenait en respect avec son arme. Nurin ne pouvait rien faire à part se recroqueviller pour tenter de se protéger. Sam et Remi s'approchèrent lentement en espérant que les gémissements de Nurin étoufferaient le bruit de leurs pas. Depuis plusieurs années à La Jolla, ils s'entraînaient à répondre à différents types d'agression. Sachant que le plus dangereux des deux hommes était celui qui tenait le pistolet, ils résolurent de l'attaquer ensemble.

Dès qu'elle fut à la bonne distance, Remi prit deux pas d'élan et s'élança en brandissant l'ordinateur au-dessus de sa tête de telle sorte que la tranche percute la nuque de l'individu.

Il dut l'entendre arriver, ou deviner leur présence, car à la dernière fraction de seconde, il pivota sur lui-même.

L'ordinateur s'écrasa sur son arcade sourcilière, avant de lui briser l'os du nez.

Il bascula en arrière. Sam lui décocha un puissant crochet du droit qui lui brisa deux côtes. Quand l'homme se plia de douleur, Sam le saisit par le poignet, lui tordit le bras dans le dos et le retourna vers la voiture pour lui cogner le front contre le capot. En même temps, il lui arracha son pistolet.

Se voyant en mauvaise posture, le tortionnaire de Nurin recula, les mains levées. Nurin prit appui contre la voiture et fonça tête la première. Il percuta l'homme au niveau du plexus solaire et l'envoya valdinguer contre le mur de l'hôtel. L'obscurité empêchait de voir la gravité de ses blessures mais il resta vautré sur le bitume en se tenant les côtes, le souffle court. Mû par la rage, Nurin lui balança son pied dans la figure.

Sam se précipita vers lui. « Non, Nurin, dit-il en le saisissant par les épaules. Je t'en prie. Nous ne voulons tuer personne. » Nurin ne comprenait pas mais le ton de Sam eut sur lui un effet apaisant. Quand il eut recouvré son calme coutumier, il hocha la tête, porta la main à sa bouche et regarda le sang sur ses doigts.

Sam lui montra les hommes à terre puis leva les mains en joignant les poignets. Nurin trouva une corde en nylon dans le coffre. Sam se chargea de ligoter les deux individus et de les bâillonner en leur fourrant dans la bouche des chiffons maintenus par du ruban adhésif. Puis il ouvrit la portière, poussa Nurin vers son siège et mima le geste du conducteur. « Il faut qu'on parte. Emmène-nous loin d'ici, s'il te plaît. »

Nurin se mit au volant et tandis qu'il démarrait, regarda Sam et Remi d'un air un peu désorienté.

Non seulement il n'était pas encore remis des coups qu'il avait reçus mais il ne voyait pas trop ce qu'on voulait de lui. Quand ils s'engagèrent dans la rue, Remi ouvrit son ordinateur portable.

« C'est incroyable comme ces engins sont solides », murmura-t-elle en tapant le mot « aéroport » dans le moteur de recherche. Remi tapota l'épaule de Nurin et montra la photo d'avions de ligne sagement rangés côte à côte.

Rasséréné, Nurin les conduisit en vitesse à l'aéroport de Taraz, dans la banlieue sud-ouest. Comme le soleil se levait, les travailleurs, paysans, commerçants étaient déjà sur la route. La plupart des véhicules se dirigeaient vers la ville.

Remi profita du temps de trajet pour montrer une carte du Kazakhstan sur son ordi. Puis elle zooma sur la partie sud du pays, notamment la route reliant Taraz et Almaty. Quand Nurin s'arrêta devant l'aéroport, elle leva son écran, lui désigna la carte et dit : « Rentrez chez vous à Almaty, Nurin. » Puis elle montra alternativement Sam, elle-même et les portes du terminal. « Nous allons partir », dit-elle en imitant un avion au décollage avec sa main libre.

Sam sortit l'argent kazakh qui restait dans son portefeuille et dans ses poches, partagea ses dollars, garda quelques coupures pour le voyage et tendit les autres à Nurin en lui tapotant l'épaule. « Merci, Nurin. Tu es un type bien. Maintenant, il faut que tu rentres à Almaty avant qu'on découvre les deux Russes que nous avons assommés. » Il posa le doigt sur l'écran et suivit le tracé de la route qui menait à Almaty.

Puis les Fargo descendirent, agitèrent les bras dans un grand geste d'adieu et pénétrèrent dans le terminal.

Pendant que Sam se présentait au comptoir, Remi resta près des portes coulissantes à regarder Nurin qui s'en allait. Quand il s'arrêta au croisement avant de s'engager sur la grande route, elle le vit chausser ses lunettes de soleil puis il tourna son volant et partit en direction de l'est, vers Almaty.

*

En milieu d'après-midi, l'avion de Sergueï Poliakov atterrit à l'aéroport de Taraz. Depuis qu'il était riche, il répugnait à quitter Nijni Novgorod. Ce n'était plus de son âge. Il aurait volontiers emmené Irena à Paris, Barcelone ou Milan, mais se rendre dans ce bled paumé lui causait une véritable souffrance. Le voyage lui avait pris une journée plus une nuit, et voilà qu'à présent il se retrouvait au milieu de ce désert de sable et de cailloux. Avant de partir, il avait eu le temps d'apprendre que Sam et Remi Fargo étaient déjà sur place. C'était hallucinant, ces gens poursuivaient leur chasse au trésor comme si de rien n'était.

Poliakov savait que les Fargo ne reculaient devant rien, mais il fallait être fou pour se jeter ainsi dans la gueule du loup, surtout après avoir mortellement humilié Poliakov en l'obligeant à incendier sa propre maison. Ces gens-là ignoraient-ils ce dont était capable un homme assoiffé de vengeance ?

En fouillant les décombres encore fumants de son manoir, la police avait découvert parmi les cendres et les gravats du sous-sol certaines substances qui leur étaient inconnues. Poliakov espérait qu'ils ne prendraient pas la peine de les analyser car il savait qu'un rapport de police mentionnant l'existence d'une « substance chimique inconnue » pouvait un jour servir à vous faire tomber pour trafic de drogue. Voilà pourquoi il leur avait raconté qu'il s'amusait à fabriquer des remèdes dans sa cave et que les substances « inconnues » venaient de son laboratoire de chimie.

Les chevaux de ses filles avaient été retrouvés sains et saufs dans un champ à 25 kilomètres du manoir. Mais ce qu'il n'appréciait pas c'est que ces Américains de malheur, les seuls responsables de son infortune, continuent à le narguer de la sorte. De toute évidence, ils n'avaient pas peur de retomber entre ses mains. Et ils avaient tort car les quatre hommes qu'il avait dépêchés à Taraz ne les quittaient pas des yeux depuis plusieurs jours. Il avait également embauché une équipe de pétroliers d'Atyraou et les avait envoyés dans les collines à la recherche de la tombe du père d'Attila.

En allant récupérer ses bagages, il tomba sur deux de ses hommes, dont le blond qui avait participé à l'enlèvement de Remi. « Bon, alors, qu'est-ce qui se passe ?

— Ils étaient ici, dit le blond.

— Ils *étaient* ici ? Ça veut dire qu'ils n'y sont plus ?

— Ils ont décollé il y a deux heures.

— Pour aller où ?

— Odessa, d'après leur plan de vol.

— Odessa ? s'écria-t-il. Ça ne peut pas être leur destination finale. Juste une escale pour faire le plein. » Par réflexe, il leva les yeux et regarda au loin. Il allait encore devoir faire des pieds et des mains pour se procurer leur plan de vol à partir d'Odessa.

« Regardez ! s'écria le blond en pointant le doigt. C'est Danil et Léo. Ils étaient partis fouiller leur chambre d'hôtel. Ils ont peut-être trouvé quelque chose. »

Poliakov vit ses deux hommes descendre d'un taxi et s'avancer vers lui. Le visage du premier était couvert d'ecchymoses, l'autre marchait en boitant. Inutile de les questionner. Il savait ce qui leur était arrivé.

*

Sam et Remi ressentirent un immense soulagement dès que leur jet privé atteignit son altitude de croisière. Vautrés dans leurs confortables fauteuils en cuir inclinables, ils profitèrent pleinement de ce répit temporaire. Quand ils atterrirent à Odessa, Sam observa les mécaniciens s'affairer autour de l'avion, visser les tuyaux de carburant et remplir le réservoir. Il appuya sur le numéro préenregistré de Tibor Lazar qui répondit au bout d'une seule sonnerie.

« Sam ?

— Oui. Bonjour Tibor.

— Où en sont les recherches ?

— Ça se termine. Vous vous souvenez de ce matin à Budapest, quand nous avons décidé de joindre nos forces pour mener à bien ce projet ?

— Évidemment.

— Eh bien, l'heure est venue de nous retrouver pour savourer ensemble la victoire. Nous avons déchiffré le cinquième message. Nous n'allons pas tarder à ouvrir la tombe d'Attila.

— Génial ! hurla Tibor, fou de joie.

— Rejoignez-nous à Rome, dit Sam. À l'hôtel St Regis. János et les autres peuvent vous accompagner. Je vous demande juste de faire attention. Je n'aimerais pas que les hommes de Bako vous suivent. Personne ne doit savoir où vous allez.

— János viendra avec moi. Les autres resteront ici pour surveiller Bako et sa bande.

— Très bien. Mais faites vite.

— Nous partirons ce soir. Je ne manquerais pas un événement pareil même si je devais aller à pied jusqu'à Rome. »

Sam raccrocha. « Eh bien, il m'a l'air enthousiaste.

— Sans cet enthousiasme, nous serions morts, Albrecht, toi et moi.

— C'est vrai, dit Sam en regardant les deux pompistes débrancher les tuyaux de carburant. Nous n'allons pas tarder à nous envoler pour notre ultime étape.

— J'ai hâte d'être à Rome, répondit Remi. Je veux un joli hôtel, une chambre avec baignoire et une robe qui prouve à quel point j'ai été privée de nourriture depuis Moscou. Et je veux passer au moins une nuit à ne faire que dormir, au lieu d'aller creuser des trous dans la terre.

— Tout cela me paraît faisable, dit Sam. Encore un dernier trou et c'est fini. »

28

Rome vue d'en haut

Au lieu d'atterrir à l'aéroport Leonardo da Vinci-Fiumicino, gigantesque carrefour aérien accueillant quarante millions de passagers par an, le jet privé de Sam et Remi se posa sur une piste de Ciampino, à 15 kilomètres au sud-est de Rome. Comme ils n'avaient qu'un ordinateur portable pour tout bagage, les formalités douanières s'effectuèrent en un clin d'œil.

À cause des embouteillages romains, il leur fallut davantage de temps pour atteindre l'hôtel St Regis, un établissement sobre et raffiné vu de l'extérieur, luxueux dès qu'on en passait les portes. Des vases débordants de fleurs garnissaient les nombreux espaces aménagés pour la conversation. Au comptoir, ils trouvèrent un message du professeur Albrecht Fischer. Il les conviait à le rejoindre dans sa suite au neuvième étage. « Je vais m'acheter quelques affaires et prendre un bon bain, dit Remi. Après cela, je serai prête à voir des gens. » Elle regarda Sam qui ne répondit rien.

« Et je ferais bien de t'acheter quelques vêtements aussi, ajouta-t-elle. Tu es crotté comme un chien qui vient de déterrer un os.

— Un noble animal exerçant une noble profession, mais je préfère t'accompagner », dit-il.

Ils remplirent leur fiche puis demandèrent au concierge de leur trouver une voiture avec chauffeur. Ils souhaitaient se rendre dans des boutiques de prêt-à-porter. Ils firent d'abord emplette de tenues décontractées mais chic, puis Sam choisit un costume, Remi une robe de cocktail, des chaussures et un sac. Ils rentrèrent à l'hôtel en taxi, se retirèrent dans leur suite et une heure plus tard, frappèrent à la porte d'Albrecht.

Quand ce dernier les accueillit sur le seuil de sa suite, on aurait dit qu'une fête battait son plein. Derrière lui, ils aperçurent Selma Wondrash qui distribuait des amuse-gueules disposés sur un plateau, Pete Jeffcoat et Wendy Corden, son amie et néanmoins collègue, qui remplissaient des verres, tandis que Tibor Lazar et son frère János discutaient sur un canapé. Une grande table était dressée pour le dîner.

« Sam ! Remi ! » s'exclama Albrecht comme un chambellan annonçant des invités de marque. Bienvenue dans notre humble demeure. » Tout le monde se leva et se rassembla autour d'eux. Puis on leur mit un verre dans la main. Remi murmura à l'oreille de Sam : « On se croirait dans un rêve.

— C'en est un. » Ils s'installèrent à la grande table. « Désolé pour le retard mais nous avons débarqué à Rome dans les vêtements que nous portions lors de notre dernier combat de rue.

— Nous avons failli mourir d'impatience, dit Selma. Albrecht n'a rien voulu nous dire avant que vous soyez là.

— Eh bien, dit Sam. On peut y aller.

— D'après mes estimations, commença Albrecht, le dernier caveau contient les restes d'Attila. Dans le message qu'il a laissé, il déclare vouloir être enseveli en tant qu'invité d'une héritière des Flavien.

— Qui étaient les Flavien ? s'enquit Sam.

— Une dynastie d'empereurs. Vespasien le père, Titus et Domitien, ses deux fils, ont gouverné Rome de 69 à 96 après Jésus-Christ. Ce sont eux qui ont construit le Colisée. Vespasien a été couronné empereur après être revenu à la tête de son armée. Il venait de remporter une grande victoire en Orient. Ses antécédents militaires faisaient de lui un monarque redoutable. Titus et Domitien héritèrent de ce trait de caractère.

— En quoi les Flavien intéressaient-ils Attila ?

— Je n'en suis pas vraiment sûr. Ils ont régné d'une main de fer sur un empire au faîte de sa puissance. Ils furent les premiers à tenter de coloniser la Dacie, à l'embouchure du Danube, près du territoire des Huns. Mais cette région ne fut conquise que par la suite.

— Donc cela n'explique pas grand-chose, dit Remi.

— C'est un vrai sac de nœuds. Comme vous le savez tous, Attila s'est battu à Châlons contre un général romain nommé Flavius Aetius, un aristocrate qui n'était pas né à Rome mais dans ce qu'on appelle aujourd'hui la Bulgarie. Jeune homme, il avait été envoyé comme otage à la cour de Ruga, l'oncle d'Attila. C'est là qu'ils se sont rencontrés et liés d'amitié. D'où peut-être la mention de son nom par Attila. À moins que Flavius ne soit pour lui le symbole de la classe dirigeante romaine en général.

— Vous disiez qu'Attila avait lui aussi servi d'otage, dit Remi.

— Oui. Il est parti pour Rome en 418, à l'âge de douze ans, sur l'ordre de son oncle, le roi Ruga. Il y est resté au moins deux ans, à ma connaissance. Il y a découvert une réalité complexe : une extrême richesse, une terrible corruption, des meurtres, des conspirations à la pelle. Il a réalisé que la prise de Rome représentait le plus glorieux des trophées de guerre. En plus de cela, il a bien observé les techniques militaires, étudié l'art de la stratégie, noté les forces et les faiblesses de la plus puissante armée du monde. Comme il était issu d'un peuple de guerriers, on imagine aisément qu'il a été très impressionné par ce qu'il a vu.

— Et du coup, il a formé le souhait d'être enterré comme un Romain ?

— Il a surtout compris que Rome, malgré son apparente invincibilité, était à la portée d'un homme comme lui. Il s'est mis en tête de la soumettre. Je suppose que cette histoire d'inhumation venait en second dans son esprit. C'est un peu comme s'il avait voulu prouver sa victoire aux générations suivantes.

— Vous disiez connaître l'endroit précis qu'il avait choisi pour son tombeau.

— D'abord, il faut savoir que les premiers empereurs romains ne se faisaient pas enterrer mais incinérer. C'était la coutume. Or, Attila voulait être enterré, comme avant lui son père, son oncle, son frère, etc. Les Huns pratiquaient l'inhumation depuis les origines. Les Romains interdisant qu'on enterre les morts dans l'enceinte de la ville, il s'est retrouvé coincé.

— Alors, comment a-t-il fait ? demanda Tibor.

— Il a suivi l'exemple des premiers chrétiens dont le dogme interdisait la crémation et qui, dès le IIe siècle, avaient creusé des tunnels à la périphérie de la ville afin d'y ensevelir les leurs dans l'espoir de la résurrection. Les catacombes de Domitilla regroupent les plus anciens de ces tunnels. La noble Domitilla appartenait à la dynastie des Flavien ; c'était la nièce de Vespasien et donc la cousine germaine de Titus et de Domitien. À la base, le terrain lui appartenait. Par la suite, on perça une quarantaine d'autres catacombes le long des voies de circulation qui rayonnaient autour de Rome.

— Combien de temps nous faudra-t-il pour trouver les catacombes de Domitilla ? demanda Tibor.

— L'adresse est connue, répliqua Albrecht. C'est au 282 Via delle Sette Chiese. À l'ouest de la via Ardeatina et de la via Appia.

— Comment cela ? Vous voulez dire qu'elles sont à portée de main ? C'est si facile ?

— Pas vraiment, dit Albrecht. Avec Attila, rien n'est jamais facile, on dirait. Les catacombes de Domitilla abritent 150 000 tombes, réparties sur quatre niveaux et 15 kilomètres de tunnels de deux mètres de large sur deux mètres de haut, à peu de chose près. Les dépouilles sont entreposées dans des niches creusées à l'intérieur des parois. Le réseau sous-terrain est assez complexe, avec des galeries secondaires, et parfois des salles formant des tombes collectives. Les parois sont en tuf, une roche volcanique tendre qui durcit exposée à l'air. Le sous-sol de Rome en est entièrement constitué. Quand on voulait inhumer quelqu'un, on cherchait une place vacante dans un tunnel préexistant ou bien on creusait une extension, on créait une niche puis on la scellait au moyen d'une dalle sur laquelle on gravait le nom du défunt, son âge et la date de sa mort.

— Pourquoi Attila a-t-il choisi d'être enterré dans une catacombe ? demanda Remi. Et d'abord, d'où connaissait-il son existence ?

— Comprendre ce qu'Attila avait en tête occupera certainement les années qu'il me reste à vivre. Dites-vous que Rome était le centre du monde civilisé. Partout on ne parlait que d'elle. Attila avait sans doute été éduqué dans le respect et l'admiration des Flavien. Deux des souverains issus de cette dynastie sont classés par les historiens dans le groupe des cinq « bons empereurs ». De nombreux Flavien ont été inhumés dans les plus anciennes catacombes et Attila savait que violer une tombe royale était un sacrilège sévèrement puni. Pour cacher la sienne, il a laissé des instructions très strictes. Attila ne manquait pas d'astuce, c'est un fait connu. Comme Rome voyait sans cesse passer des milliers de personnes venues des quatre coins de l'empire, il savait qu'un petit détachement de Huns transportant un cercueil parviendrait sans encombre jusqu'aux catacombes situées hors de la ville. Et je le crois tout à fait capable d'avoir eu l'idée de dissimuler sa tombe parmi les 150 000 autres aménagées par les chrétiens, lesquels se faisaient inhumer dans la plus grande sobriété, sans objets de valeur. Et pour corroborer mon hypothèse, nous avons l'inscription laissée par Attila lui-même.

— Un message écrit par un enfant de douze ans ?

— Ne sous-estimons pas Attila. Ceux qui l'ont fait sont morts prématurément. Mais ce n'est pas tout. Autre chose étaye cette théorie.

— Quoi donc ?

— C'est lui qu'on a choisi pour séjourner à la cour de l'empereur, alors qu'on aurait pu prendre son frère aîné

Bleda, ou un autre prince. Les deux parties en présence savaient à qui elles avaient affaire : Ruga estimait qu'Attila serait l'espion idéal, les Romains pressentaient qu'il serait le futur roi des Huns et souhaitaient instaurer des relations avec lui.

— Très bien, dit Sam. Nous savons où se trouve la tombe, toute notre équipe est rassemblée sur les lieux. Maintenant, voyons comment nous y prendre.

— J'aimerais que tout le monde soit présent sur la ligne d'arrivée, dit Remi. Même si c'est pour découvrir que sa tombe a été pillée il y a 1 500 ans, nous suivrons ses instructions jusqu'au bout.

— Remi a raison d'évoquer cette possibilité, dit Albrecht. Certaines catacombes ont été profanées au cours des grandes invasions. Les Wisigoths et les Lombards sont passés par là. Les pillages ont continué durant toute la période du haut Moyen Âge. Il ne restera peut-être plus rien. Cela dit, les catacombes de Domitilla ont été moins touchées que les autres.

— Et du point de vue pratique ? renchérit Sam.

— Nous avons étudié la question, intervint Selma. Les catacombes de Domitilla sont tombées dans l'abandon aux environs du IXe siècle, puis les habitants de Rome en ont oublié l'existence jusqu'en 1873, date à laquelle on les redécouvrit. Comme il s'agissait d'un ancien cimetière chrétien, elles furent placées sous l'égide de l'église catholique. En 2007, le pape en a confié l'administration à la Société du Verbe divin, un groupement de missionnaires composé de prêtres et de moines. Aujourd'hui, le public peut en visiter 1 600 mètres. Le reste du réseau fait l'objet d'études scientifiques et historiques. C'est de loin la plus vaste et la plus ancienne nécropole intacte connue. Nous avons contacté le capitaine des Carabiniers Boiardi qui a consenti non seulement à assurer notre sécurité mais à intercéder pour nous auprès de la Société du Verbe divin. Il les a rassurés en leur expliquant que vous aviez prévenu les autorités, juste après la découverte que vous aviez faite à Mantoue.

— C'est une excellente chose, dit Remi. Le capitaine Boiardi est un atout précieux.

— Il a appelé l'autre jour. Il espérait vous parler. Quand je lui ai dit que je travaillais pour vous, il m'a demandé de vous prévenir qu'il serait bientôt avec nous. Il a obtenu la collaboration active du ministère de la Culture sur ce projet. Tous les vestiges antérieurs au IXe siècle avant notre ère et postérieurs au IVe siècle après Jésus-Christ pourront partir aux États-Unis. Le reste sera négocié au cas par cas.

— Des conditions fort généreuses, dit Sam.

— Ce soutien officiel sera un élément essentiel dans la réussite de notre entreprise, dit Albrecht. Pénétrer dans des catacombes revient à explorer une grotte. Le sol est ferme, bien aplani et relativement sec. Mais au-delà des zones ouvertes au public, nous serons dans un environnement semblable à celui qu'ont connu nos lointains ancêtres. Pas d'électricité, rien que des squelettes sur une distance de 15 kilomètres. Nous apporterons tout l'équipement nécessaire, et ne laisserons rien derrière nous. On fera des relevés, on prendra des photos, un point c'est tout. Il nous faudra redoubler d'attention et de minutie car la tombe d'Attila sera très bien cachée. N'oubliez jamais que nous recherchons l'un des plus grands trésors du monde antique. Attila avait douze ans quand il a commencé à penser à sa dernière demeure, et il n'a pas cessé jusqu'à sa mort, trente-cinq ans plus tard. Il faut donc s'attendre aux pires difficultés.

— Je crois que chacun de nous doit se demander dès maintenant s'il souhaite vraiment le faire, renchérit Sam. Et s'il en a la capacité. Si vous trouvez déjà pénible de marcher 15 kilomètres sur un sol caillouteux en portant un sac à dos, dites-vous que vous devrez en parcourir 30, aller-retour. Si vous êtes ne serait-ce qu'un tantinet claustrophobe, mieux vaut en tenir compte. Tout le monde dans cette pièce a gagné le droit de descendre dans ces catacombes. Mais sachez que nous aurons également besoin d'une équipe en surface pour surveiller les véhicules, réceptionner les objets, traiter avec les autorités, et ainsi de suite. »

D'abord, les membres de l'équipe se regardèrent les uns les autres dans un silence religieux. Selma se décida la première : « Je serai plus utile à la surface.

— Moi, je descends, dit Tibor.

— Moi aussi, dit János.

— Je n'ai pas le choix, je dois y être, dit Albrecht.

— Je descends, dit Sam.

— Moi aussi, dit Remi.

— Je resterai avec Selma, dit Wendy.

— Merci, dit Selma. Je commençais à me sentir seule.

— Je reste avec vous deux, dit Pete.

— Sauf erreur de ma part, dit Sam, je pense que Boiardi nous accompagnera avec deux de ses hommes. De cette manière, si nous trouvons le trésor, nous le remettrons immédiatement à la police. C'est plus sûr. Bon, dressons la liste du matériel à emporter. Il y aura donc Tibor, János, Remi, Albrecht et moi. En comptant Boiardi et ses deux carabiniers, nous serons huit. Nous aurons besoin d'un petit chariot par personne, avec de grosses roues bien gonflées. Ça nous évitera de transporter des sacs trop pesants et nous permettra de ramener les premiers objets à la surface.

— Quand serons-nous prêts d'après toi, Selma ? demanda Remi.

— Nous sommes jeudi. Les catacombes sont fermées à la visite chaque mardi. Si les négociations avec les missionnaires se terminent vite, nous pourrions fixer l'expédition à mardi prochain. »

Ils entendirent frapper à la porte. Des serveurs entrèrent avec des chariots surmontés de victuailles. Le dîner était servi. On suspendit la conversation le temps de s'asseoir autour de la table. Selma avait commandé un véritable festin arrosé des meilleurs crus. Il y avait là des fruits de mer, du rôti de bœuf, des plats à base d'agneau, de poulet, des pâtes et toutes sortes de salades. Dix minutes plus tard, on toquait de nouveau à la porte.

Sam alla ouvrir et trouva sur le seuil le capitaine Boiardi. Pour l'occasion, il avait troqué son uniforme contre un costume sombre. « Capitaine, dit Sam. Je suis heureux que vous ayez pu vous libérer si vite. »

Il serra Sam contre son cœur en lui tapotant l'épaule. « Quel plaisir de vous revoir, Sam. » Il s'avança vers Remi et lui baisa la main. « Remi, je suis si heureux. Votre beauté me fait oublier la fatigue du voyage.

— Je vous en prie, capitaine, asseyez-vous, dit-elle. Vos hommes vous ont-ils accompagné ? Ils sont les bienvenus, eux aussi.

— Non, dit-il. Depuis notre mésaventure à Mantoue, nous veillons à rester discrets lorsque nous quittons Naples. Nous sommes donc partis séparément en nous répartissant les tâches. Je me suis réservé la plus agréable.

— Merci, dit Sam. Je vous sers quelque chose à boire ?

— Volontiers, mais pas d'alcool. J'ai d'autres obligations, ce soir. »

Sam lui tendit un verre de ginger ale puis ils s'installèrent côte à côte. « Le ministère de la Culture accepte que nous collaborions sur ce projet, dit le capitaine. Ils ont délivré un permis de fouilles, ils ont obtenu l'accord de la Société du Verbe divin et m'ont envoyé auprès de vous, avec mon équipe. Quand commençons-nous ?

— Mardi serait idéal. Les catacombes seront fermées au public.

— Parfait, dit le capitaine. Mes hommes seront plus disponibles s'ils n'ont pas à gérer le flux des visiteurs.

— Comment avez-vous fait pour que les choses aillent si vite avec le ministère ?

— Le fait que vous leur ayez spontanément remis le trésor à Mantoue les a assurés de votre probité. Et votre comportement lors de l'attaque – vous vous êtes battus à nos côtés, vous avez sauvé la vie de mes hommes – a achevé de les convaincre.

— Je suis ravi que nous ayons pu vous prêter main-forte, dit Sam. Nous prévoyons également de leur remettre tout ce que nous trouverons ici.

— Formidable, dit-il. Nous prendrons nos dispositions pour convoyer le trésor jusqu'au Musée archéologique de Naples en toute sécurité.

— Descendrez-vous dans les catacombes avec nous ?

— Oui. Avec deux de mes hommes. J'en laisserai trois à l'entrée du site pour garder les camions, tenir le poste de premier secours et assurer la liaison avec la police romaine.

— Merci, dit Sam. Vous pensez pouvoir être prêts pour mardi ?

— Dès demain si besoin est.

— Mardi, ce sera parfait, dit Sam. D'après vous, à quelle heure devrions-nous commencer ?

— Quatre heures. Depuis l'assassinat de César, la circulation dans Rome est devenue infernale, dit Boiardi. Nous attendons que ça s'arrange. »

29

Dans les entrailles de Rome

À 4 heures, le mardi suivant, les membres de l’expédition se rassemblèrent à l’entrée des catacombes de Domitilla, 282 via delle Sette Chiese. Le jour n’était pas encore levé mais un représentant de la Société du Verbe divin, le frère Paolo, était là pour leur ouvrir. Il portait une soutane mais, avec ses lunettes et son air sérieux, il ressemblait davantage à un comptable qu’à un homme de Dieu.

Ils le suivirent dans un escalier étroit qui menait au portail d’une église datant du IVe siècle dont seuls le toit et une rangée de fenêtres émergeaient du sol. L’intéricur était si vétuste qu’on se demandait s’il s’agissait encore d’un lieu de culte. Ils y déposèrent leur matériel, le frère Paolo leur montra les trois nefs puis l’entrée des catacombes et les laissa poursuivre seuls.

Il leur fallut environ une demi-heure pour descendre leurs chariots sur les trois premières volées de marches puis y transférer le contenu de leurs sacs à dos. Durant les quelques jours de préparation, le nombre d’objets à emporter s’était progressivement réduit à l’indispensable – torches, matériel photo, outils, eau et nourriture. Quand tout fut prêt, les explorateurs coiffèrent leurs lampes frontales.

Dans les premiers tunnels, ils ne virent que des niches inoccupées, quelques petites fresques peintes dans le plâtre couvrant les murs, des salles vides en forme d'alcôve. Seuls certains autels et chambres funéraires étaient décorés. La roche luisante affleurait sur les parois nues. Pourtant, au fur et à mesure de leur progression, les niches fermées par des plaques devinrent plus nombreuses. « Cette section ne nous concerne pas, dit Albrecht. Ici, les sépultures remontent à la période comprise entre 550 et 600 après Jésus-Christ. C'est-à-dire bien après l'inhumation d'Attila. Il ne peut pas reposer dans un tunnel creusé des décennies après sa mort. Nous recherchons les passages où les tombes ont été aménagées avant l'an 453. Vous remarquerez l'absence de dates chiffrées sur ces plaques de scellement. Les Romains de cette époque utilisaient le calendrier Julien qui démarre en 45 avant notre ère. Les années ne sont pas indiquées en chiffres. Pour dater, on se servait du nom des deux consuls qui prenaient leur charge chaque 1er janvier. L'année de la disparition d'Attila, les consuls étaient Flavius Opilio et Johannes Vincomalus. Retenez bien ces noms. Attila est mort dans sa place forte sur la Tizsa. Ce qui signifie que la saison des campagnes militaires n'avait pas commencé. On était donc en *januarius, februarius* ou *martius*.

— Son nom sera-t-il inscrit ? demanda Remi.

— Sans doute pas, ou alors brouillé d'une manière ou d'une autre. Il était malin. Il ne voulait pas que sa tombe soit découverte par un Romain mais il espérait quand même que quelqu'un la trouve un jour.

— Sinon, il n'aurait pas semé tous ces indices, fit remarquer Remi.

— Il nous a emmenés dans un voyage vers ses origines, depuis son dernier trésor jusqu'à son tout premier. Il devait souhaiter qu'un homme de son peuple les exhume et utilise cette immense richesse dans un but de conquête, certainement. Il pensait peut-être à l'un de ses futurs descendants puisqu'il savait ses fils incapables de lui succéder dignement.

— Comment distinguer sa pierre tombale des autres ? demanda Remi.

— Cela aussi fait partie de l'épreuve qu'il nous impose. Utilisons déjà les données que nous possédons – la date et l'âge de sa mort – et voyons ce qu'il y a d'autre. Les catacombes ont servi du IIe au VIIe siècle. Sa tombe est donc parmi les plus anciennes. Je suppose qu'il y a fait graver un signe indéchiffrable aux yeux du profane – peut-être un caractère tiré d'un alphabet non latin.

— Nous ne sommes pas des Huns. J'espère qu'il n'a pas été trop mystérieux.

— Je suis prêt à parier que non. Pensez à ce que vous avez traversé, Sam et vous. Il s'est lentement dévoilé devant vos yeux. Vous avez appris à le connaître. Il vous a guidé vers chacun des lieux charnières de son existence. Il vous a montré les plaines hongroises où, dans les dernières heures de sa vie, au sommet de sa puissance, il avait épousé la princesse Ildico, sous les yeux de ses braves rassemblés au sein de sa place forte. Après quoi, il vous a fait remonter le temps jusqu'à l'époque où il était enfant. À présent, nous savons que ses débuts n'avaient rien de glorieux : un orphelin de douze ans se recueille sur la tombe de son père, on va bientôt l'envoyer loin de chez lui, à Rome où il servira d'otage. Et au lieu de se lamenter, il jure de conquérir Rome et d'y être enterré.

— Pourtant il n'a pas conquis Rome.

— Il est allé jusqu'à la limite de ses possibilités et, pour épargner sa redoutable armée, il a préféré battre en retraite et revenir plus tard.

— Mais il est mort avant.

— Exact, dit Albrecht. Sa mort était parfaitement imprévisible. Pendant toutes les années qu'il a passées à enfouir des butins et à laisser des inscriptions sur son passage, je suis sûr que pas une seule fois il n'a douté que Rome lui appartiendrait un jour. Il se voyait empereur. Quand il a dû faire demi-tour devant le Pô, en 452, il était conscient que personne ne lui ferait barrage à son retour. Flavius Aetius lui avait peut-être coupé la route de l'Atlantique mais il n'avait plus d'armée à lui opposer. La victoire par défaut qu'il avait remportée à Châlons-en-Champagne serait la dernière dans l'histoire de l'Empire romain d'Occident. Attila était assez fin stratège pour le savoir. Je pense qu'en 453, à la fin du printemps ou au début de l'été quand commençait la saison des guerres, il aurait marché sur Rome. Mais il est mort avant. »

Ils avançaient le long des couloirs obscurs en se guidant à la lumière des lampes frontales. Parfois le faisceau d'une torche courait sur telle ou telle inscription, parfois le flash d'un appareil photo déchirait les ténèbres. Placé en bout de file, Sam leur cria : « N'oubliez pas de déchiffrer tous les signes gravés sur les dalles des niches, quand vous en voyez ! Prenez des photos pour aider à mémoriser la disposition des lieux. »

Ils poursuivirent leur chemin d'une galerie à l'autre. À un moment, Tibor et János bifurquèrent pour s'engouffrer dans un passage adjacent puis se dépêchèrent de rejoindre le groupe qui continuait à marcher et la lumière qui vacillait devant.

Sam s'arrêta pour leur murmurer : « Vous aussi, vous avez entendu quelque chose ?

— C'était comme un bruit de pas derrière nous, dit Tibor.

— Vous croyez que les hommes d'Attila sont descendus jusqu'ici pour l'enterrer ? demanda Remi.

— Absolument, répondit Albrecht. Ils ont dû trouver un segment de tunnel, ou même un espace plus vaste, comme une crypte, et assez ancien pour ne plus recevoir de visiteurs. Ensuite, ils ont descellé une niche, retiré les restes humains qui se trouvaient derrière et, comme le faisaient les familles romaines, ils ont creusé la roche de manière à créer une chambre funéraire tout en conservant une ouverture assez petite pour qu'on ne la remarque pas. Seulement, si ce trésor correspond à la description, cette crypte doit être beaucoup plus vaste que toutes celles que nous avons vues jusqu'à présent.

— Vraiment j'aimerais savoir comment la reconnaître, dit Remi. Un genre de blason, un jeu de mots à partir de son nom ?

— L'origine de son nom elle-même est sujette à controverse, dit Albrecht. Certains disent que le nom Attila est dérivé du gotique signifiant "petit père" – *atil* pour "père" et *la* un diminutif – parce que les Huns étaient des Asiatiques et donc moins grands que les peuples gothiques originaires de Germanie. Dans ses écrits, Priscus parle d'Attila comme d'un gringalet.

— Vous y croyez ? demanda Tibor.

— Non. Cela contredit tout ce que nous savons de lui. Attila était un chef charismatique, un tyran pourrait-on dire, et un guerrier sans état d'âme. Parfois, par pure stratégie, il choisissait d'épargner ses armées mais la plupart du temps, pour peu que cela serve ses objectifs, il n'hésitait pas à lancer sa cavalerie sur une forteresse, quitte à sacrifier ses hommes pour remporter la victoire. Ce n'était pas le genre de type qu'on appelle "petit père" et je l'imagine encore moins s'affubler lui-même de ce sobriquet.

— Quelle est votre théorie ?

— La langue des Huns s'apparentait à celle que parlaient autrefois les Bulgares du Danube, une langue turcique qui s'est éteinte plus récemment. En bulgare du Danube, *attila* signifie littéralement "grand océan" ou "roi du monde". Ce qui lui irait davantage. »

Ils venaient de pénétrer dans les trois premières galeries de la zone susceptible d'abriter la tombe d'Attila, toutes creusées et occupées avant l'an 400. Ils virent des inscriptions gravées dans la pierre mais pas les trois indications obligatoires – le nom des deux consuls, l'âge de quarante-sept ans et l'un des quatre premiers mois de l'année.

Le capitaine Boiardi demanda : « Pourquoi partir du principe qu'Attila disait la vérité ? Il a pu faire graver de faux noms, une fausse année, un jour pris au hasard.

— Cela ne cadrerait pas, répondit Albrecht. À mon avis, il voulait que sa tombe soit accessible à la personne qui, par sa détermination, son astuce et sa persévérance, méritait de la découvrir. Il destinait son immense fortune, enterrée à travers l'Europe, au guerrier hun qui, après lui, dominerait le monde. »

Ils passèrent dans le quatrième secteur inscrit sur la liste d'Albrecht et Selma. Ici, les galeries suivaient un plan orthogonal, comme les rues d'une ville souterraine. Encore une fois, ils s'attardèrent sur les inscriptions, prirent des photos, puis la voix de Remi retentit dans la pénombre. « Je crois qu'on y est », dit-elle sans manifester la moindre émotion.

Albrecht s'arrêta net : « Quoi ? », et pivota sur place.

Remi se tenait près d'une paroi occupée par des niches funéraires. Elle en désigna une et répéta : « Je crois que c'est celle d'Attila. »

Albrecht s'approcha de la grosse pierre qu'elle était en train de regarder, ajoutant à celle de Remi la lumière de sa lampe frontale pour obtenir une clarté suffisante. Les autres se groupèrent autour d'eux, tandis qu'Albrecht lisait à voix basse : « *Fidelis Miles*, ce qui signifie "loyal soldat", *Obit die annus Flavius Opilio et Iohannes Vincomalus vicesimo quinto Ianuarii. XLVII.* » Il partit d'un puissant éclat de rire et saisit Remi par les épaules. « Je pense que vous avez raison. C'est derrière cette pierre que repose l'homme que nous cherchons. »

On se congratula, avec force poignées de main, tapes dans le dos et autres embrassades. « Reculons-nous un peu, dit Sam. Il faut qu'on photographie la pierre de scellement. Tout doit être mesuré et répertorié en l'état, avant qu'on touche à quoi que ce soit. Albrecht supervisera les opérations. »

Les deux heures suivantes furent consacrées aux divers relevés archéologiques puis au descellement de la pierre. Dans la niche creusée derrière, gisait le squelette d'un guerrier hun du ve siècle, semblable à ceux qu'Albrecht avait déterrés en plein champ, à Szeged, au début de l'été. « Je suppose qu'il s'agit du loyal soldat. » L'homme portait un pantalon, une tunique en cuir, une dague et une longue épée droite.

Sam et Albrecht glissèrent une planchette sous le squelette et, très délicatement, le ramenèrent vers eux pour l'installer dans le coffre plat en plastique rigide soutenu par Tibor et János. Après l'avoir refermé hermétiquement, ils le mirent de côté.

Déjà, Sam et Albrecht examinaient la paroi au fond de la niche étroite. Sam sortit son canif. « Je peux ?

— Faites donc, dit Albrecht. Selon moi, c'est une cloison en plâtre. »

Sam gratta avec sa lame et, au bout de quelques secondes, ramena un morceau de plâtre épais de deux centimètres. « Il y a une deuxième dalle sous cette couche d'enduit.

— Prenons des photos avant de l'attaquer. » Sam et Albrecht reculèrent pour laisser Remi photographier la couche de plâtre. Puis ils la décollèrent délicatement et par morceaux, au cas où ils apercevraient des gravures et des peintures à la surface.

Enfin, Albrecht se pencha sur la pierre de tuf qu'ils venaient de dégager. « La deuxième dalle de scellement. Oh ! mais oui. C'est bien cela ! *"Sepulchrum Summi Regis"*. La tombe du grand roi. *"Magnus Oceanus"*. Le Grand Océan. *"Rex Hunororum"*. Roi des Huns. »

Des applaudissements éclatèrent. On n'avait pas entendu pareil raffut en ces lieux depuis plus de mille ans. Quand le silence revint, Sam se pencha vers le capitaine Boiardi. « C'était un écho, non ? »

Boiardi tendit l'oreille, hocha la tête et éteignit sa lampe frontale. « Allons voir. »

Ils rebroussèrent chemin dans la demi-pénombre. Par moments, l'un des deux faisait halte, écoutait puis repartait. À la deuxième intersection, ils tombèrent sur une large ouverture correspondant à un caveau familial. Ils y entrèrent.

Quand le capitaine braqua sa torche pour éclairer la crypte, ils aperçurent dans le faisceau quatre individus qui, surgissant de leur cachette, se précipitèrent sur eux. Grâce à sa longue pratique du judo, Sam renversa le premier et le réduisit à l'impuissance d'un coup de poing au plexus. Mais le deuxième était déjà sur lui et l'agrippait par-derrière. Sam s'approcha d'une paroi, pivota sur lui-même et recula pour écraser son agresseur, qui s'écroula inanimé.

Quant au capitaine Boiardi, entre son entraînement aux techniques de combat, sa stature et sa puissance musculaire, il n'eut aucune peine à neutraliser les deux autres.

Comme Sam se baissait pour ramasser la torche que Boiardi avait laissée tomber, il vit deux femmes tapies dans un renfoncement de la crypte.

Boiardi hurla quelques mots en italien. Effrayées, elles levèrent les mains en signe d'ignorance. « Nous ne comprenons pas.

— Attendez, ne tirez pas, dit Sam. Je les connais.

— Qui sont ces gens ?

— Ils travaillent pour Consolidated Enterprises, une société basée à New York.

— D'où les connaissez-vous ? demanda Boiardi.

— Ils nous suivent à la trace depuis des semaines, Remi et moi. On nous a dit qu'ils recherchaient des trésors à des fins commerciales. Mais j'ignore si c'est exact.

— Pourquoi s'en prendre à un capitaine des Carabiniers ?

— Posez-leur la question. Ils nous espionnaient déjà quand nous plongions au large de la Louisiane. Nous les avons retrouvés à Berlin où la police les a arrêtés, puis en Hongrie. Je ne sais pas ce qui a résulté de leurs interrogatoires mais, pour en avoir le cœur net, nous pouvons appeler le capitaine Klein de la police de Berlin.

— Vous nous avez accusés à tort, dit la jeune femme blonde aux cheveux courts qui avait suivi Sam et Remi à Berlin. Alors, bien entendu, ils nous ont relâchés faute de preuves. »

Le grand type au crâne rasé prit la parole : « Ne dites rien tant que notre avocat n'est pas présent.

— Vous avez un gros problème avec le droit, vous les Américains, dit Boiardi. Le monde entier ne fonctionne pas comme dans les films de Hollywood ! Si vous cherchez un conseil juridique, je vais vous en donner un bon. Pour éviter les ennuis, n'agressez pas les officiers de police. »

Sam hocha la tête. « Très judicieux. Comment avez-vous fait pour vous introduire dans les catacombes ? »

La femme brune répondit : « On vous a suivis. Dès que vous êtes descendus, on est entrés dans l'église. On a dit au moine qu'on était en retard et il a eu la gentillesse de nous montrer le chemin. »

Boiardi leur fit signe de le suivre. « Puisque vous aimez tant les trésors, venez donc avec nous. Je vous promets la plus belle découverte de toute votre existence. »

Pour leur ôter l'envie de s'enfuir, Sam et Boiardi les firent marcher devant eux en file indienne en leur indiquant le chemin au fur et à mesure des bifurcations.

Au dernier tournant, ils débouchèrent devant l'ouverture pratiquée dans la paroi. János, Tibor et les deux policiers finissaient de retirer la deuxième dalle de scellement.

Sam jeta un œil à l'intérieur. La crypte taillée dans la roche était vaste. Le plafond large d'un mètre soixante culminait à une hauteur de deux mètres cinquante. Sur la gauche, fermant une anfractuosité creusée dans le tuf, s'élevait un mur en brique. La chambre funéraire d'Attila. Au beau milieu, entouré de pièces d'or entassées dans des sacoches en cuir qui n'avaient pas résisté au temps, mais aussi d'épées, de dagues serties de pierres précieuses et d'autres ornements, reposait un cercueil en fer de deux mètres dix sur un mètre vingt.

Les deux carabiniers restèrent auprès des prisonniers pendant que, l'un après l'autre, Remi, Sam, Albrecht et Boiardi enjambaient l'étroit passage et commençaient leurs relevés. Pendant trois heures, ils photographièrent, mesurèrent, inventorièrent chaque centimètre carré de la tombe et, quand l'emplacement de tous les objets fut minutieusement indiqué sur un plan, ils entreprirent de déplacer ceux qui entouraient le cercueil. On les mit en caisse, après les avoir reportés sur une liste, puis on les chargea sur les huit chariots.

Boiardi s'approcha des prisonniers déconfits, assis par terre dans le tunnel. « Eh bien ? Qu'en dites-vous ? »

La fille blonde haussa les épaules. « Je suis contente d'y avoir assisté.

— Donc vous avez un esprit curieux et le goût de l'aventure. Comme moi. Et vous ? »

Les cinq autres manifestèrent leur assentiment par des signes de tête et des onomatopées.

« Tant mieux, dit Boiardi, parce que je vais vous confier une mission qui pourra peut-être effacer une partie de votre dette : nous aider à transporter ces objets inestimables vers la surface. Mais je vous avertis, mes hommes ne sont pas idiots. Là-haut, vous serez soumis à une fouille complète et le contenu des caisses sera comparé aux photos prises dans la crypte. Si on trouve quoi que ce soit sur vous, je vous promets un long séjour dans un vieux cachot très pittoresque. Compris ?

— Oui », répondirent-ils l'un après l'autre.

Une heure après, les premiers chariots remplis d'or, de joyaux et d'armes précieuses ayant autrefois appartenu aux souverains vaincus par Attila roulaient le long des corridors, escaladaient les mêmes marches que le trésor avait descendues en l'an 453.

Il fallut cinq jours d'un labeur épuisant pour remonter la totalité des objets que Selma, Wendy, Pete et trois carabiniers réceptionnaient au fur et à mesure, vérifiaient et chargeaient à bord des camions. Tout se passa sans à-coups. Dès le premier jour, un chargement partit pour le musée national archéologique de Naples vers 3 heures du matin, escorté par deux véhicules de police banalisés. Un deuxième camion prit la relève.

Sans trahir le nom qu'ils portaient, les missionnaires du Verbe divin donnèrent au public la raison exacte pour laquelle le site était temporairement interdit d'accès : on y menait des fouilles archéologiques.

Le sixième jour, ils soulevèrent le couvercle du cercueil en fer avec des chaînes de traction. Dedans, ils trouvèrent un deuxième cercueil, celui-ci en argent massif, et tout autour d'autres objets encore – couronnes, sceptres, dagues, parures par centaines – ravis par Attila à ses ennemis, rois, princes, chefs de clans, sultans et khans. Le transport et le catalogage de ces pièces prit toute la journée du lendemain.

Le huitième jour, alors qu'ils ouvraient le cercueil d'argent, ils durent constater que les vieilles légendes disaient vrai. Le dernier était en or pur, serti de gemmes multicolores – émeraudes, rubis, saphirs, grenats, jade, corail, lapis-lazuli, jaspe, opale, ambre – provenant des quatre coins du monde antique.

Puis enfin, dans le cercueil en or, ils trouvèrent le squelette d'un homme mesurant environ un mètre soixante, vêtu d'une tunique et d'un pantalon de soie rouges, de bottes de cuir montant jusqu'aux genoux et d'un bonnet de fourrure. Sa main décharnée tenait un arc en corne. À sa ceinture, une épée et une dague. À l'intérieur du couvercle, on lisait une inscription.

« Tu as trouvé la tombe d'Attila, le Grand Roi des Huns. Si tu es là devant moi, ô guerrier, c'est grâce à ta bravoure et à ton intelligence. Mon dernier trésor fera de toi un monarque riche et puissant. Mais seuls le temps, les revers de fortune et le chagrin feront de toi un monarque sage. »

30

Grand Hôtel St Regis, Rome

« En place pour la photo, s'il vous plaît. Mettez-vous sur trois rangs. » Avec de grands gestes, le photographe du *New York Times* tentait de leur indiquer comment se placer. Au premier plan, de gauche à droite, Selma, Albrecht et Wendy. Derrière eux, János, Tibor et Pete. Et au fond, Sam et Remi Fargo et le capitaine Boiardi de la brigade de carabiniers chargée de la protection du patrimoine culturel.

S'ensuivit une rafale de crépitements accompagnée de dizaines d'éclairs. Le reporter du *Spiegel* était ravi de pouvoir mitrailler en gros plan son compatriote, le célèbre historien et archéologue Albrecht Fischer, chef de l'expédition. Les représentants de la presse italienne se bousculaient autour d'un échantillon représentatif du trésor, exposé sur un drap blanc, entre plusieurs carabiniers en uniforme de parade, qui contemplaient le plafond d'un air impavide, comme si le scintillement des joyaux étalés sur la moquette les laissait totalement indifférents.

Après la séance photos, les interviews commencèrent. Sam et Remi se réfugièrent au fond du grand hall de réception où les journalistes du *Figaro*, du *Monde*, du

Daily Telegraph et du *Guardian* parvinrent quand même à les dénicher.

Ann Dade-Stanton, l'envoyée spéciale du *Guardian*, sauta sur Sam. « J'ai pu discuter en privé avec un certain nombre de personnalités qui m'ont toutes assuré que vous aviez dirigé en personne les différentes expéditions, et que la plupart du temps, votre épouse et vous-mêmes étiez seuls sur le terrain. Est-ce une combine pour contourner le fisc ?

— Tous les gens que vous voyez ici ont participé aux recherches, répondit Sam. Certains se sont rendus sur les lieux, ont pris des risques, creusé des trous. D'autres se sont chargés d'organiser l'intendance, de planifier nos déplacements d'un pays à l'autre, etc. Quelques-uns ont passé plus de temps sur place. Mais je n'étais pas le chef.

— S'il faut absolument désigner un chef, le seul qui mérite ce titre, selon Sam et moi, c'est le professeur Albrecht Fischer, notre ami et notre guide à travers les méandres de l'histoire antique, dit Remi. Cet homme a consacré toute sa carrière à l'étude de l'époque romaine. C'est lui qui est à l'origine de l'expédition puisque nous ne sommes intervenus qu'à sa demande, après sa découverte du tout premier site dans un champ de Hongrie.

— Mais vous êtes des chasseurs de trésor. Vos aventures sont connues dans le monde entier. Et, si j'ai bien compris, vous avez pris en charge l'ensemble des dépenses.

— Albrecht Fischer, Tibor Lazar et nous avons travaillé main dans la main dès le jour où la première chambre funéraire a été mise au jour. Chacun a participé en fonction de ses moyens et de ses compétences. Albrecht nous a éclairé de ses lumières. Tibor, étant natif de la région où Attila avait établi sa place forte, a pu rassembler une équipe autour de nous, dont plusieurs personnes possédant le matériel et les véhicules qui nous étaient indispensables. Sam et moi avons apporté notre expérience personnelle et l'argent nécessaire à l'expédition.

— Je confirme, dit Sam. Et, en cours de route, nous avons reçu l'aide des ministères de la Culture de plusieurs pays. Ils ont assuré notre protection et celle des objets trouvés en fouille, notre but ultime étant que les chercheurs du monde entier puissent profiter de ces merveilles archéologiques. Nous avons également bénéficié du soutien des forces de police berlinoises et moscovites.

— Sam ? murmura Selma. Le site Internet.

— Oh, bien sûr, dit Sam. Je vous présente Selma Wondrash, notre directrice de recherches. » Il lui donna la parole d'un signe de tête.

« Nous allons créer un site qui mettra à disposition de tous les internautes le catalogue complet des vestiges découverts ainsi que des photos. Il sera alimenté au fur et à mesure, en fonction des parutions universitaires. Nous comptons également reproduire l'ensemble de ces informations dans un livre, édité sous la direction du professeur Albrecht Fischer. »

Les journalistes se mirent en devoir de tout noter puis se joignirent à la liesse générale. La fête se prolongea tard dans la nuit. Puis le capitaine Boiardi et ses hommes reprirent possession des objets exposés, rangés au préalable dans des containeurs blindés, et se préparèrent à partir.

« Sam, Remi, dit-il. Dès l'aube, la nouvelle fera la une des journaux du monde entier. Nous devons rapporter les caisses au musée avant la sortie des premières éditions.

— Mais il est encore tôt, dit Remi.

— Les risques augmentent à chaque minute qui passe. Les trésors historiques ont le don d'échauffer l'imagination de nos semblables, et pas toujours pour la bonne cause. Dans les années 1920, la tombe de Toutankhamon a suscité un formidable engouement. Et pourtant, qui était ce pharaon ? Un adolescent cousu d'or ? Attila relève d'une tout autre catégorie. » Le capitaine baisa la main de Remi, serra celle de Sam et dit dans un grand sourire : « Ce fut un grand plaisir et le couronnement de ma carrière.

— Pour nous aussi, dit Remi. J'espère que vous plaisantiez l'autre jour, quand vous parliez de prendre votre retraite.

— Si vous ne la prenez pas, je ne la prends pas non plus, lança-t-il. Je suis trop curieux de nature pour risquer de manquer vos prochaines découvertes.

— Nous vous tiendrons au courant », promit Sam.

Les carabiniers quittèrent l'hôtel, puis ce fut le tour des journalistes et des photographes. Bientôt ne restèrent dans la salle de réception qu'Albrecht, Sam et Remi, Tibor et János, Selma, Pete et Wendy. Sam fit tinter sa cuillère sur sa coupe de champagne. Tout le monde se tourna vers lui. « Mesdames, messieurs, chers amis, nous avons eu droit à une belle fête. Maintenant, nous allons nous reposer un peu, Remi et moi. Faites-nous le plaisir de nous retrouver demain matin à 9 heures, dans le hall, avec vos bagages. Des voitures nous attendront pour nous conduire à l'aéroport. Nous vous ramenons chez vous. »

Comme ils se dirigeaient vers l'ascenseur, Remi dit en bâillant : « Tu as loué un jet privé pour les ramener chez eux ?

— Comme Selma, Pete et Wendy vivent avec nous, il aurait fallu payer le voyage de retour, de toute façon, dit Sam en haussant les épaules. Quant à Tibor et János, ils nous ont sauvé la vie au moins deux fois chacun. Et Albrecht nous a conviés à la plus grande chasse au trésor de tous les temps. Cela ne fera que deux étapes supplémentaires.

— Je ne veux pas passer pour une femme ingrate ou superficielle mais ça fait longtemps que je n'ai pas été seule avec mon mari sans tenir une pelle ou entendre des balles siffler à mes oreilles. »

Sam passa son bras autour d'elle. « C'est vrai ce que tu dis. Deux choses me viennent à l'esprit. D'abord, j'ai beaucoup de chance d'avoir épousé une femme magnifique qui apprécie ma compagnie. Ensuite, je me réjouis de constater que la plupart des malfaiteurs sont de piètres tireurs. »

Elle se dressa sur la pointe des pieds et lui posa un baiser sur la joue. « J'ai hâte d'être à la maison.

— Je ne dirai rien même sous la torture. » Il ouvrit la porte de leur suite et ils entrèrent.

Le lendemain matin, à 9 heures, ils se retrouvèrent tous dans le hall. Des limousines les déposèrent devant l'aéroport de Ciampino, où le jet que Selma avait réservé les attendait sur la piste réservée aux avions d'affaires. Une fois leurs bagages embarqués, ils montèrent à bord.

Neuf cent soixante kilomètres plus loin, ils atterrirent à Francfort où Albrecht descendit. « Vous m'avez donné matière à réflexion, dit-il. Avec ce que nous avons trouvé ensemble, j'ai de quoi m'occuper pendant cent ans au moins. Je vous remercie tous. »

Quand ils se posèrent à Szeged, 1100 kilomètres plus loin, Tibor dit à Sam : « Vous venez ? »

Sam prit Remi par la main et lança à la cantonade : « Excusez-nous deux minutes. »

Remi lui jeta un regard intrigué puis baissa les yeux sur la passerelle pour éviter de rater une marche en descendant.

« Tibor, János, dit-elle en les rejoignant sur le tarmac. J'espère qu'on se reverra bientôt. Venez donc nous voir à La Jolla.

— Nous viendrons peut-être mais pas tout de suite, répondit Tibor. Nous avons décidé de rester à la maison et de nous la couler douce pendant quelque temps. Notre seule activité consistera à nous moquer d'Arpad Bako.

— J'ignore à combien s'élèvera votre part du trésor, dit Sam. La quasi-totalité reviendra aux différents musées européens mais le reste, ce qui sera vendu sur le marché des antiquités, devrait rapporter des millions de dollars. »

Ils entrèrent dans le terminal. Au fond de la salle d'attente, un homme était assis de dos, près d'une grosse caisse en plastique posée sur un chariot à bagages. « Sam... ? », dit Remi.

L'homme dut l'entendre car il se retourna pour regarder les gens qui venaient de débarquer. Remi écarquilla les yeux, courut vers lui, tomba à genoux devant la caisse et fondit en larmes. *« Jo Fiu »*, murmura-t-elle. Une seconde plus tard, elle se redressait d'un bond et se jetait au cou de Sam. « Oh, je n'y crois pas. C'est trop beau !

— Je me disais que tu méritais un cadeau, dit-il. Et Zoltán aussi. Or, rien ne l'intéresse à part toi. »

Tibor, János et le cousin dresseur de chiens aidèrent Sam à pousser le chariot vers l'avion. Au bas des marches, Remi dit : « Nous ne pouvons pas hisser cette caisse jusqu'en haut. »

Elle s'agenouilla et ouvrit la porte de la cage. D'abord on vit paraître la truffe noire de Zoltán, puis sa grosse tête à l'épaisse fourrure et enfin ses épaules et son corps musculeux. Elle l'attrapa par le cou et le serra contre elle un long moment. *« Jo fiu »*, chantonna-t-elle. « Brave garçon. » Remi se leva en disant : *« Fel. »* « Debout. » Elle s'engagea sur la première marche et Zoltán la suivit dans l'avion.

Selma examina le gros chien qui marchait dans l'allée, près de Remi. « Oh, mon Dieu. Il t'a acheté un poney, finalement.

— Selma, c'est Zoltán. Donne-lui ta main à renifler. Il ne te fera pas de mal… »

Selma tendit la main, flatta l'encolure du chien.

« … à moins que je ne lui ordonne d'attaquer. »

Selma eut un mouvement de recul. Pete et Wendy éclatèrent de rire. « Il est parfait, dit Pete. Si vous allez en Alaska, il pourra tirer votre traîneau tout seul.

— À vous deux, maintenant, dit Remi. » Pete et Wendy s'approchèrent pour faire connaissance. Zoltán, impassible, toléra leurs petites tapes amicales.

Remi alla s'installer à côté de Sam. *« Ül »*, ordonna-t-elle. Le chien s'assit dans l'allée, à ses pieds. Elle le gratta derrière les oreilles.

Le réservoir était plein, les dernières vérifications avant le décollage terminées. Le steward ferma la porte de la cabine. Sam se leva pour aller prendre un sac de croquettes.

« Bonne idée, dit Pete. Ça lui évitera de nous dévorer tout de suite.

— Ne vous inquiétez pas, dit Sam. Il est plus malin que nous. Il sait faire la différence entre les gens qui ont besoin d'un coup de dents et ceux qu'il doit protéger. » Remi se pencha pour serrer encore Zoltán contre son cœur. Puis elle lui donna une croquette.

Le pilote fit démarrer les réacteurs, les passagers attachèrent leur ceinture. Pendant que l'avion roulait sur le tarmac, Zoltán dégustait sa croquette d'un air pénétré. Arrivé en bout de piste, l'appareil se plaça dans le sens du vent et prit de la vitesse. Pour rassurer le chien, Remi garda la main posée sur son encolure. « Ne t'en fais pas, mon beau. Je suis avec toi. » Sa voix calme et musicale parut l'apaiser. Les raclements et les secousses s'arrêtèrent d'un coup, l'avion décolla. Zoltán posa sa grosse tête sur la moquette comme s'il savait que le vol durerait longtemps.

Remi se pressa contre Sam en lui murmurant à l'oreille : « Je l'aime. Et toi aussi je t'aime. Mais quelle idée extravagante tu as eue. Un chien si magnifique et si bien dressé doit coûter aussi cher qu'une Rolls-Royce.

— Une Rolls-Royce est une machine géniale mais elle ne donnera pas sa vie pour toi. »

Sam inclina son siège, Remi l'imita et appuya la tête contre sa poitrine. Zoltán leva le museau vers eux puis tourna la tête et s'étala de nouveau sur la moquette en fermant les yeux.

31

Goldfish Point, La Jolla
Rez-de-chaussée

Le soleil se couchait quand Remi et Zoltán sortirent de la maison pour se promener le long de la plage. Depuis qu'ils étaient revenus d'Europe, plusieurs semaines auparavant, Remi avait consacré beaucoup de temps à parfaire son entraînement. Elle voulait qu'il s'habitue à son nouveau foyer, loin de son pays.

Pour l'instant, Zoltán semblait se plaire à La Jolla. Il était parfaitement calme et obéissant. Quand elle marchait, il marchait. Quand elle courait, il courait. Ce soir-là, ils poussèrent jusqu'à Children's Pool, une petite plage protégée du vent, située à la pointe sud de La Jolla. Une centaine de phoques et de lions de mer occupaient tout l'espace disponible. Certains étaient même vautrés sur le brise-lames en béton.

Ils firent demi-tour, parcoururent à petites foulées le sentier cimenté menant à Goldfish Point puis traversèrent la pelouse et dépassèrent les palmiers de l'hôtel Valencia. En contemplant l'océan, au-delà de la vaste étendue herbeuse, elle trouva que ces lieux avaient vraiment quelque chose d'exceptionnel. La Jolla, « le Joyau », méritait bien son nom. Ils avaient choisi de bâtir leur maison sur les hauteurs de Goldfish Point, à l'extrémité nord du district. Ce promontoire, baptisé Goldfish en référence au poisson orange vif qui peuple les eaux de La Jolla Cove, abritait dans ses flancs de nombreuses grottes battues par les vagues.

Quand Remi et Sam avaient conçu les plans, ils sortaient de six années d'activité intense, durant lesquelles ils avaient fondé puis administré la société qui assurait la production et la vente du scanner à laser argon mis au point par Sam. Lorsqu'un investisseur leur avait offert une somme astronomique pour racheter l'affaire et les brevets, ils avaient accepté avec empressement. Cette manne leur avait permis de réaliser un rêve : démarrer la construction d'une grande maison hors de prix, tout en disposant d'assez de temps et d'énergie pour s'y consacrer pleinement.

C'est ainsi qu'ils se retrouvèrent propriétaires de cette villa de 1100 mètres carrés répartis sur quatre niveaux, perchée au-dessus de Goldfish Point. Leurs appartements se trouvaient au dernier étage. En plus de leur chambre, ils avaient deux salles de bains, deux cabinets de toilette, une petite cuisine et un salon dont les baies vitrées donnaient sur l'océan. Le deuxième étage était réservé aux invités, avec quatre suites, un grand salon, une vaste cuisine et une salle à manger. Au premier, ils avaient créé une salle de sport, avec un couloir de nage, un mur d'escalade et un espace de 92 mètres carrés où Remi s'exerçait à l'escrime et Sam au judo.

Les bureaux étaient concentrés au rez-de-chaussée, avec plusieurs salles d'étude, pour eux-mêmes, Selma et quatre autres personnes, à quoi s'ajoutaient d'autres chambres d'amis, un laboratoire et un aquarium d'eau salée long de quatre mètres, contenant des spécimens de la flore et de la faune sous-marines californiennes.

Remi et Zoltán revenaient de leur jogging vespéral. En baissant les yeux vers la crique, elle vit deux navires qu'elle n'avait pas remarqués auparavant, ancrés à 800 mètres environ de la rive. Quand on les voyait du sentier surplombant la plage, on avait presque l'impression qu'ils se touchaient. Deux énormes yachts de 40 mètres. Ces engins pouvaient atteindre les 60 nœuds, voire plus. Elle en avait vu quelques exemplaires dans le port de San Diego, au cours des deux dernières années. Ils coûtaient extrêmement cher et convenaient mieux aux traversées rapides entre les îles grecques ou en Méditerranée qu'à la navigation sur l'océan Pacifique.

Remi et Zoltán avaient dépassé l'hôtel. À présent, ils grimpaient la rue qui menait vers la colline boisée où se dressait la maison. De là où elle se trouvait, elle pouvait la voir, perchée tout là-haut, avec ses larges baies vitrées tournées vers l'océan. Les lumières qui brillaient à l'intérieur lui conféraient une note chaleureuse, accueillante. Sam avait conçu et installé un système de capteurs individuels qui, dès qu'il faisait sombre, allumaient automatiquement quelques ampoules à chaque étage. Comme il y avait peu de cloisons intérieures, leur éclat doré se diffusait un peu partout.

Remi continuait à trottiner malgré la forte déclivité lorsque soudain, elle vit Zoltán changer de comportement. Il semblait étrangement agité. Il bondissait puis s'arrêtait net, à côté d'elle, et la fixait de ses yeux d'ambre. De toute évidence, quelque chose sur ce sentier sinueux lui déplaisait.

Remi était inquiète et avait hâte de rentrer. Elle savait qu'un chien comme Zoltán se trompait rarement. Il était parfaitement dressé, entraîné et son instinct de prédateur lui permettait de détecter des choses que les humains ne remarquaient pas. À force d'observer son manège, elle supposa qu'il avait identifié une menace potentielle et qu'il était en train d'évaluer son degré de dangerosité. Devait-elle lui mettre sa laisse ? Zoltán n'était peut-être pas infaillible, après tout. Elle avait lu quelque part que des bergers allemands avaient attaqué des facteurs à cause de l'odeur laissée sur leur uniforme par les produits de nettoyage à sec. Mais non, c'était impossible. Zoltán était parfaitement fiable. Lui mettre sa laisse serait comme une insulte. Non, elle avait confiance en lui.

Elle s'arrêta et le regarda venir vers elle. Même son pas était différent. Il marchait tête baissée, la truffe au ras du sol, le regard braqué sur un ennemi invisible. Tout à coup, il se tapit contre le sol, pattes fléchies, ramassé sur lui-même, comme un ressort qu'on presse.

Remi n'essaya pas de le calmer, de le rappeler à l'ordre. Il ne cherchait plus. Il avait repéré d'où venait le danger. Quand elle le rattrapa, un bruit la fit sursauter puis se répandit en vibrant à travers son corps jusqu'au bout de ses doigts. Ce déclic, elle l'avait entendu des milliers de fois à l'entraînement. C'était celui du chargeur qu'on enfonce dans un pistolet. Juste après, une glissière coulissa, une balle s'engagea dans la chambre.

Zoltán s'élança, fit quatre bonds, prit son élan et sauta dans une haie de troènes. Ses mâchoires se refermèrent sur le bras armé d'un homme. Il le secoua jusqu'à ce que le pistolet tombe sur le bitume. Aussitôt, Zoltán se remit en position d'attaque et força l'homme à reculer pour l'empêcher de récupérer son arme.

Remi se précipita et d'un coup de pied, envoya le pistolet valser dans les fourrés, hors d'atteinte. Ensuite, Zoltán repartit en courant sur le sentier, comme pour lui ouvrir le chemin jusqu'à la maison, mais au lieu de se diriger vers la grande allée prévue pour le passage des voitures, il prit un raccourci à travers la pinède. Elle le suivit dans l'obscurité. Le chien courait sans faire de bruit sur l'épais tapis d'aiguilles. À deux reprises, elle le vit bifurquer, l'entendit grogner, déchirer quelque chose. À son grondement se mêla le cri d'un homme. Elle se précipita et, au même instant, une silhouette traversa le sentier ventre à terre pour tenter d'échapper aux crocs de Zoltán. Le chien le percuta latéralement de tout son poids et le renversa sur le sol.

Après quoi, Remi et Zoltán repartirent à toute vitesse. Ils sortirent du bois, s'engagèrent sur la pelouse, remontèrent l'allée cimentée, se ruèrent dans l'escalier. Elle entendait leurs foulées derrière elle. Ils couraient vite, ils étaient déjà deux marches derrière elle. Zoltán se tourna, retroussa les babines et chargea. Remi entendit des bruits de lutte dans son dos. La porte s'ouvrit, Zoltán la suivit à l'intérieur. Pendant qu'elle mettait le verrou, un cri désespéré jaillit de sa bouche : « Sam ! » Un coup puissant ébranla le battant ; leurs poursuivants venaient de se jeter contre la porte pour tenter de la défoncer.

Zoltán aboya. Remi courut se réfugier dans les bureaux du rez-de-chaussée, côté mer, en appelant Sam de toute la force de ses poumons.

En la voyant apparaître, Selma s'écria : « Remi ! Que se passe-t-il ?

— Il y a des hommes dehors ! Ils m'ont poursuivie. Ils ont essayé de me tendre une embuscade à l'endroit où le sentier traverse la pinède. »

Selma se précipita vers Remi puis s'arrêta en regardant Zoltán d'un air horrifié. Du sang dégoulinait de sa gueule. Le chien se tourna vers la porte en grondant et se ramassa sur lui-même comme s'il s'apprêtait à bondir.

Soudain, les lumières s'éteignirent. On entendit des pas rapides sur les marches à l'extérieur, puis un choc puissant contre la porte en acier. Ils se servaient d'un bélier. Les vibrations déclenchèrent la sirène d'alarme qui fonctionnait sur batterie. Un hurlement strident et saccadé s'éleva juste au moment où un nouveau coup ébranlait la porte.

Le générateur de secours se mit en marche. Quelques ampoules de faible puissance s'allumèrent. On y voyait de nouveau. *Boum !* Il y eut une sorte de gémissement mécanique. Le choc venait d'activer le mécanisme commandant la fermeture des volets en acier du rez-de-chaussée. Privé de la lueur diffuse de la lune et de l'éclairage urbain, tout l'étage se trouva plongé dans une demi-pénombre, baigné par la clarté jaunâtre émanant des ampoules.

C'est alors que Sam déboula dans la pièce. Il fonça vers le boîtier de commandes encastré dans un mur, l'ouvrit et alluma le moniteur relié aux caméras de surveillance. À peine eut-il vu ce qui se passait derrière la porte qu'il s'écria : « Selma, appelle la police ! »

Il s'adressa à leurs assaillants au moyen de l'interphone. « Eh vous, dehors. Arrêtez de jouer avec ce bélier ou vous allez le regretter. »

Manifestement, son intervention avait redoublé leur ardeur. Ils reculèrent de quelques pas puis foncèrent tête baissée et balancèrent de plus belle le lourd cylindre d'acier. Remi vit une bosse se former au centre du battant. Pourtant, il tenait bon.

Sam abaissa une manette sur le boîtier de commande. Il y eut un sifflement. Sur l'écran, on vit les assaillants lever les yeux vers la source du bruit. Aussitôt, ils lâchèrent le bélier, se cachèrent le visage dans les mains et descendirent les marches en titubant.

« Qu'est-ce que c'est ? demanda Remi.

— Du gaz au poivre. Un petit truc que j'ai rajouté au système de sécurité.

— Ça m'a l'air efficace », fit-elle en voyant d'autres hommes surgir des fourrés et traverser la pelouse pour mettre les blessés à l'abri.

Selma cria : « Le téléphone est coupé !

— Ton portable.

— On dirait qu'ils brouillent les 850 megahertz. » Selma sortit un autre téléphone de son bureau. L'un de ceux que Sam et Remi avaient utilisés en Europe. « Pareil pour les 900 megahertz. Les 2 100 et les 2 500.

— Envoie un mail à quelqu'un que tu connais et demande-lui de prévenir les flics.

— Le wifi est foutu. Je n'ai pas d'accès Internet puisque la ligne téléphonique est coupée.

— Évidemment, dit Sam en touchant la manette servant à orienter les caméras de surveillance. Et ça ne s'arrange pas. Regardez tous ces types dehors.

— Pete et Wendy sont dans la maison ? demanda Remi.

— Je vais les mettre au courant de ce qui se passe, dit Selma.

— Dis-leur d'ouvrir l'armurerie et de nous amener…

— Je m'en charge », dit Remi en courant vers l'escalier. Elle le monta deux à deux mais Zoltán arriva avant elle. Sur le palier, elle vit Pete et Wendy qui descendaient du deuxième. « J'ai besoin de vous là-haut », leur dit-elle.

La grande chambre qu'elle partageait avec Sam, au troisième étage, se trouvait en haut de l'escalier. À gauche, dans le couloir, deux grands placards. Entre deux, un panneau quasiment invisible enchâssé dans un mur. Remi exerça une pression sur un point bien précis. Le panneau bascula sur ses gonds. Derrière, il y avait un étroit corridor avec deux armoires blindées qui servaient à entreposer des armes et un coffre-fort de taille moyenne. Remi composa rapidement les combinaisons des deux armoires.

« Wendy, prends cinq Glock 19, un par personne, deux chargeurs supplémentaires pour chacun, et autant de munitions 9 mm que tu peux en transporter. Descends tout cela au rez-de-chaussée. Tu n'as qu'à laisser ici l'arme de Pete et la mienne.

— Que se passe-t-il ? demanda Wendy.

— Rien n'est sûr mais je pense qu'il s'agit des types que nous avons croisés en Europe. Pete, prends des fusils et les munitions qui vont avec – deux fusils à canon court, deux semi-automatiques .308. Ne mégotte pas sur les munitions. »

Pete et Wendy dévalèrent le petit escalier qui menait au deuxième, les bras chargés d'armes empilées et de boîtes de munitions. Remi referma les deux coffres sans les verrouiller, sortit, poussa le panneau secret et passa dans la chambre. Elle n'avait pas besoin de baisser les yeux pour savoir que Zoltán la suivait comme son ombre. « *Ül*, Zoltán. » Il s'assit. Elle flatta sa grosse tête poilue, regagna le couloir et ferma derrière elle.

Pour s'assurer qu'il était plein, elle sortit le chargeur du Glock que Wendy lui avait laissé, glissa les deux autres dans la ceinture de son short et se rua dans l'escalier. Sur le palier du deuxième, elle pivota en se tenant à la rampe, descendit encore quelques marches et resta figée sur place. Elle venait d'apercevoir quelque chose derrière une baie vitrée.

Une échelle était appuyée contre la maison. Sa partie haute dépassait derrière la vitre du premier. Un homme vêtu de noir, en jean et pull à col roulé, escaladait tranquillement les derniers degrés. Une fois parvenu au premier étage, il sortit un marteau, brisa la vitre et leva la jambe pour s'introduire dans la maison. Remi réagit très vite. Elle courut vers la fenêtre suivante, se hissa sur la pointe des pieds, décrocha la longue tringle à rideaux en bois et, d'un geste fluide, elle fit glisser les rideaux par terre. Puis elle revint sur ses pas, munie de sa lance improvisée. L'intrus la vit arriver, voulut attraper le fusil automatique qu'il portait en bandoulière mais Remi le prit de vitesse. Elle fonça en visant la poitrine de l'homme qui, pour parer le coup, fut obligé de lâcher les montants de l'échelle ainsi que son arme. Il bascula en arrière. Remi poussa l'échelle qui tomba sur lui.

Quand elle se pencha par la fenêtre, elle vit en bas un homme se précipiter au secours de son comparse blessé, tandis qu'un autre redressait l'échelle en aluminium.

Ils remarquèrent sa présence et lui tirèrent dessus. Mais elle avait déjà disparu et courait à l'autre bout du palier.

La chose qu'elle redoutait était en train de se passer. Il y avait un autre homme de ce côté-ci, lui aussi perché sur une échelle et muni d'une hachette avec laquelle il venait de briser la vitre. Cette fois, Remi n'avait qu'à suivre son élan. L'homme eut le temps de lui lancer la hachette. En se décalant un peu, elle esquiva l'arme qui passa en tournoyant près de sa tête et heurta quelque chose derrière elle. La tringle percuta la poitrine de l'intrus qui tomba en arrière en s'accrochant à l'échelle.

Remi aperçut le boîtier commandant les systèmes électriques du premier étage. Elle lâcha la tringle à rideaux et courut baisser la manette actionnant la fermeture des volets. Les lumières faiblirent, le moteur produisit un horrible gémissement, les volets d'acier s'arrêtèrent à mi-chemin.

Du rez-de-chaussée montaient des chocs sourds. Elle se pencha par-dessus la rampe. En bas, Sam, Pete, Selma et Wendy étaient postés en demi-cercle face à la porte qu'ils avaient renforcée avec deux gros bureaux couchés sur le flanc et des armoires métalliques posées à l'horizontale. À gauche, Pete avait mis son fusil en joue ; à droite, Wendy avait calé le sien contre son épaule ; derrière Wendy, Selma visait la porte avec un pistolet qu'elle tenait à deux mains. Au centre, Sam tenait l'une des carabines de Remi, une Les Baer Semi-Auto Match. Le martèlement constant avait fini par déformer la grosse porte en acier. Remi comprit que la serrure ne tarderait pas à céder.

Elle en était là de ses observations quand les chocs cessèrent brusquement. Puis, du dehors, lui parvint le grondement d'un moteur. Il se rapprochait vite. Deux secondes plus tard, il s'emballa. Un véhicule défonça la porte, repoussant d'un bon mètre les bureaux et les armoires de classement. Un gros pick-up muni de roues énormes et d'un solide pare-buffle apparut dans la brèche.

Sam avait fait feu à deux reprises. Le pare-brise présentait des impacts de balle, côté chauffeur. Mais il n'y avait personne au volant. Leurs assaillants avaient dû coincer la pédale de l'accélérateur avant de lancer le pick-up sur la porte.

Des hommes vêtus de noir surgirent de leur cachette, derrière le véhicule, et tirèrent à l'arme automatique dans le hall d'entrée.

« Montez, vite ! » cria Sam.

Tout en répliquant, Pete, Wendy et Selma reculèrent en direction de l'escalier. Pour couvrir leur retraite, Sam tira quelques coups bien ajustés avec sa carabine de précision. Il pressait la détente chaque fois qu'il voyait un bras, une jambe ou une arme dépasser du pick-up.

Restée sur le palier du premier pour surveiller l'éventuelle apparition d'autres échelles, Remi souffrait de voir Sam seul contre tous. Elle descendit quelques marches, tendit son Glock et tira plusieurs coups rapides sur les assaillants toujours planqués à l'extérieur. Elle tirait encore lorsque Sam la saisit par la taille pour l'obliger à se mettre à l'abri. Ils montèrent l'escalier à reculons jusqu'au palier où Remi se trouva à court de munitions.

Alors qu'elle attrapait un nouveau chargeur, elle vit du coin de l'œil Sam et Pete pousser le piano à queue en haut des marches. Il bascula, dérapa, fit la culbute et, dans un fracas fort peu mélodieux, s'écrasa au rez-de-chaussée. Mais avant qu'il n'atterrisse, Remi eut le temps de voir une douzaine d'hommes armés s'engouffrer dans le hall. Remi enfonça le chargeur dans son pistolet, Sam et Pete partirent à fond de train vers la salle de gym d'où ils rapportèrent d'autres objets susceptibles de bloquer le passage. Le rez-de-chaussée était perdu.

32

Premier étage

Sam et Pete balancèrent un vélo elliptique dans l'escalier, puis un tapis de jogging. Des machines si volumineuses qu'elles formaient un écran impénétrable, empêchant les assaillants de viser correctement, et si lourdes que l'escalier était désormais impraticable. Pour observer sans risque les mouvements de leurs ennemis, Remi se mit à couvert derrière une table de musculation. C'est alors qu'elle entendit des rafales d'armes automatiques. Le bruit venait d'en bas mais les tirs n'étaient pas dirigés vers la cage d'escalier. « Qu'est-ce qu'ils fabriquent ?

— Ils visent le plafond pour essayer de nous atteindre à travers le plancher, dit Sam. Ils en seront pour leurs frais puisque chaque étage est posé sur une dalle de béton. Sinon, jamais nous n'aurions pu construire de piscine au premier. »

Quelque chose avait changé, dehors. On aurait dit que les tirs sporadiques avaient dégénéré en une bataille rangée. Il y eut une puissante explosion. Pete et Wendy se rapprochèrent des fenêtres. « Regardez ! » cria Wendy.

Le ciel au-dessus de l'océan était illuminé. Des éclairs colorés se succédèrent : rouge puis bleu puis blanc. Les fusées éclairantes retombaient lentement vers les vagues, se reflétaient un instant dans l'eau noire et disparaissaient. « Des feux d'artifice ! »

Devant leurs yeux ébahis, une traînée d'étincelles dorées jaillit d'un frêle esquif remorqué par un bateau qui semblait voguer vers le large. Quand le projectile atteignit son apogée, il explosa dans une poussière d'étoiles dont chacune laissa dans son sillage des traces incandescentes dont la courbure évoquait des branches de saule pleureur.

« Ils tirent des feux d'artifice pour masquer le bruit des armes ! annonça Selma. Ou pour l'expliquer. Les gens du coin vont croire que nous fêtons un grand événement.

— Bien sûr, dit Sam. On ne s'ennuie jamais chez les Fargo. »

Une fusée fila vers le ciel. La grosse fleur verte qui s'épanouit fut suivie d'une comète rouge vif et d'une cascade jaune. À chaque nouvelle bombe, on percevait une détonation puis une salve de crépitements ressemblant à s'y méprendre à une rafale d'arme automatique.

« La fenêtre ! Non, mais j'y crois pas ! » hurla Selma. Un homme sur une échelle venait de pointer son nez à la vitre brisée derrière laquelle Remi avait fait tomber le premier assaillant. Selma braqua son pistolet en le tenant à deux mains et pressa quatre fois la détente avant de toucher sa cible. Quand l'homme fut tombé, Pete ramassa la tringle à rideaux qui traînait par terre et repoussa l'échelle.

« Il faut qu'on arrive à baisser les volets métalliques, dit Sam. Wendy, éteins toutes les lumières. Remi, si tu vois une forme humaine dans l'escalier, tu n'hésites pas, tu tires. Pete, tu surveilles les fenêtres. Si quelqu'un se montre, fait comme Selma. Selma, couvre-moi. »

Sam ouvrit une petite trappe en métal près des fenêtres de façade. Il attendit qu'il fasse sombre et actionna la manette. Le moteur électrique poussa un gémissement, les volets descendirent de deux ou trois centimètres et calèrent. Sam sortit une manivelle de la niche, s'agenouilla, l'enfonça dans une cavité placée au-dessus du rebord de la fenêtre, et moulina. Quand les lattes d'acier furent entièrement déployées, il s'attaqua à la deuxième fenêtre. Au même instant, une échelle apparut derrière la troisième.

Un homme en noir brisa la vitre avec un marteau, passa à l'intérieur un pistolet automatique Škorpion. Remi lui logea une balle dans le bras avant qu'il ne commence à tirer. L'arme tomba et pendant que l'homme redescendait un échelon en se tenant avec sa main valide, Pete repoussa l'échelle avec la tringle.

Sam se dépêcha de baisser le volet et pendant qu'il fermait celui de la troisième fenêtre, la vitre suivante explosa en mille morceaux, à cause des tirs venant de l'extérieur. Sam s'ébroua pour dégager les éclats de verre qui parsemaient ses cheveux et se remit à tourner la manivelle. Après la quatrième fenêtre, le silence se fit. Sam leva le nez juste un instant, bondit sur ses pieds et courut de l'autre côté de la maison.

Sur la façade arrière, d'autres échelles en alu pointaient derrière les vitres. Deux hommes tirèrent et furent abattus par Remi et Wendy. Pete repoussa les échelles. Sam se remit à tourner la manivelle.

On entendit un crissement dans l'escalier, comme si du bois frottait contre une surface métallique. Le piano qui bloquait le passage remua légèrement. « Allez chercher le frigo ! » hurla Sam.

Pete, Wendy et Selma filèrent dans la cuisine d'où ils ramenèrent un gros réfrigérateur en acier qu'ils firent laborieusement rouler jusqu'à l'escalier. Sam ramassa la carabine .308 qu'il avait posée par terre le temps de fermer les volets et courut les rejoindre. Il descendit quelques marches, jeta un œil entre les appareils de gym mais ne vit personne. En revanche, il détecta une présence derrière le piano, comme si quelqu'un essayait de le repousser. Il épaula sa carabine, visa au jugé l'un des pieds de l'instrument et tira dans le bois. Le silence total qui suivit vint confirmer ses soupçons. Ils étaient bien là, massés derrière le piano. Sam tira encore deux fois dans la même direction.

Il se retourna. Un homme venait de briser une vitre non protégée et s'apprêtait à enjamber la fenêtre. Sam l'abattit et, juste après, en vit un deuxième de l'autre côté de la maison. Sam ne lui laissa pas le temps de casser la vitre. Frappé par une balle, l'homme bascula en arrière.

Le frigo était à présent posé sur la dernière marche. Sam se tourna vers ses compagnons, leur fit signe de l'attendre et alla fermer d'autres volets. En bas, le moteur du pick-up se remit à rugir.

Il gagnait en puissance. Soudain, un crissement s'éleva du piano ; une seconde plus tard, l'instrument dévalait l'escalier avec fracas. Ayant perdu leur support, les appareils de gym dégringolèrent à sa suite. Sam donna le signal. Les autres poussèrent, le frigo se renversa, sa carcasse métallique atterrit de tout son poids sur les marches et amorça une glissade de plus en plus rapide comme sur un toboggan en acier brossé, écrasant sans doute quelques hommes sur son passage. Impossible de dire combien.

« Les canapés », dit Sam. Deux gros canapés suivirent le même chemin. Le passage était de nouveau bloqué mais rien n'empêchait les balles de traverser les coussins.

« Selma, monte au deuxième, dans la cuisine, dit Sam. Fais bouillir de l'eau. Beaucoup d'eau, et vite. Emporte un fusil et un pistolet. Et assure-toi qu'ils sont chargés.

— Pour quoi faire ? demanda Remi.

— Dès qu'ils auront dégagé l'escalier, ils investiront le premier étage. Nous pouvons leur infliger des pertes mais après, il faudra se replier au deuxième. Leurs échelles télescopiques ne montent pas si haut. »

*

Sur le pont du yacht *Ibiza*, Étienne Le Clerc, Sergueï Poliakov et Arpad Bako regardaient le spectacle, vautrés dans des transats, tout en tirant sur des cigares Cuban Cohiba dont la brise tiède emportait la fumée.

Le deuxième yacht, le *Mazatlan*, était ancré à bonne distance. Des fusées de feux d'artifice jaillissaient du canot attaché par un filin à sa poupe. L'équipage avait passé l'après-midi à tout préparer.

Bako braqua ses jumelles sur la maison perchée au-dessus de Goldfish Point. « J'ai l'impression d'assister à la prise d'une cité antique par un seigneur de guerre, Attila par exemple. Des échelles d'assaut posées contre les remparts, des assiégés qui repoussent les assaillants avec des perches, des fantassins qui ravagent les étages inférieurs de la forteresse pour forcer les défenseurs à grimper toujours plus haut jusqu'à ce qu'ils se rendent et meurent. »

Poliakov jeta un rapide coup d'œil à sa montre. « Nos soldats feraient bien de mettre les bouchées doubles. Nous serons bientôt à court de fusées et les voisins risquent de se poser des questions. »

Le Clerc haussa les épaules. « Nous avons placé des hommes aux carrefours. Si la police se manifeste, ils nous avertiront. Et en cas de besoin, ils bloqueront les accès durant quelques minutes.

— J'espère surtout que Sam Fargo commence à sentir le poids de ma vengeance, dit Poliakov. Je vais détruire sa maison comme il a détruit la mienne. Et quand il ne restera plus qu'un tas de ruines fumantes, s'ils sont encore en vie, je les ramènerai avec moi à Nijni Novgorod. J'obligerai Sam Fargo à faire le tour des musées pour récupérer les trésors et les étaler à mes pieds. Et peut-être que je lui rendrai sa femme.

— N'oublie pas que tu n'es pas seul dans cette affaire, dit Le Clerc. Nous sommes trois.

— Justement, c'est ce que j'allais dire, intervint Bako. Au départ, ces trésors m'appartenaient. Je les ai partagés avec vous, point barre. »

Poliakov sourit, tira une bouffée et la recracha. « Tu as fait appel à moi parce que tu avais échoué. Si j'ai pris le relais, c'est uniquement parce que tu ne pouvais rien faire de plus. »

Bako émit un genre de gloussement. « Bon, disons que nous avons tous participé. Et la victoire est proche. »

On entendit plusieurs coups de feu sur la colline, une autre fusée jaillit vers le ciel où elle explosa dans un gros bouquet de comètes bleues et d'étoiles dorées dont chacune se divisa en une multitude d'étincelles.

« Qui penserait que les tirs ne font pas partie du spectacle ? », dit Bako.

*

Pendant que Sam et Remi poussaient une deuxième machine de musculation dans l'escalier, Selma, Wendy et Pete faisaient des allers-retours entre la cuisine et le palier où ils déposaient de grosses marmites d'eau bouillante.

Quand les assaillants eurent retiré une partie des meubles et que les premiers eurent grimpé sur les appareils de gym, Sam donna le signal. Le contenu des marmites se déversa sur eux. S'ensuivit une incroyable débandade. Les hommes ébouillantés poussaient d'effroyables hurlements, cherchaient à redescendre mais en étaient empêchés par les autres qui venaient derrière et qui, emportés par leur élan, repoussaient les premiers vers le haut des marches. Pour se protéger de la cataracte brûlante, certains se jetaient à plat ventre, d'autres essayaient de passer en force, balançaient des coups à l'aveuglette. Pour ouvrir la route aux fuyards, Sam tira sur ceux qui essayaient de monter. « Allez-y ! » hurla-t-il.

Remi, Pete, Selma et Wendy se précipitèrent au deuxième étage. Quand elle arriva sur le palier, Remi s'allongea sur le sol en position de tir. Il s'agissait d'empêcher la progression de l'ennemi.

Dès que Sam se fut retranché au deuxième, les autres firent basculer un gros bahut qui resta coincé en travers de l'escalier, leur procurant un répit momentané. Aux bruits de pas qui résonnaient en dessous, ils comprirent que leurs assaillants avaient pris possession du premier étage.

33

Deuxième étage

Sam se tourna vers Pete. « On ne pourra pas tenir éternellement. Il faut qu'on se retranche au troisième et qu'on leur coupe l'accès. La dernière volée de marches est fixée par des boulons à la poutre maîtresse – il y en a six, je crois, mais tu peux vérifier. Avant de t'occuper de ça, trouve une corde d'escalade, monte au troisième, noue la corde autour d'un truc solide et reviens vite.

— Pigé », répondit Pete. Il se précipita dans sa chambre, passa ensuite dans la cuisine où il ramassa tout le matériel nécessaire et se rua à l'étage supérieur.

Quand Remi passa près de Sam, il la retint d'un geste. « Où est Zoltán ?

— Je l'ai enfermé là-haut, dans notre chambre. Sinon, il se serait fait tuer. Il ne peut pas comprendre notre stratégie de repli. En ce moment, il doit croire qu'il veille sur quelque chose d'important.

— Et il a raison, dit-il avant de se tourner vers Selma. Voyons si on peut leur refaire le coup de l'eau bouillante. Fais-la chauffer dans la cuisine du troisième. »

« Wendy, monte chercher d'autres munitions. Recharge toutes les armes, y compris les fusils. »

Côte à côte, Sam et Remi regardaient attentivement le bahut qui bouchait la cage d'escalier, attendant qu'il bouge. « Qu'est-ce qu'ils fichent ? murmura-t-elle.

— Nous leur avons porté un sacré coup tout à l'heure. Je pense qu'ils s'occupent des blessés. Ils les évacuent sans doute.

— Et maintenant, qu'est-ce qu'on fait ? demanda-t-elle.

— On gagne du temps. Quelqu'un dans le quartier va finir par s'apercevoir que tous ces bruits ne proviennent pas uniquement des feux d'artifice. Nos voisins les plus proches n'ont sûrement plus le téléphone mais ceux qui habitent un peu plus loin peuvent appeler les secours. »

Remi ramassa l'une des carabines .308 Match et alla se poster devant les fenêtres donnant au sud, face au Valencia Hotel accroché à la colline d'en face. Elle régla la lunette de visée sur 1 000 mètres, ajusta le compensateur de vent pour tenir compte de la brise qui soufflait à 7 km/h et entrouvrit la fenêtre. Sa carabine bien calée contre son épaule, elle aligna le canon sur la vitrine éclairée du restaurant de l'hôtel, attendit pour s'assurer qu'il n'y avait personne dans sa ligne de mire et pressa la détente.

Elle resta en position, l'œil toujours collé à la lunette. Deux clients, cachés par un mur sur la gauche, se levèrent précipitamment et coururent vers la porte. Quand ils passèrent devant la baie vitrée, elle vit la femme ouvrir grand la bouche mais bien sûr ne l'entendit pas crier. Un serveur et une cliente en robe de cocktail s'avancèrent pour constater les dégâts puis s'éclipsèrent.

« Qu'est-ce que tu regardes ? demanda Sam.

— Le Valencia. Je te parie qu'ils sont déjà en train d'appeler la police pour se plaindre de nous.

— J'aurais dû y penser.

— Depuis les étages inférieurs, on ne voit pas les hôtels à cause des arbres. » Elle repéra un restaurant un peu plus proche et tout aussi brillamment éclairé, visa et tira. « Ça fait deux coups de fil à la police. Ce qui rendra la chose plus crédible.

— Remi, murmura Sam. J'entends venir. »

Elle se retourna. Sam regardait fixement la base du gros bahut. Il avait déjà épaulé sa carabine. Remi s'approcha et chercha le meilleur angle. « On tire à travers le meuble ? »

Il secoua la tête. « Il s'agit de gagner du temps, donc inutile de se précipiter. En plus, nous n'avons plus assez de munitions.

— Au cas où les munitions et le temps manqueraient pour de bon, j'espère que je t'ai remercié de m'avoir libérée de ce manoir en Russie.

— Tu l'as fait. Et tes remerciements étaient tout à fait à la hauteur. Cela dit, je ne prévois pas de mourir cette nuit.

— Moi non plus. » Elle se pencha pour l'embrasser.

Wendy et Selma rapportaient du troisième de quoi recharger les pistolets et les deux carabines. « Eh, vous deux, si vous vous concentriez plutôt sur le problème en cours ? dit Selma. Toutes les armes ont été rechargées. Mais on n'a plus de munitions. »

À son tour, Pete descendit d'un pas prudent en se tenant à la rampe. « Si nous sommes obligés de nous retrancher au troisième, je vous conseille de tenir la corde et de faire bien attention. Les boulons sont dévissés, un dernier tour et ils lâchent. » Wendy lui tendit un fusil rechargé et, pour son pistolet, un chargeur plein. « Merci.

— Économise tes balles. Ce sont les dernières. »

Selma se dirigea vers les baies vitrées exposées au sud. « Vous entendez ? » Elle dressa l'oreille. « On dirait des véhicules. » Elle regarda dehors puis recula très vite la tête. « Oh, non, gémit-elle. Ils ont des engins élévateurs. Comme ceux qu'utilisent les compagnies d'électricité.

— Hein ? » fit Wendy.

Sam tourna son regard vers les vitres. Au même instant, plusieurs pétards colorés explosèrent dans le ciel. « Ils approchent, dit-il. N'oubliez pas : ne tirez que si vous êtes sûrs de faire mouche. »

De toute évidence, ils avaient lancé ces dernières fusées pour couvrir leur assaut. Quand le bahut se remit à bouger, Sam tira plusieurs balles dans l'espace qui venait de se créer. Le meuble retomba lourdement.

Deux secondes plus tard, Selma dut voir quelque chose derrière la fenêtre car elle fit feu à trois reprises.

Wendy et Pete coururent la rejoindre. Au même instant, elle se jetait à terre, aspergée par une pluie d'éclats de verre. Une rafale d'arme automatique venait de fracasser les deux vitres. Pete se recroquevilla derrière l'escalier et leva son fusil.

L'homme se tenait dehors, face à la fenêtre, juché dans la nacelle qui prolongeait le bras hydraulique d'un engin élévateur. Pete appuya sur la détente, l'homme lâcha son arme et s'écroula comme un pantin sur le bord de la nacelle qui redescendit peu après.

Pete éjecta la douille de son fusil à pompe, courut à la fenêtre, pencha le canon vers le sol et tira une fois avant de recharger. Puis il se jeta en arrière et s'accroupit. Une rafale de fusil automatique moucheta le plafond au-dessus de lui.

Selma se rua vers la façade nord de la maison. « Ils en ont deux ! » cria-t-elle en risquant un œil par la vitre. Wendy et elle ouvrirent les fenêtres et visèrent le passager de la nacelle au moment où il parvenait à leur niveau. Quand le bras mécanique s'abaissa précipitamment, elles comprirent qu'elles avaient atteint leur cible.

Dans l'escalier, l'ennemi expérimentait une nouvelle tactique. Un homme tira une rafale dans le bahut pour y percer un trou dans lequel un autre glissa son bras armé d'un pistolet Škorpion et fit feu à plusieurs reprises en direction du palier, espérant abattre tous ceux qui traînaient dans les parages. Comme la main du tireur était à sa portée, Sam la frappa avec la crosse de son fusil. La main disparut aussitôt, abandonnant le Škorpion sur le bahut. Une autre se tendit un mètre plus loin ; d'un coup de pied, Sam éjecta l'arme qu'elle tenait et s'écarta juste à temps pour éviter la grêle de balles qui se déclencha en représailles.

Couchés à plat ventre derrière deux piliers en acier éloignés l'un de l'autre, Sam et Remi se tenaient prêts. Quand trois Škorpion surgirent simultanément, chacun visa une main. Remi s'accorda la troisième en prime.

« Récupère les Škorpion et monte. » Pour la couvrir, Sam tira dans le bahut puis dans l'espace entre les marches et le meuble où, d'après ses estimations, se tapissaient un groupe d'assaillants.

Quand il chercha du regard Selma et Wendy, il vit la nacelle s'élever derrière elles et, à l'intérieur, un homme qu'il mit hors d'état de nuire. « Montez au troisième ! leur cria-t-il. L'une après l'autre. Souvenez-vous, les marches sont fragiles. »

Selma en tête, elles partirent en courant et grimpèrent l'étage supérieur en s'accrochant à la corde pour éviter de trop peser sur les marches branlantes.

Sam continuait à tenir l'ennemi en respect en arrosant le bahut de temps en temps. Lorsque, de nouveau, il entendit cracher le fusil de Pete, il se tourna vers lui. « Pete ! cria-t-il. Monte et prépare-toi à détruire l'escalier. »

Quelque chose bougea derrière lui. Le panneau supérieur du bahut s'ouvrit brusquement, deux Škorpion arrosèrent le palier du deuxième.

Sam s'élança, sauta sur le buffet et atterrit avec une telle force que le gros meuble dégringola de plusieurs marches, écrasant les bras des assaillants. Des pistolets tombèrent. Profitant de son élan, Sam bondit une deuxième fois, se reçut à l'autre bout du bahut dans lequel il tira au hasard avant de se baisser pour ramasser les Škorpion par la sangle et de partir rapidement en direction de l'escalier branlant.

La structure métallique tremblait sous ses pieds. Les boulons qui la retenaient à la poutre n'allaient pas tarder à sauter. Pourtant Sam avait conscience que, pour empêcher l'ennemi de donner l'assaut, il devait continuer à tirer.

Quand il atteignit le haut des marches, Remi s'agenouilla près de lui et prit le relais le temps qu'il pose sa carabine et sorte son pistolet. « Pete ! » appela-t-il.

Couché à plat ventre un peu plus loin, Pete passa une main sous l'escalier et, avec une clé à douille, se remit à dévisser les écrous. Sam fit la même chose de l'autre côté.

Le buffet coincé à l'étage inférieur bougea, bascula sur un bord et retomba à l'oblique, dégageant un passage suffisant pour que les assaillants s'y glissent. Dès que le premier d'entre eux posa le pied sur l'escalier qui menait au troisième, Pete dévissa le dernier boulon. La structure métallique s'effondra dans un fracas épouvantable. L'ennemi occupait le deuxième étage.

34

Troisième étage

Les assaillants se mirent à tirer comme des fous par l'ouverture rectangulaire qui avait accueilli le sommet de l'escalier métallique. Sam saisit Pete par les chevilles et le tira en arrière juste à temps.

Le trou n'était pas bien large, à l'image de l'escalier disparu. « Ils vont faire venir les échelles, dit Sam. Qu'avons-nous sous la main pour boucher l'ouverture ?

— Que dirais-tu des coffres-forts ? proposa Remi.

— Brillante idée, dit Sam. Pete ? Tu vas bien ?

— Toujours vivant.

— Alors, viens m'aider. Les coffres sont vissés dans le mur, mais les écrous sont accessibles. Les autres, surveillez ce trou mais restez hors de portée des balles. Et tirez-leur dessus de temps en temps pour leur rappeler qu'on existe. »

Sam exerça une pression sur le panneau donnant accès au corridor de l'armurerie. Les deux armoires étaient vides, à présent. Dans les parois du fond, ils repérèrent les boulons qui les rivaient au mur. Ils les dévissèrent puis Sam ouvrit le coffre où ils rangeaient leurs documents. Pete se chargea de retirer les boulons et, quand ce fut fait, ils poussèrent les trois armoires blindées hors de leur cachette, jusqu'à l'ouverture dans le sol. Le troisième était aussi le plus volumineux. Une latte du parquet céda sous son poids. « Oups, désolé, dit Sam à Remi.

— De toute façon, il est un peu tard pour espérer faire la couverture d'*Architectural Digest*. La maison a été redécorée dans le style Kalachnikov vintage. » L'un après l'autre, les coffres basculèrent. Le passage était définitivement condamné.

« Et maintenant, on fait quoi ? demanda Wendy.

— Ils ne peuvent plus étendre leur territoire, dit Sam. Pour le moment, je te suggère de t'asseoir sur un coffre. Ils n'ont pas d'outils assez costauds pour les percer, mais dès qu'ils bougeront, je veux t'entendre hurler de toute la force de tes poumons et leur tirer dessus par tous les interstices qui apparaîtront.

— OK. »

Sam se tourna vers Selma. « Sais-tu comment fonctionne un pistolet automatique Škorpion ?

— Oui. J'ai téléchargé le mode d'emploi quand Remi a été enlevée en Russie.

— Bien. Nous en avons récupéré cinq. Vérifie combien de balles ils contiennent et répartis-les de manière à obtenir au moins deux chargeurs pleins. Ça pourrait nous aider à gagner un peu de temps.

— Et l'eau bouillante ?

— Fais chauffer les marmites, mais à petit feu. Si ceux du dessous se manifestent, il sera temps de faire bouillir l'eau. »

Puis il dit à Pete : « Prends ma carabine et surveille les fenêtres. Ces nacelles peuvent atteindre le troisième étage.

— Et vous, où vous serez ?

— Nous grimpons sur le toit, Remi et moi. Selma ? Y a-t-il des allumettes par ici ?

— Elles sont dans la cuisine du deuxième.

— Merde.

— Je dois en avoir dans mon sac à dos », dit Remi. Elle alla fouiller dans son placard et revint avec une petite boîte étanche remplie d'allumettes longues, deux bouteilles de champagne prises dans le minibar et deux débardeurs de muscu en coton.

— Tu as compris ce que je voulais, dit Sam.

— Cela va de soi. Il va falloir les vider », répondit-elle en lui tendant les bouteilles de Dom Pérignon.

Il pénétra dans la salle de bains, fit sauter les bouchons et versa le vin dans le siphon du lavabo. « Quel gâchis.

— Si on réussit notre coup, il en reste cinq au frigo. Et trois bouteilles de Cristal, je crois. »

Ils ouvrirent le placard de Sam. Dans le mur du fond étaient fixées des planchettes superposées, comme les échelons d'un escabeau, menant à une trappe ronde fermée par un système de levier.

Sam grimpa, ouvrit la trappe et jeta un coup d'œil circulaire. « La voie est libre. »

Il attrapa la boîte d'allumettes, les deux bouteilles vides et les deux débardeurs en coton que lui tendait Remi, les posa devant lui et se hissa sur le toit. Puis il se recroquevilla sous l'édicule qui abritait le générateur grâce auquel les lumières fonctionnaient malgré la coupure de courant.

Sam trouva l'entonnoir qu'il utilisait pour remplir d'essence le réservoir du générateur, le planta dans le goulot d'une bouteille de champagne, souleva un gros bidon et versa. Il fit de même avec l'autre bouteille.

Armée de sa carabine .308, Remi se glissa près de lui. « Je te couvre ?

— J'en aurai peut-être besoin, dit-il. Attends une minute que je vérifie un truc. »

Il enfonça un débardeur dans le goulot d'une bouteille et la pencha pour que l'essence imprègne bien le tissu. Quand il eut répété l'opération avec l'autre, il traversa le toit pour la déposer sur le côté sud de la maison, au-dessus de la porte d'entrée, jeta un coup d'œil en bas et se retrancha vite à l'abri des regards. Il avait eu le temps de se faire une idée précise de la situation. Un homme montait le long de la façade sud dans une nacelle qu'il manœuvrait lui-même.

Sam gratta une allumette, enflamma le tissu imprégné d'essence, se pencha au bord du toit et jeta le cocktail Molotov. Il vit la langue de feu briller d'un éclat plus vif puis la bouteille atterrir sur la cabine du camion qui supportait l'engin élévateur. Elle se brisa, répandant une giclée incandescente qui s'écoula sur les vitres et le pare-brise.

Sam se précipita vers la façade nord en attrapant l'autre bouteille au passage. Le deuxième camion eut droit au même traitement. La bouteille explosa sur le capot, de hautes flammes jaillirent aussitôt, tandis que l'essence embrasée s'attaquait aux pneus et finissait sa course sous le moteur.

Des deux côtés de la maison s'éleva un concert de fusils automatiques. Beaucoup de bruit pour rien et des centaines de balles gâchées car l'adversaire était invisible. Sam et Remi s'étaient déjà retranchés au centre du toit.

Quand les armes se turent, une nouvelle salve de feux d'artifice retentit du côté de la baie.

« Que peut-on faire maintenant ? demanda Remi.

— D'après toi, où est le réservoir d'essence sur ce type de camions ?

— Je n'en sais rien.

— Sous le siège du conducteur.

— Tu plaisantes. C'est la chose la plus idiote que j'aie jamais...

— Ce n'est pas moi qui les ai conçus. Si nous perçons les réservoirs, le carburant se répandra par terre. Ça risque de leur causer quelques angoisses.

— Si notre maison brûle c'est moi qui vais avoir des angoisses.

— C'est sûr, dit-il. Oublie ça. »

Elle soupira, prit sa carabine et alla discrètement se poster du côté où l'ennemi s'attendait le moins à une attaque. Elle se redressa, épaula, s'avança au bord du toit et, dès qu'elle put voir le sol, appuya sur la détente puis recula aussitôt. Il y eut des hurlements et des rafales tirées vers le ciel.

« Tu as fait mouche, apparemment.

— J'espère bien. Ce machin est aussi gros qu'une barrique de bière. » Elle passa de l'autre côté, mit en joue, fit un pas en avant, tira et recula. De nouveau, son intervention suscita des cris de rage et pas mal de balles perdues.

Soudain, derrière elle, une nuée incandescente déchira l'obscurité. Le carburant du premier réservoir venait de s'enflammer. Tout de suite après, il y eut une terrible explosion.

*

Un cri retentit sur le pont de l'*Ibiza*. « Non ! » Quand Arpad Bako sauta de son transat, son verre se renversa et roula vers les sabords. « Non ! Mais qu'est-ce qu'ils foutent ? Qu'est-ce qu'ils ont dans la tête ? »

Le Clerc regarda en direction de Goldfish Point et répondit sans s'énerver : « Peut-être qu'ils mettent le feu à la maison pour les obliger à sortir. C'est une technique rudimentaire mais qui marche bien, en général. Je ne vois pas très bien ce qui brûle.

— Il y a peut-être un trésor dans cette baraque ! beugla Bako. Des objets d'une valeur inestimable sont peut-être en train de fondre sous nos yeux. Des joyaux ayant appartenu à des empereurs romains ! »

Sans se départir de son calme, Poliakov rétorqua : « D'après nos renseignements, les trésors ont tous été transférés dans des musées. Pour les récupérer, la seule solution consiste à les échanger contre Remi Fargo. Cette fois-ci, je lui couperai un doigt et je l'enverrai au mari dans un joli paquet. Quand ma femme est revenue avec les gosses deux jours après l'incendie et qu'elle a vu le tas de décombres, elle a dit au chauffeur de faire demi-tour et de rentrer à Moscou. Rien que pour ça, Fargo mérite de brûler en enfer. J'espère que demain matin, il ne restera plus rien de sa maison. »

Le Clerc sourit d'un air narquois. « Elle refuse toujours de t'adresser la parole, Sergueï ? On dirait que dormir seul ne te réussit pas.

— Occupe-toi de tes oignons, dit Poliakov en tirant une grosse bouffée de son cigare. Il faut qu'ils accélèrent le rythme. Si les autres ne sortent pas très vite, on va bientôt voir arriver les secours. La police et les pompiers par la route, les navires de patrouille par la mer. »

Appuyé contre la rambarde, Bako observait la maison à travers ses puissantes jumelles. « Les deux élévateurs sont en flammes. Les camions aussi. L'un des deux a explosé. » Il avait à peine terminé sa phrase qu'une boule de feu jaillit du deuxième. Transformé en brasier, le camion se renversa sur le flanc. Le fracas de la déflagration mit une seconde à parvenir jusqu'au yacht. « Ils ont explosé tous les deux.

— Quelle finesse dans la stratégie, mon cher Arpad, dit Le Clerc. On croirait vraiment assister à l'attaque d'une forteresse par les armées d'Attila. À ceci près qu'ici, les assiégés brûlent les engins de siège.

— C'est complètement dingue ! hurla Bako. Comment ces gens peuvent-ils avoir un tel arsenal dans leur maison ? »

Poliakov se leva à son tour, prit la radio posée sur la table près de son verre, appuya sur un bouton et prononça quelques mots en russe d'une voix assez forte pour couvrir les parasites.

Bako pivota sur lui-même et tenta de lui arracher l'appareil. « Non ! cria-t-il. Pas question d'ordonner le repli. Nous touchons au but ! Les Fargo et leurs larbins sont piégés au dernier étage. Ils sont à notre merci ! »

Bako reçut le poing de Poliakov en pleine poitrine. Il se plia en deux, le souffle coupé. « Je cherche à joindre mon chef d'équipe. Je veux savoir pourquoi cette opération s'éternise alors qu'elle aurait dû prendre cinq minutes. »

Une voix grésillante lui répondit. Toujours en russe, Poliakov demanda : « Kotzov ! Pourquoi ce retard ?

— Ils sont retranchés au troisième, dit Kotsov. Pour chaque pouce de terrain, on doit se battre comme des lions. Nous avons deux morts dans nos rangs et un grand nombre de blessés.

— Je voudrais ton avis sur la situation.

— Je préfère ne pas vous le donner.

— C'est bon, j'ai compris. Ramasse les morts et les blessés. Ne laisse personne derrière toi. Nous partons. Fais descendre tout le monde sur la plage. Immédiatement. Nous allons nous ancrer dans la baie.

Poliakov changea de canal. « On arrête les feux d'artifice. Détachez le canot et dirigez-vous vers la plage. On envoie des vedettes pour rembarquer les troupes. Exécution. »

Il leva la tête vers le barreur et lui cria : « Amène l'ancre et rapproche-toi de la plage. Quand nos hommes seront à bord, on mettra le cap sur le Mexique.

— Non ! beugla Bako. Pas question. Tu agis comme un lâche. »

Poliakov se retourna vivement. Les deux hommes se retrouvèrent nez à nez. Les lumières qui vacillaient sur la rive faisaient luire les yeux du Russe.

Bako détourna le regard, balança son cigare dans l'eau et se laissa tomber au bout de son transat, la tête dans les mains. On entendit remonter la chaîne de l'ancre. Une puissante vibration secoua le yacht quand les énormes moteurs s'allumèrent. Il démarra lentement puis il prit de la vitesse, la proue tournée vers la rive.

*

Le silence qui planait sur la maison était presque aussi impressionnant que le vacarme précédent. Sam et Remi s'avancèrent au bord du toit pour regarder ce qui se passait sur la pelouse. En bas, c'était la débandade. Les hommes en noir couraient dans tous les sens. Ils évacuaient les victimes sur des brancards de fortune fabriqués avec des morceaux d'échelle et des couvertures. D'autres se fondaient dans la nuit en portant les blessés sur l'épaule, comme font les pompiers. Couché sur le flanc, le camion qui avait servi de support à l'engin élévateur n'était plus qu'un tas de tôles noircies d'où s'échappait une fumée âcre.

« On dirait qu'ils partent, dit Remi.

— Ça m'en a tout l'air, dit Sam. Mais j'aimerais en être sûr.

Elle le regarda. « Je te trouve excessivement prudent. »

Il haussa les épaules et la prit dans ses bras. « Tu connais l'histoire. Après avoir vainement tenté de percer des brèches dans les murailles ennemies, de célèbres guerriers ont décidé de suivre le conseil d'un petit malin : "Faisons semblant de retourner à nos navires, leur dit-il. Nous laisserons sur place un…

— … un grand cheval de bois rempli de soldats." Tu ne vas pas nous rejouer la guerre de Troie ? Reviens un peu sur terre.

— Personnellement, je ne crierai pas victoire avant d'avoir vu débarquer au moins cinq voitures de police. Disons plutôt vingt. »

Remi tourna son regard vers le sud où se trouvaient les hôtels et les rues commerçantes. Elle tira sur le bras de Sam et lui désigna un point dans le lointain. Sur La

Jolla Boulevard, une longue file de véhicules équipés de lumières clignotantes bleues, rouges et blanches, roulait en direction de Prospect Street. Un instant plus tard, le hurlement des sirènes arriva jusqu'à eux.

Ils firent quelques pas et observèrent la baie. Les deux yachts s'étaient avancés vers la rive et avaient jeté l'ancre à la limite des premiers rouleaux. Plusieurs petites embarcations rejoignaient la plage.

Au large, ils virent apparaître trois vedettes de la police, tous projecteurs allumés. Les faisceaux qui balayaient la surface de l'eau éclairèrent bientôt les deux yachts. Depuis San Diego Harbor approchaient deux vaisseaux des gardes-côtes, des navires de 50 mètres de long munis de canons autour desquels s'affairaient des hommes d'équipage. Ils s'arrêtèrent à 200 mètres du rivage, sans doute pour couper l'accès à la haute mer.

« Ils ne cherchent pas à s'enfuir, nota Remi.

— Non, dit Sam. Ce serait de la folie de leur part.

— Ils pourraient facilement semer les vedettes de la police. Celles des gardes-côtes aussi.

— Mais ils n'échapperaient pas à leurs canons.

— Si je comprends bien, nous allons bientôt savoir lequel de nos concurrents européens est mauvais perdant.

— Mauvais ou pas, je m'en fiche, tant qu'il perd », dit Sam.

*

Les deux navires des gardes-côtes restèrent en position non loin des yachts. Les canots revenaient avec à leur bord, les commandos qui avaient pris d'assaut la maison des Fargo. Ils accostèrent puis les hommes encore valides grimpèrent aux échelles de coupée. Ceux qui souffraient de fractures, brûlures et blessures par balle furent hissés sur le pont par les hommes d'équipage accourus en renfort. Déjà les yachts levaient l'ancre. Pourtant, ils demeurèrent sur place en barrant dans la houle.

Les vedettes des forces de l'ordre approchaient par l'avant. À leur bord, les membres de la police de la baie de San Diego se préparaient à l'abordage.

Arpad Bako les regarda venir puis baissa les yeux vers les éclopés qui n'avaient pas la force de se hisser le long de la coque. « On s'en va. Tant pis pour les retardataires, cria-t-il. Le temps presse. »

Poliakov se tourna vers lui. « D'abord tu veux rester, ensuite tu abandonnes nos hommes ? Qui est le lâche de nous deux ? »

Bako sortit un pistolet de sa veste et tira.

Poliakov prit un air stupéfait. Il baissa la tête pour regarder la tache de sang qui s'épanouissait sur le plastron de sa chemise blanche. Ses yeux se voilèrent comme s'il contemplait le vide. Une vague de houle frappa la coque, le yacht tangua, puis le Russe s'écroula sur le pont.

Bako s'empara de la radio que Poliakov avait laissée tomber, alluma le micro en pressant un bouton et hurla : « On se tire d'ici ! Voguez vers le large et plus vite que ça.

— Mais monsieur ? bredouilla le capitaine. M. Poliakov a dit…

— Poliakov est mort. Bougez-vous ! » Brusquement, Bako parut s'apercevoir de la présence d'Étienne Le Clerc. Quand ce dernier vit l'expression sur le visage de son comparse, il s'enfuit en direction de la passerelle. Bako lui tira trois balles dans le dos. L'autre s'écroula raide mort. Plus de témoins.

Depuis son perchoir, le capitaine de l'*Ibiza* observait le rapatriement des troupes. Tous les hommes valides étaient sur le bateau. Attendre les autres ne lui disait rien qui vaille. Et s'il devait appareiller en urgence, il avait intérêt à se décider avant que la police ne lance l'abordage. Il passa en avant toute, mit pleins gaz, les gros moteurs se réveillèrent, le yacht bondit, ses hélices produisant un fort bouillonnement. Quand le navire pivota sur lui-même, on entendit d'horribles hurlements. Des blessés lâchèrent les échelles et tombèrent dans l'eau, d'autres furent hachés par les pales. Mais tout cela ne le concernait plus désormais. Le yacht filait, laissant derrière lui un canot qui prenait l'eau et un autre emporté par les déferlantes.

Dès qu'il vit bouger l'*Ibiza*, le capitaine du *Mazatlan* comprit ce qui l'attendait. La police et les gardes-côtes avaient peut-être été abusés par la manœuvre de son collègue mais son propre navire aurait droit à toute leur attention. Ils avaient largement assez d'hommes et de bateaux pour lui couper la route. Et si jamais on l'attrapait, c'est sur lui que tout retomberait. Il était l'officier le plus gradé, après tout. Sans réfléchir davantage, il mit les gaz et, comme l'*Ibiza* avant lui, le *Mazatlan* s'élança vers la haute mer.

Une voix tonna dans un haut-parleur. Le capitaine supposa que les gardes-côtes lui lançaient un avertissement. C'était tant mieux : plus ils perdraient de temps à brailler dans leurs porte-voix, moins il leur en resterait pour mettre leurs menaces à exécution. Il rabattit complètement la manette des gaz. La vitesse de son navire augmentait à chaque seconde. Les vedettes des gardes-côtes ne devaient pas dépasser les 25 nœuds tandis que le

Mazatlan atteignait les 60. Il hurla à l'homme de barre : « Coupez toutes les lumières ! »

*

Depuis le toit de leur maison, sur les hauteurs de Goldfish Point, Sam et Remi étaient aux premières loges pour le spectacle. Les deux yachts fuyaient à pleine vitesse vers le large, l'un en direction du nord-ouest, l'autre du sud-ouest. « Tu vois, ils ne suivent pas ton conseil, dit Remi. Ils se sauvent.

— Grossière erreur », dit Sam.

Les deux vedettes de la police qui les avaient pris en chasse ouvrirent les hostilités en commençant par tirer au fusil automatique. Sam et Remi virent des langues de feu jaillir des canons.

Des deux navires des gardes-côtes restés en position s'éleva une guirlande d'étincelles rougeâtres qui se découpèrent sur le ciel nocturne. La balise lumineuse demeura suspendue au-dessus des yachts qu'elle éclaira presque comme en plein jour.

Sam et Remi virent les canons de pont pivoter à la recherche du meilleur angle de tir. Les deux premiers missiles défoncèrent la proue de l'*Ibiza*. Le troisième perça la coque à l'arrière, endommageant probablement le réservoir, car le pont fut volatilisé tandis que de la cale surgissait une boule de feu qui s'envola en tourbillonnant avant de retomber sur le navire comme une nappe de pétrole enflammée. Le carburant qui brûlait en diffusant une lumière intense sur la mer dévora même les débris qui flottaient.

Une seconde plus tard, le *Mazatlan* s'enfonça par la proue après avoir été touché sous la passerelle. Il s'arrêta si brusquement que quelque chose se détacha à l'intérieur – un moteur peut-être – et roula vers l'avant, déchirant le navire sur toute sa longueur. Les cinq explosions suivantes furent moins spectaculaires mais envoyèrent par le fond ce qu'il restait du yacht.

« Ils ont dû viser leur stock de munitions », dit Remi.

La troisième vedette de la police, plus petite et légère que les autres, arriva sur place pour faire l'état des lieux. Ses projecteurs balayèrent les vagues mais il ne restait rien ni personne près des canots chavirés. Les gardes-côtes mirent à l'eau des chaloupes pour tenter de repêcher les éventuels survivants du *Mazatlan* et de l'*Ibiza*. Ils décrivirent des cercles sur la zone, quadrillèrent le périmètre, mais en vain. Les occupants des navires étaient tous morts, les uns noyés, les autres brûlés ou déchiquetés par les tirs et les explosions.

*

Quand Sam et Remi redescendirent dans la penderie, Zoltán les attendait, prêt à intervenir si jamais quelqu'un les suivait. Remi s'agenouilla et le serra très fort contre elle. « Si tu n'avais pas été là, Zoltán, je n'aurais pas pu me réfugier dans la maison. Je serais de nouveau en route pour la Russie, enfermée dans un baril. Merci pour ton courage et ta loyauté. »

Sam flatta Zoltán et lui murmura à l'oreille : « *Jo fiu*. Brave garçon. »

Ils entendirent Selma, Pete et Wendy les appeler. « Sam ! Remi ! La police est là ! Ils sont venus en force.

— Oh, zut, dit Remi. Nous qui voulions leur faire la surprise. »

Sam regarda autour de lui. « Il va falloir reconstruire entièrement cette maison.

— Tu n'auras qu'à donner tes directives à l'entrepreneur, dit Remi. Et pendant que les ouvriers seront au boulot, nous pourrions offrir quelques jours de congé à nos amis, prendre Zoltán avec nous et retourner plonger en Louisiane. Ray a besoin d'un coup de main pour terminer ses fouilles et, n'oublie pas, nous lui avons promis notre aide, l'autre jour avant de partir.

— Bon, d'accord, dit Sam. De toute façon, que peut-il arriver de méchant sur un chantier de fouilles archéologiques ? »

PAPIER À BASE DE
FIBRES CERTIFIÉES

Le Livre de Poche s'engage pour
l'environnement en réduisant
l'empreinte carbone de ses livres.
Celle de cet exemplaire est de :
350 g éq. CO_2
Rendez-vous sur
www.livredepoche-durable.fr

Composition réalisée par Belle Page

Imprimé en France par CPI
en décembre 2018
N° d'impression : 3031465
Dépôt légal 1re publication : janvier 2019
LIBRAIRIE GÉNÉRALE FRANÇAISE
21, rue du Montparnasse - 75298 Paris Cedex 06

75/8815/7